L'OREILLER DE LA BELLE AURORE

Dans la même collection

Claire Barré, *La Ballade de Nitchevo*, 2022.

Jean-Philippe de Tonnac, *L'Ensaignement*, 2021.

ISBN : 978-2-8132-2785-0

www.editions-tredaniel.com
info@guytredaniel.fr
www.facebook.com/editions.tredaniel
@editions_guy_tredaniel

Pierre Chavot

L'OREILLER DE LA BELLE AURORE

Roman

Guy Trédaniel éditeur
19, rue Saint-Séverin
75005 Paris

Pour Gerald Messadié
Pour Catherine Duményy

1

« Il chantera la pure beauté du monde. » La symphonie de parfums et de saveurs devait forcément marquer le triomphe de la destinée et de l'incomparable talent. Le monde allait se réveiller de sa torpeur et saluer, émerveillé, l'exception du chef-d'œuvre absolu, au titre glorieux : « L'oreiller de la belle Aurore. » L'ambition m'avait exalté, poussé aux prouesses, jusqu'à m'étonner de mes capacités. Ce qui, à cette époque, relevait d'un miracle, puisque plus rien ne me ravissait en dehors de moi-même. Mais il existait un obstacle de taille : j'étais incapable d'extraire la moindre beauté du monde, encore moins la pure beauté. Le mot *forcément* concentrait toute l'impuissance qui me rongeait et m'épiait. Et, pour couronner l'ensemble, je l'ignorais ou plutôt je feignais de l'ignorer, la conscience voilée à dessein et la lucidité vacillante. Au lieu de m'en approcher, je m'étais éloigné progressivement de ce qui m'habitait et me mouvait. De la source. Je ne buvais plus l'existence ; je lapais les jours et les nuits. La soif était morte, puisque j'étais aussi sec qu'un raisin séché au soleil de Corinthe. Un désert sans la moindre oasis. En résumé, je traversais une période délicate, au bord d'un gouffre, et disposé à amorcer le pas fatal. Le chantier qui s'annonçait était donc pharamineux. Et pourtant la formidable substance de tout ce qui va suivre.

2

Dix ans ont passé. C'est un lundi matin.

« Déjà lundi, heureusement », me dis-je. Le lundi est un jour presque orphelin, une étrange rampe de lancement après le dimanche. Enfant, adolescent ou jeune adulte, j'appréciais le dimanche. Et puis… Tout est fermé, les commerces et les cœurs, comme engoncé dans un temps interminable. Les heures s'égrènent tels des faire-part bordés de noir. Des petites unités de morts. En fait, j'ai l'impression d'y mourir un peu. Voilà pourquoi, à trente-cinq ans, j'ai besoin de remplir les dimanches par des rituels : me lever, courir, manger, regarder un film, travailler, lire les nouvelles, téléphoner, inviter du monde, dîner, voyager dans un livre, dormir…

Tout débute dans la cuisine de mon *etxe*. La cuisine… Elle est sobre, très basque, veinée de vert et de rouge, peu décorée, chaleureuse, peuplée de bois, de bambou et d'ustensiles, de cadres et de dessins, de livres culinaires, d'une cheminée ancienne au tablier de pierre patinée. Je l'aime, elle est presque ma seconde chambre, mon second bureau, ma seconde salle de musique. Il m'arrive souvent d'y installer mon violoncelle. Avec mes partenaires musiciens – surtout Virginie, ma grande complice –, nous y passons des moments mémorables, qui ne consistent pas seulement à déjeuner ou dîner. Et lorsque j'organise des soirées, la cuisine est toujours « le » lieu où tout le monde finit par se retrouver. Cette faculté est étonnante et imparable. Je l'ai même remarquée chez les autres. La cuisine est un aimant !

Accoudé au plan de travail, concentré sur la pénible besogne qui m'attend, je pense soudain au désastre que fut l'oreiller de la belle Aurore. Pourquoi cet épisode ? Sans doute parce qu'il a marqué une rupture, une sorte de révélation. Et puis il s'est produit également un lundi au matin blême. L'oreiller ? Il était l'enjeu d'une vie microscopique, comme un coup à la roulette. Lorsque je faisais partie de cette catégorie qui se prend pour l'Apollon du Belvédère, sûre de sa superbe. À la recherche d'une hypothétique absolution. J'étais une maison préfabriquée se prenant pour un château Renaissance. Les comparaisons me font sourire. Et les deux questions éternelles reviennent, sans honte rétrospective : « Comment m'en suis-je sorti ? Quelles leçons ai-je tirées de ce marasme, de tout ce qui a précédé l'oreiller ? » Mais je choisis de ne pas y répondre. Encore une fois, jusqu'à la prochaine. J'ai préféré ne pas voir, pour rester aveugle ; ne pas parler, pour rester muet ; ne pas respirer, pour continuer de suffoquer dans une existence calibrée. Des petits trous noirs successifs ont obscurci, occulté, ma mémoire et ma perception. Comme si tout s'était arrêté. Un jour.

Depuis l'oreiller de la belle Aurore, je suis devenu presque végétarien, m'autorisant parfois de la viande et du poisson. Je me couche toujours tard, je dors toujours peu. Cette capacité exaspérait déjà mes grands-parents : un enfant de cinq ans « doit » dormir au lieu de lire sous sa couette, avec une lampe de poche, et de décrire à haute voix on ne sait quel monde imaginaire en ponctuant son récit de borborygmes bruyants – qui troublaient leur sommeil. C'est vrai, je n'ai jamais eu besoin de grandes nuits, cinq ou six heures à peine, de microsiestes parfois. L'énergie ? Je ne sais pas d'où elle vient. D'une préhistoire sans doute.

Le jus de carotte, betterave, céleri et gingembre est prêt. Je le prépare invariablement à chacune de nos répétitions. Virginie l'adore. Elle doit bientôt arriver. Mais avant, la pénible besogne… Elle demande du courage, ce mot qui nous renvoie toujours au cœur. Le mien tressaute, accélère son rythme. Parce qu'elle est là, sur la table, posée dans le vide-poches. Depuis trois jours. Cette lettre que je n'ose pas ouvrir. Plus elle est provocante, plus j'appréhende. Elle a fini par m'obséder. J'ai refusé de l'ouvrir pour ne pas savoir, pour ne pas sombrer. Paskoal, le facteur, l'a déposée vendredi dernier, en même temps que le courrier ordinaire. Comme un fait exprès, elle trônait sur le dessus du paquet, et m'a presque fait sursauter. Paskoal n'a pas remarqué mon trouble. En voyant l'en-tête, il n'a pas pu s'empêcher de commenter, d'un œil goguenard :

— Eh ben, t'en connais du beau monde, Anthelme.

Il a pris son café habituel et est reparti en lançant son sempiternel : « *Enpresa* (Salut, la compagnie) ». L'au revoir est une fin provisoire faite d'estime.

Paskoal passe toujours vers huit heures, range soigneusement son deux-roues près de l'entrée, ouvre la porte d'une main énergique et entre, même s'il n'a pas de courrier. C'est une habitude. Entre nous. Dès que j'ai habité cette maison, et alors que tout m'insupportait, je me suis bizarrement attaché à ce drôle de petit bonhomme tout rond, postier par atavisme puisque son père, son grand-père l'étaient aussi. Au même endroit, ici, à Leihoa, tout près d'Hasparren, dans le Labourd. Il est peut-être même né dans une boîte aux lettres tant il met d'application à son métier.

Il est inutile de fuir. L'enveloppe parle d'elle-même ; la nouvelle est certaine. Je la prends brusquement, la décachette, penché sur le foyer ronronnant de la cheminée, prêt à la brûler dès que j'aurai « lu ». Lire… Les mots dansent devant mes yeux. C'était bien ça. Mon corps se raidit, l'esprit chancelle, hésitant entre l'abîme et le soulagement. Le vertige est violent. Me relever. Il faut que je me relève. Que je jette les mots dans le feu. Qu'ils brûlent en enfer ! Son enfer à lui. J'agrippe de ma main droite le manteau lustré de la cheminée. La feuille qu'elle tient se froisse. La main gauche se cramponne au tablier. Tout devient trouble. Se relever, se relever. Le mouvement est trop brusque. Ma tête heurte la pierre. La braise rouge et jaune danse sur un paysage sombre, nimbé d'étincelles, envahi de fureur et de cris. Avant de sombrer dans l'inconscience, sous la violence du choc, j'ai le temps de murmurer : « Il est mort. » Et c'est ici que tout commence.

Comme si le temps était venu de l'immense clarté. Dans un crescendo retentissant.

3

Anthelme Ducon-Loisillon. Comment voulez-vous avoir une vie normale quand vous portez un prénom pareil ? Et quand vous ajoutez le nom composé, y a de quoi annuler son acte de naissance ! Franchement. Les parents à la rigueur, mais un enfant. Un fils unique, en plus. Depuis que je connais Anthelme, je pense à ces gens qui ont hérité d'horreurs comme « Pétain », « Landru », « Dutroux ». Ou des boulets comme « Nibard », « Cocu », « Garce », « Zizi », « Téton » ou « Sexe ». Tous ces noms existent. Quelle poisse, quelle souffrance des fois ! Mais j'en ai connu, des mal nommés, qui préféraient en rigoler. Ils disaient qu'on se souvenait plus facilement d'eux. Tant mieux.

Pour Anthelme, imaginez les blagues à l'école, les sourires en coin, les gens de l'état civil qui devaient pouffer en douce. Et les premières affiches de ses concerts, quand il était tout minot : « Tiens, chérie, ça te dirait d'aller écouter Ducon ? » Et le secrétariat du Conservatoire national supérieur de musique, à Paris : « Revoilà Ducon. » Mais là, j'anticipe…

Donc impossible de s'en débarrasser. Puisque c'est un mec, il pouvait pas changer en se mariant. Il aurait pu prendre un pseudo ? Un aptonyme par exemple, quand le nom correspond au métier. Il aurait pu choisir « Corde », « Archet », « Cheville », « Violoncelle ». Ça n'a rien de débile, après tout. Je me souviens qu'à Cholet un chauffagiste s'appelait « Chauffedur ». Véridique. C'était écrit sur une publicité peinte le long d'un pont – elle est restée des années.

Alors non, Ducon-Loisillon, c'était pas un cadeau. Mais Anthelme est trop fier de ses racines basques, même si son nom fait pas franchement local. Parce que Anthelme, c'est un Basque, un vrai de vrai. Il parle l'euskara couramment, il adore la cuisine basque, la faire et la manger. Qu'est-ce qu'on se régale ! Il joue même à la pala, sur des frontons ou en trinquet.

Quand il a commencé à être connu, à dix ans environ, il a bien pensé à changer de nom, mais ça a été hyperfugace. Anthelme me l'a dit un jour. Une de ses rares confidences à l'époque. Parce que Anthelme, il a été terriblement secret, renfermé même. Pendant très longtemps. Il était déjà secret quand on s'est connus. Quand il prenait un air sombre, les yeux tout éclatants, qu'il devenait tout raide, on voyait qu'il portait des secrets qu'il avait jamais dits. Il devait les porter depuis qu'il était embryon, même quand il était spermatozoïde tellement ils étaient « lui ». Ce côté secret, ça lui donnait un charme de plus, c'est sûr.

Comment aborder Anthelme… Parler d'Anthelme, c'est comme parler de la jungle qui bouge tout le temps. Ou comme raconter la banquise. Elle fond, se rétrécit, elle s'épand, elle revient. Vous savez jamais où elle va, d'où elle vient, ce qu'elle va faire. Mais quand il a décidé de raconter son histoire ici, il m'a dit :

— Virginie, tu peux y aller autant que tu veux dans les révélations.

— T'es sûr ?

— La pensée part, les écrits restent. Tous les écrits. Ce sera très bien.

— Tu crois ?

Il m'a fait ses yeux immobiles comme des soucoupes. Son spécial « je vais te convaincre ». Et dans ce cas, c'est pas la peine d'insister. S'il a dit que vous pouvez y aller, allez-y. J'y suis allée. Comme je suis pas très fortiche en écriture, j'ai enregistré ce qui me passait par le cœur. Et c'est Alexis, mon mari, qui a tout mis en ordre.

Avant qu'il se cogne la tête sur la cheminée, et que tout arrive, les sources sur la vie d'Anthelme, elles étaient très maigres. On savait quasiment rien, que du petit bois. Y a vingt ans, j'ai essayé de lui poser des questions sur son enfance, sa famille ; enfin, sur ce qui fait ce qu'on est. À chaque fois, il me fixait de ses yeux bleus qui passaient de l'obscur à la braise, et il tournait la tête, tout raide. Alors j'ai arrêté. J'en pose plus depuis des lustres. La presse est jamais arrivée non plus à lui arracher une information personnelle, même microscopique. Il restait une énigme, ça en rajoutait à son attrait. Le côté mystérieux. Les gens aiment savoir des autres, plus que d'eux, parfois. Alors tout ce que je dirai, ça vient de ce qu'il m'a dit, de ce qu'on a vécu ensemble. Et y en a ! Le reste ? Il le dira lui-même.

4

Ah, ce lundi matin ! Quand je découvre Anthelme, il est tout groggy à côté de sa cheminée de cuisine. Il titube alors qu'il est tellement dans la maîtrise. Enfin c'est l'impression qu'il veut bien donner à cette époque. J'ai jamais été dupe à force de le côtoyer, et de l'aimer. Il le sait. Je me tais. Pas besoin de mots. L'aura parle d'elle-même.

Ce matin-là, et depuis que je le connais, c'est un drôle de mélange Anthelme. Il peut avoir des joies profondes, de gosse, et il peut vite passer à une obscurité qui inonde son visage. Je me suis habituée. Il a l'inquiétude en lui. Alexis (il est mécanicien dans l'aviation) dit qu'il a « l'angoisse despotique ». Pour l'éviter, la ranger dans sa caverne, il est maniaque comme c'est pas permis. Presque obsessionnel. Par exemple, chaque matin, il note des remarques sur un grand cahier Clairefontaine, comme celui qui dépassait de son petit cartable y a vingt ans, quand on s'est connus au Conservatoire national. Mais il les garde pour lui ; peut-être des poèmes, qui sait ? Il a aussi un soin maladif de ses vêtements. Il dit :

— Je veux être tiré à cinq épingles.

Il explique qu'il a une très grande exigence, parce que l'art est exigeant. C'est dans sa nature, et Alain Bengotxea

– son « professeur de toujours », comme il dit –, il en a ajouté. D'ailleurs, qu'il fasse de la pala, ça a toujours fait grincer les dents de Bengotxea, des fois qu'une de ses précieuses mains soit blessée, ou les deux.

En fait, Anthelme, il a enfermé sa vie dans la méticulosité. Il se maîtrise donc tout le temps, sauf avec son violoncelle, qu'il appelle son « habit en bois » depuis qu'il est tout-petit. On se demande même s'il a des désirs. Il en a forcément puisqu'il aime la cuisine, la musique, le jardin, les rires. Peut-être qu'il habite à côté de lui finalement. Mais c'est son monde… Alors il se contente de laisser voir ce qu'on a envie de voir, ou ce qu'il a envie de montrer. Des fois, on dirait un saint, comme dans les images pieuses cucul la praline. Parce qu'il est impénétrable, que y a ce mystère sur sa personne. Il l'entretient. Il a bâti une légende de son vivant, si vous préférez. Et, toujours à cette époque, il la bichonne sa légende.

Notre complicité musicale ? Ça a été tout de suite, mais il a fallu la construire. Parce qu'Anthelme, dans le boulot, il est aussi « spécial ». Il donne presque pas d'indications. Par exemple, quand on travaille une sonate pour violoncelle et piano, il la joue une première fois, tout seul. On laisse passer du temps sans rien dire. Ensuite, quand on sent que c'est le moment (un regard suffit, la force de l'habitude), l'intuition, le ressenti font le reste ; et on la joue à deux. L'entente commence à apparaître, puis on la rejoue jusqu'à ce qu'elle soit installée. Pour ça, il faut avoir une vraie confiance l'un en l'autre. D'où elle vient ? Aucune idée. La confiance, ça s'explique pas, elle vous habite sans demander. Mais elle peut déménager, alors ça s'entretient. En vingt ans, elle a jamais dérapé entre nous.

Mais on revient à ce foutu lundi matin. Pour le moment, il est pas bien, Anthelme. Il se tient de la main gauche au tablier de la cheminée, la tête baissée. L'autre main agrippe une lettre froissée. Dès qu'il me voit, il la cache dans sa poche. Il a l'air gêné :

— Comment tu es entrée ?

— Ben, par la porte, tiens. J'ai frappé deux fois, et comme tu répondais pas...

— Oui...

— Qu'est-ce qui t'arrive ?

— Je me suis cogné la tête contre cette fichue pierre. Ça fait un mal de chien.

— Quelle idée !

— ...

Près de l'extracteur de jus, j'aperçois un tas de petites épluchures qui traînent. Carotte, betterave, céleri et gingembre. Il les ramasse d'un geste machinal. On dirait un robot ménager. Il frotte le dessus de son crâne, ses doigts font le tour du sommet. Ça doit être une bosse. Il grimace. C'est bizarre, ces épluchures. Inhabituel. Parce qu'Anthelme déteste ce qui traîne, surtout dans sa cuisine adorée. D'ailleurs, sa cuisine, elle lui ressemble, comme sa maison. Elles sont minutieuses, soignées, vastes et chaleureuses. Par exemple, il a toujours refusé d'avoir un lave-vaisselle. Parce que faire tremper la vaisselle, ça ménage les réserves d'eau. Et parce que la vaisselle à la main, c'est un espace où on se voit vraiment, où on papote de tout, de rien. Alors que le lave-vaisselle, ça empêche les discussions et que parler à des boutons, c'est pas possible.

Mais sa maison, elle a pas toujours été aussi chouette. Holà, pas du tout ! Comment il l'a trouvée ? Un jour, à Leihoa, où il était pourtant passé des milliards de fois, il a découvert cette *etxe* un peu par hasard, en se baladant à pied, et il en est tombé raide dingue. Il faut dire que de l'extérieur, c'est un vrai monument, tout gracieux et solide en même temps. Il l'avait jamais remarquée, parce qu'elle est un peu à l'écart, au-dessus d'un petit vallon, protégée des regards par une forêt avec un chêne incroyable. Et ce chêne, il parle ! Je vous jure. Je l'ai surnommé « Leihoa », comme le hameau, parce que ça veut dire « lion » en euskara. Ça lui va bien. Ce chêne, c'est le lion des arbres.

Anthelme a quitté Bayonne et s'est installé dans la bâtisse. Il l'a rénovée de partout. Enfin *rénovée*, c'est un grand mot, parce que c'était très moche au début. Une horreur à base de doré. Ça sentait le parvenu à plein nez. Tout a commencé à virer juste après son fiasco de l'oreiller machin. Aujourd'hui, c'est un gros diamant très agréable. En dix ans et quelques, Anthelme a fini par se fondre avec les lieux au point qu'il s'est oublié. Il est devenu les murs. C'est ça, Anthelme est un homme-murs. Il aime pas que je le taquine là-dessus. Ça l'agace. Mais je m'égare encore. Les digressions, c'est une vraie manie.

Pourquoi j'aime ce type, finalement ? Des fois, je me dis que ce serait bien de voir des enfants ici, pour égailler. Pas les miens, les siens. Mais il a pas d'enfants. Pas d'épouse non plus. Ses amours ? Il y a eu Isabelle, et d'autres. Mais sa vie amoureuse est chaotique depuis neuf ans et l'histoire avec « Elle »... C'est comme ça qu'il l'appelle. Il est jamais arrivé à se stabiliser. Un poisson perdu dans la mare. Ses amis ? Des vrais, des potes fidèles, y a que Mathieu, Alain Bengotxea et moi. Il dit qu'on est sa « garde rapprochée », sa « forteresse ». C'est mignon. C'est vrai, on forme un trio comme on n'en voit pas beaucoup. Qu'est-ce qui fait qu'on s'est attachés comme ça, qu'on s'attache à quelqu'un ? Anthelme dit que c'est parce qu'on est pareils, qu'on est « tous les trois épuisants et inépuisables ».

Ça nous va, et ça nous fait rigoler.

Bref, Anthelme, il va continuer à vous raconter son fichu lundi matin.

5

Les étoiles qui dansent devant mes yeux écarquillés possèdent la brillance que produisent les chocs sidérants. Je viens de retrouver une partie de mes esprits. Grommelant, râlant, gémissant, je titube et frotte énergiquement mon crâne endolori. « Ressaisis-toi, Anthelme, me dis-je. Maîtrise, contrôle, reviens. » L'injonction opère. Le champ d'étoiles se referme. La vue ressuscite. Les stries et l'ombre opaque qui la martyrisaient et en barraient l'accès s'effacent peu à peu. Je me relève et m'appuie de la main gauche sur le tablier blanc de la cheminée, la tête inclinée vers le foyer où des flammes ronronnent. La droite tient encore la lettre froissée. La lettre, petit concentré d'enfer, confirmation du pressenti, cavité béante, me brûle les doigts. Je balbutie, à moitié conscient :

— Il est mort… Il est mort… Il est mort…

L'annonce de la perte est d'abord irréelle, abstraite, désincarnée. Elle a besoin de matérialité. « Il est mort » est un mantra du deuil, qui me gagne progressivement. Le fait de le répéter m'amène à l'incontournable, à la véracité. À « réaliser ». Pas besoin de corps. Les preuves sont là : l'en-tête officiel, la signature et le cachet, une copie de l'acte de décès, une invitation à prendre contact. Plus tard, plus tard… Je ne parviens pas à savoir qui de cette mort ou de ma tête est la plus étourdissante. Les deux se valent sans doute.

Une voix sonore, que je connais bien, achève de me ranimer. Virginie fait une de ses entrées théâtrales dont elle a l'exclusivité, et me gratifie de sa dernière invention :

— Je suis la femme de Jésus ! hurle-t-elle, ravie de sa trouvaille, les bras en croix, comme si elle était acclamée par une foule de fidèles.

Désarçonné, je sursaute, pousse un petit cri qui finit agonisant au fond de ma gorge :

— Comment tu es entrée ?

Intriguée par mon état, elle baisse aussitôt ses bras et le ton :

— Ben… par la porte, tiens.

Je n'ai jamais eu aussi mal, ressenti un coup aussi violent. Virginie n'a pas idée de l'effort que j'ai dû produire pour apprivoiser la douleur d'une vivacité inédite. Pour tenir droit. Pour empêcher la plongée vers les ténèbres. Pour être plus fort que l'impuissance née du double choc. Celui d'avoir lu la nouvelle, pourtant redoutée depuis vendredi. Et, conséquence du premier, celui du contact assommant de la cheminée que je tiens toujours de la main gauche.

— Qu'est-ce qui t'arrive ? demande Virginie en fronçant les sourcils.

La lettre froissée rejoint illico le fond de ma poche. Je ne veux pas qu'elle me voie titubant. Je lutte, prends sur moi et sur tout, l'emporte, me redresse et souris. Virginie le remarque, comme elle remarque ma pâleur. Elle se tait, tourne son regard, aperçoit les épluchures en petit tas sur le plan de travail. Misère ! Je n'ai pas eu le temps de les enlever. Le désordre me trouble au point d'ignorer son compliment enjoué, destiné à me détendre :

— T'as préparé notre superjus, c'est sympa. Ouais !

Silence. Pendant que je nettoie d'un geste d'automate, j'aimerais ouvrir la bouche et lui décrire les raisons de mon double malaise. Dans le passé, il m'est arrivé à quelques reprises de ressentir ce besoin de me livrer, de lui raconter. À Mathieu, également. Mais je n'ai jamais pu. Je ne peux pas. Dès que les premiers mots s'apprêtent à sortir, tout se bloque en moi, m'obligeant à me taire. La clarté entrevue s'évanouit. La raideur, physique et mentale, s'installe. L'impossibilité devient hégémonique.

Là aussi, je ne peux rien lui dire. Pas encore, ou jamais. Ce qui vient de se passer rejoint l'arsenal des mutismes. Un de plus. Parce que Virginie a cent, mille fois raison. Un camion encombre alors mon crâne, un camion de secrets coincés. Amoncelés, figés. Très tôt dans ma vie, un secret a entraîné le suivant, et ainsi de suite. Chacun a rendu le précédent caduque, inutile en lui-même, avant d'être submergé par le suivant. Jusqu'à rendre impossible toute révélation. C'est cela. Les secrets obstruent l'ouverture du canal des confidences.

En réaction, je me suis fabriqué, très jeune, une forteresse d'habitudes qui, de vingt à vingt-cinq ans environ, ont gagné en importance et en puissance. Certaines sont devenues des piliers, comme l'invariable petit-déjeuner à la même heure, fait de céréales, de thé, de noisettes et d'un jus de fruit pur. D'autres ont passé, comme cette manie de porter des chaussettes dépareillées, le chocolat de Madagascar qui m'accompagnait du matin au soir, pousser un cri primal au réveil, parcourir des cimetières dès que je découvrais une commune inconnue. Et j'en passe. Puis, il y a neuf ans, les rituels ont pris le pouvoir, mon pouvoir. Ils me permettent d'être mesuré en tout, de gérer mon temps avec application, afin qu'il glisse sans accroc, dans la cadence de ce qui m'environne. Et d'avoir au moins trois coups d'avance sur les heures à venir. Certains n'ont aucun autre sens que celui de me rassurer. Cette manie, par exemple, de déposer sur une tablette de l'entrée la menue monnaie qui traîne dans ma poche droite, et de compter les pièces une à une. Ou, par souci de discipline, de considérer que la première tâche d'une journée est de faire impeccablement son lit. D'autres obéissent à une logique, comme ce refus argumenté du lave-vaisselle.

Ce pouvoir des secrets et des rituels est-il définitif? Peut-être. Ou peut-être pas. Car la lettre et ses conséquences viennent d'ouvrir un tiroir de surprises dont je n'ai pas idée.

6

Je regarde Virginie. Virginie, Virginie, Virginie… Alain Bengotxea l'a surnommée « Txiki » – « la petite », en euskara. Ses possibilités m'ont toujours stupéfié. Comment peut-elle être une pianiste aussi virtuose avec des petits boudins à la place des doigts ? Une énigme. Elle ne joue pas du piano, elle vole sur le clavier qu'elle martèle avec une dextérité, une énergie et un toucher époustouflants ; ses petits pieds semblent effleurer les pédales. On dirait une fée. Elle parviendrait même à séduire un tigre et à le convertir au végétarisme. Au Conservatoire national de Paris, nous la surnommions d'ailleurs « la magicienne ». Parce que Txiki n'est pas un phénomène, c'est un événement humain. Sa devise, elle la répète depuis toujours avec son humour particulier :

— Les grandes paluches, c'est pas un pluche.

Virginie est comme l'eau qui coule, limpide dans son lit, troublée après l'orage, fuyante quand il le faut, bougonne lorsqu'un de ses deux enfants ou elle-même sont contrariés. Elle franchit les obstacles avec hardiesse et souplesse. Son excessivité et sa franchise sont parfois agaçantes. Txiki peut être tellement, tellement épuisante. Mais tout cela est le contre-feu à une sensibilité extrême, puisée, entre autres, dans son histoire.

Un mélange qui fait aussi d'elle une interprète exceptionnelle, et un être séraphique. C'est cela. Virginie, alias « Txiki », est apparue un jour dans un piano pendant que les autres filles naissaient dans une rose. Ce don, servi par sa détermination, l'a sans doute sauvée d'un sort qui semblait tout tracé : naissance sous X. Mais la sans-famille a eu la chance d'être adoptée, tout bébé, par un couple et une fratrie du tonnerre, les Kaczmarek. À Lille. Elle en parle facilement. Leurs ancêtres sont devenus les siens. Qu'ils soient tous blonds et grands quand elle est petite, enrobée et brune teintée de rouge, n'a jamais été un obstacle. Le contraste les amuse. Ils l'ont surnommée « le joli petit canard ». Là où d'autres auraient sombré, Txiki a hissé sa voile et a navigué.

À ses trois ans, les Kaczmarek ont eu la bonne idée, ou l'intuition, de l'asseoir devant le piano noir du salon, sur lequel personne ne jouait. Et le charme a opéré. Jusqu'au Conservatoire national, à ses dix-huit ans, il s'est intensifié et ne cesse de s'intensifier. Sincèrement, je ne sais pas sur quelle planète musicale elle puise son savoir et sa prestance. Et le savoir n'aurait aucun intérêt.

Monique et Jean Kaczmarek, par leur amour profond, ne lui ont jamais caché l'avoir adoptée. De son côté, elle n'a jamais cherché à savoir qui sont ses parents biologiques. Elle l'explique :

— Mes géniteurs m'ont attribué un X. Les Kaczmarek, eux, y m'ont offert tout l'alphabet. C'est eux, mon sang. Alors qu'est-ce que j'irais foutre avec des inconnus analphabètes !

Personne n'est dupe. La blessure des origines, presque imperceptible, est toujours latente. L'absence de racines plus lointaines reste son Trafalgar. Virginie fait semblant, comme tout le monde. Parce que l'on « doit » parfois faire semblant si l'on veut survivre. Pour se sauver.

Le premier jour de notre rencontre, j'avais déjà remarqué Virginie. On pouvait difficilement la manquer avec ses cheveux rouges flamboyants, laissés volontairement en bataille. Et cette silhouette déjà dodue, ces yeux de trublion, sa tenue extravagante. Ayant noté qu'elle m'observait, je n'ai pas été étonné qu'elle m'aborde. Tout a été immédiat.

En vingt ans, notre entente n'a connu aucun séisme. Il nous arrive de ne pas être d'accord. Des petits accrochages qui peuvent être intenses, passionnés, tendus même ; mais des averses puisqu'elles ne durent pas. L'essentiel est ailleurs, dans l'évidence des premiers instants, dans notre connivence. Sans doute aussi dans ce qui nous sépare. Par exemple, elle est aussi volubile que je suis mesuré ; elle se raconte facilement quand je me tais. Mais elle a ses têtes. Et quand elle ne « sent » pas quelqu'un, elle peut être aussi aimable qu'un coup de couteau. Bref, nous nous aimons d'une chaleur générale et inexpliquée, d'un compagnonnage soudé, en musique et en vie. Disons que si je suis un livre fermé, elle est un livre ouvert poignant de tendresse, de pertinence et de libéralité.

Avec Alain Bengotxea et Mathieu, Virginie forme donc ma garde rapprochée, ma forteresse. La triade des sûrs ; ceux qui partagent une fiabilité réciproque, qui vivent avec mes vies qu'ils ne connaissent pas. Ceux qui ont l'approbation des sentiments, qui savent ce que l'autre va dire avant même qu'il ait prononcé une syllabe. Comme tout le monde, ils possèdent également leur boutique, leur cabinet de curiosités que personne ne visitera jamais. Mais nous ne posons pas de questions. Depuis toujours. La discrétion est l'un des ferments de notre équilibre relationnel. Tout comme la générosité, sinon nos instruments ne nous auraient pas choisis. Même Mathieu, parce qu'en matière d'instrument il sert une autre musique, celle des anatomies : la chirurgie. Et puis nous avons Momo... L'électron libre. En écrivant « Momo », l'émotion vient... Il sera avec vous. Bientôt...

Les deux charmants enfants de Virginie – Théophile, douze ans ; et Isabelle, onze ans (elle dit qu'elle les a eus « à la kalachnikov ») – ne suffisent pas toujours à l'assouvissement de sa nature qui la submerge en certaines occasions. Par exemple, elle redoute leur adolescence imminente. Elle me l'a dit, un jour :

— Tu crois qu'ils m'aimeront encore ? Qu'ils nous aimeront tous les deux avec Alexis ?

Car Txiki craint autant pour elle-même que pour ceux qu'elle aime. Elle peut être maternelle, donc exaspérante. Alors on la laisse faire. Par exemple, son mari, Alexis – un grand blond aussi mince qu'elle est replète –, tempère ce caractère à coups de : « Respire ! » Alexis ? Virginie l'appelle « mon époux vantail, parce qu'il me laisse plein d'air, pour respirer, et que, des fois, il est chiant. Mais pas autant que moi. » En toute honnêteté, et en ce lundi de la lettre, je n'éprouve pas une affinité particulière pour Alexis. Cet homme est charmant, prévenant, sincèrement aimant de cette dixième muse. Leur couple est solide comme un temple grec. Ce qui est l'essentiel. Et je suis toujours content de le voir. Il éprouve visiblement la même impression à mon égard. Alors notre relation est un accord tacite au service de Virginie. Un statu quo.

7

Ah, Txiki… Elle me fixe étrangement, troublée, et me sort de mes pensées, de la lettre déposée par Paskoal.

— Anthelme, je te rappelle qu'on répète le Lulu, aujourd'hui. Si t'es patraque, on remet.

Je la tranquillise d'un mince sourire et d'une main levée :

— Non, ça va aller. Le jus est prêt.

Cette habitude virginienne d'attribuer des diminutifs : *Lulu* pour « Ludwig van Beethoven », *Chouchou* pour « Schubert » (facile), *Tonton* pour « Anton Dvořák », *Fred* pour « Chopin », etc. Je m'y suis fait, et j'avoue qu'elle ne me déplaît pas. Disons qu'elle désacralise, qu'elle nous replonge dans l'humain des compositeurs. Elle permet de « visualiser » les uns et les autres comme des amis venus jouer avec nous. Elle fait partie de notre aversion commune, avec Bengotxea, envers toute forme de snobisme.

Beethoven est donc au programme. Un dernier passage en revue des cinq sonates pour violoncelle et piano, avant notre concert à Paris, dans une quinzaine de jours. J'ai repris un peu de contenance. Virginie ne fait – et ne fera – aucun commentaire sur mon état, malgré l'envie de savoir, qui pétille dans ses prunelles. Je l'en remercie déjà. Elle me tend sa main potelée pour que, d'un claquement de paumes, nous scellions l'accord de la répétition qui s'annonce. J'assurerai ma partie.

Je sers le liquide légèrement sirupeux dans les deux verres de Biot d'un bleu profond. Il va me faire du bien, me remettre sur les rails. J'en savoure à l'avance la souplesse, la texture et la subtilité. Il me remplit tellement à chaque fois. J'ouvre les lèvres. Il s'introduit dans ma bouche, coule, gagne le gosier, progresse, escorté de ses habituelles promesses. Je m'arrête.

Partant de la nuque, un froid serpente le long de mon échine. Je reconnais ce froid. Il est celui de l'angoisse que provoque une disparition. Mes papilles ne détectent aucun goût ! Je pâlis, décomposé. Comment est-ce possible ? Je prends une autre gorgée. Rien. Je me décompose encore plus. Une troisième, toujours rien. Virginie m'observe. Son inquiétude est montée d'un cran. Je regarde autour de moi, affolé. Toutes mes horloges viennent de se dérégler. D'un coup.

Une orange. Je jette mon dévolu sur une orange. Je la regarde comme si elle contenait ma vie. Je me précipite, fébrile. Je l'épluche frénétiquement. Je goûte. La pâleur s'intensifie. Le rien laisse place au néant, qui s'impose, me rend impuissant. Le contrôle s'échappe, je vais défaillir. La décomposition est à son maximum. J'atteins des sommets de lividité. J'en deviens laid – « toi, le beau gosse », dira Virginie.

Elle s'approche, toujours sans dire un mot. Je m'écarte vivement, ce qui la surprend. Je n'ai jamais de gestes brusques. Une mort infime vient de surgir : ce que je mange et bois n'a plus de goût. Je n'ai plus de goût ! La panique monte encore. Même l'odorat s'est estompé jusqu'à s'effacer. Je renifle les vêtements d'une Virginie paralysée par la stupéfaction. Son parfum capiteux, végétal et animal, a disparu. Et les mots accouchent d'eux-mêmes, tout haut – « comme un missile » ajoutera Virginie :

— Le goût… Je ne sens plus rien… Mon père est mort…

C'est advenu. Il suffit d'un rien pour qu'un monde s'achève. Le mien vient de chanceler.

Mathieu, je dois appeler Mathieu.

8

« Je promets et je jure d'être fidèle aux lois de l'honneur et de la probité. [...] Que les hommes et mes confrères m'accordent leur estime si je suis fidèle à mes promesses ; que je sois déshonoré et méprisé si j'y manque. »

Placé dans un cadre, sur mon large bureau, le serment d'Hippocrate est un rappel incessant. Comment devient-on médecin, chirurgien ? Dans mon cas, il est l'aboutissement d'une quête remontant à l'enfance, lorsque de petits êtres se façonnent au contact de vocations qui, pour la plupart, ne resteront qu'un appel momifié par les virages du temps et des choix différents. Ce jour d'Hippocrate fut celui du serment de vouer mes jours, et certaines de mes nuits, au soin des autres, de réparer les corps et les cœurs, de sonner la charge contre la mort, toutes les morts, qui, on ne l'apprend pas assez dans nos études, gagnent si – trop – souvent contre la médecine.

À neuf ans, cette vocation m'a submergé. L'événement fondateur ? Mon père, que je craignais, venait d'échapper à un arrêt cardiaque, là-bas, dans « sa » banque de Bayonne où, directeur, il passait tant d'heures à faire et défaire des comptes. Si je n'aimais pas mon père, je supportais sa présence. Je le respectais par éducation, à l'image de mes trois sœurs aînées, mariées très – trop – tôt pour fuir la grande maison qu'il régissait d'une main impitoyable. Comme un compte. Ce sauvetage me paraissant miraculeux, je décidai d'être également thaumaturge, d'épouser la noblesse du soignant, de tous les soignants, tant ces métiers sont faits de grandeur, et d'abnégation qui peut aller jusqu'au renoncement. Mais en secret car Maurice, mon père, avait prévu pour son seul fils un avenir de poncifs, une vie gérée comme une épargne : Polytechnique, une famille nombreuse, la fortune, le respect républicain et la légion d'honneur. Je lui suis néanmoins reconnaissant d'une chose : refuser d'envoyer sa progéniture dans un établissement privé, au contraire des « enfants de » engraissés et reproduits dans le sérail. Car pour ce noble dont il n'avait de statut que le nom, dont l'arrière-grand-père avait quitté le camp monarchiste pour celui, satanique, des dreyfusards et autres « bouffeurs de curés » de Jaurès, l'école et la méritocratie républicaines étaient le creuset des caractères et des réussites. Oui, je l'en remercie. Sinon, je n'aurais sans doute pas croisé Anthelme.

Anthelme me taquine souvent sur mes relents de snobisme dû à mes origines, et qui me gagnent parfois. Il se moque, par exemple, de mon style écrit et oral, qu'il dit « ampoulé », « bourgeois », « Ancien Régime » ; d'une coquetterie presque obsessionnelle ; de ma propension à dévorer encore des sucreries, avec un penchant immarcescible pour le Carambar.

Virginie s'est déjà demandé comment aborder Anthelme. Je rejoins ses appréciations, en ajoutant qu'il possède également la patience du volcan, qui décide quand il entrera en éruption. Et la solidité du marbre, en même temps si fragile. Disons qu'il est un volcan de marbre à deux facettes, qui ne souhaite pas reconnaître ses deux visages. Mais revenons à ce jour de la cassure.

En ce lundi matin, je suis à mon cabinet, les jambes posées sur le côté gauche du bureau, me balançant dans mon grand fauteuil. La ligne privée sonne. Je me rassieds face au serment d'Hippocrate. Le numéro de Virginie vient de s'afficher. Elle a pour habitude de ne pas dire bonjour et d'entamer aussitôt le sujet, estimant que les formules de politesse sont une perte de temps :

— On n'a pas répété le Lulu. Je rentre chez moi. Anthelme débloque, mon vieux ! Je suis très inquiète, je l'ai jamais vu comme ça.

— Bonjour, Virginie. Comment cela ?

— Il va t'appeler... J'te raconte.

Et patati, et patata. Le flot de paroles m'oblige à éloigner le combiné de mon oreille droite.

— Je te laisse, mon grand, tiens-moi au parfum.

Virginie raccroche. L'ouragan vient de passer, me laissant perplexe. Alors ? Le mieux est d'attendre qu'Anthelme se manifeste. Pendant ce temps, je poursuis mon lundi. Je tiens à ces lundis qu'il a fallu imposer à l'administration hospitalière. Sans consultations, sans opérations, ils me ressourcent, m'animent, me recollent aux réalités. Les lundis me sont nécessaires pour continuer d'être humain.

Après m'être resservi un verre d'orangeade, je replace mes jambes sur le côté gauche du bureau. Aussi loin que remontent mes souvenirs, cette position a toujours été (au grand dam de mon père) celle de mes études, des devoirs à domicile. Elle procure une plénitude et une décontraction favorables aux apprentissages, aux vagabondages de l'esprit, aux rêveries, aux réflexions.

Le téléphone retentit enfin.

— Salut Mat ! J'imagine que Virginie a déjà appelé.

— Exact. Aussi rapide que la vérité. Comme toujours.

— Je suis en bas, je monte.

La voix d'Anthelme est légèrement saccadée. Il paraît essoufflé. Lorsqu'il pénètre dans mon cabinet, l'appréhension se confirme. Il est chamboulé, désemparé, les yeux semblant livrer un vain combat contre les enfers. À tel point que ses traits en sont déformés et que j'ai presque du mal à le reconnaître. Anthelme tient un bouquet de lys odorants. Il sait combien j'aime les fleurs, celles-ci en particulier, et ne manque pas de m'en offrir quand il me rend visite. Sensible au geste, je l'en remercie chaleureusement :

— Comme c'est adorable, merci infiniment. Assieds-toi. Ça n'a pas l'air d'aller.

— La fleuriste m'a trouvé une mine de déterré, dit Anthelme.

— Elle a raison. Virginie a déblayé le terrain. Mais vas-y.

Anthelme, toujours méticuleux, se lance dans le récit détaillé de sa mésaventure, ponctué de gestes brusques qui ne lui ressemblent pas. Jusqu'à cet instant fatidique du goût fugitif. Quelle étrange disparition ! Je n'ai jamais examiné de si près une perte gustative. Évidemment, Anthelme n'est pas un patient, mais, tout en examinant sa bouche, je ne peux m'empêcher d'employer un ton professionnel :

— Je sors ton dossier.

Son dernier bilan, un mois auparavant, le confirme : Anthelme est dans une forme physique désespérément olympique.

— Tu prends un traitement que je ne connais pas ? dis-je.

— Non, évidemment ! Mat, tu es mon seul médecin, tu le sais bien.

La question semble l'avoir affecté. D'ordinaire, il prend ce genre de remarque d'un air badin. Cette susceptibilité m'intrigue :

— Bon, je t'explique. A priori, tu n'as pas vraiment perdu le goût. Ce qu'on appelle une « agueusie », la perte totale. La véritable agueusie est rare. Disons que ton goût est parti faire un tour. C'est plutôt une dysgueusie, mon vieux, ou une hypogueusie, bref un dérèglement momentané, une perversion du goût.

— Comment ça, une agueusie ?

— Une agueusie survient quand les nerfs du goût sont sectionnés ou abîmés par un accident ou une tumeur. Les trois-quarts des papilles gustatives sont situés sur le dos de la langue, et la tienne n'a aucune lésion apparente. Les nerfs sont indemnes. Ta langue est normale. L'agueusie peut venir aussi de médicaments, de l'alcool, du tabac, d'une maladie comme le cancer, une insuffisance rénale et hépatique, le vieillissement, le diabète, une bouche en mauvais état. Tu n'as rien de tout cela que je sache. Ni les autres causes possibles, la liste est longue, tu peux me croire.

En temps normal, Anthelme m'aurait demandé de lui expliquer chaque cas. Rien de tel.

— Non, dit-il d'un ton sec. Alors d'où ça vient, bon sang ?

— Ça peut être dû à un choc physique, ce qui est ton cas en te cognant la tête, et, ou, à un choc émotionnel, ou à des causes plus « psychologiques ».

Remarquant sa mine renfrognée, et soupçonnant des raisons plus confuses, je poursuis :

— Par exemple, tu n'arrives plus à faire la différence entre un goût savoureux, agréable et l'amertume. C'est ça ?

— Oui.

— C'est souvent un symptôme d'anosmie, la perte de l'odorat. Tu sens moins bien ?

— Exact.

— Nous pouvons faire des tests de dégustation pour savoir ce qui est touché exactement. Enfin, quelle saveur.

— Sucré, salé, amer et acide ?

— Oui, ce sont les saveurs primaires. Tu peux en ajouter cinq, maintenant. Astringente, piquante, métallique, grasse et amidon.

— Merci. Non, je n'ai pas envie. Et la perte de goût peut durer combien de temps ?

— Il n'y a pas grand-chose à faire. Attendre.

J'aurais annoncé le retour d'Attila que l'effet aurait été le même. Anthelme me regarde fixement, comme saisi dans de l'azote liquide. Il se lève. Le verbe *attendre* a toujours eu des difficultés à entrer dans son dictionnaire. Sa mince silhouette se dirige vers la porte qu'il ouvre d'un coup, lançant d'une voix blanche, sépulcrale :

— Merci Mat. Au fait, mon père est mort.

Le verre d'orangeade que je portais à mes lèvres reste suspendu. Bouche bée, je dois ressembler à un ide prêt à se suicider en sautant par-dessus l'aquarium.

Anthelme a déjà disparu. Ne me parvient que le claquement de la porte.

9

Parfois, descendre deux simples étages par l'escalier ressemble à un exploit sportif. Marche après marche, je m'interroge. Je sais bien que Mat a pris un sérieux uppercut. Tout est parti de loin, dans une spontanéité désarmante. Que faire ? Il m'est impossible d'expliquer la situation à mes deux chers amis. Le barrage des secrets m'en empêche. Je pourrais m'adresser à l'un de ces marchands de l'âme et de l'esprit, psychologue ou psychiatre, que sais-je ? Mais je ne crois pas aux psys. Et comment pourraient-ils faire revenir ces quatre saveurs fondamentales auxquelles s'en ajoutent donc cinq, histoire de corser l'affaire ? Ces quatre piliers de mon palais effondré ! Il leur faudrait des années ! La situation est tellement perturbante, confuse. Les papilles se brouillent, ne répondent plus. Attendre ? Mathieu a raison : attendre m'est insupportable.

La voiture est sagement rangée près du cabinet. Mathieu est un être exquis. Tout comme avec Virginie, notre relation ininterrompue n'a connu aucune noirceur. Même lorsque je lui ai chipé la première place à l'école. Ce qui lui a fait dire à l'époque : « On voit que tu es né à Bayonne. C'est une bouche rit où ne vivent que des gens bons. » Mat a gardé cette habitude, qui peut être désastreuse, des plaisanteries d'une autre planète.

Alors que, dit-il, les miennes sont plutôt du registre intellectuel, le canular subtil. Cet humour est une de ses caractéristiques, à l'opposé de cette élégance qu'il place en tout. Cet air de dandy, ce soin de sa personne – que je partage –, un cabinet et une maison impeccables, décorés avec un goût exquis, son phrasé et ce style oratoire frisant l'affectation. Mais Mathieu reste un livre entrouvert avant tout délicat.

Quand je l'ai connu, il avait déjà cette manière bien à lui de convoquer l'esthétisme, le raffinement et le bien-être. Et la ruse lorsque, enfant peu sportif, au physique plus proche de l'asperge que du robuste radis noir de Bègles, il pouvait être la proie des grosses brutes qu'il parvenait à maîtriser par son talent de tchatcheur et un stock inépuisable de sucreries. Mais il pouvait aussi s'avérer un redoutable combattant. Quand il l'avait décidé. Pour résumer, j'ai toujours savouré la pondération, la patience, le contrôle de Mathieu, des qualités indispensables à son admirable métier. Une véritable vocation. Dès l'enfance, il était fasciné par le gigot, les couteaux, le poulet, tout ce qu'on désossait, découpait. Les tortures infligées à une viande déjà morte ne lui suffisant pas, il a choisi de sauver les viandes vivantes. Parce qu'il est très humain, Mathieu ne dira jamais qu'il est un grand chirurgien. Un exemple ? Il part en mission caritative dès qu'il le peut, n'en parle pas, n'en tire aucune prétention. Car il est aux antipodes de ce que voulait son père : chirurgien cardiaque, gay, panier percé et indifférent aux honneurs.

Adolescent, Mathieu a cherché à savoir ce que provoque la mort chez les proches d'un défunt. Pour cela, il s'est mis à consulter la liste des cérémonies de crémation des trois cimetières de Bayonne – Saint-Léon, Saint-Étienne et Talouchet –, et à se mêler à l'assistance. Dans un carnet, qu'il a conservé, il notait ses remarques et constatations. Depuis, il fait très attention à cette dimension humaine de la patientèle. Et puis Mathieu l'a expliqué, il est un miracle familial, échappé d'une noblesse finissante, d'un milieu trop conservateur qui, aux funérailles de son père, lui arracha cette vérité : « Vous êtes de la droite dure comme du pain rassis. » De fait, Maurice Maréchal a eu l'idée de succomber à un second infarctus, massif celui-là. En y pensant, cet être froid comme le frimas (il m'épouvantait), a été victime de la chose essentielle qu'il ne possédait pas : le cœur. Un juste retour des choses ? Peut-être. Il est mort avant que Mathieu déclare son homosexualité, juste après son bac. Ensuite, ce fils qu'il aurait certainement jugé indigne a mené de brillantes études, soutenu par une mère devenue l'archétype de la veuve exemplaire ne quittant jamais le noir ou le violet. En revanche, son aveu marqua la rupture avec le reste de la famille, ses sœurs comprises. Tragiquement et ignoblement coutumier. Il ne paraît pas en souffrir. De même que de la succession de ses amants. Il n'arrive pas à se stabiliser sur le plan amoureux, ce qui lui a valu son surnom d'« Échec et Mat ».

Leihoa pointe à l'horizon. Déjà. La faim me tiraille. Mais comment faire et quoi manger puisque le goût et l'odorat sont partis en cavale ? La frustration me tenaille. Attendre…, attendre… Je saisis mon grand cahier Clairefontaine à petits carreaux – le numéro 237, pour être précis –, afin d'y consigner mes impressions depuis ce matin. Les événements se sont enchaînés si vite que je n'ai pas eu le temps d'écrire. Aux portes de l'adolescence, j'ai pris cette habitude de noter, presque chaque jour, ce qui me passe par la tête et le cœur. Les cahiers se sont accumulés, soigneusement rangés sous clé dans mon bureau du premier. Ils renferment mes trésors de vie, que personne n'a jamais explorés, à part Elle.

Si je me concentre sur mes passions, elles m'aideront peut-être à retrouver le goût… En principe, la plume soulage, apaise, panse, rassérène. Mais elle paresse, finit par se dérober. Rien ne vient, parce que tout vient. La lettre, le choc, le goût… La fissure. La tête enchâssée entre mes mains, j'éprouve une sensation qui m'envahit progressivement, puis totalement. Celle d'une vague incontrôlable, venue de loin, qui attendait. Elle me désempare, je tremble. Le goût m'a fui sans demander. Je suis perdu, me délite. Je ne m'appartiens plus, ne me maîtrise plus, ne maîtrise plus rien. La forteresse construite autour de moi s'effrite, prête à s'écrouler. Celle des « secrets »... Le mot me fait soudain frémir. La raideur qu'il appelle d'ordinaire, physique et mentale, ne vient pas, ne vient plus. Il m'oppresse. Que faire face à l'oppression ? Se libérer. Oui mais comment ? La vague me dit combien elle est libératrice. De l'écouter. De me libérer, si je veux continuer à exister. Mais d'où vient cette voix ?

Il a suffi d'une lettre, d'une cheminée... D'atteindre les limites. Bengotxea l'a toujours dit. Nous avons nos limites. Elles viennent de me sauter au visage. Secret : « dans un lieu isolé », « retiré » ; c'est cela, ils m'ont enfermé. Ils m'ont peut-être réduit jusqu'à ces limites qui viennent de me heurter. Qui sait ? Alors je comprends qu'il me faut enfin découvrir comment je me suis rendu prisonnier à ce point. Me délester. Parler déjà. Il reste à avertir de mon accident le troisième pilier : Bengotxea.

10

Aujourd'hui, la maison est pleine. Nous fêtons nos noces d'orchidée. Chaque anniversaire de mariage me replonge dans ce jour merveilleux. Lorsqu'elle a surgi en contre-jour, j'ai cru que je vivais une scène en noir et blanc, comme dans un film néoréaliste italien. Pas une de ces romances à l'eau de rose que regardait ma mère, du style *Angélique, marquise des anges* et autres navets. Elle en lisait aussi. Des vieilles collections de *Nous Deux*, des Harlequin. À partir de 1972, elle s'est même mise à *Union*, une version croustillante de la romance. Non, je jure sur mon archet en bois de Pernambouc que tout s'est passé comme ça, il y a cinquante-six ans.

C'était en août, un soir, aux arènes, pendant les fêtes de Bayonne. Il y avait un monde fou, et pourtant je n'ai vu qu'elle ; Florence brillait au milieu de la foule. J'ai su comment elle s'appelait parce qu'une de ses copines a crié son prénom au moment où elle apparaissait. Elle portait une petite robe blanche, légère, que soulevait à peine une petite brise. Avec ses cheveux bruns ondulant sur ses épaules nues, son allure vive et rebelle, elle m'a fait penser à Tatiana Samoïlova, l'actrice russe. Dans *Quand passent les cigognes*, elle incarne Veronika attendant le retour de son fiancé, Boris. Comme Tatiana, elle avait l'insolence de la beauté.

Les dents scintillantes de Florence semblaient des étoiles, sa peau avait la couleur du lait tout juste sorti de l'ombre d'une étable. Ses mains, que je dévisageais, sculptaient l'air à coups de mouvements alertes, précis. En résumé, ce jour-là, je suis tombé en extase amoureuse. Un état qui vous rend particulièrement idiot. Bien sûr, dans sa finesse toute féminine, Florence a remarqué le benêt que j'étais. Ensuite ? J'étais tellement paralysé que je n'ai pas pu l'approcher. Le temps semblait suspendu, tout fonctionnait au ralenti dans un ciel bleu en plein été. Comme dans les romans à l'eau de rose de ma mère.

Sous ses airs détachés, Florence, elle, n'était pas restée insensible à mon charme. C'est vrai, j'avais mon petit succès à Bayonne, pas seulement parce que j'étais un violoncelliste dont on parlait un peu. Grand, brun, musclé, j'étais un de ces petits chasseurs de l'époque, à la recherche d'une virilité, aux techniques d'approche aussi prévisibles que les escargots après la pluie.

Quand elle s'est aperçue que, figé par le trac, je ne tenterais rien, Florence a pris les choses entre ses petites mains délicates. Aujourd'hui, elle a toujours les plus belles mains de l'univers. Les mains vous en disent tellement, vous savez. Leur forme, leur agilité, leurs proportions. Elles sont notre miroir. Donc Florence m'a abordé. J'ai fondu. Pour la première fois. Elle était en médecine, venait de Lahonce, moi de Mouguerre, et pourtant, on ne s'était jamais rencontrés. Nous n'avions aucune relation en commun.

Un an plus tard, nous étions mariés. On avait vingt-deux ans chacun, des envies plein les poumons, des rêves à rendre jaloux les plus grands utopistes. Avec l'impression de vivre dans la partie la plus douce du paradis terrestre, là où il fait tout le temps chaud. Florence a accepté de s'appeler « Bengotxea » et y a collé son nom : « Irribaren ». Un composé chic, gravé sur sa plaque dorée de généraliste. Depuis, à chaque anniversaire de mariage, nous allons à… Florence.

Il paraît que notre couple est « exceptionnel ». Même aujourd'hui, entouré de nos trois enfants, de leurs enfants. Peut-être. Un couple durable rassure, on enjolive. Nous sommes pourtant banals. En cinquante-six ans, je n'ai jamais essayé de voir ailleurs puisqu'elle était là. Nous avons connu des nuits torrides, des jours bousculés, des accords inouïs et des disparités sidérales. Des joies profondes et des tristesses abyssales, des fous rires inoubliables et des disputes d'anthologie. Nous nous sommes quittés chaque matin pour nous épouser à nouveau chaque soir, dans l'union et la démesure de natures passionnées. Passionnées par tant d'attraits. Elle pour ses patients ; moi pour le violoncelle ; nous pour ce que l'humanité recèle de friable, de beau, d'exceptionnel.

Pourquoi avoir choisi le violoncelle alors que tant d'instruments offraient leurs touches, leurs cordes, jusqu'à leurs âmes et leurs « anches » ? C'était le cri d'une vie intérieure, irrépressible, tonitruant. Un cri qui retentit toujours. Mais j'ai compris assez vite que je ne serais jamais le soliste que je rêvais d'être. D'autres auraient capitulé, rejoint la cohorte des déçus qui changent de vocation comme on change de maison ou de voiture. Non, au fond de moi résonnait sans cesse l'appel, les vibrations du violoncelle. Une autre voie s'est dessinée. Alors je me suis formé auprès de maîtres prestigieux, pour m'enrichir de leurs enseignements, et enseigner à mon tour. Déceler et accompagner des talents est devenu mon credo et ma joie. C'est vrai, certains ont fait de belles carrières d'orchestre. Peu sont arrivés au A+++… Je m'arrête là. Txiki va vous éclairer. De toute façon, nous sommes là pour parler d'Anthelme, pas d'Alain Bengotxea. Ah, Anthelme !…

En vingt-cinq ans, nous n'avons jamais rompu le lien, même aux pires moments. Nous avons été brouillés pendant un temps, comme des œufs mal assortis. Nous avions sans doute besoin de nous « désintoxiquer » l'un de l'autre. Alors Anthelme occupe toujours une place particulière dans mon existence, liée au fait que nous sommes basques, que nous parlons en euskara ; et à ce jour des sanglots, quand nous avons pleuré si bien ensemble en écoutant Jacqueline du Pré… J'y reviendrai… Et puis à un cordon spécial, presque filial et paternel, sans que j'aie été un père de substitution. Alors, autant vous dire que, lorsqu'il m'a appelé, ce lundi midi, pour m'apprendre son accident – en omettant d'évoquer son père –, un trouble m'a submergé. Parce que je l'aime, tout simplement.

11

Alain Bengotxea ? Je l'ai rencontré une foule de fois depuis le Conservatoire national. Lui aussi est muet sur la vie d'Anthelme. C'est un pacte entre eux. Ils sont sûrement aussi pudiques l'un que l'autre. Ils sont souvent comme ça les Basques, rudes et humains, parfois taiseux ou économes des mots, mais ils sont tellement sympathiques. Bengotxea ? C'est un septuagénaire avec plein de cheveux poivre et sel, surtout du poivre. Moi, je le trouve beau. Il est à la fois généreux et affectueux, pénible et ronchon, sûrement parce qu'il a cette exigence. Et son exigence a payé. Il a une sacrée réputation, à Bayonne, en France et ailleurs. Anthelme ? Il l'a repéré petit, comme d'autres. Il a suivi les enseignements de grands archets, Paul Tortelier et Pierre Fournier. À l'ancienne. Un jour, il y a longtemps, on prenait un gros apéro chez Anthelme, à Leihoa, et il m'a dit :

— Tu sais (il tutoie ses élèves et les plus jeunes que lui ; avec respect), j'ai commencé le violoncelle à l'âge d'Anthi. À quinze ans, je me suis aperçu que je ne serais jamais un grand interprète, un soliste ou un premier violoncelliste d'orchestre. Jamais. J'en rêvais quand j'étais petit. Mais je n'avais pas les aptitudes. Il y a les films de série B, et ceux de série B+. J'aurais été un B+, et ça, ce n'était pas possible. Alors j'ai préféré enseigner. Pour faire des films A+++.

Il s'est tourné vers Florence, son épouse depuis l'Antiquité grecque, et ils ont ri à sa plaisanterie. Ah oui, un jour Bengotxea a donné à Anthelme ce diminutif d'« Anthi ». Parce que quand Anthelme avait vingt-cinq ans, il lui a reproché d'être antitruc, antimachin. Un « antitout ». Un petit con. Là aussi, il avait raison. On n'en pouvait plus et on s'est demandé si Anthi s'en sortirait tellement il était devenu pénible. Comment il en était arrivé là ? Il le dira lui-même. Mais le surnom est resté. On l'a tous adopté.

Donc l'anecdote perso, j'ai apprécié. C'est rare chez Bengotxea. Il l'a peut-être sortie parce qu'il avait déjà bu deux verres d'irouléguy. Je lui ai répondu :

— Vous (en revanche, on le vouvoie ; une habitude, un code) avez bien fait. Sinon, Anthi serait un B, peut-être un C.

— C'est qu'elle comprend bien et vite la Txiki (petite) du Nord.

Txiki. C'est là que j'ai été baptisée du surnom, au vin rouge. Tout ça parce que je fais un mètre soixante. Ça m'empêche pas d'atteindre les pédales du piano. Il est moqueur, Bengotxea. Il faut s'habituer.

C'est tellement vrai que c'est un révélateur, comme en photo. C'est un démiurge de la musique, parfait pour mettre les autres en lumière. Lui, il reste dans l'ombre, c'est une ombre éclairante, créatrice. Il a le don de faire sortir le meilleur. Il sublime. Un vrai pygmalion. Il est aussi impitoyable. Quand un élève est certain qu'il fera une grande carrière alors que ce s'ra juste un musicien honnête, il convoque d'abord les parents en leur demandant d'arrêter de faire croire à leur gamin que ce s'ra le génie du siècle. C'est un classique parental ; j'en vois quand je fais des classes d'été. Après, il parle à l'élève et l'aiguille vers ses limites, sans le brusquer, jusqu'à ce qu'il comprenne, qu'il se rende compte. Il dit que les limites, c'est fait pour être dépassé, mais que y a des limites aux limites.

C'est comme ça qu'il a permis à des violoncellistes de percer. Y en a sept au total dans toute sa carrière. Un autre jour, il l'a expliqué comme ça :

— Ils forment une petite famille d'une fidélité affectueuse sans jamais être obséquieuse ; ils ne doivent leur ascension qu'à eux-mêmes, et je déteste toute forme de reconnaissance. Je les ai surnommés mes « sept nains ». Ils n'ont jamais osé m'appeler « Blanche-Neige ». Heureusement !

Six sont venus d'un peu partout juste pour sa réputation et son cours. Anthelme, c'est le seul local. Y sont toujours en contact avec Florence et Alain. Y viennent leur rendre visite, téléphonent, écrivent de vraies lettres, même des années après. De vraies lettres parce que les Bengotxea sont anachroniques, ils refusent tout ce qui est informatique. Anthelme, il a aussi cette fidélité, ce lien, mais plus fort que les autres. Ça tient à son histoire, à leur histoire, au fait qu'ils soient basques. C'est beau à voir ce cordon qui dure. Pourtant, y en a eu des disputes, des désaccords ! Ils ont des caractères de dogues. Mais ça a jamais duré, parce qu'ils s'adorent au fond. Sauf la grosse engueulade, quand Anthelme était antitout. Il vous la racontera. Et puis Anthelme, il a un respect incroyable pour son prof de toujours. Il l'a dit et il le répète :

— Le problème avec lui, c'est qu'il n'a pas raison concernant la musique : il est dans le vrai. Et le vrai, c'est ce qu'il y a de plus dur à affronter. Comme il le dit : « Sans travail, pas de miracle. Sans technique, pas de musicien. Sans âme, pas de grand interprète. Sans liberté, pas de talent. »

À chaque fois, on frappe dans nos mains et on lance ensemble :

— Et sans talent, pas de promesse !

On rit. C'est notre devise.

12

Depuis lundi et sa visite à mon cabinet, Anthelme ne répond pas au téléphone. Une telle attitude n'est pas dans ses règles de vie. Il se manifeste toujours d'une manière ou d'une autre. Rapidement. Le mercredi, l'inquiétude augmentant, une réunion au sommet s'impose. Nous décidons, avec Virginie, de convoquer nos amours et un cabinet de crise. Il est impensable de laisser notre cher Anthi s'abandonner à la noirceur. Nos petites voix nous disent que des tourments le hantent. Il ne s'agit pas, pour nous, d'en connaître la teneur et les raisons, encore moins de savoir pourquoi son père est mort, alors qu'il l'était déjà. Simplement d'être là, avec lui, près de lui. De lui offrir notre présence nue.

Dans la voiture qui roule vers Leihoa, Virginie, ses petites mains nouées, hésite entre préoccupation et doutes :

— Mat, tu crois qu'il sera là ?

— Nous verrons bien.

— J'espère qu'il a rien.

— Je l'espère aussi.

— Et s'il est là, il répondra ?

— Nous n'allons pas tarder à le savoir.

La maison est éclairée. Un signe de vie qui nous soulage. En l'absence inhabituelle de réponse d'un être cher, une foule de pensées peut nous traverser de part en part, lancinantes. Au coup de sonnette, nous percevons le bruit de pas. Anthelme ouvre la porte, plus échevelé encore qu'à l'accoutumée.

— Ah, c'est vous, dit-il d'une voix pâteuse, symptomatique du manque de sommeil.

Que notre arrivée ne lui arrache pas des cris de joie ne nous impressionne pas. Sa neutralité, son manque d'enthousiasme : Anthelme a tout du prostré que l'on vient de déranger. Nous voyant ainsi sur le seuil, il manifeste une once d'aménité.

— Entrez.

En allant à la cuisine, impeccable, j'inspecte le très grand salon du regard. Tout est rangé, propre. Rien ne laisse supposer un laisser-aller, un abandon semblable à ceux qui déchirent quelqu'un lorsqu'il a choisi de chavirer, de couler. Anthelme n'a pas chaviré. Un de ses grands Clairefontaine est sur la table ; fermé, il semble abandonné.

— J'essaie d'écrire depuis lundi, dit Anthelme, sans que nous posions la moindre question. Impossible.

Que lui arrive-t-il ? D'ordinaire, il se serait contenté de prendre le cahier et de le soustraire à notre curiosité. Mais il le laisse bien en vue. Et que signifie cet échantillon de confidence ? Qui ne lui est pas du tout coutumier…

— Puisque vous êtes là, dînons. C'est l'heure, dit-il, comme s'il s'était résigné à notre présence.

— On est venus te faire des bisous, dit Virginie. C'est pas obligé, t'as peut-être des trucs à faire.

— Si vous êtes là, c'est que vous êtes inquiets.

Commenter ? Inutile.

— C'est cet accident, poursuit Anthelme. Il m'a tourneboulé. Et ne plus avoir de goût…

Une nouvelle confidence ? Où allons-nous ?… Pendant le repas, que nous improvisons ensemble, il fait d'abord preuve d'un manque d'entrain perturbant. Il semble verrouillé. Mais une magicienne œuvre sans doute en sous-main, puisqu'il retrouve une partie de sa jovialité, allant jusqu'à plaisanter.

— Comme je n'ai plus de goût, je peux manger de l'infect, dit-il. Me faire un fast-food, un vin vitriolé et un soda qui fait grossir aussi.

Virginie se détend, je me détends.

— Alors là, si tu le fais, nous te renions, dis-je.

Nous prenons soin de ne pas aborder les sujets sensibles de front. Le père, la dysgueusie, la bosse sur son cuir chevelu, ces deux jours d'absence, tout cela est écarté au profit d'un repas tendre et attentif qui, en catimini, semble lui faire un bien fou. Les non-dits ont-ils le pouvoir d'apaiser ce qui semble l'avoir hanté ? Le plus surprenant est encore à venir.

Au dessert, un gâteau basque divin est partagé en trois portions égales. Après que Virginie nous a servi une imitation drolatique d'un chef d'orchestre connu, Anthelme redevient soudain sérieux. Et ce qu'il nous réserve nous effare. Voici, de mémoire, la teneur de cet échange, commencé à brûle-pourpoint :

— Je n'ai jamais dit à Bengotxea que je l'aime, dit-il. Je crois que je n'ai jamais dit à personne que je l'aimais. Même à Elle, je ne lui ai pas assez dit. Vous croyez que c'est grave ? Toi, Mat, je t'aime. Toi, Virginie, je t'aime. Bengotxea, je l'aime. Momo, je l'aime.

Confidence encore. Quel privilège exceptionnel ! Ce jour est imprimé. Nous en restons béats, désarçonnés. Virginie est agitée par un rire nerveux :

— Euh… oui, moi aussi, je t'aime. Non… euh… c'est pas grave. On le sait, on n'est pas obligé de le formuler. Le montrer est plus important.

Tout en mâchant une bouchée généreuse, Anthelme est pensif avant de réagir, agité.

— Mais si ! crie-t-il presque, avant de baisser le ton. Si. C'est important de dire aux gens qu'on les aime. Vous en avez besoin, tout le monde en a besoin, ça fait du bien.

Le discours porte. Anthelme est tellement sûr de son fait.

— C'est vrai, et bénéfique, dis-je.

Sans préavis, il passe à une autre révélation :

— Oui, Mat. Vous savez, Bengotxea a toujours été mon père intérieur, ma bouée, ma balise ; et ma mère, elle était ma matière, mon antre, ma beauté. Ce n'est sûrement pas un hasard si elle ressemble tellement à Jacqueline du Pré.

Il n'a jamais évoqué sa mère de vive voix ! La surprise totale nous prend au dépourvu. Ces déclarations en appellent-elles d'autres ? La perte momentanée du goût aurait-elle ouvert des vannes insoupçonnées ? De quoi a-t-il pris conscience ? Que s'est-il passé ? Les interrogations cavalent dans nos esprits. Nous n'en laissons rien paraître. Virginie parvient à conserver sa lucidité et je remise ma stupéfaction.

La suite est détendue, Anthelme également, comme soulagé d'un poids.

Au portail, nous échangeons nos embrassades démonstratives.

— À très bientôt, dit-il avant de s'engouffrer dans l'*etxe*.

Sur le chemin du retour, nous sommes rassurés. Pour combien de temps ?

— T'as vu, finit par dire Virginie, il était tout patraque, et après ça a été mieux. Comme si de rien n'était. T'en penses quoi ?

— J'ai l'impression qu'un barrage a cédé en lui, que l'eau s'échappe.

— Oui, t'as raison. On dirait qu'il en avait trop partout. Depuis l'temps ! Ça veut dire quoi ?

— Qu'il était temps.

— *Yes*. T'es énervant, tu trouves toujours les mots qu'il faut. Enfin, presque toujours.

— Toi aussi. On ne les formule pas de la même façon, c'est tout.

— T'es trop mignon.

Virginie s'engouffre dans sa maison. Tandis que je rejoins la mienne, je suis à la fois serein et enivré. Tout m'apparaît limpide. Anthelme vit une ère fondatrice, nous vivons avec lui une fondation. Elle est en marche. Elle sera plus rapide qu'on ne le croit. Et elle va l'amener à d'autres découvertes. Je sais aussi combien perdre le goût, même momentanément, constitue pour lui une tragédie. Parce que le goût est inséparable de son patrimoine.

13

En tant qu'Échec et Mat, je n'ai pas exploré ce sentiment si puissant, où la vibration des corps attirés et l'alchimie des âmes sont des osmoses si particulières. À cette époque, je préfère ne pas m'attacher, être attaché. Je me contente de relations brèves comme des orages, au sexe torride, dont je me lasse aussi rapidement qu'elles sont apparues. Il existe bien Philippe, mais… Après tout, j'aurai le temps d'aimer un jour. Tout le temps. Nous avons toujours le temps.

Anthelme, lui, n'évolue pas dans cette dimension. C'est un aimant général qui s'ignore, sauf dans son art. Sa vie intime ? Il en parlera lui-même. En particulier d'Elle. Toujours est-il que ce dîner improvisé marque un tournant. L'évocation de sa mère ne tenait pas du hasard. Je sais qu'elle est à la source, parfois indirectement, des trois passions qui animent sa vie avec une ardeur sans équivalent.

La première est bien sûr le violoncelle, et plus largement la musique. J'ajouterai juste qu'Anthelme n'a jamais composé d'œuvre, partant du principe que cette capacité exige des ressources qu'il ne possède pas.

La deuxième est le jardin. Il tient ce tropisme chevillé de ses grands-parents. Dans son repaire de Leihoa, il fait tout pour parvenir à l'autosuffisance, avec l'aide de jardiniers hors pair, dont il suit scrupuleusement les conseils. Autour de lui règne une végétation souveraine, en particulier un chêne majestueux. Il aime la parcourir en marchant, ou en courant, parce qu'elle lui fait oublier presque tout. En dehors de la fonte qu'il soulève un peu, de la pala et de la nage, il s'agit du seul exercice physique qu'il s'autorise pour conserver sa forme. Il aurait tellement aimé jouer au rugby, qu'il adore. Mais ses mains précieuses le lui interdisent depuis son enfance. Quoi qu'il en soit, Anthelme reviendra lui-même sur cette deuxième passion du jardin.

La troisième est la cuisine. Sans trop m'avancer, je peux dire qu'il est un excellent cuisinier, respectueux des standards autant qu'inventif. Il l'est aujourd'hui, mais ne l'était pas dix à quinze ans auparavant, pétri qu'il était d'une technique aseptisée, obsédé par des gestes qu'ils ne s'étaient pas appropriés. Disons que sa cuisine était correcte, emphatique, prétentieuse, copieuse, qu'elle manquait de simplicité, de générosité et d'ouverture. Autant de qualités qu'il a conquises une à une, surtout au contact d'Elle. On ne peut pas inventer un talent, c'est lui qui nous invente. Et il a traversé des marais existentiels pour s'en rendre compte. Par ailleurs, il faut le reconnaître, Anthelme a longtemps été obsédé par l'origine de cette passion pour la cuisine, ce qui n'a pas facilité son épanouissement gastronomique. Comment en ai-je eu connaissance alors qu'Anthelme est une tombe ?

Eh bien, je dois vous faire un aveu. Au dîner, la mention de sa mère ne m'a pas « sonné », au contraire de Virginie. Un an auparavant, un dimanche, pendant qu'il courait son heure dominicale, je n'ai pas pu résister. Quand nous étions adolescents, nous avions juré que « jamais » nous ne violerions nos intimités. Mais il arrive que la curiosité vous dévore à l'improviste, vous amenant à rompre votre serment…

Avant d'aller explorer les chemins de ses amples foulées, Anthelme m'a proposé :

— Puisque tu dois étudier un épineux dossier de malade, tu peux t'installer dans mon bureau. Tu pourras faire des recherches sur mon ordinateur. Il est plus grand que ton portable. Et ce sera plus confortable.

— Avec joie, ai-je dit, tant cette pièce est agréable, spacieuse, calme.

À peine m'étais-je assis dans son fauteuil de président, qu'un détail a attiré mon regard. Un placard était ouvert, la clé dans la serrure. Et j'ai cédé… Très, trop facilement. Je m'y suis dirigé à pas feutrés, et j'ai déniché l'endroit où il rangeait avec soin les Clairefontaine de ses mystères. Une telle imprudence lui était étrangère. Avait-il été dérangé ou, ce qui pouvait se concevoir, était-ce un non-acte manqué ? On ne le saura jamais.

Tout en guettant son retour, j'ai feuilleté… En parcourant les pages, j'ai donc découvert le rôle de sa mère défunte dans ses passions, plus particulièrement celle du bien-manger. D'abord parce qu'elle lui avait laissé, en testament, un carnet de recettes de son invention. Sur la page de garde était écrit :

« *Mon fils chéri, mon Anthelme d'amour,*
Je t'offre ce souvenir de moi. Qu'il te guide et t'aide toute ta vie.
J'aimerais tellement que tu aimes la cuisine
autant que je l'ai aimée.
Je compte sur toi.
Ta maman qui t'aime et qui t'aimera pour l'éternité. »

La date correspondait aux cinq ans d'Anthelme. « Je compte sur toi. » Comment voulez-vous vous en sortir indemne ? À cinq ans, on ne peut que prendre cette dédicace pour argent comptant, et s'imprimer cette promesse. Était-ce le cas de mon cher ami ? Une certitude demeurait : pour Anthelme, perdre le goût ne pouvait qu'être une tragédie. J'ai tant appris et compris de lui, ce matin-là, que j'en suis encore bouleversé.

Certes, Anthelme estime que la musique et la cuisine partent d'un même élan, d'un partage généreux, d'un oubli et d'un don de soi ; qu'instrumentiste et cuisinier ne sont que des messagers du ravissement. Mais l'art de la cuisine, s'il se joue sur un piano, réclame des dispositions particulières, une approche charnelle, intuitive.

D'autres éléments sont venus enrichir cet héritage déjà encombrant. D'abord, sa mère se prénommait « Aurore ». En explorant ses cahiers, j'ai découvert qu'elle avait choisi celui d'« Anthelme » parce que ses cheveux noirs comme la corneille formaient un « casque », à sa naissance[1]. Quelle étrange idée ! Or elle avait un sens. En effet, quelques pages plus loin, j'ai appris que son grand-père Alexandre Amezoa lui avait offert, pour ses dix ans, le cartable d'écolier qu'il conserve toujours avec amour, et deux livres précieux destinés à lui transmettre les arcanes de la gastronomie, comme l'avait tant désiré sa mère : *Physiologie du goût*, de Brillat-Savarin, et *La Table au pays de Brillat-Savarin*, de Lucien Tendret. Anthelme racontait son étonnement : il portait le deuxième prénom de Brillat-Savarin, dont la mère s'appelait « Claudine… Aurore ». Aurore Amezoa, ou Ducon-Loisillon, avait-elle fait exprès ?

Cette absence de réponse l'avait peut-être hanté, comme le spectre maternel – j'aurais été enchanté de la connaître. Était-ce pour ces raisons que, quelque neuf ans auparavant, et sous le poids des générations, Anthelme s'était lancé un défi douloureux : l'oreiller de la belle Aurore ?

De retour, Anthelme a monté l'escalier et m'a retrouvé. J'avais tout remis en place, parfaitement.

— Alors, tu as bien travaillé ? m'a-t-il demandé, en nage.

1. Le prénom *Anthelme* vient du germanique *helm* qui signifie « casque ».

— Oui, merci, au-delà de mes espérances, ai-je dit alors que mes recherches médicales n'avaient avancé que de quelques pouces.

D'un geste machinal, il a tourné la clé dans la serrure du placard. Sans imaginer une seule seconde que j'avais farfouillé comme un espion de pacotille. J'en ai éprouvé alors une honte, le sentiment diffus d'une trahison qui allait me suivre pendant plus d'une année. En ignorant le pouvoir extraordinaire du pardon.

***

Pardonner ? Il n'est pas facile de pardonner, comme il n'est pas facile de dire : « Merci. » Tout dépend quand, avec qui. Mat ? En trahissant notre serment, parce qu'il s'agit bien d'une trahison, il avait pris le risque de nous perdre. En ce dimanche de lecture clandestine, je n'aurais sans doute pas pardonné. J'ai bien décelé une gêne, que j'ai mise sur le compte du patient dont il étudiait le cas, ou d'une contrariété quelconque. Mais il n'a rien divulgué, et ce qu'il a appris a modifié sensiblement son regard sur notre entente, sur ce que j'étais, ce que je représentais. Pour ces raisons, et parce qu'elles lui ont permis de m'accompagner jusqu'au dénouement de cette histoire, et d'avancer lui-même, je lui en sais gré. Je l'aime. Véritablement. Rien ne pourra l'enlever. Dans le mot *pardonner*, vous trouvez « donner », dans la réciprocité. « Ce n'est pas important », lui ai-je dit lorsque, au moment de préparer ce récit, il n'a pu s'empêcher de confier sa filouterie. Il l'a fait par amour, générosité, estime. Tout est devant.

14

Samedi. La langue toujours déshéritée, je bouillonne depuis six jours. Même le tour du potager, de la végétation et de la faune que j'aime tant ne m'apaise pas. Je suis le bizuth de ma vie ! C'est ça, un éternel commençant, débutant. Tout est flou. Le Clairefontaine, ouvert sur la table de ma chère cuisine, reste désespérément muet. Asséché, séché, chamboulé, le violoncelliste célèbre.

Des souvenirs pointent à l'horizon, pêle-mêle, et s'approchent. À quoi sert la célébrité si la mémoire vous submerge en instantanés incessants et efface les pistes ? Je suis contraint d'écrire mon temps présent avec cette mémoire désordonnée. Et mon prénom qui revient, revient, joue avec ma patience, la tranquillité que j'ai eu tant de difficulté à installer.

Je ferme les yeux, tente le calme, les rouvre. J'ai l'impression d'être une soupape dont le couvercle vient de sauter, libérant des forces d'autrefois, des ectoplasmes moqueurs, un pot-pourri de revenants insupportables. Défilent les visages de ma mère, de la famille, de Jacqueline du Pré, des Bengotxea, de tant d'autres. Une galerie de portraits incontrôlables. Je vois le visage de Virginie qui s'inquiète et a laissé des messages auxquels j'ai répondu par monosyllabes : « Oui », « Non », « Bof ». Si celui de mon père se cache, ce n'est pas le cas de Brillat-Savarin, dont le portrait orne l'édition de *Physiologie du goût* publiée en 1848, offerte par mon grand-père, si soigneusement conservée, chouchoutée.

Soudain, en l'ouvrant, je remarque ce qui ne m'a jamais sauté aux yeux. Et si je ne l'avais pas bien lue, pour m'attacher toujours à la « surface » ? Pour voiler la face cachée de mes lunes. Pour éviter de m'impliquer encore et en corps. Le titre entier du livre est beaucoup plus long :

Physiologie du goût
ou
Méditations de gastronomie transcendante
Ouvrage théorique, historique, et à l'ordre du jour
Dédié aux gastronomes parisiens.

Transcendante... Je m'assieds. Le silence est total, excepté l'horloge comtoise qui diffuse ses tic-tac entêtants, et l'aboiement lointain d'un chien atrabilaire, qui perce à travers la porte entrouverte. J'aimerais déboucher un délicieux côte-rôtie. À quoi bon, je n'éprouverais rien. Misère.

Transcendance... Le bon vieux Littré, compagnon étymologique, s'ouvre : « Supériorité marquée d'une personne ou d'une chose sur une autre. La transcendance du génie. [...] Qui monte, s'élève au-delà du reste. [...] Se dit, en général, de la partie la plus élevée d'une science. » Tiens donc. J'intensifie les recherches. La transcendance est donc ce qui se trouve au-dessus d'une référence, ce qui dépasse la conscience, l'horizon, et nous élève. La gastronomie étant un monde et une référence, Brillat-Savarin a donc voulu être au-dessus, voir au-delà du simple fait d'être gourmet. Il m'incite à explorer son subliminal. La voix qui pousse dans les antiquités de mon cœur me dit de commencer par le début...

15

Anthelme. Jusqu'à ce lundi de la lettre, je ne me suis jamais vraiment intéressé à l'origine de mon prénom. Enfin de loin, me contentant d'en savourer l'originalité, le « casque » de mes cheveux noirs à la naissance, jouant parfois avec ses sonorités, trouvant incongru qu'Aurore, ma mère, ait tant insisté pour me l'attribuer, et qu'il appartienne aussi à Brillat-Savarin. Pour ne pas avoir à répondre aux « pourquoi », j'ai préféré enfouir les réflexions dans mes cahiers.

Anthelme. À qui dois-je ce privilège ? À un saint local, Anthelme de Chignin (en Savoie), moine chartreux, septième prieur de la Grande Chartreuse, mort en 1178, évêque et seigneur de Belley, petite ville du Bugey, dans l'Ain. C'est-à-dire le lieu de naissance de Brillat-Savarin. Et Brillat-Savarin ? Il a donné son nom à un fromage triple-crème de Normandie, et à un gâteau moelleux, le savarin. Pas mal pour un seul homme à la vie très remplie. Son monument, « la » Bible des gourmands, publiée en 1825, deux mois avant sa mort, est ouvert sur la table. Et que contient-il de si transcendant que je n'ai pas repéré ? Brillat-Savarin n'a pas écrit un livre de recettes, mais une exploration du goût. Une réflexion vivante, parsemée de néologismes, teintée de philosophie, vivifiée par un plaisir de la table permanent, remplie d'expériences, d'anecdotes, de souvenirs, de commentaires succulents sur des aliments comme la truffe et le chocolat, et des mets. Balzac en parle si bien :

« Il écrit avec amour ; sa parole est solennelle comme la messe d'un évêque ; dans son style, tout pétille, tout est vermeil comme la prunelle, comme le carmin des lèvres du gourmand. [...] Il distingue partout le plaisir de la table d'avec le plaisir de manger[2]. »

Ses célèbres aphorismes ? J'en connais certains par cœur : « Dis-moi ce que tu manges, je te dirai qui tu es. » « Les animaux se repaissent ; l'homme mange ; l'homme d'esprit seul sait manger. » Il parle de *plaisirs divins*, de *gourmandise*, d'*amour*. Si ces mots ne restent que des mots, ils sont inertes. Ils ont besoin d'être révélés, incarnés. Vous pouvez prendre les meilleurs aliments de la Terre, si vous n'y mettez pas l'esprit, la teneur, la sensualité, vous n'obtiendrez qu'une morne plaine.

Et surtout la simplicité. Brillat-Savarin l'explique, l'incarne : un plat simple est de loin préférable aux plus sophistiqués s'il est préparé avec art et délectation. Voilà le luxe. Comme en musique. Encore une fois, dans l'assiette et en tout, la technique n'est pas la seule souveraine. Tout passe par les sens. Et que dit Brillat-Savarin ? Qu'il en existe au moins six. Ah bon ?

Le téléphone sonne. Le nom de « Bengotxea » s'affiche. Je ne peux pas répondre. Pas maintenant. La révélation est proche, je le sens.

Il existe donc les cinq sens classiques, à la fois indépendants et complémentaires. Le sixième ? « Le génésique, ou amour physique, qui entraîne les sexes l'un vers l'autre, et dont le but

---

2. Honoré de Balzac, *Essais et Mélanges*, in « Œuvres complètes », tome XXII, Michel Lévy Frères, Paris, 1872, p. 229-238.

est la reproduction de l'espèce. » Il n'est pas simple toucher. Le goût en est un moteur essentiel. Mieux, il imprime tous les autres sens. Il préside à la séduction, à l'amour romanesque, à la coquetterie. La piste se resserre ! Les pages se tournent presque d'elles-mêmes. J'explore, sonde, découvre. Le génésique imprègne jusqu'aux connaissances. Il est à la source du désir.

Nous y voilà ! Le désir… La mère de Brillat-Savarin était paraît-il un excellent cordon-bleu. Grand, blond, Brillat-Savarin n'excellait pas que dans la cuisine. Très bon violoniste (il jouait sur un Stradivarius), c'était un écrivain talentueux, un conteur, un poète, un auteur de nouvelles, un farceur au langage cru, un hôte réputé prenant soin de ses invités. Et il était célibataire, comme deux de ses sœurs. J'éclate de rire en lisant Tendret : « Sa maison de campagne, à Vieu, en Valromey, était habitée par deux de ses sœurs, célibataires comme lui ; on les appelait la Marion et la Padon, leurs noms étaient Marie et Gasparde ; elles restaient au lit pendant dix mois et se levaient deux jours avant l'arrivée de leur frère pour préparer les appartements et le recevoir. Au mois de novembre, lorsqu'il partait, elles l'embrassaient en lui disant : "Adieu, Anthelme, à l'année prochaine, nous allons nous coucher[3]." »

Le livre de Lucien Trendret ? Un autre bijou, paru en 1892. Avocat et natif de Belley, ce grand connaisseur de la table raconte que le Bugey – charmante région entre la Bresse et la Savoie – est un pays de cocagne, qu'on y mange divinement et varié, à l'image de Nantua, sa capitale, qui a laissé son nom à une célèbre sauce. Alors le lecteur salive, à condition d'aimer la viande ; il découvre la gourmandise d'autrefois.

Et le goût qui m'a déserté ? Aidé par l'odorat, il a besoin d'un décor favorable pour s'exprimer pleinement. Pour

3. Lucien Tendret (avocat à Belley), *La Table au pays de Brillat-Savarin*, Louis Bailly Fils, Belley, 1892.

Brillat-Savarin, il est « bien certainement la source de nos plus pures jouissances ». La gourmandise nous invite à manger « par l'appétit, nous soutient par la saveur, et nous en récompense par le plaisir ». « Enfin, la gourmandise, quand elle est partagée, a l'influence la plus marquée sur le bonheur qu'on peut trouver dans l'union conjugale. »

Quelles nouvelles !

16

Lundi. Si la nuit porte conseil, elle peut être aussi le siège de rêves inavouables, peuplés de créatures terrifiantes. Petit, je faisais le cauchemar récurrent d'une épouvante. Poursuivi par une force désincarnée, menaçante, noire, tout en étant attractive, séduisante, je finissais par être rattrapé, happé, englouti. Au moment où j'aurais pu en ressentir les effets, je me réveillais. J'en ai compris le sens bien plus tard : chaque apparition de ce rêve coïncidait avec un changement, parfois profond. Et ce rêve vient de ressurgir dans les draps défaits.

Une semaine pile a passé depuis la lettre… L'œil hagard, la joue droite gaufrée par l'oreiller, le corps mâché par un sommeil agité, j'émerge des limbes comme un poussin ébouriffé de son œuf. Avec l'impression de ne pas avoir terminé ma nuit.

Il est à peine huit heures. Le deux-roues de Paskoal vrombit au portail. J'entends son pas pesant sur les graviers. Il faut que je m'extirpe de cet aimant à songes qui me sert de lit. Un pantalon et une chemise enfilés à la hâte. Le petit facteur tout rond frappe à la porte fermée, sans doute étonné que je ne sois pas debout. Encore quelques marches, et j'atteins la poignée. Juste à temps. L'enfant des boîtes aux lettres se retourne, comme toujours le visage enjoué :

— *Kaixo lagun* (« salut, l'ami »). Tu fais la grasse matinée ? T'es debout, d'habitude.

Il est de ces matins où vous pressentez que le réveil ne sera pas comme les autres. Paskoal m'agace avant que j'aie pu ouvrir la bouche.

— Pas entendu le réveil… Tu as quoi pour moi ?

— Des lettres d'admiratrices. Elles sont toutes folles de toi Anthelme.

Quand il a terminé son discours sur les dernières nouvelles de Leihoa et d'Hasparren, il pose le courrier sur le plan de travail de la cuisine, avale son café d'une traite et se dirige vers la sortie. Je n'ai pas dit un mot de plus.

— *Enpresa.*

Le petit moteur s'éloigne dans la campagne. Le silence qui s'instaure de nouveau est à la fois lourd et soulageant. Que cette période de solitude est généreuse ! Le sacro-saint petit-déjeuner attend. Avec l'odorat, revenu de son voyage, mais sans le goût, et cette désagréable impression de mâcher du carton.

En me couchant, j'ai abdiqué. Inutile de forcer le goût à revenir. Attendre… De toute façon, une autre préoccupation me requiert. En toute conscience. Le « désir », et son frère le plaisir. Cette lassitude, presque une mélancolie, qui s'est installée depuis une semaine, et qui, en réalité, ne m'a jamais quitté, si l'on excepte Elle ? L'origine en est évidente. Le désir… Ce qui conduisait toute la vie de Brillat-Savarin était donc le désir. Il m'a indiqué le chemin.

En rejoignant la cuisine, je pense à Belley qui a vu naître une pléiade d'Anthelme, dont certains sont devenus également maires. Rien de plus logique. J'irai sans doute un jour voir sa maison, son avenue et celle de Tendret, déguster un de ces vins du Bugey, les spécialités locales comme le ramequin mangé en fondue, un des délicieux fromages de la région, le bleu de Gex, le comté ou la tomme de Belley (un chèvre). J'irai voir le petit séminaire si imposant, la cathédrale au mauvais goût néogothique ; j'assisterai peut-être aux *Entretiens de Belley*, une journée d'octobre en son honneur, pour parler des produits de ce terroir généreux. Et je marcherai sur les traces de Lamartine qui fut collégien à Belley.

Après m'être nourri, je prends une douche dont l'eau chaude m'apaise, me ragaillardit. Je me dissous, me liquéfie, m'absente de moi. L'horloge remonte vingt ans en arrière. La sortie du Conservatoire national, le premier prix qui, pour tous et pour moi, était inévitable. Et toujours cette certitude, depuis l'enfance, de ne pas être comme les autres, d'être promis à un destin hors du commun. Je saisis alors qu'elle a grignoté le désir. Petit à petit. Jusqu'à ce lundi de l'oreiller de la belle Aurore de mes vingt-cinq ans. Et cette rencontre inopinée, lumineuse ; cet amour sans pareil...

Et quoi ? À cette époque, et comme à d'autres, j'ai voulu à toute force que le monde s'adapte à mes désirs. Non, il m'aurait suffi de désirer ce que j'avais, en l'adaptant au monde, en essayant de m'adapter au monde. En faisant la part de ce qui dépendait de moi et ne dépendait pas de moi. J'y suis arrivé ensuite. En partie, avec Elle. Mais depuis qu'Elle m'a quitté, il reste une immense parcelle qui n'a pu être cultivée et qui, je l'éprouve au fin fond de mes entrailles, ne demande qu'à se réveiller, à s'émerveiller. À cet égard, le dîner inattendu de mercredi a été bénéfique. Virginie et Mat, en évitant d'aborder les sujets cruciaux, m'ont délesté d'une portion du trouble qui m'agitait. La fissure apparue le lundi s'est encore élargie. « Un barrage a cédé », a conclu Mat. Il est dans le vrai.

Je laisse des messages rassurants à Bengotxea et Mat qui se sont manifestés. J'appelle Virginie. La première sonnerie n'a pas fini de s'égrener qu'elle décroche, avec sa douceur coutumière :

— Allô ! Ah, enfin ! Ça fait deux jours que j'essaie de te joindre. Je suis mourue d'inquiétude, dit-elle en riant, pour masquer son véritable trouble.

— Je te rassure, tu es bien vivante.
— Bah, c'est malin. Alors, comment ça va ? T'as retrouvé le goût ?
— Pas encore. Bientôt. Tout va bien.
— On a un concert dans neuf jours, je te rappelle.
— On sera prêts, promis.
— On se voit demain, alors ?
— Parfait. Je vais travailler de mon côté.
— T'as intérêt.
— Dis-moi…
— Quoi ?
— Si je te dis le mot *désir*, il t'évoque quoi ?
— Pardon ? T'es sérieux ?

Les quelques secondes qui suivent, muettes, montrent que je suis sérieux. Bien qu'étonnée par la question, Virginie se prête au jeu de bonne grâce. Sa réponse ouvre des pistes :

— Ben si je me souviens de mes cours de philo, c'est ce qui tend vers quelque chose, la source des émotions, des passions, des sentiments.
— Tu peux développer ?
— T'es chiant aujourd'hui.
— Allez, s'il te plaît, dis-je d'un ton câlin auquel, je le sais, elle ne résiste pas.
— OK ! Ces émotions et machin, ça peut être bon ou mauvais. Ça dépend ce qu'on désire. Y a autant de désirs que de choses désirées. Et pourquoi on désire ? Pour avoir une satisfaction, un plaisir ! Ça te va ?
— Pas forcément une satisfaction. Et une fois qu'on est satisfait, que le manque est comblé, le désir disparaît.
— Mais qu'est-ce que t'as ?
— Tout va bien. On se voit demain.
— C'est ça, à demain.

Virginie raccroche aussi vivement qu'elle a décroché. Tout va bien ? Évidemment que non. Mais, sans le savoir, Txiki a approfondi la recherche. Quand j'ai confié n'avoir jamais dit à personne que je les aimais, pas même à Elle, ou pas assez, j'ai amorcé le retour du désir que j'ai si magnifiquement partagé avec Elle. Dans les souterrains de mon âme et de mon cœur. Partager… Ces neuf dernières années, et avant Elle, j'ai voulu au lieu de désirer. La volonté a commandé. La raison, le rationnel l'ont emporté, ont réprimé, orienté mes désirs, mon désir général. Le besoin s'est substitué au désir. Je suis passé à côté – parfois si près – de mon existence et de mon devenir. Tout concorde. J'en ris tout seul dans ma grande maison qui, soudain, m'apparaît sous un jour nouveau. C'est cela. Neuf, être neuf. Grâce à Elle, j'ai brillé avant de m'éteindre à petits feux. Naître sans cesse sera la matière de demain ! En phénix. En « Archange de Bach », comme m'a surnommé un critique.

La nature m'appelle. Dehors, les bois, les champs, le jardin, les corbeaux et les geais, tout appelle à une symphonie renouvelée. À la véritable gourmandise qui donne aussi l'appétit. À ces plaisirs qui n'ont qu'une source fondamentale, essentielle : le désir. La musique m'aidera sans doute, puisqu'elle mêle le corps et l'esprit, fait se mouvoir dans le temps, en permanence ; elle n'abdique jamais.

Je marche à pas réguliers, rends visite au chêne que j'aime tant ; mes poumons s'emplissent d'un air nouveau. Rentré, je sens que l'écriture est de retour. Je note sur le Clairefontaine, à la date du jour, en soulignant parfois l'évidence :

« Ce qui a conduit à la perte du goût ? Le double choc n'est venu que confirmer une lente évolution. Parce que j'ai négligé, perdu le plaisir, l'appétit, l'inspiration. Je ne ressens plus de plaisir au goût, au toucher. Je suis évidé de plaisir.

En fait, tout s'est fait progressivement. J'ai donc perdu jusqu'au désir. Tout est lié. Mais ai-je eu un jour du désir ? J'avais tellement de facilité pour presque tout. Mais avec Elle, oui. Cent fois oui. Un million de fois oui.

J'ai trop gardé le silence. Je me suis trop protégé. J'ai voulu écarter toute douleur en me masquant sous les ors de la "réussite". Je me suis nourri des histoires des autres, à défaut d'en avoir moi-même. Et mon corps a lâché. Je me suis déconnecté de mon corps.

Comment retrouver la gourmandise première, fondatrice ? Pour libérer, émanciper le désir, il faut que je raconte, que je libère mon histoire. Pour les autres aussi. Que je m'expose, que j'explose. En revenant aux sources, aux premières sensations, à l'origine, même avant moi. Je dois redevenir "amateur" de ma vie, des autres. Retrouver mes rêves. Retrouver mon corps. Retrouver la sensualité.

Il est temps de rompre le silence. De prendre du recul. D'ouvrir mon cœur, ma vie, ma semence, mon histoire. De libérer les forces qui me compriment. Et compriment mon goût, mon désir. De laisser le barrage libérer toutes ses eaux. De partir à la quête de mon histoire. De découvrir le trousseau de clés qui ouvriront mes portes. »

Les 237 grands Clairefontaine sont étalés sur le sol de pierre, désormais visibles de tous. Tout raconter ? Il n'est pas encore temps. Bientôt. Tout va s'enchaîner. Le temps ne compte plus, les jours de la semaine ne comptent plus. Plus de chronologie. Pas de calcul. La voix intérieure, si longtemps réprimée, est maintenant libre et le dit : il ne reste qu'un élan où je m'inscrirai en lettres de désir.

17

« En revenant aux sources, aux premières sensations, à l'origine, même avant moi. » Le cabinet se trouve dans le quartier Saint-Esprit, non loin de la synagogue. Une salle d'attente est toujours un désert. Un désert où les patients patientent, avec leurs motifs et leurs attentes. Tout le monde s'observe du coin des yeux, en espérant ne pas être repéré. Hormis l'agitation exaspérante de gamins crispants, le calme est seulement troublé par les allées et venues, le froissement des pages de magazines tournées machinalement. Pour attendre. Quant au décor, il est souvent d'une froideur spectrale, malgré des tableaux multicolores censés agrémenter la vue. Alors je patiente, comme les autres, ou plutôt comme cette quinquagénaire qui, le visage marmoréen, fine et sèche, élégante, se lève d'un bond quand la porte s'ouvre. Un homme grand, la quarantaine fringante, vient de prononcer son nom d'une voix grave et, le sourire aux lèvres, de l'inviter à le suivre.

Enfin seul, je me détends. Cette femme m'a dérangé. Son être exprimait la tension et le malheur. Avec ses traits tassés, sa bouche fermée comme un cadenas, ses mains effilées jointes à en blanchir, ses yeux métalliques. Elle concentrait tous les indices de la victime. De quoi ? Pour quelle affaire ? Aucune idée, bien sûr. *Victime*… Le mot claque comme un fouet. Et me revient cette nuit où une simple mouche me convainquit de ne jamais l'être. Quitte à forcer le sort.

C'est l'été. Je dois avoir huit ans, couché dans la chambre tapissée d'un papier à fleurs criard des années soixante-dix. Emmitouflé dans mes draps jusqu'au museau, le regard fixé au plafond éclairé par la pleine lune traversant les rideaux. Je repense à la voisine de mes grands-parents, rue Port-Neuf, une brave dame rondouillarde et enjouée, qui a la fâcheuse manie de m'embrasser dès qu'elle me voit. L'odeur de son eau de toilette désagréable, âcre, pénétrante, me poursuit pendant des heures. Cette nuit-là, ne trouvant pas le sommeil, je me mets à détester les parfums bon marché. Et leurs porteurs avec. Je me mets aussi à prier très fort pour que cette mouche agaçante cesse de vrombir au-dessus de mon nez. Posée sur ma table de nuit, elle sautille, provocante, insupportable. Voletant de place en place, passant du rebord de ma lampe à des ailleurs perdus dans la pénombre. Saisir un de ces insectes qui s'ingénient à vous coller, vous inspecter, vous chatouiller relève de l'exploit. Soudain, elle atterrit sur mon front. Je reste coi, fixant toujours le plafond, essayant de l'oublier. Impossible. Elle passe et repasse sur mon visage, provoquant des chatouillis infernaux. Je ressens une répugnance profonde, indéfinissable. Où a-t-elle traîné ses pattes minuscules les heures précédentes ? Un goût étrange s'insinue dans ma bouche, celui des calamités, de l'envie d'en découdre avec le faible. En moi perce l'élan du prédateur. Je me concentre. Elle ne se doute de rien. Dans un réflexe qui me surprend, je l'attrape d'un geste vif et la tiens enfermée. C'est ma première mouche, ce qui me remplit de fierté. Je sens ses petites ailes bourdonner entre les plis de ma paume. Je desserre précautionneusement mes doigts et jette un œil sur ma prise. C'est formidable, ce besoin qu'ont les enfants de tirer la langue dans l'effort. La mienne atteint des records de longueur. Je soulève l'index, puis le majeur. Elle est là. Elle se débat furieusement. Je me demande ce que peut bien éprouver tout être reclus, prisonnier. La mouche tente peut-être de comprendre ce qui lui arrive. « Pourquoi moi ? Qu'ai-je fait pour en arriver là ? Que me veut-on ? »

J'aboutis alors à une découverte : le monde se partage entre ceux qui sortent du trou et ceux que cette première catégorie empêche de sortir à la moindre tentative. Je me range, bien sûr, dans la première. Hé, quoi ? Je ne peux pas concevoir la vie comme ma proie, dans l'insouciance hébétée des jours, entre sautillements et vols inconséquents.

Quel sort vais-je lui réserver ? La peine suprême ! Écartant l'annulaire, je sens son corps fragile s'agiter de panique, celle de ces secondes qui précèdent une fin que l'on sait inéluctable. Je lui donne raison. Dans un spasme, je l'écrase de mon autre main. Le plus phénoménal n'est pas la trace rouge qui maquille la peau blanche de ma paume, mais ce son léger, presque imperceptible, de la masse avachie, réduite en bouillie. Un son pareil au gargouillis de la fange piétinée. J'en éprouve du dégoût, proche de la nausée, et me précipite au petit lavabo de ma chambre, pour effacer toute trace de l'exécution.

Dans cette nuit d'enfance, je décide de ne jamais être victime, ni bourreau ni mouche. Mais aujourd'hui encore, je regrette d'avoir tué ma mouche.

Bien sûr, j'ai eu ensuite l'occasion de vérifier que tout n'est pas aussi simple. Refuser à tout crin d'être victime et contrôler jusqu'à l'incontrôlable ont contribué à m'amener à la période antitout d'une part, à mon état actuel d'autre part. Tout en feuilletant machinalement un vieux numéro de *Paris Match*, magazine incontournable des salles d'attente, j'en conclus que j'ai été la victime de moi-même. Et que la meilleure victime que l'on puisse trouver est finalement soi-même. Oui, j'ai installé ma tranquillité à coups de renoncements. J'ai caché tout ce qui pouvait m'empêcher d'être à l'épreuve, voire de traverser des ruisseaux de souffrances ou de peines qui, pourtant, ont coulé. Parce que je me suis enfermé dans le béton de la certitude d'être exceptionnel. Parce que j'ai renoncé à mes racines, à mon histoire, à mes traces que contiennent les 237 Clairefontaine relus un à un. Au contraire, il « fallait » – il faut – les affronter, les aimer, les caresser. Ce qui explique ma présence dans cette salle d'attente.

La porte s'ouvre de nouveau, me sortant de mes réflexions. Maître Lespinasse a accepté de me rencontrer. Il faut dire que j'ai insisté. Elle est là, droite sur ses jambes fines :

— Monsieur Ducon-Loisillon ?

— Bonjour, merci de me recevoir.

— Je… je vous en prie. Sui… suivez-moi.

Maître Lespinasse a une particularité : elle bégaie légèrement. Pour une avocate, cette gêne pourrait être préjudiciable. Pas dans son cas. Son bégaiement est léger et clonique, c'est-à-dire que, parfois, elle répète une syllabe ou un petit mot. Alors que les enfants en sont coutumiers jusqu'à trois ans environ, avant de s'en défaire, elle a conservé cette spécificité qui, il faut l'avouer, lui confère un charme particulier. Elle la rend touchante, humaine, presque comme tout le monde, ce qui lui offre un atout dans le monde judiciaire à qui est souvent reproché de la froideur, de la distance. Aux assises, en revanche, cette spécialiste bayonnaise du droit pénal agrémente le prétoire d'un débit fluide et dynamique. Une fois sortie, elle reprend de sa voix cristalline son phrasé habituel, qu'aucun orthophoniste n'est parvenu à corriger. « Vous… vous êtes sûr ? Je pense qu'il se… serait bien d'agir autrement. »

Aujourd'hui encore, maître Lespinasse n'a pas son pareil pour convaincre magistrats, clients, jurés et autres acteurs. Après trente-cinq ans d'une carrière ascendante, elle est même devenue une figure dépassant le cadre du barreau de Bayonne. Personne n'a pu déterminer ce qui lui fait oublier son bégaiement. Elle ne le sait peut-être pas elle-même. Est-ce important, d'ailleurs ?… Ses faits d'armes ? Multiples, toujours du côté des victimes, entre causes presque désespérées et procès retentissants, comme si elle s'était jetée à corps perdu dans les misères, les détresses et les chagrins. Surnommée « la Boadicée des prétoires » – en référence à la reine celte des Iceni qui, dans l'actuelle région du Norfolk, lutta contre l'invasion romaine –, elle n'a jamais dévié de cette route, que des esprits chagrins continuent de trouver naïve, presque risible. Passant outre sans se départir de sa sensibilité et de son expertise, elle fait preuve d'une force morale hors du commun qui offre des perspectives, voire des succès, à des affaires où l'espoir semblait avoir déserté l'humanité. En résumé, elle ne se laisse impressionner par rien ni personne.

La soixantaine épanouie, avec un visage où ses rides sont des voyages, maître Lespinasse est devant moi, les mains posées sur son bureau. Elle tient d'emblée à être claire :

— Avant-hier, j'ai accepté de vous… vous voir, parce que votre nom m'est beaucoup plus que familier. Et non parce que vous êtes un violoncelliste très célèbre.

— Bien sûr, dis-je en rougissant.

— Vous voulez donc que je… je vous parle des événements.

— C'est cela.

— Notre entretien sera cou… court.

Devant ma mine interloquée, maître Lespinasse, soignant son effet, laisse passer un instant avant d'ajouter :

— Je vous l'ai écrit.

— Vous l'avez écrit ?

— Tout à fait, dit-elle en me tendant une enveloppe au format DL. Ce sera plus simple.

— Je… je suis…

— S'il vous plaît, c'est moi qui bégaie d'habitude. Laissez-moi ce privilège, ajoute-t-elle en souriant. J'ai été ravie de… de vous rencontrer.

— Bien, dis-je tout penaud, comprenant, en la voyant quitter son haut fauteuil, qu'il sera inutile d'insister.

Sur le pas de la porte d'entrée, maître Lespinasse tend sa main droite, aux doigts nerveux :

— J'espère que ce… ce texte vous aidera. Sachez que j'ai défendu votre mère et que j'en… j'en suis fière. Toujours.

Dans l'escalier, je ne peux m'empêcher de pleurer. Des larmes comme des mers d'enfance ressurgissant, où se reflètent des instantanés, des cris et des cauchemars vivants. Et les bras si chauds, si riants d'Aurore Amezoa.

18

Monsieur Ducon-Loisillon,

Je souhaite vivement que ces lignes apaisent ce qui, au vu de notre conversation, semble vous perturber, peut-être vous hanter après toutes ces années, tout en rendant hommage à votre mère. Elle mériterait d'être parmi nous.

Récemment diplômée et installée, j'étais contente de ma plaque sur la rue. Avec une ambition : être une grande avocate du pénal. Charmant poncif, n'est-ce pas ? Comment ? Deux ans plus tard, après quelques bricolages et des dossiers sans grand intérêt, Aurore Amezoa, épouse Ducon-Loisillon, a franchi le seuil de mon cabinet, un deux-pièces appartenant à mes parents. Comment est-elle venue ? Par l'annuaire, tout simplement. Elle cherchait une femme, jeune de préférence, quelqu'un qui pourrait « comprendre », qui l'écouterait, ne jugerait pas, à cette époque où on ne parlait pas de ces choses-là, sinon sous des aspects loin de la réalité. C'était déshonorant, et puis tellement invraisemblable pour beaucoup, qui préféraient ne pas voir, encore moins savoir.

Votre mère a été ma première véritable affaire, que j'ai prise à bras-le-corps. C'est elle qui m'a indiqué le chemin pour devenir, si ce n'est une grande avocate, au moins une professionnelle attentive, écoutante, compétente. Avec ce supplément d'âme qu'elle m'a inspiré : la conviction profonde, intrinsèque, de défendre une cause juste, porteuse de sens et de réponses utiles à tous. En effet, à partir du moment où elle m'a expliqué son cas, ma vie n'a plus été la même. Elle avait peu d'argent. Ses parents, aisés, acceptaient de l'aider. Une chance. Mais l'enrichissement n'a jamais été ma motivation principale. Même s'il est, bien sûr, évident que chacun doit être payé pour son travail.

Quand votre mère est arrivée, j'ai rencontré la souffrance et la détresse que, petite-bourgeoise, je ne connaissais que par les cours de droit et par ouï-dire. J'ai vu la terreur de ses yeux, la rougeur et la douleur de ses traits. Les marques sur ses mains ; ses regards furtifs, apeurés. Et ce silence lourd qui précède le récit de l'inavouable, de l'indicible. Comment vous dire… Elle semblait vidée de sa substance, comme si quelque chose l'avait absorbée, aspirée petit à petit. Qu'il l'avait dépossédée de sa chair, de son sang. Elle n'était plus qu'un filet de respiration et une enveloppe fragile. Je n'avais jamais rencontré une telle détresse. Elle ressemblait à ces personnes enfermées pendant des années dans l'obscurité, qui retrouvent la lumière et le monde.

Elle serrait dans sa main droite un dossier, qu'elle a fini par me tendre : une plainte déposée, le matin même, au commissariat (non sans difficulté), un certificat édifiant daté aussi du jour, et son passé médical. Le policier qui l'avait reçue refusait de la croire. Il avait fini par obtempérer quand elle avait montré ses blessures, et qu'elle s'était effondrée. Sa sincérité ne faisait aucun doute. À l'hôpital Saint-Léon, le médecin des urgences l'avait examinée immédiatement, suivi d'une gynécologue. Traces de coups, contusions et fractures multiples – dont celle des côtes, récente et visible à la radio –, violences sexuelles récentes, soins dans différents établissements pour brouiller les pistes. Ces documents pèseront lourd.

Ce qui l'avait amenée à franchir le pas, et à venir me voir ? Vous, monsieur. Vous. Dépossédée d'elle-même, elle ne pensait qu'à vous sauver, à éloigner votre père qui, vous le savez, la battait, l'avilissait. Tout avait commencé après votre naissance. Comme tous les tortionnaires, il avait agi progressivement, méthodiquement. Et votre mère ? Encore une fois, à cette époque, le monde était une dictature masculine, plus puissante qu'aujourd'hui. On savait que des femmes étaient battues, que certaines en mouraient. Mais dans l'ensemble on se taisait, on faisait semblant, on s'attachait aux apparences, on parlait de « drame passionnel ». Le couple de vos parents n'échappait pas à cette triste réalité : « Comment ? Serge Ducon-Loisillon, un cadre émérite et prometteur de la SNCF, un mari violent ? Non, il est tellement gentil, serviable, attentif. » Et puis, malin, il ne la frappait jamais au visage, et passait de la musique pour étouffer ses cris de peur et de douleur. L'été, elle restait habillée sur la plage et prétextait un eczéma… Vos grands-parents n'étaient pas au courant. Elle n'en parlait à personne, ravalait sa honte et sa souffrance. Jusqu'à ce jour. Les coups de trop. Une violence inédite. Il avait failli s'en prendre à vous pendant que vous dormiez. Pour la première fois. Vous aviez deux ans environ.

La suite ? Elle vous a laissé chez ses parents, où elle vous avait déposé. Ensuite, elle s'est cachée dans un hôtel, et, le temps que la procédure s'enclenche, nous lui avons trouvé un petit appartement non loin de mon cabinet, où vous l'avez rejointe, en installant des mesures de sécurité pour qu'il ne la retrouve pas. Ses parents, avertis, et effondrés, l'ont aidée matériellement. Je vous laisse imaginer le détail du combat judiciaire.

Votre mère m'a donné la force de lutter, de trouver les mots justes. Un lien puissant s'est noué entre nous. Nous avions à peu près le même âge. Étant donné la confiance qui s'était installée entre nous, les confidences réciproques sont venues… Aurore m'a raconté son histoire personnelle. Au bout d'un an, elle a gagné. Votre père a été condamné à six mois de prison avec sursis, avec interdiction d'approcher de votre petite maison, qu'elle a récupérée. Le divorce a suivi très vite. Quant à vous, il n'avait le droit de vous voir qu'une heure par semaine, en présence des services de la DDASS. Mais un homme déçu n'a pas de pitié…

Vous n'aviez pas loin de cinq ans. Il a défoncé la porte d'entrée, a pénétré chez vous. Il était 19 heures. Vous savez le reste… Viol, torture, assassinat pur et simple puisqu'il y avait préméditation… Heureusement, vous n'avez pas assisté au drame. Ce soir-là, vous dormiez chez vos grands-parents, parce que votre mère avait décidé d'aller au cinéma, toute seule, et pour la première fois depuis si longtemps. Elle reprenait goût à la vie. Or l'espoir peut être une chose dangereuse. La preuve. Il ignorait votre absence. Sinon…

Le procès de votre père a été exemplaire, de justice et de dignité. Vos grands-parents se sont portés partie civile. La défense a tout tenté. D'où lui venait cette violence ? D'avoir perdu ses parents quand il était presque adolescent, dans un accident de voiture qui les avaient emportés en Afrique, avec son frère et sa sœur ? D'être le seul survivant ? Indemne, de surcroît ! Après sa première condamnation, il avait perdu son emploi à la SNCF, les relations s'étaient éloignées, la solitude l'avait rongé. Jusqu'à l'irréparable. Les preuves d'un harcèlement permanent étaient claires. Aurore avait tout noté et conservé, scrupuleusement. Votre père avait exercé une pression constante. Il avait attendu le bon moment. Il a donc écopé de la peine maximale pour assassinat, d'une sauvagerie sans nom : la perpétuité, assortie d'une sûreté de trente ans. Une sentence exceptionnelle. Il sera donc mort avant de retrouver, éventuellement, la liberté.

L'affaire a fait la une et beaucoup contribué à prendre conscience des assassinats de conjointes. Vous connaissez les priorités de l'actualité et la mémoire collective à court terme. Tout est tombé dans l'oubli. Comme on disait sous l'Ancien Régime, quand toutes les pièces d'une procédure terminée étaient rangées dans une toile ficelée : l'affaire était (vraiment) dans le sac. Excepté dans le milieu judiciaire. C'est pourquoi, lorsque vous avez commencé à être connu, personne n'a fait le rapprochement. Sauf moi, bien entendu, et quelques rares consœurs et confrères qui ont respecté le secret professionnel.

Chaque année, le jour de la mort d'Aurore me plonge dans une peine que vous n'imaginez pas. J'aurais tellement préféré qu'elle soit vivante. Tellement. Il vaut mieux que je m'arrête ici, avant que les sanglots qui viennent ne m'étreignent et débordent. Raison pour laquelle j'ai préféré vous écrire. Et vous laisser chercher ce qui comblera vos manques.

Veuillez croire en l'expression de mes meilleurs sentiments,

Laure Lespinasse

19

Manques… Combler… Chercher… Non, je ne savais pas « le reste », les coups… Ces révélations m'assaillent.

En revenant de l'étude de maître Lespinasse, sa lettre est le point de départ de l'effet recherché : ma propre souffrance, latente puis flagrante, explose et s'invite définitivement au bal. Mais elle a besoin de s'exprimer, de s'amplifier jusqu'à devenir crue, incontournable. De déplier ses ailes noires, une à une, pour me laisser à vif ; puis de s'apaiser, de m'apaiser. Il nous faut partager une intimité pour parvenir à ce paroxysme. Nous dialoguons et nous choisissons d'habiter ensemble pendant trois jours, en toute loyauté. Habiter avec sa souffrance… Quelle ambition ! De même que les avocats, les policiers, les magistrats reconstituent une affaire, je vais remonter le fil de ma cause. Pendant ce temps, je pointerai les leurres de mon existence. Afin de mener cette tâche dans les meilleures conditions, je demande une solitude absolue aux trois amis de ma vie. Compréhensifs, Mat et Bengotxea n'y voient aucun inconvénient. D'abord hésitante, Virginie en pressent l'importance cruciale :

— T'inquiète pas, notre concert de Lulu sera une tuerie.

Quant aux coups de sonnette, appels ou visites de Paskoal, il me suffira de ne pas répondre.

Pour nous accompagner, ma souffrance et moi, Bach sera le compagnon idéal.

Je descends un à un les cartons d'archives entreposés dans le grenier, cet univers haut perché qui, dans toutes les maisons, recèle tant de mystères que l'on conserve bien enfouis, par manie de garder, en espérant que certains n'en sortent pas. Je décide de leur offrir un autre sort que cette prison mémorielle : la vie. Soudain se retrouvent les contenus d'existences qui ont contribué à l'apparition de la mienne, et à me façonner. Pourquoi me suis-je promis de ne jamais les ouvrir alors que je les gardais ? On ne peut pas refuser un avant. Il est évident que ces archives attendaient le moment opportun pour se révéler. Ainsi amoncelées sur le plancher du vaste salon, elles semblent me parler. Elles ont tant à me dire.

Fidèle à mon penchant pour le méticuleux, je classe tout par ordre chronologique. Un déferlement se prépare. Après une pause dans le calme, je plonge dans l'exploration sans en connaître l'issue. Sur la pointe des yeux et des sens, j'épluche, lis, regarde, déduis, en me contraignant à une discipline rigoureuse : lever tôt, séances de travail entrecoupées de trêves, exercice physique, course dans la nature, repas sains, reconstituants, et vins que, même en l'absence de goût, je sais succulents. Et Bach, omniprésent.

La musique de Bach retentit dans la maison et produit sa magie : elle vous emmène si loin que vous n'en revenez jamais. Ce qui me fascine, chez Bach, est son pouvoir, quelle que soit la partition, de nous faire voyager en permanence dans le vivant, avec des notes, des voix, des mots, et une telle simplicité qu'il nous saisit sans jamais nous abandonner. Le sacré et le profane se confondent. Le contrepoint, c'est-à-dire l'horizontal, et l'harmonie, le vertical, se rejoignent et nous procurent de quoi voler. J'ai sans cesse puisé dans son œuvre immense des pans d'humanité, et de cette beauté qui me hante depuis toujours.

Mais « on ne peut pas vivre qu'avec et dans les notes, si admirables soient-elles », m'a dit un jour Mat de son air malicieux. Il a tellement raison. Bach n'est pas une solution, un sauveur. Il est, pendant ces trois jours, le soutien de l'inspiration, le truchement sublimant entre l'effondrement, la souffrance et la révélation.

Au fil des heures et des nuits viennent la confirmation d'informations essentielles que je connais déjà, et la découverte de pans d'histoire que j'ai refusés et qui se trouvaient là, couchés comme un aveu. Albums de photos, lettres, journaux intimes, coupures de presse, documents variés, etc. livrent leur matière qui, dans un ballet dont je ne souhaite, pour une fois, ne maîtriser aucune étape, provoque questionnements, réponses et soulagements successifs. Lorsque la souffrance se manifeste, nous conversons et trouvons les ressorts de sa présence. Parce qu'elle est la souffrance qui délivre, non celle qui vous perd parce qu'elle rougit votre vie jusqu'à l'incendier. La délivrance pointe, me laissant souvent les yeux ébahis. L'issue tant redoutée s'avère libératoire. Mais la petite voix intérieure me guide, conseille de ne m'attacher qu'aux éléments essentiels dictés par l'intuition, et d'éviter les détails qui, si j'en ai besoin plus tard, seront faciles à dénicher.

Les trois jours sont suffisants. Je sors épuisé de cette exploration. La souffrance qui délivre et moi, nous habitons désormais en intelligence. Ce qui m'a d'emblée frappé ? La solitude généalogique. Cette malédiction de l'orphelin ou de l'enfant unique. Mes grands-parents Amezoa n'avaient, en effet, ni frère ni sœur ; et les Ducon-Loisillon constituaient une fratrie fantôme, autant dire inexistante. Ma mère était également enfant unique, ainsi que mon père, par la force du drame qui l'avait rendu orphelin. Ce trait commun est-il à l'origine de mon appréhension d'avoir des enfants, renforcée avec les années, et dans les méandres d'une vie amoureuse volontiers suicidaire ?

Ne plus être victime du silence et du clandestin, ne plus suivre la trace d'une famille frappée par l'unicité, laquelle m'a peut-être conforté dans le sentiment d'être exceptionnel : voilà où se trouve le chemin dont je perçois les fruits bienfaisants, à condition de les laisser éclore librement, sans contrôle ni barrières. Pour cela, je prendrai par le début, par la source.

20

Alexandre Amezoa… L'océan l'attirait comme un aimant, au point qu'il aspirait à devenir marin et à parcourir le globe. Le milieu privilégié dans lequel il évoluait en décida autrement. Sa condition sociale était incompatible avec une vie jugée incertaine, vulgaire, mâtinée de filles de joie (ou de tristesse) dans les ports interlopes de la planète. Les préjugés ont la vie plus dure que le roc. Alexandre dut se résoudre à des études différentes et, ce coup-ci, respectables : l'agronomie. Au moins, il pourrait se consoler un peu en arpentant les dunes littorales pour y admirer une flore si singulière. Toute sa vie professionnelle fut une succession de postes aux responsabilités et aux salaires croissants, qui l'amenaient à voyager deux ou trois jours par semaine. Excepté le dernier, qui l'aurait obligé à s'installer à Paris. La capitale ? Impossible. Une ville de fous ! De plus, la perspective de s'éloigner de son cher océan était impensable pour ce Bayonnais invétéré. Il finit par aimer ce métier, par se ranger dans une ligne droite alors qu'il aspirait à des courbes et des virages. L'océan était son amour, son adoration. Il était son second cœur, son troisième poumon, le réservoir de ses rêves quand il naviguait ou se plantait sur le sable, se laissant caresser par les embruns et la mélodie fascinante des flux et des reflux.

Voilà pourquoi il m'en parlait si souvent, et m'en a transmis l'attirait. Voilà pourquoi nous y allions dès que possible.

Camille Ondarts, au contraire, put assouvir sa passion pour l'herboristerie grâce à des parents compréhensifs. Je la revois encore composer ses mélanges de plantes qui embaumaient l'appartement et qu'elle cultivait, pour partie, dans leur verger luxuriant. Elle avait découvert cet appel végétal très tôt, en se promenant dans les campagnes basques, autour de Maule (Mauléon), sa ville natale et la capitale de la Soule. Puis elle s'était formée et avait fini par ouvrir une petite boutique à Bayonne. Toute jeune, elle débordait d'énergie et d'optimisme, donnait de son temps à des maisons de retraite pour y diffuser son savoir, à des écoles pour sensibiliser les petits aux pouvoirs des plantes. En parallèle, tout comme Alexandre, elle s'intéressait aux beaux-arts, peignant, croquant, dessinant. Je leur dois sans aucun doute le socle de mes connaissances en peinture, sculpture, photographie. Camille développa également un penchant prononcé pour la musique, sans être instrumentiste – « son » regret, à en croire le journal qu'elle tenait.

Lorsque ses parents moururent trop tôt, elle hérita d'une somme rondelette qui lui permit d'acheter un commerce plus grand et de voir l'avenir avec optimisme. Elle se retrouva seule aussi. Ou plutôt encore plus seule. Car la famille de Camille se résumait à sa mère et à son père. Sous ses dehors enjoués, elle restait la sauvage des espaces souletins et se liait difficilement. Ce caractère avait créé autour d'elle un vide qui finit par lui peser. À près de vingt-cinq ans, malgré quelques flirts, elle n'avait toujours pas « couché ».

Un soir, elle croisa la route d'Yves, un don Juan de bac à sable, dont le portrait, conservé dans son journal, m'a exaspéré aussitôt. Aimante, désirante, vibrante, elle succomba à ses charmes en toute acceptation et « coucha » plusieurs fois. Elle y crut, il se lassa ; elle espéra, il partit. Les rondeurs du ventre de

Camille ne laissèrent ensuite aucun doute. Elle donna naissance à une ravissante fille et mena la vie parfois si difficile de celles qu'on appelait alors les « mères célibataires ». Le qu'en-dira-t-on alla bon train. Elle s'en fichait. Son affaire était prospère ; sa réputation, accessoire ; sa discrétion, impénétrable. Elle ne désespérait pourtant pas de… Encore fallait-il que l'homme acceptât un bébé qui n'était pas le sien.

L'enfant avait quelques mois lorsqu'elle fit une autre rencontre, au cours de dessin. Un nouvel élève venait de s'inscrire : Alexandre Amezoa. L'art et la végétation ne tardèrent pas à les réunir, ainsi qu'une attirance croissante. À la suite de questions subtiles auxquelles il répondit avec une franchise déconcertante, Camille apprit que la vie amoureuse de cet agronome séduisant avait été (presque) aussi désertique que la sienne. Mieux, ils semblaient se rejoindre sur une forme d'idéal sentimental. Car de quoi parle un couple putatif avant de s'embrasser pour la première fois ? Entre autres, d'amour. Mais une fois ce baiser accompli, il fallut s'entendre, construire la relation naissante. Et ce ne fut pas chose facile ! Pour preuve, la correspondance qu'ils échangèrent dans les premiers mois de leur odyssée.

À l'issue de leurs échanges épistolaires, ils se marièrent, fondèrent un foyer, menèrent une vie sociale riche et, à en juger leurs journaux intimes, une sexualité épanouie jusqu'à la fin. Une seule véritable ombre à ce tableau : malgré de nombreuses tentatives, ils ne purent avoir d'enfant. Alexandre était stérile, ce qui ne l'empêcha pas d'être père et de considérer la fille de Camille comme s'il en avait déposé la graine. Une fille prénommée évidemment « Aurore » parce qu'elle avait été conçue au petit matin d'un dimanche d'été. Ma mère avait donc pour père une tête à claques ! Certes bel homme, mais une tête à claques quand même. Les Amezoa se refusèrent à lui apprendre la vérité, prétendant auprès des autres qu'Alexandre avait finalement reconnu la chair de sa chair. Et puis, les rumeurs sont comme les vagues, elles abrasent les commères et repartent au large. Plus personne ne finit par douter de sa paternité biologique, et les générations se succédèrent.

À la mort d'Aurore, mes grands-parents eurent une peine infinie sur laquelle je ne dirai rien. Une partie d'eux-mêmes s'envola dans la fumée du crématorium : ils ne s'en aimèrent que davantage. Ils reportèrent sur leur petit-fils l'amour et l'attention parentaux qu'avait mutilés leur ex-gendre. Aux marges de Baiona, ils entretenaient avec soin un grand verger-potager multicolore, aux fleurs, aux simples, aux fruits et aux légumes de saison. J'y ai pris goût à la terre, à l'humus, aux parfums, aux petits miracles des cultures. J'y ai développé un sens aigu du respect de la nature.

Mes grands-parents faisaient aussi preuve d'une écoute remarquable. Lorsque, par exemple, à six ans, je refusai de connaître la réalité des événements, qu'ils me parlent de ce père dont ils venaient de m'apprendre le crime, de tout ce qui entourait notre famille. Ils tinrent parole, cachèrent les albums de photographies, l'entière mémoire de ce passé abject que je me devais d'enfouir, pour en faire un secret impénétrable. Je ne voulais plus « rien » savoir. Seul un portrait de la belle Aurore Amezoa trônait sur le long buffet de la salle à manger. Alors oui, mes grands-parents firent le choix d'aller jusqu'à la fin des terres de leur amour, de m'aimer sans condition, peut-être pour ne pas me perdre comme ils avaient perdu leur fille.

Un jour, Camille se mit enfin à un instrument : le piano. Un mois plus tard, elle progressait à grands pas quand elle s'effondra sur le clavier, comme si elle mourait sur scène. Victime d'un malaise foudroyant, elle avait réalisé « son » grand vœu manquant. Alexandre, terrassé, la suivit une semaine plus tard. J'avais vingt et un ans.

L'héritage m'aida à acquérir l'*etxe*. Le grand appartement de la rue Port-Neuf, le terrain de leur verger paradisiaque et les meubles furent vendus ; les comptes en banque, liquidés. Je n'ai gardé que les documents étalés dans le salon.

Je leur dois tellement, tellement… Leurs portraits, sur le grand mur de la cuisine peint à la chaux, encadrent celui de ma mère. Leur absence est insupportable. Ils me manquent chaque jour. Tous les trois.

21

Aurore ne sut donc jamais qui était son géniteur. Ce qui était sans doute préférable. Avec de tels parents, elle ne pouvait qu'être épanouie. Elle le fut, et démontra très tôt deux talents qui les ravissaient et demandaient une énergie d'athlète : la cuisine et le saut en hauteur.

Le premier était apparu assez tôt quand, petite fille, elle se calait dans les jambes de sa mère et de son père, qui avaient pour habitude de préparer les repas ensemble. Avide, elle n'en perdait pas une miette, ne manquait pas de lécher les casseroles et les instruments, de noter dans sa mémoire les ingrédients, les coupes, les sauces, les produits de la région ; tout ce qui faisait la réussite, ou non, d'un mets.

Le second talent vint en primaire lorsque, d'une vivacité hors du commun, elle se mit à sauter bien plus haut que tout le monde, y compris les garçons.

À sa demande, elle persévéra et progressa dans les deux domaines qui la promettaient chacun à un brillant avenir. À l'approche du baccalauréat, pouvait-elle poursuivre les deux disciplines avec une égale intensité ? Excepté ses parents, qui connaissaient sa nature et ses capacités, on lui demanda de faire un choix. Choisir revient à abandonner, parfois à renoncer. Elle refusa. Plus exactement, elle choisit de ne pas choisir. Le bac en poche à dix-sept ans, elle poursuivit son ascension, gastronomique dans une école réputée, et sportive sur les stades ou en gymnase. Où trouvait-elle ces ressources ? Aucune idée, mais il est certain qu'elle m'a transmis son énergie.

À vingt ans, médaillée régionale et nationale, Aurore allait participer aux championnats d'Europe, avec de réelles chances de podium. Une vilaine blessure à la cheville droite après une mauvaise réception la tint écartée du saut pendant six mois. Une seconde d'inattention lui coûtait l'immobilité. La compétition était si cruelle.

Aurore avait tellement de moyens. Elle mit ce temps à profit pour continuer d'étoffer, d'épanouir son talent de cuisinière lors de stages où elle découvrit un milieu profondément macho, phallocrate, au-delà de ce qu'elle avait côtoyé à l'école. Sa détermination, aidée certainement par sa réputation sportive, éteignit les tentatives de brimades, de pression psychologique, et les intentions déplacées. Pour tout dire, Aurore s'investit d'autant plus dans cette ivresse que son autre passion s'était envolée. En effet, après avoir repris l'entraînement du saut en hauteur, sa cheville avait cédé de nouveau. Le verdict était tombé : elle ne pouvait plus soumettre son corps à de tels efforts. À vingt et un ans, sa carrière était terminée. Le coup avait été rude. Elle était restée une semaine prostrée dans sa chambre, n'acceptant les repas que du bout des lèvres. Le sport et le public l'oublièrent rapidement, au profit d'une autre étoile montante. Mais, aussi farouche et résolue que sensible, elle reprit le dessus.

Aurore n'oubliait pas pour autant sa féminité. Un sauteur en longueur fut sa première véritable histoire. « Abandonner ma virginité à Aphrodite », selon ses termes, fut une expérience merveilleuse. La relation dura un an, jusqu'à la rupture de sa cheville. Le sauteur amoureux s'avéra insuffisant dans l'épreuve. Elle fut ensuite éprise d'un harpiste élégant, dont elle se déprit assez vite en découvrant qu'il avait peur de tout, même de son ombre. Puis, au mariage d'une amie d'enfance, un homme grand, svelte, au sourire de prince des *Mille et une nuits*, lui proposa de danser. Il s'appelait « Serge ». Quand il donna son patronyme, elle réprima un rire nerveux : « Ducon-Loisillon », quelle idée vraiment ! Il ne dit rien, se contenta d'une mine amusée. Ils trouvèrent aussitôt leurs marques, se revirent, entamèrent une relation idyllique. Tout en eux leur plaisait, jusqu'aux différences. L'entente physique était parfaite ; leurs aspirations si proches qu'elles se touchaient. Il ne leur restait plus qu'à partager le même toit ; pourquoi pas se marier, avoir des enfants. Elle aimait vraiment cet orphelin, intensément ; elle en était sûre. Le couple modèle que formaient ses parents, dont elle ignorait les disputes savamment cachées et l'insondable patience pour préserver une telle union, lui avait montré la voie. Les Amezoa tentèrent de l'avertir contre toute précipitation. En vain. Aurore était de la trempe de celles et ceux que l'on ne convainc pas si facilement.

Le jeune couple emménagea dans une petite maison, et convola en justes noces très rapidement. Aurore, bien sûr, fit le menu de la fête, organisée un dimanche dans le grand restaurant où elle démontrait son talent. Elle avait vingt-deux ans, rayonnait comme le jour, pendant que Serge, trois ans plus âgé, cadre brillant, se distinguait à la SNCF qui lui ouvrait un boulevard vers la réussite. Elle ne tarda pas à être enceinte, à leur grande joie. Un an après le mariage naquit Anthelme. Pour mieux s'en occuper, Aurore prit un congé d'un an, contre l'avis de ses parents, de ses collègues, de ses employeurs. Ils avaient raison. C'était sans compter avec les démons en sommeil. Car ce fut le début de l'enfer, qu'il est inutile de détailler…

Jaloux de ma présence, de l'importance que je prenais, mon père commença par des réflexions désagréables, qui gagnèrent en intensité et en méchanceté. Crédule, Aurore mit ces réactions sur le compte de la fatigue. Son époux avait de plus en plus de responsabilités, une pression croissante sur ses belles épaules musclées. Indulgence aveugle. Les premiers signes étaient si évidents. Elle refusa la conscience pour ne pas perdre. Perdre son espoir et son amour ; ce qu'elle croyait solide et durable. Pour ne pas devenir folle, seule, abandonnée, elle préféra s'enterrer vivante, petit à petit. Cette jeune femme pétillante, lumineuse, s'éteignit au même rythme. Quand il alla jusqu'à mettre en doute son talent de cuisinière : « C'est mauvais. Il manque de ci, de ça, etc. », elle se tut, se demandant même s'il n'était pas dans le vrai. Il la surveillait, l'espionnait. Il l'éloigna de ses amis, lui interdit de retravailler, de sortir seule. Quand le premier coup partit, elle, l'athlète, se recroquevilla, anéantie par la peur, la culpabilité ; par sa propre faiblesse. Il avait anesthésié en elle toute force de réaction.

Ses parents remarquèrent bien une baisse de forme, mais la mirent d'abord sur le compte de la maternité récente. Au bout de deux ans, la fatigue étant persistante et marquante, ils s'alarmèrent, l'interrogèrent avec prévenance, affection :

— Pourquoi tu n'as pas repris ton poste au restaurant ?

— Tout va bien. Serge a un très bon salaire, ça nous suffit. Je préfère me perfectionner à la maison. Et puis je suis avec Anthelme. Je retournerai en cuisine plus tard. Ne vous inquiétez pas.

Plus tard, toujours plus tard… La honte rend muet et velléitaire, et les arguments ineptes. Résultat, ma mère avait fini par bâtir un monde à deux, recroquevillé, refermé sur nous, elle et moi. Elle ne voyait donc personne sauf ses parents que Serge redoutait, et qu'il n'avait pas pu éloigner. Pendant deux ans et quelques, elle essaya de me cacher sa tragédie, de me préserver des scènes terribles. Mais ses cris masqués par la musique me sont revenus. Le lendemain, à mon réveil, elle répétait invariablement, avec un large sourire :

— Tu sais, mon chéri, on a beaucoup ri avec papa hier soir, on a mis de la musique. J'espère que mes rires ne t'ont pas réveillé.

Et je riais à mon tour, rassuré. À cet âge, vous croyez votre mère, non ? Je me souviens aussi de journées merveilleuses, en dehors du week-end où l'atmosphère était lourde comme les signes d'une tempête.

Pendant ces moments de paix, Aurore me couvrait de tendresse, me racontait des histoires de cuisinières et de cuisiniers, me préparait des plats délicieux. Elle me parlait de la grande œuvre qu'elle réaliserait un jour : l'oreiller de la belle Aurore. Et riait lorsque je me précipitais dans sa chambre.

— Pas celui-là, mon chéri. C'est un oreiller qui se mange. Tu le goûteras un jour. Et tu le cuisineras peut-être. Qui sait ?

Qui sait... Aurore me lisait des livres, dont du Brillat-Savarin auquel je ne comprenais rien et qui s'est gravé dans mon esprit. Elle me faisait goûter, découvrir, humer, savourer, critiquer même. Nous écoutions aussi beaucoup de musique, parfois en dansant.

Puis vinrent les coups de trop, maître Lespinasse, le procès. Évidemment, ne saisissant pas la situation, je pris le changement de plein fouet. Aurore décida encore de m'épargner, évoquant des voyages lointains de mon père. Le voir une fois par semaine, sous surveillance, m'interrogea. La justice lui ayant intimé l'ordre de ne pas évoquer sa condamnation, il se contentait de mentir aussi en répondant à l'avalanche de « pourquoi », chère aux bambins.

— Pourquoi y a toujours des gens avec nous ?

— Ce sont des amis du travail.

— Pourquoi maman est pas là ?

— Parce qu'elle travaille.

— Pourquoi elle est tout le temps à la maison, alors ? Elle travaille à la maison ?

— C'est ça (faux, puisqu'elle se remettait de son calvaire, aidée financièrement par ses parents).

— Pourquoi tu ne la vois plus ?

— Mais si, je la vois, tout va bien.

— Ah… Pourquoi tu reviens pas à la maison ?

— Je travaille loin, je te l'ai dit. Je reviendrai bientôt.

Aurore trouva une place à mi-temps dans une brigade. Partant tôt le matin, elle me déposait chez ses parents, me reprenait après le service du déjeuner. Et nous continuions nos journées délicieuses, réduites à des après-midi. Au programme habituel s'ajouta, dès mes trois ans, la classe. Pour ma mère, il était préférable de dispenser mon instruction à domicile plutôt qu'à l'école. J'appris ainsi à lire, écrire, compter ; et, mis en confiance par le climat favorable, je sus très vite. Au fil des mois, l'absence de mon père se fit moins prégnante. Son visage s'effaçait jusqu'à la visite suivante. Il m'arrivait de poser d'autres « pourquoi » auxquels Aurore répondait avec toute la diplomatie voulue.

Une semaine avant d'être assassinée, elle prit contact avec un loueur d'instruments de musique, car elle aspirait depuis longtemps à se mettre au violoncelle. Le sport, la cuisine, les études et les oukases de Serge l'en avaient empêchée. Désormais libre, elle avait pris sa décision, en avait averti ses parents en leur suggérant que le violoncelle me conviendrait sûrement très bien aussi. Cette liberté l'autorisait même à aller au cinéma, dont elle raffolait. Et ce fut le soir maudit.

Perdre à cinq ans une mère tendre, attentive, d'une présence constante, est un drame qu'on ne souhaite à personne. Comment croire même qu'elle est morte ? Qui plus est une mère que l'on a vue s'affairer en cuisine midi et soir, inventer avec vous, plaisanter avec vous sur la forme atypique d'un légume ressemblant à un zizi, qui vous faisait goûter les sauces, vous laissait racler le fond appétissant des casseroles. Une mère qui riait quand elle ne pleurait pas, qui vous racontait le monde du goût, des saveurs, l'impalpable caresse d'un velouté, les sursauts d'un soufflé, des histoires de grands cuisiniers, de mères cuisinières comme la Brazier ou la Poulard. Ce décor des cinq sens m'a, évidemment, profondément marqué.

Là aussi, les questions, muettes ou formulées, s'amoncelèrent. J'ai le souvenir de nuits entières à pleurer, des câlins de mes grands-parents cachant leur incommensurable chagrin, des journées moroses à l'attendre, à l'imaginer reine d'un pays lointain. Comment avait-elle pu m'abandonner ? Et me laisser ce carnet de recettes agrémenté d'une dédicace finissant par : « Je compte sur toi », que je me fis expliquer. Un ordre qui ne voulait pas en être un.

Sortir de cette consigne générationnelle ne s'annonçait pas facile. Mais le violoncelle, autre volonté maternelle, fut une rencontre inespérée.

22

Tenez, au Conservatoire national, Anthi s'est confié un brin. Un jour, alors qu'on grignotait un sandwich sur un banc, il m'a lancé sans prévenir :

— Virginie, tu sais comment je suis venu au violoncelle ?

— Euh… non, j'ai dit, en avalant difficilement ma bouchée de cornichons.

Une révélation rarissime. J'ai savouré, vous pensez. Tout minot, il était précoce à rendre jaloux les fayots du même âge. Il apprenait plus vite que les autres, il paraît. Je sais juste qu'au moment où il a commencé le violoncelle, il vivait rue Port-Neuf, chez les parents de sa mère, Camille et Alexandre Amezoa. Point. Un jour, son grand-père est arrivé à la maison avec un quart de violoncelle. Il l'a mis dans le salon, et il l'a couché sur le côté.

Anthelme avait cinq ans. Il a regardé l'instrument et il a dit merci. Après, il en a fait le tour, les yeux tout écarquillés, et il l'a mis debout. Sa grand-mère a voulu intervenir, mais il l'a fixée avec son regard qui tue. Elle a compris que ça servait à rien de craindre quoi que ce soit, et elle a pas insisté. Anthelme était aussi grand que le violoncelle ; ça l'a rassuré. Il pouvait en faire un ami. Il paraît que la première confrontation a été incroyable. Il a juste dit :

— Je t'ai réveillé ? Tu seras mon habit en bois.

Les Amezoa l'ont regardé. Ils étaient éberlués. Incroyable ! Anthelme a pris l'archet. Il s'est assis sur le petit tabouret acheté exprès. Il a planté la pique du violoncelle dans le support, et il a promené sur les cordes les crins de cheval brillants comme un conte de fées. Il avait déjà vu des concerts de classique à la télé ; ses grands-parents adoraient aussi la musique. Reproduction de gestes ? Plus que ça. Et ça a été l'engrenage. Une aisance insolente. Il a progressé à pas de géant, façon bottes de sept lieues. En même temps, il poussait à vue d'œil. Il était plus grand que les gamins du même âge. En plus, il donnait du sens, de la musicalité. Il s'est fait tirer l'oreille pour le solfège, et il y a pris goût, plus par jeu que par intérêt. Ensuite, au conservatoire Maurice-Ravel de Bayonne, il a écœuré sa première professeure. Des élèves l'ont pris en grippe, forcément. On peut pas empêcher la jalousie, un poison des impuissants. Elle a fini par le confier à Bengotxea tellement elle s'est sentie dépassée. Anthi avait dix ans. Il la remercie encore.

23

La découverte de mon « habit en bois » fut une énorme consolation, et une révélation. Je lui parlais, lui confiais mes doutes, mes peines, mes joies. Et pour qu'il me réponde, je glissais l'archet sur les cordes, écoutant ses soupirs réconfortants. Aujourd'hui, cette relation étroite, complice, est toujours fondamentale.

Un an plus tard, l'évidence se fit jour : Aurore ne reviendrait pas. Jamais ! Un mot terrible. Et mon père, où était-il ? Sur mon insistance insupportable, mes grands-parents révélèrent la vérité, en évitant l'ignoble, l'innommable, et les tourments qu'elle avait endurés depuis ma naissance. Comment pouvait-on tuer quelqu'un d'aussi extraordinaire ? Comment pouvait-on éteindre un astre si vivant et si brillant ? Comment une maman aussi belle pouvait-elle mourir aussi laidement ? Petit, impuissant, désarmé, vous n'avez pour armes que la rage et les larmes. Les « comment » m'obsédèrent au point que je me renfermai comme une huître, en interdisant à quiconque d'évoquer Aurore, tout ce qui me rattachait à des racines. J'avais été enraciné, je devenais déraciné. Mon père ? Qu'il disparaisse ! Je ne le reverrais « jamais », comme si je lui donnais la mort à mon tour. Et puisque le monde m'avait puni, accablé, j'allais construire le mien, conforme, rayonnant. J'inaugurais le sceau des secrets cadenassés. L'illusoire protection qui conduit à la surdité, à la cécité et à la suffocation de la vie.

24

Quand je l'ai vu la première fois, il avait tout juste dix ans. J'ai d'abord eu envie de lui foutre une claque. Il avait la vraie tête et la morgue horripilante du petit merdeux, stade préparatoire au statut de petit con. Comme souvent chez ces jeunes arrogants et suffisants, c'était sa barrière, sa protection. Je l'ai vite compris, comme il ne servait à rien de le prendre trop de front. Mais quel talent !... Il avait une technique déjà monstrueuse. J'ai aussitôt senti la patte du prodige. Encore fallait-il qu'il soit au rendez-vous de l'exigence et de la discipline sans lesquelles une passion reste un loisir d'apprenti qui n'éclora jamais. Non, il devait saisir ce qui, dans toutes les fibres de son corps, signifiait « violoncelle ». Mais pas seulement.

Comme à mon habitude, j'ai pris rendez-vous avec Camille et Alexandre Amezoa, ses tuteurs légaux. Ils m'ont appris que leur fille, avant de décéder, leur avait fait promettre qu'Anthelme apprendrait son instrument préféré : le violoncelle. D'accord. Mais si Anthelme avait des capacités hors du commun, elles ne suffisaient pas. Pendant cette première discussion, ils m'ont sorti la sempiternelle banalité : « Monsieur Bengotxea, il peut devenir professionnel du violoncelle ? »

Être professionnel ne signifie rien d'autre qu'un statut, une posture sociale. Le violoncelle n'est pas un métier. C'est une habitation, une vibration continuelle, une aspiration qui vous prend et ne vous laisse jamais. Un corps à corps de siamois. Anthelme n'avait donc qu'un chemin à suivre : devenir un véritable amateur, c'est-à-dire « celui qui aime ». Était-il capable d'aimer ? Là était toute la question. Éloquente, décisive. Il ne restait qu'à savoir. Alors, un après-midi, trois mois après notre rencontre, j'ai placé un de mes vieux trente-trois tours sur la platine de mon antique chaîne hifi. Parce que je n'ai jamais pu me résoudre aux avancées technologiques. Le son y est trop parfait, alors qu'un son est imparfait par nature. C'est un peu comme la chaleur. Elle existe par elle-même, mais aussi par opposition au froid, au frais, au tiède, au glacé.

Anthelme s'est assis sur le canapé. Sans bruit. Comme s'il attendait ce moment depuis toujours. Le diamant a commencé à suivre les sillons, et l'incomparable est sorti des Cabasse, mes enceintes de toujours et de maintenant. Vingt-cinq minutes d'un pur bonheur. Un de ces instants d'éternité qui vous font pousser des ailes. Comme si vous dégustiez le goût sucré et le son mélodieux des étoiles. Et je l'ai vu perdre sa superbe. Sa tête de petit merdeux s'est changée en Anthelme de son âge et de son authentique nature, immobile, marmoréen, envahi, submergé. Je l'ai vu pleurer à petites larmes continues. Quand le bras a quitté le vinyle pour se poser sur son support, il a respiré à pleins poumons et a simplement demandé :

— Qui c'est ?

— Jacqueline du Pré. Le concerto de Haydn, avec son mari, Daniel Barenboim. Tu ne l'as jamais écoutée ?

— Non.

— Maintenant, c'est fait.

— Vous l'avez connue ?

— Oui.

Une entrevue inoubliable. L'émotion m'a pris à mon tour. Nous avons pleuré ensemble. Une communion.

À partir de ce jour des sanglots, notre relation n'a plus jamais été la même. J'ai commencé à dessiner ses limites au-delà desquelles existerait cette pépite dont je commençais à soupeser les carats. Des limites qu'il pourrait dépasser à chaque étape. J'allais l'aider, l'escorter, le guider sans concessions. Anthelme, lui, a eu « la » révélation. Du Pré, au destin tragique, est devenue sa compagne, même pendant sa période antitout, lorsqu'il était pénible au-delà du supportable. Il s'est fondu en elle. Il ne s'est pas passé une semaine sans qu'il écoute une de ses interprétations, qu'il regarde un documentaire, comme ce croustillant enregistrement de *La Truite* de Schubert, avec Barenboim, bien sûr, et leurs complices Zubin Mehta, Pinchas Zukerman, Itzhak Perlman. Il y a puisé de la véritable joie, celle de ce groupe d'inséparables. Ou ce film dans lequel elle joue le concerto de Dvořák au Royal Albert Hall de Londres, en septembre 1968. Une corde de son violoncelle casse en plein concert. Imperturbable, elle sort. Barenboim s'assied tranquillement. Elle revient, reprend. Comme si de rien n'était. J'étais présent… Il ne le sait pas. Trois ans plus tard, à vingt-six ans, la sclérose en plaques montrait le bout de son nez infâme, avant de la tuer à petits feux sournois. Elle en avait quarante-deux. Pendant cette période, elle n'a jamais cessé d'enseigner, de transmettre son amour du violoncelle, contracté à quatre ans, et de la musique.

Dès qu'il se trouve à Londres, Anthi prend le temps de se recueillir sur sa tombe, au Golders Green Jewish Cemetery. Un jour, il m'a même dit :

— J'aurais aimé être la mort pour l'accueillir, l'enlacer, lui dire combien je suis heureux de la sentir parmi nous.

C'est tout lui. Il aurait tellement voulu la connaître, jouer sur son Stradivarius Davidov de 1712. Il la compare aux éphémères, ces insectes qui remontent à trois cents millions d'années et qui ne vivent que quelques heures après avoir montré tant de grâce.

25

Camille et Alexandre continuèrent de me faire la classe. Mais fatigués, et alors que je venais de commencer avec mon professeur de toujours, ils se résolurent à me mettre à l'école, la mort dans l'âme. J'avais donc dix ans.

L'événement fut célébré par deux cadeaux qui m'émeuvent toujours : le cartable d'écolier que je garde précieusement, et ces deux livres appartenant à ma mère qui, marquant mon passage au pays des grands, ne m'ont pas quitté, *Physiologie du goût*, de Brillat-Savarin, et *La Table au pays de Brillat-Savarin*, de Lucien Tendret. Dans une lettre prémonitoire envoyée peu avant le drame, Aurore avait fait promettre à ses parents de me les offrir lorsqu'ils m'estimeraient aptes à les lire, « au cas où » il lui « arriverait quelque chose ». Le moment était idéal. C'est alors que je fis deux découvertes : je portais le deuxième prénom de Brillat-Savarin, et ma mère, celui de la sienne. Quelle conjonction !

Aujourd'hui, le parfum floral d'Aurore, sa voix, ses caresses, sa douceur me manquent aussi tellement. Terriblement. Je lui dois tant et tant. Tout est revenu. Je n'avais rien oublié.

26

Anthelme ? Il arrive un matin de septembre, les yeux balayant l'espace et l'humain, un petit oiseau tout frêle au plumage noir en bataille. Nous avons dix ans et le spectacle de ce « nouveau » m'émeut au plus haut point. Non parce que je commence à éprouver une attirance grandissante pour les garçons. Simplement parce qu'il est perdu dans une immensité, celle de la jungle scolaire dont la dureté l'effraie. Ce premier jour est d'ailleurs une torture, à commencer par son patronyme : « Ducon-Loisillon ». Virginie en a déjà expliqué l'aberration et la douleur. Le mien, « Maréchal », tronqué de sa particule « de Courcelles », est infiniment plus supportable, excepté lorsque, au collège, le programme d'Histoire aborde l'Occupation. Ce qui me vaut les surnoms de « collabo », de « tondu » (étrange…), de « péteuniste » (*sic*), etc. L'ignorance peut avoir de l'imagination.

Seul dans son coin, serrant son cartable tout neuf, Anthelme, dont je perçois aussitôt l'orgueil constitutif, pleure à l'intérieur de lui. Parce qu'il a l'émotion intrinsèque. Touché donc, déjà sensibilisé au sort des esseulés et des à-part, je me dirige vers lui, la main tendue :

— Moi, c'est Mathieu. Mais j'ai plus d'un cheveu sur la tête.

La référence à la chansonnette lui arrache un maigre sourire :

— Anthelme. Tu as la même voix que Tigrou dans *Petit Ours Brun*.

Je n'ai jamais pensé à ma voix, sur la pente de la mue. La comparaison me plaît. Nous marchons dans la cour que sillonnent des flèches enfantines, parsemée de petits groupes ravis de se retrouver, ou de silhouettes isolées, hiératiques, semblant attendre une arrivée qui les sortira de ce cloaque. Le nouveau dégage une touchante fragilité, sans doute due au fait qu'il est mince comme un spaghetti, et en même temps une force de caractère perceptible dans un regard capable de percer tous les métaux. Ce cas m'intrigue :

— Tu n'étais pas là l'année dernière. Ni celles d'avant. Tu étais où ?

— Ailleurs.

— Oui, évidemment…

Quelle réponse ! De l'Anthelme tout craché. Préférant l'hilarité à la querelle, produit d'une susceptibilité mal placée, je saisis tout de suite qu'il ne servira à rien d'insister, a fortiori d'extorquer le moindre renseignement contre une des sucreries dont je remplis mes poches, grâce au pouvoir d'achat de mon argent (justement) de poche. Cet avantage financier et le statut de mon père m'ont protégé des brimades, en particulier depuis que certaines attitudes, jugées suspectes, ont attiré l'attention sur ma préférence sexuelle. Par exemple, en littérature, j'accorde plus d'intérêt et d'importance aux héros et aux princes charmants qu'aux princesses et aux héroïnes. Et, en science, le décorticage de l'anatomie me laisse dans de drôles d'états lorsqu'elle est masculine. Aussi, estimant à raison qu'il vaut mieux taire mon attirance à l'école, chez moi et ailleurs, je ris aux blagues lourdes sur les pédés, tantouses, tarlouzes et autres fiottes. Quoi qu'il en soit, bonbons et argent m'ont très tôt révélé le caractère corrompu de la nature humaine. Par exemple, il m'est tellement facile d'acheter un silence ou une rumeur. En conséquence, je deviens un apprenti en misanthropie.

Dans les premiers temps, ce qui me frappe chez Anthelme, c'est d'une part ses facilités scolaires incroyables qui me détrônent de la première place tant voulue par mon père, d'autre part son extrême discrétion envers lui-même et les autres. Nous finissons par nous apprivoiser. Il existe donc des *Homo sapiens sapiens* dignes d'intérêt. Ce qui met un terme à ma misanthropie embryonnaire qui aurait pu m'engloutir au point d'être fatale – aujourd'hui, nous en parlons encore. En effet, l'aisance financière et le statut social ne préparent et ne portent pas nécessairement à l'altruisme. Je le comprends très tôt également.

La rencontre d'Anthelme, nos conversations, nos jeux, nos échanges, nos disputes, nos rires fous m'ouvrent un autre monde, infiniment plus sensible que celui, planifié, de l'ambition paternelle et familiale. Notre amitié se construit ainsi, dans les contrastes et les convergences ; dans ces longues discussions à défaire l'univers, à détricoter les rêves, à espérer, croire, croître, fonder. À jurer de ne jamais se quitter. À vivre pour toujours dans cet ailleurs cher aux enfants, et que l'on ne peut nommer.

27

À l'école, j'ai donc fait la connaissance de l'inénarrable Mathieu et pris goût aux Clairefontaine. La solitude que je ressentais à la maison, juste atténuée par les cours collectifs du conservatoire, s'est estompée encore davantage.

Anthelme... Enfant, ce prénom m'impressionnait et tranchait tellement avec les Marcel, Philippe, Laurent ou André. J'en éprouvais aussi une certaine fierté. Il n'était pas comme les autres. Et, par corollaire, j'ai fini par me convaincre que je n'étais pas comme les autres, à l'instar de cette union fusionnelle avec mon habit en bois. Le soir, en me couchant, j'imaginais une foule d'Anthelme plus croustillants les uns que les autres. Des équipées sauvages de Huns terrassés par un simple paysan hissé au rang de général victorieux, des exploits de chevaliers basques parcourant la lande, un obscur sorcier médiéval du Berry (pourquoi cette jolie province, je n'en sais rien) aux pouvoirs sans limites. Ou un prince échappé d'une geôle infâme, conduisant le peuple derrière son étendard à la reconquête réussie du royaume de son défunt père. Cette certitude d'être détenteur d'un destin peu commun m'aidait à supporter les moqueries de mes camarades d'école, qui, à part Mat, déformaient le prénom *Anthelme* dans le but de me vexer, de me peiner. « Anthelmêmepascapable »,

« Anthelminable », « Anthelmèretelfils », et j'en passe. Cruauté sans lendemain. Raté.

Plus d'une fois j'aurais voulu entrer dans une de ces bagarres dont les Basques ont le secret. Mais je ne pouvais pas. Ce n'était pas un manque de courage, j'en avais à revendre, et ma taille m'aurait permis de tenir tête. La raison, rappelée sans cesse par Mat qui me retenait souvent par le bras, était toute simple : mes mains, mon trésor, mon présent et mon avenir. Je devais les préserver à tout prix. Quelle frustration ! Qui s'ajoutait à celle de ne pas pouvoir m'adonner au rugby.

À l'adolescence, mon nom composé, déjà l'objet de railleries en primaire, en a ajouté une couche de méchanceté. Comme le dit Virginie : « La méchanceté a pas beaucoup d'imagination, surtout quand elle est gratuite. Y a qu'à se servir dans le magasin de la connerie ambulante. » Décapant et vrai. J'aurais préféré prendre celui d'« Amezoa », mais mes grands-parents ont refusé, arguant que j'avais déjà un nom et qu'il n'était pas possible d'en changer d'un coup de baguette magique. Au début de la quatrième, « Ducon-Loisillon » fut le patronyme le plus amoché du collège. Là aussi, il était impossible de me battre. Parfois, Mat me remplaçait, ne serait-ce que pour montrer aux sceptiques et autres crétins que son penchant remarqué pour les garçons n'interdisait pas la virilité, bien au contraire. Il en profitait d'ailleurs pour peloter discrètement ceux qu'il trouvait les plus mignons. Il avait une manière savante de distribuer des « tartes aux gnons ». À force de séduction, nous avons réussi à rallier un rugbyman aussi massif que bonhomme, d'une force impressionnante dès qu'il s'agissait d'aller « à la boucherie ». Sur un terrain, lorsque vous étiez devant Laurent, le pilier droit, vous n'aviez que deux options : aller illico faire vos courses ou mourir jeune, sportivement parlant bien entendu.

De mon côté, au lieu de me recroqueviller, de me rabougrir, cette situation grotesque me poussa à m'affirmer davantage, toujours en profitant de ma taille. J'ai durci mon cuir, aiguisé ma détermination, renforcé mon caractère, amplifié cette impression d'être si différent. En fait, j'ai trouvé, un jour, la parade contre les moqueries. Debout sur une des barriques qui se dressaient dans la cour, j'ai hurlé mon nom : « Qui veut s'amuser avec Anthelme Ducon-Loisillon ? Allez, venez, qui commence ? On fait un concours de la vanne la plus débile. » L'audace contre l'insuffisance. Deux abrutis ont relevé le défi, mais, voyant que les autres, déstabilisés, n'y prêtaient aucune attention, ont fini par abandonner. Leur malveillance ne produisant pas les effets escomptés, la stupidité et la foule manquant de courage et d'initiative, les plus hargneux ont jeté leur dévolu sur un nouveau, un certain « Accu » – quelle aubaine ! Lequel ne se laissa pas faire et lança quelques coups très convaincants. Et puis je donnais des concerts à Bayonne, annoncés par des affiches, et je commençais à bénéficier d'une notoriété à laquelle la principale du collège, responsable de cette jungle préadolescente, était assez sensible. Vexer, voire harceler, pire blesser une célébrité en devenir, comportait des risques supérieurs aux simples punitions et rappels à l'ordre de la direction. J'ai donc pu poursuivre une scolarité tranquille.

Puis, à quinze ans, la réussite du concours suprême de Paris m'a propulsé vers d'autres sphères. Au Conservatoire national où, ma petite réputation m'ayant précédé, tout le monde s'était habitué à prononcer « Anthelme Ducon-Loisillon » sans éclater de rire. Au moins, depuis mon plus jeune âge, on se souvenait plus facilement de moi.

28

À l'école et au collège, Anthelme avait donc pris l'habitude des brimades de la part de mioches. À cause de son nom, mais aussi de ses facilités, de son talent pour s'isoler, alors qu'il était pas désobligeant. Il voulait juste avoir la paix. N'empêche, il a forgé son caractère déjà bien marqué, « dans le fer de l'indifférence, dans la fierté de ma singularité et dans la colophane de mes extases musicales », comme il dit. Parce qu'il prenait de vrais pieds musicaux. C'est ça, il était enfant mais la musique le faisait sortir de lui, elle l'illuminait. Il avait l'impression de voler, de « survoler les anges ». De plus être dans le monde, comme son idole Jacqueline du Pré quand elle jouait le concerto d'Elgar avec son chéri Barenboim à la baguette amoureuse. La musique ? Il était insatiable. Il avait tout le temps faim. Quel appétit ! Comme pour la cuisine. Il commençait à la découvrir. À l'aimer vraiment.

Évidemment, le conservatoire municipal et Baiona étaient fiers d'avoir un phénomène pareil. Sauf qu'il s'en fichait. Anthelme, tout ce qui l'intéressait, c'était de jouer, de découvrir, d'apprendre. L'impossible, ça l'attirait comme un aimant. Il a eu longtemps l'impression d'avoir été un enfant d'un ailleurs qui n'a pas de nom. Comment vivre, respirer avec tout ça, ce fatras d'exception ? Forcément, il avait pas de copines et de copains. Sauf Mathieu, l'hurluberlu recruté en CM2.

Anthelme a fini par attirer les journalistes. À dix ans, il est passé dans la presse locale, à la télé régionale. C'était le « prodige du pays », « le Mozart basque », ou le « génie basque ». Des titres véridiques. Il a commencé par donner des petits concerts dans des petites salles autour de Bayonne. Après, il a joué en soliste avec l'orchestre symphonique du Pays basque, qui l'a réinvité plusieurs fois. Un jour, Bengotxea lui a dit :

— Le destin est un arbre dont on est les fruits. À chacun de rester accroché, ou de mûrir et de quitter l'arbre.

Alors il l'a encouragé à passer le concours de Paris, à quatorze ans. Dvořák, Haydn, Saint-Saëns, Vivaldi, Debussy, Ravel… Un jour, Anthi m'a dit comment il vivait ce qu'il jouait :

— Schubert qui miaule avant que le chant n'existe. Schumann qui pleure avant que les larmes arrivent. Beethoven qui s'enflamme alors que le feu n'est pas encore apparu. Bach dont les notes existent avant qu'elles soient jouées.

Il habitait la musique, elle l'habitait. Si jeune.

Notre rencontre ? C'était y a vingt ans, le jour de la rentrée du Conservatoire national. Il avait quinze balais, j'en avais dix-huit. Il était à l'écart, adossé à un pilier, légèrement de dos, muré dans un mutisme bizarre. Et déjà un peu célèbre. Enfin, assez pour que ça soit connu dans notre milieu. Avec ses cheveux noirs en bataille, qu'il a toujours, sa longue silhouette d'adolescent mince comme un haricot vert, on avait envie de lui mettre de la viande autour de l'os. Il m'a attirée tout de suite. Une sorte d'aimantation. Ça se décrète pas. Oh, pas pour ce que vous croyez ; de toute façon, j'étais très amoureuse d'un hautboïste breton au corps d'Apollon, avec une bouche à partir direct en enfer, et j'ai jamais pu être avec deux hommes en même temps. Non, Anthelme m'a fascinée dès le premier regard par ce qu'il « envoyait ». Simplement. Je me suis dit : « La vache, c'est bien lui. Qu'est-ce qu'il dégage ! » J'ai laissé le groupe de copains avec qui je discutais, et je me suis approchée doucement. Il était de trois-quarts. Il avait sous le bras un cartable antique et trop petit. Des partitions et un grand cahier Clairefontaine dépassaient. Il tenait un bouquin dans sa main droite. Punaise, qu'il était beau ! Il a dû me repérer parce qu'il a levé la tête lentement et s'est tourné vers moi. Ce regard ! Ces yeux bleus ! À la fois cinglants et poupins. Il avait l'air étonné qu'une rousse bien en chair s'intéresse à lui. C'est gnangnan, mais tout de suite un accord a surgi. Normal pour des musiciens, vous me direz. Non, un truc de dingues. Comme si, dans un seul regard, on voyait défiler notre vie, ce qu'on était. Comment on s'est entendus alors qu'on est tellement différents ? Mystère. Je sais pas. Une magie, un machin insaisissable. On n'en a jamais vraiment parlé d'ailleurs. Pas besoin puisque c'est là.

En tout cas, Anthelme a souri. Ou plutôt ses lèvres ont dessiné un genre de satisfaction. Imperceptible. Mais moi je l'ai vue sa satisfaction. En plus, il a les lèvres charnues. Puisque j'avais fait le premier pas, et que je voulais planquer ma surprise de l'avoir déniché, lui la perle rare, je me suis raclé la gorge avec distinction et j'ai lancé, pleine d'assurance :

— Salut.

Et Anthelme a dit logiquement :

— Salut.

— Virginie Kaczmarek.

J'avais plus de chance avec mon nom d'origine polonaise, un souvenir de mes aïeux venus travailler dans les mines de France au début du vingtième. Même si j'ai eu droit à des « polack » de la part d'abrutis, surtout des garçons trop franchouillards pour être honnêtes. La connerie se fiche de l'Histoire avec un grand H. Bref.

— Anthelme.

— Anthelme comment ?

— … Ducon…

Dans ce cas, vous avez deux solutions : éclater de rire, ou vous retenir et essayer d'en savoir plus. Puisque ces premiers échanges de quelques secondes confirmaient qu'on avait une bonne impression réciproque, j'ai choisi la seconde. Je l'ai interrompu :

— Loisillon.

— Co… comment…

— Ben on peut pas te manquer. Alors c'est bien toi « le » violoncelliste ?

Anthelme m'a regardée, un peu effaré. Il s'est senti cerné, c'était évident : sa réputation l'avait précédé. Au conservatoire, la rumeur s'était répandue avant la rentrée. Le petit génie de Bayonne avait pulvérisé le concours d'entrée en classe de violoncelle. Moi, j'étais trop heureuse d'avoir réussi celui de piano. Mais lui… Plus qu'un phénomène, une sorte de miracle sur deux pattes, une facilité incroyable. Ce jour-là, il savait bien qu'être connu ça l'amènerait à être reconnu. Alors il s'était mis à l'écart, en espérant que… Tu parles ! Je venais de le ramener à sa réalité. Il le dit encore, qu'il a été ravi que j'évite de revenir sur son nom composé. Anthelme a enchaîné :

— Ah…

— Qu'est-ce que tu crois ? Ta trombine est passée dans les journaux, à la télé. Je t'ai reconnu, même si t'étais planqué derrière le pilier. Tu lis quoi ?

— Malraux, *La Condition humaine*.

— Ouah ! C'est bien ?

— Très…

Anthelme répondait par monosyllabes parce que je lui laissais pas le temps de développer. Une vraie mitraillette. Depuis que je suis petite. Mais j'aime aussi quand on se tait, rassurez-vous. Je l'ai pris par le bras :

— Viens, je vais te présenter.

Je revois son corps étiré tout du long, tout en minceur. On voyait bien qu'il avait une anatomie en construction. Je l'ai entraîné. Il avait pas le choix. Il s'est laissé faire et il a souri. Il a rangé son livre dans son petit cartable et il m'a suivie. C'est comme ça que tout a commencé. On s'est jamais quittés depuis. Mais ce jour-là, j'ai eu l'impression qu'il vivait à côté de son corps. De lui. Qu'il s'était jamais rencontré. Et ça a duré vingt ans…

Comme c'était une tombe vivante, j'ai juste réussi à savoir qu'il venait du Grand Bayonne, sur la rive gauche. À Baiona la basque, entre la Nive et l'Adour. Ses parents ? Il a mis tout de suite les points finaux sur les I, d'un air de dire : « De quoi je me mêle. » Il a juste dit : « Ils sont là où ils sont. » Des grands-parents ? Ça nous regardait pas. À force, on a découvert qu'il avait pas de tantes, d'oncles, donc de cousins. Ni de sœurs et de frères. Comment on pouvait manquer autant de famille ? Au conservatoire, il est toujours resté muet sur la sienne. Parce qu'il était prudent Anthelme. Il était pudique sur ce qu'il avait vécu. Il était toujours en surface.

À Paris, personne ne venait le voir, sauf son « professeur de toujours », il l'appelait comme ça. Mais rarement. Y avait aussi Mathieu ; il a débarqué trois ou quatre fois. Un mec très sympa. Il dormait chez Anthelme, dans son studio, au conservatoire. Baiona ? Anthelme y retournait tous les mois, un rituel. Personne savait pour quoi et pour qui – en fait, c'était pour humer l'air basque qui lui est consubstantiel, aller à l'océan avec ses grands-parents, profiter d'eux.

Paris ? Il sortait pas beaucoup, à part aux concerts et au Quartier latin de temps en temps. Il en avait tellement entendu parler, du Quartier latin, le côté étudiant, la bamboche, l'église Saint-Séverin, le Caveau de la Huchette, et le théâtre aussi de la Huchette, où ils jouent du Ionesco depuis des siècles. Un truc de fous. La première fois qu'il a été au Quartier latin, Anthelme a été déçu. Il fermait les yeux et il s'imaginait qu'il était en plein dix-neuvième, quand ça grouillait. Sinon, des fois, on arrivait à le traîner dans un troquet ou un restau. En fait, Anthelme aimait pas Paris. Il trouvait que c'était bruyant et que ça sentait mauvais la pollution. Il a raison remarquez. Et puis, il est attaché à son pays, c'est viscéral. Aimer autant Paris que Bayonne, c'était pas possible. Même moins, c'était pas possible.

29

Étais-je vraiment promis à un destin hors du commun ? Un don très précoce de « prodige » et un travail incessant m'ont permis de devenir un violoncelliste réputé dans le monde pour sa virtuosité et sa capacité à tout jouer avec un naturel déconcertant. Le « génie basque » ? Titre flatteur et encombrant pour un adolescent qui, à quinze ans, venait d'intégrer le prestigieux Conservatoire national supérieur de Paris. J'ai néanmoins vécu un début de carrière très prometteur, conseillé et guidé par mon professeur de toujours, d'une probité si précieuse. L'or m'était réservé. Tous les ors. Sans coup férir. Les récitals, les articles, les voyages et les dithyrambes se sont enchaînés sans que j'intervienne, ou si peu.

Durant cette période de formation, j'ai écarquillé les yeux à m'en décrocher les pupilles, appris et accumulé beaucoup, trop sans doute. Le succès, la célébrité, la facilité m'ont conduit graduellement vers la suffisance. Tandis que les concerts, la notoriété et la médiatisation montaient en puissance, cette certitude d'exception a rongé petit à petit la fraîcheur et la candeur des débuts, au profit de certitudes mortifères. Le prodige de Baiona est devenu insupportable, blessant ; il n'était pas préparé à cette avalanche de gloire. Bengotxea m'avait pourtant averti.

Mat et Virginie m'avaient mis en garde à leurs façons. Pfff! Le petit génie n'a pas vu, écouté, touché, senti. Tout était devenu automatique. « Professionnel ».

À vingt ans, sans avoir conscience des limites que j'avais atteintes, je me suis obstiné dans la conviction d'avoir raison sur mes choix, sur l'art qui m'avait tendu les bras alors que j'étais si jeune. Sur tout. Jusqu'à être contrarié par tout, rejeter tout, me fixer des objectifs qui n'intéressaient que moi. J'étais avec et contre tout, antitout. Au grand dam de mon professeur de toujours.

— Enfin, réfléchis, tu as posé tes valises alors que tu n'as même pas encore pris le train ! a-t-il dit, exaspéré. Le train ne viendra pas si tu continues. Jamais.

Patient, exigeant, il me témoignait une estime et une affection réelles, qui m'étaient invisibles tant elles passaient largement au-dessus de mes points culminants. Il a assisté impuissant à une lente et inexorable décrépitude. Car cette carrière d'or est devenue progressivement un tableau peuplé de petits nuages grandissants. L'or a laissé place au plaqué or, puis au bronze, puis à l'acier le plus dur. Le phénomène de foire l'a emporté sur le musicien, sur l'individu. Les uns se sont agacés puis lassés de mes caprices et de mes avis péremptoires ; les autres de mon indifférence au sort du commun. Je n'avais pas la moindre idée de ce que pouvait recéler une rencontre, passant à côté de ceux que je ne faisais que croiser, insensible à tous sauf à moi-même. Les portes ont commencé à se fermer. Les dates de concert à s'espacer, en France et ailleurs. J'avais oublié de grandir, me résumant à un enfant capricieux dans un corps d'adulte.

À vingt-quatre ans, l'avenir devenant pour la première fois vraiment friable, incertain, j'ai choisi de montrer de quoi je pouvais être capable. L'ignorance étant encore une fois très pratique, je me suis refusé à imaginer une seule seconde que ce « capable » pouvait être un naufrage. Grâce aux cachets substantiels des premières années de succès, et à l'héritage très confortable de mes grands-parents, j'ai fait l'acquisition de cette *etxe* deux fois centenaire à Leihoa.

— Pourquoi aller t'enterrer dans ce trou ? m'a demandé mon professeur. Reviens vivre à Bayonne.

— Ce n'est pas un trou ! me suis-je écrié, en tapant du pied de manière tellement grotesque. C'est maaaa maison.

Il s'est contenté de souffler et a raccroché. J'ai ricané. Oui, j'ai ricané, refusant de voir ce que j'étais devenu et qui crevait les yeux : un petit prétentieux, vaniteux, arrogant, enfoncé de plus en plus dans une vie croupion. En réaction, je me suis fixé des objectifs difficiles, voire impossibles, à atteindre. Grimper la Rhune en un temps record, courir vingt kilomètres sans arrêt (et surtout sans entraînement), enchaîner deux nuits blanches et autres épreuves stupides qui, censées fortifier ma détermination, m'évitaient de voir la réalité nue : je n'allais pas bien, mais alors pas bien du tout.

Quant à la maison, je voulais en faire le siège de mes éclats. Je me voyais y accueillir critiques, confrères, admiratrices et admirateurs, journalistes, vedettes en tout genre. En réalité, elle était bien trop grande pour le minuscule individu que je m'évertuais à devenir. Attirer ce monde dans cette campagne, certes belle mais isolée, était impossible. Parce qu'on me quittait petit à petit. Le mirage de mes déserts étincelait à n'en plus finir. Comme tout être pris dans les filets envoûtants de la démesure, j'y ai financé une restauration pharaonique. Attaché au sang basque, j'ai engagé des entreprises locales. Ayant exténué trois architectes d'intérieur, j'ai fini par diriger moi-même la fin des travaux. Le mauvais goût était calamiteux tandis que j'étais certain de mon sens de l'esthétique, de l'équilibre et des perspectives. Afin de vous épargner la description d'un décor de mille et une mauvaises nuits, je me contenterai d'évoquer le doré criard prédominant, tout à fait révélateur. Les artisans, eux, ne se privaient pas de rire en douce, de ricaner plutôt, stupéfaits des mélanges plus que hasardeux de couleurs, de volumes et de matériaux. Ayant saisi plusieurs remarques au passage, j'en ai été affecté. J'avais pensé qu'être basque comme eux m'aurait évité la rudesse et la franchise de notre caractère national. Mais la contrariété a été de courte durée et j'ai passé outre. Je n'étais pas prêt à en retenir le moindre enseignement, comme lorsque, trempé, on sèche après une averse et que l'on pense qu'il ne repleuvra jamais.

Le morveux s'est mué en authentique petit con dont son *etxe*, au décor épouvantable, était l'illustration. Sans qu'il en ait conscience, ou parce qu'il ne voulait pas se l'avouer, par orgueil et outrance, la descente vers les abîmes s'est accentuée.

30

C'était en juillet. Les travaux étaient presque terminés. L'*etxe* s'était remplie d'objets, de matériaux, de meubles, pendant que, proportionnellement, je m'étais vidé de ma substance, prisonnier de l'antitout. Au cours de ces semaines, Paskoal, qui avait déjà pris ses habitudes, avait été privé de son café quotidien. N'ayant plus accès à l'intérieur, il s'était contenté de déposer le courrier dans la boîte, comme un facteur ordinaire. Misère ! À plusieurs reprises, il avait tenté d'avoir un aperçu des résultats, mais les bâches et les consignes aux artisans l'en avaient empêché. Parce que j'avais interdit à quiconque de « savoir » avant que le chantier fût achevé. Jusqu'à ce matin où, chevauchant son deux-roues, il arriva à l'heure habituelle et me trouva planté devant l'entrée. Dans sa touchante curiosité, il osa la question, le regard pétillant :

— Bonjour, Anthelme. C'est… c'est fini ?

— Oui, c'est fini. Tu veux voir ?

— Euh…, je ne veux pas déranger, mentit-il.

— Tu me diras ce que tu en penses ?

Paskoal posa son engin ; à en juger par sa mine, il était médusé que je sollicite son avis. Et, pendant une seconde, je fus tout aussi étonné de mon offre impulsive, avant de reprendre ma contenance. Paskoal ressemblait à ces enfants qui vont découvrir leurs cadeaux un matin de Noël. Il franchit lentement la porte, entra, visita, se retourna et me regarda fixement. Ses mots me clouèrent sur place :

— Ah…, quand même…

— Comment ça « quand même » ? dis-je en me raidissant.

— Euh…, hésita-t-il, désorienté par ma réaction abrupte. C'est… c'est riche, Anthelme. C'est… riche.

— Comment ça « riche » ? Tu aimes ?

Il sentit la contrariété et l'impatience me gagner. « Tu aimes ? » La pression l'avait bouleversé. Il tenta d'expliquer :

— Euh… Ça me rappelle à Paris. J'y suis allé en 89. C'était, tu sais, le…

— Je sais, dis-je d'un ton cassant. Le bicentenaire de la Révolution.

— C'est ça… Je suis allé à la Bastille, forcément. Y avait un magasin incroyable. C'était pareil, très riche. Ça s'appelait…

— Je vois très bien, dis-je.

Paskoal ne pouvait pas sortir pire horreur. Comment pouvait-il comparer ma maison avec ce que j'avais toujours considéré, lorsque j'habitais à Paris, comme le temple du clinquant, de l'étalage de richesse vulgaire et du mauvais goût ? Un vaste bazar dont on se moquait et dont le nom ressurgissait. J'ouvris la bouche pour hurler. Mais je me ravisai. Une surprenante indulgence me saisit, comme si je voulais en terminer. Paskoal n'avait pas pensé à mal. Il avait voulu sortir de son embarras par une pirouette. Lui en avais-je demandé trop ? Il regretta d'avoir été si franc et spontané.

— Bon, je mets le courrier où ? demanda-t-il, les joues rouges, ses mains dodues dans les poches.

— Sur le plan de travail de la cuisine. Tu veux un café ? dis-je.

— Euh… non, merci. À la prochaine, Anthelme. *Enpresa.*

Paskoal déposa les enveloppes à l'endroit indiqué et fila vers son vélomoteur. Son petit corps rond disparut si vite du paysage qu'il semblait poursuivi par une horde maléfique.

Cet épisode, en apparence anodin, dont je mesurerais ensuite l'importance, fendilla le mur de certitudes que j'avais érigé autour de ma personne. Il m'avait isolé jusqu'à m'éloigner d'Alain Bengotxea. Seuls Virginie et Mat restaient fidèles. Mais à quoi, à qui ? Pour combien de temps ? Leurs appels et leurs visites s'étaient espacés, en même temps que les contrats. Au fond, je connaissais la réalité : j'étais arrivé au bout de l'antitout. Il m'était impossible d'aller plus loin. Acculé, j'avais déjà tant perdu.

Alors pourquoi solliciter Paskoal de manière aussi inattendue ? Parce que, pensais-je dans ma fatuité, je le croyais trop inculte, trop rudimentaire pour saisir la subtilité de mon goût. Il était la proie idéale de mon arrogance. Je « voulais » qu'il aimât mon jouet et m'accordât son agrément. Pour aller à l'encontre des réactions, deux jours plus tôt, de Virginie et Mat en découvrant ce décor outrancier, couronnement d'un roi sans royaume. Jusqu'à cet avertissement : « Ressaisis-toi, Anthelme. Ressaisis-toi. » Dans mon entêtement mortifère, j'étais apeuré par l'avis de ceux qui me supportaient encore.

Je voulais la beauté ? J'avais oublié la laideur, inséparable, complémentaire de la beauté. La laideur peut être tout aussi irrésistible, fascinante. Et qu'avais-je fait sinon projeter sur les murs, jusqu'au grenier, ma propre laideur, et tant d'autres laideurs ? Je ne pouvais pas tomber plus bas. Comment avais-je pu perdre à ce point tout discernement esthétique et humain ?

Finalement, ce jour-là, sans le savoir, Paskoal, impressionné par l'enjeu et la responsabilité, a sonné mon baroud de déshonneur. Qu'il pût émettre une opinion aussi juste, faire preuve d'autant de bon sens, m'avait piqué au vif. Dans sa simplicité, il m'a rendu un fier service. Je l'en remercie encore.

31

Mais il en fallait davantage. Car, murmurait mon inconscient, j'avais besoin de couler totalement. De la grande descente. Pour émerger à nouveau. Pour me sauver. Sauver ce qui pouvait encore exister d'Anthelme Ducon-Loisillon. Cette lézarde, certes étroite mais longue, s'est très vite élargie sous l'effet d'un pari insensé.

La cuisine de l'*etxe* avait été l'objet d'un soin particulier. Tout était conforme à une brigade performante. Mais pour un seul chef, qui n'était chef de rien ni de personne. Découvert des années auparavant, l'art culinaire s'était affirmé comme un refuge, un frère de la musique. Toute recette me semblait être une partition que l'on suit mesure après mesure. Au fil du temps, je m'étais entraîné, amélioré pour, pensais-je, parvenir à l'excellence.

Aussi, le chantier terminé, j'ai lancé des invitations à des dîners et des déjeuners dont j'ai évidemment composé et réalisé les menus. Les prétextes et les défections ont fleuri. Le peu de réponses positives ne m'a pas alerté. « Ils vont s'habituer », me suis-je persuadé. Lors des repas, cette cour maigrelette semblait apprécier mes plats. Mais derrière les compliments se dissimulait la convenance, lorsqu'aux « sublimes », « délicieux »,

« merveilleux » pouvait se substituer un simple « bon », plus conforme à la réalité. Mes plats n'étaient pas immangeables, loin de là. Ils étaient simplement « corrects ». Mais emporté par les flatteries prises pour argent comptant, je me suis convaincu d'avoir également le don de la fourchette, de la sauce et du rôti.

Quinze jours après l'épisode de Paskoal, esseulé, rongé par mes peurs cachées, délaissé par les muses et les fourneaux, en proie à ce silence auquel je n'avais pas été habitué et qui m'a semblé un gouffre à combler au plus vite, j'ai affronté ce qui constitue la seule véritable brouille avec mon professeur de toujours. À bout, il m'a rendu visite pour me reprocher (à juste titre) un laisser-aller dans mon travail de musicien. Le ton est rapidement monté.

— Anthelme, tu te reposes sur ta technique, a-t-il dit. Ça ne suffit pas !

— Ma technique est suffisante. Tout le monde le dit.

— Qu'est-ce qu'il ne faut pas entendre ! C'est qui ce « tout le monde » ? Les freluquets qui viennent manger gratis chez toi et qui t'envoient des compliments mielleux avant de baver sur ton compte ?

Il avait marqué un point. Je me suis ressaisi.

— Vous êtes jaloux, ai-je dit en me calant dans mon fauteuil de prix, pour montrer combien j'étais à l'aise et sûr de mon fait.

— Jaloux de quoi, nom d'un chien ? Tu ne vois pas qu'ils profitent de toi ? Qu'ils mangent ton talent. Ils sont pique-assiettes et en plus pique-talent. Des vampires !

— Ah, ah, ai-je dit en ironisant. Si vous aviez vu comme ils ont aimé ma cuisine.

— Foutaise ! « Ta » cuisine ? Parlons-en, a-t-il dit dans une tirade atomique. Aimer cuisiner ne signifie pas que l'on « sait » cuisiner. C'est comme le violoncelle. Il y a *jouer* et *interpréter*. C'est différent. Beaucoup savent jouer parce qu'ils ont de la technique. La technique n'est pas une fin, elle est un moyen.

La note n'est pas un théorème, une équation mathématique. Comme ta foutue cuisine, elle puise dans l'inventivité, l'ardeur et la patience. Elle demande une touche, une matière, une sensibilité particulières. Et quand tu y ajoutes l'âme, là tu as l'interprétation. L'âme ! C'est ce qui rend vivant.

Là aussi, j'ai feint de ne pas écouter et comprendre. Pour m'éviter les efforts indispensables à toute progression, ne me fiant qu'à des capacités qui avaient fini par montrer leurs fameuses limites, par se tarir en l'absence d'une âme nourrissante, d'une générosité, d'un véritable appétit, d'un don de soi, d'une foi. J'étais orphelin de moi-même.

— Je sais ce qu'est la beauté, ai-je dit, en le défiant du regard.

— Mais bon sang, la cuisine est tout aussi impitoyable que la musique quand elle n'est pas servie par ces nourritures. Tu n'extrais plus de beauté de ton violoncelle, tu n'extrais plus que de l'esthétique et de la technique. Une technique sans équivalent, mais que de la technique. Comme ta cuisine. Il y a la technique et la performance. Et il y a le reste. La connaissance, connaître les autres, s'enrichir. Tout est lié.

— Vous avez terminé ? ai-je demandé avec une insolence à laquelle il n'était pas accoutumé.

— Tu me fais chier ! a-t-il lancé, alors qu'il est rarement grossier.

Je l'ai regardé et j'ai ri. Oui, j'ai ri. Ajoutant à la fureur qui le gagnait.

— Tu vas finir tout seul, a-t-il dit. Tu n'es qu'un petit con.

— Je me débrouillerai tout seul alors. Je n'ai pas besoin de vous ! Plus besoin !

La probité de mon professeur de toujours ? Sa tristesse infinie ? L'exactitude de ses propos ? Tout cela a glissé sur un tapis de neige, sur un névé nommé « Anthelme ». Le point de rupture est arrivé ce matin-là. Mon professeur est parti en claquant la porte bleu marine. Le heurtoir doré en a tremblé avant de tomber sur la margelle en pierre.

Aucun des convives n'allait revenir, malgré les splendides cartons d'invitation sur papier doré. Excepté Virginie et Mathieu, les deux amis à l'indestructible fidélité…

C'est alors que j'ai décidé de réaliser « le » plat contenant la pure beauté du monde. Ils allaient voir de quel bois se chauffait le névé. Tous ! Un exploit qui marquerait mon statut de cuisinier hors pair, d'être hors du commun, de « génie basque ».

32

L'oreiller de la belle Aurore… Un Everest culinaire, un sommet dont on aimerait rejoindre la cime au moins une fois dans sa vie. Un pilier du répertoire culinaire français que rêvent de servir un jour des chefs, comme ma mère, ou des charcutiers. Pour y parvenir, je souhaite d'abord définir ce que peut être la beauté. Une entreprise démentielle lorsque vous ne savez même pas où elle se niche, que vous ne l'approchez que des antipodes, et que vous n'en distinguez pas les très vagues contours. Peu importe, il me « faut » un éclairage. L'unique personne idoine est la seule professeure de littérature ayant retenu mon attention de collégien. Surprise de m'entendre au téléphone, elle répond d'abord par monosyllabes :

— Ah.

— Oui, je voudrais savoir ce qu'est la beauté.

— Oh.

— Que vous me donniez une définition précise.

— Euh…

— Vous pourriez m'éclairer ?

— Eh bien…, dit-elle en puisant dans le fonds de mes scolarités. Pour Stendhal, c'est « une promesse de bonheur » ; pour Madame de Staël, c'est « se souvenir du ciel ».

— D'accord, et…

— Je suis désolée, mais je dois raccrocher, nous passons à table, dit-elle en m'interrompant sèchement.

Passer à table… La fin de la brève conversation claque comme une note qui n'existe pas. *Bonheur*, *ciel*? Je m'en contenterai. Là aussi, il conviendrait que j'approfondisse le sujet. Mais je fuis ; je préfère ne pas découvrir que la beauté se fiche des définitions, des citations, des cadres. De ces données qui, l'a rappelé Bengotxea, restent une technique froide et extérieure en l'absence d'un moteur essentiel : s'oublier pour s'offrir, offrir, se voir offrir. La beauté ne se calcule pas, ne se crée pas. Une chose devient belle si elle est juste. La beauté se passe des mots, des discours, des explications, des justifications. Elle se vit, elle est simplicité, toujours la simplicité, la présence toute nue, la liberté toute crue. C'est une habitation, un cadeau, un instant qui peut imprimer une éternité.

Ignorant tant de beautés dans la beauté, je me contente donc de la pure beauté telle que je la conçois, c'est-à-dire déshabillée, désincarnée, squelettique, famélique. Face à l'enjeu de taille, je ne me fierai qu'à ma passion pour la cuisine, dont cette œuvre (enfin, je la considère comme telle) renfermera la quintessence. Je décortique les conseils de cuisiniers et de charcutiers. Et puise dans mes deux trésors. *Physiologie du goût* de Brillat-Savarin, et *La Table au pays de Brillat-Savarin* où Tendret parle des « trois pâtés [en croûte] de Belley » : le chapeau de monseigneur Gabriel Cortois de Quincey, évêque de Belley ; la toque du président Adolphe Clerc, parce que « sa forme a rapport à celle du bonnet dont les juges couvrent leur tête » ; et l'oreiller de la belle Aurore, dédié à Claudine-Aurore Récamier, la mère de Brillat-Savarin. Voilà la prouesse ! À l'époque, il s'agissait d'un savant mélange de noix de veau, perdreaux, râble de lièvre, canard, filet de porc, ris de veau, lard gras, poulets et poulardes de la Bresse, moelle, champignons, jambon, pistaches, sans oublier la divine truffe noire.

Avec le temps, la composition de l'oreiller a évolué, changé. Celle que j'utilise est directement inspirée du grand charcutier Reynon, de Lyon, à raison d'une quinzaine de viandes différentes, de foie gras, d'une farce par gibier, toujours de truffes noires, de pistaches. Une cathédrale de créativité, de savoir-faire ; une mosaïque subtile et solide de textures assemblées et distinctes, où prédominent les nuances de rose. Un couronnement !

Le vendredi, au petit matin, je me prépare tel un futur champion hors catégorie et me barricade dans ma maison. J'aligne et passe en revue tous les ustensiles, le matériel, comme un chirurgien s'apprêtant à une opération. Les produits paradent, arrogants. Les journées sont éreintantes, suffocantes. Maîtriser les cuissons et conjuguer les textures sont des gestes savants. La concentration est maximale.

Le couronnement doit avoir lieu le lundi soir, auprès d'une dizaine de pique-talent triés sur le volet, qui ont accepté de venir après que j'eus beaucoup insisté, leur promettant un moment unique au monde : le triomphe des palais. Suis-je parvenu à la pure beauté ? Je vais bientôt le savoir.

33

C'est lundi, à dix heures, par un matin blême. De la fenêtre de ma chambre aux tons dorés – éprouvants pour le sommeil –, j'aperçois les minces filets de la petite rivière qui coule en contrebas. La bruine s'est installée sur la verdeur étagée. Un paysage rassérénant, alors que, seul dans ma grande maison, je bous intérieurement. Je descends dans la cuisine déserte. Et je reste planté. Des frissons parcourent l'échine de mon dos, comme si j'étais un père ému découvrant le fruit de sa semence. Viendront ou le succès qui marque l'aboutissement, ou la désillusion qui amène à recommencer, avec la crainte sous-jacente de l'échec. Échouer ? La perspective est effrayante. J'ai mis tellement de temps et d'abnégation dans cette pure beauté.

L'anxiété rend mes mains anormalement fraîches. Je les frotte. Je déteste les mains moites ; elles ressemblent à un début de mort. Il a fallu trois jours pour réaliser ce que j'espère être une consécration. Concentré à l'extrême – c'est-à-dire à l'excès –, j'y ai donc mis toute la compétence possible. La veille, l'oreiller de la belle Aurore a commencé à refroidir, longuement, à son rythme.

Résonnant comme un défi, il trône sur le piano, presque narquois, en offrande aux sens délicats. De l'extérieur, cette planète carrée de textures et de chairs semble paisible sous sa taie luisante. Curieusement, j'ai hâte sans être empressé, assis sur un haut tabouret, détaillant du regard les moindres structures de la croûte dorée au jaune d'œuf, aux reliefs appétissants. Envisageant la symphonie de parfums et de saveurs, de délices variées de ce plat qui m'est essentiel. J'en effleure la surface. L'oreiller conserve la tiédeur d'un long repos. Non loin, dans la petite bibliothèque trônent mes trésors gastronomiques imprimés. Dans un réflexe, mes yeux naviguent des livres à l'oreiller. Tout est tellement lié.

Le long couteau semble interminable. Il pénètre la croûte, s'enfonce comme un augure. Surtout couper en diagonale pour obtenir le maximum de viandes différentes et indépendantes. Le métal avance, progresse dans la matière, rencontre une faible résistance. Est-ce un bon signe ? Annonciateur de ce qu'écrivait Tendret ? « Lorsqu'on coupe l'oreiller de la belle Aurore, le parfum des truffes noires mêlé au fumet des viandes embaume la salle à manger ; les tranches tombant sous le couteau présentent l'aspect d'une mosaïque de couleurs vives et variées, et sont imprégnées des sucs d'une gelée vineuse couleur d'or ; la croûte, toute pénétrée d'un mélange onctueux de beurre frais et de foies de volaille, est tendre sous la dent, fondante dans la bouche. »

La tranche se détache enfin du corps. La truffe noire reste trop discrète. Aucun fumet n'embaume ma cuisine prétentieuse. Un filet froid court le long de mon échine. Le couteau ne parvient pas à retenir la tranche qui, normalement, devrait être d'un seul tenant. Je ferme les yeux. Tout cela ne présage rien de bon. Je les rouvre. Au lieu de la mosaïque aux éléments bien séparés et moelleux, une sorte de bouillie informe s'échappe. Ma langue meurt et mon âme est aussi brisée que la pâte ! Mais je m'encourage, impulsif autant qu'irréaliste : « Ça ne fait rien, le plus important est le goût. » Oser porter une bouchée jusqu'aux lèvres. Et prendre la catastrophe en pleines papilles, en plein visage. Elle me pétrifie : c'est presque à vomir…

Au lieu du succès, je n'ai obtenu que l'échec et le malentendu. La collision est tellement violente. La déception est aussi cruelle que le renoncement et l'oubli.

34

Je comprendrai plus tard qu'on ne peut pas imiter ce qui est inimitable. Qu'il manquait la dose infinitésimale capable de faire basculer l'audace vers la réussite. Un supplément d'être sans lequel une œuvre ne reste qu'une tentative, et n'aboutira jamais à ce que l'on attendait.

Aujourd'hui, le constat est cruellement évident. J'ai voulu arriver au moins à la cheville de ma mère quand il fallait que je construise mon propre corps culinaire. La cuisine m'avait ouvert des horizons dont j'avais fixé les limites qui m'arrangeaient pour ne pas m'exposer. J'étais alors incapable d'aimer qui que ce fût, à commencer par moi-même. Et d'aimer quoi que ce fût. Parce que l'oreiller est une recette de désir, d'amour. Le cuisinier de la famille Brillat-Savarin l'avait créé en hommage à sa mère, Aurore, une femme gourmande et d'une grande beauté. Au travers de cette recette unique, il avait avoué ses sentiments, la flamme qui le rôtissait. Et le désir qu'elle lui inspirait. Le désir… On ne peut pas réussir un tel chef-d'œuvre sans amour, sans désir, sans don de soi. Parce que la cuisine, comme la musique, ne ment pas. Parce qu'elles demandent autant de légèreté que de profondeur, de délaisser le magasin cérébral, de jouer avec le cœur et les tripes, comme du Pré. De s'offrir sans s'en rendre compte.

En ce jour de l'oreiller, l'inconscient, encore lui, m'a donc conduit jusqu'à l'incendie de ma vie. La pure beauté du monde s'est échappée. Le regret et la frustration m'ont pétrifié. Annuler le dîner… Rater la première crêpe de la Chandeleur est déjà contrariant, mais l'oreiller de la belle Aurore, imaginez… Cette tentative piteuse fut le point d'orgue, et m'a révélé l'ampleur de mon désœuvrement. Celui d'une petite chose à la célébrité chancelante, à la renommée chevrotante. À la fin désolante et prévisible. J'étais ma gloire et mon déclin. De ce jour allait pourtant venir le changement. Et le salut.

35

« De ce jour allait pourtant venir le changement. » Et quel changement !

Dehors, le soir amène sa fraîcheur et les créatures de la nuit commencent à sortir des bois. L'*axoa* divin, né du carnet d'Aurore, finit de mijoter. Tout en remplissant avec soin les cartons d'archives, je perçois le glouglou discret. Pour accompagner ce délice, un vacqueyras rouge fera l'affaire, avec sa robe d'un rouge profond, ses notes d'épices prononcées, qui vous inonde le palais de sa puissance, de sa richesse aromatique, de sa charpente digne d'une basilique. Ah, ce maudit goût qui m'empêche de me régaler, laissant faire ma mémoire. Bach a fait place à John Lee Hooker, autre monument d'humanité dont le blues vous agrippe et vous parle autant que les longs discours. « Axoa, vacqueyras, Hooker : le tiercé gagnant », me dis-je en souriant, et en fermant le dernier carton. Conscient qu'un processus s'est amorcé, je ne peux m'empêcher d'éprouver une certaine fierté d'avoir accompli ce marathon. Quand même !

Priver un enfant d'amour parental, en particulier maternel, est un réservoir inépuisable de ressentiment. Le mien avait atteint des sommets de colère, me rendant victime et captif des circonstances passées. J'étais dans la réaction, le mal-être, la rage, la douleur, la menace, l'angoisse ; et pendant plusieurs années après le drame, dans le venin de la culpabilité : pourquoi étais-je vivant ? Pourquoi n'étais-je pas mort avec Aurore ? Il reste, pour évacuer ces poisons, à pardonner. Oui, ce sera long et ardu. J'y arriverai. Pardonner à Anthelme d'avoir sombré jusqu'à l'antitout parce qu'il s'était rendu aveugle et sourd. Pardonner à Aurore de s'être laissé dévorer, anéantir. Pardonner à Serge d'avoir été ce qu'il était, parce que, à l'instar de la justice, personne ne peut lui pardonner ses gestes. Je vais simplement essayer, sans affect, de décrypter ce qui a pu le plonger dans cet enfer intérieur. De trouver des réponses plutôt que des questions. De prendre de la distance et de franchir, un à un, les ponts. Oui, le pardon sera long…

Le vacqueyras explose en bouche, je le sens sans le sentir. Assis dans le grand canapé Knoll, je laisse aller mes pensées. La lettre est sur mes genoux, en attendant de retrouver son carton. L'en-tête, que Paskoal a commenté de son élégant : « Eh ben, t'en connais du beau monde, Anthelme », est aussi glacial qu'une tombe abandonnée : « Centre pénitentiaire de Lannemezan », dans les Hautes-Pyrénées. C'est entre les murs du quartier « maison centrale », que Serge Ducon-Loisillon a été transféré pour y achever sa peine, et sa vie. Tout comme le père de Mat, il a succombé à un infarctus. Curieuse communauté de morts. Si j'ai refusé d'aller à son incinération, j'ai récupéré les quelques affaires qu'il avait laissées après avoir réglé les formalités et la succession – des bricoles. Le colis que j'ai reçu se résume à des feuilles volantes contenant ses confessions, sa volonté de ne demander aucune remise de peine et de ne m'avertir de sa mort que par courrier. Il tenait à finir ses jours en prison. Sa liberté n'était pas d'être dehors, c'était d'être enfermé, là où il ne nuirait à personne. J'avoue que cette résolution m'a touché. À côté de ces confessions, un paquet volumineux renferme de nombreuses lettres qui m'étaient adressées. Des lettres qu'il ne m'a jamais envoyées. Des lettres où il raconte son tout. Des lettres orphelines…

36

Ducon-Loisillon n'a rien de basque. Et pour cause. Mes grands-parents paternels étaient normands, d'une lignée aux lointaines origines. Un ancêtre du dix-neuvième, bourgeois havrais ayant fait fortune dans l'industrie textile, avait accolé le nom de son père et celui de sa mère, pensant que ce mariage aurait des sonorités nobles. Une prétention ridicule, fidèle à la bourgeoise triomphante de cette époque. Les usines finirent par fermer, et la fortune se dilua dans les générations. Mes grands-parents n'eurent que des miettes qui n'auraient même pas suffi à une volée de moineaux.

Gérard, mon grand-père, était ingénieur ; il travaillait pour une grande compagnie pétrolière en affaires étroites avec l'Afrique. Laurence, ma grand-mère, était une institutrice très appréciée. Ils se connurent à un bal des pompiers du Havre, un 14 juillet. Véridique ! Le mariage fut champêtre et les trois enfants se succédèrent à un rythme soutenu : quatre ans, Serge étant l'aîné. La situation de Gérard permettant d'assurer le confort de toute la famille, Laurence arrêta d'enseigner pour mieux s'occuper de leur progéniture. Rien de plus traditionnel en ce temps-là.

Serge avait six ans lorsqu'ils déménagèrent au Gabon, où Gérard était promu à de hautes fonctions. La vie d'expatriés était très confortable, voire luxueuse, et heureuse. C'était un leurre. Car une maladie se mit à ronger Gérard, insidieusement, au début de leur installation. Il s'agissait de cet alcoolisme mondain, qui cache une dépendance progressive et l'ennui sous les habits scintillants de la bonne société. L'alcool prit le pouvoir. Gérard se mit à boire le matin, l'après-midi, le soir. Laurence tenta de l'apaiser, de limiter sa consommation, de l'aider. Sans succès. La descente fut progressive et fatale : il accumula les fautes professionnelles ; la compagnie ne pouvait plus garder un responsable majeur dans un tel état. Et la décision tomba un vendredi. Gérard était « viré ». Le lendemain, il embarqua son épouse et ses enfants dans la belle auto et, ayant prémédité son geste, la précipita dans un ravin après avoir heurté le parapet. Il ne s'agissait pas d'un accident mais d'un suicide, dans lequel il avait voulu emmener les siens, pour expier avec eux sa perdition. Excepté Serge qui, ayant mal fermé sa portière, fut éjecté par la violence du choc contre le parapet. Il en sortit sans une égratignure, mais terriblement choqué. Aucun survivant. L'affaire fut étouffée. Il avait douze ans.

Rapatrié au Havre, il fut placé dans diverses institutions. Il avait un oncle maternel à Marseille, et une tante paternelle à Brest, que ses parents voyaient très rarement. Dans ces conditions, à quoi bon accueillir ce neveu encombrant. Ils se manifestèrent au début, sincèrement désolés de ce coup du sort, peinés même ; puis les relations s'espacèrent, les coups de fil se raréfièrent, tonton Maurice et tata Marie disparurent de son paysage. Serge était vraiment seul. Il aurait pu se laisser abattre. Mais il fit mieux que résister, aidé par une psychologue prénommée « Gladys » – il lui rend un hommage appuyé dans ses confessions. Bachelier à seize ans, il entreprit des études de droit. Deux ans plus tard, il quittait Le Havre sans se retourner, un DEUG en poche, emportant le pécule laissé par ses parents. Direction Bordeaux, pour terminer par une brillante maîtrise, tout en vivant de petits boulots et de son héritage. Puis Bayonne pour son premier poste et les promesses d'avenir à la SNCF, cette marmite sous pression, où il s'avéra un fin négociateur, compréhensif et constructif.

Voir sa famille mourir sous ses yeux et en réchapper ne prédispose pas à la sérénité. Serge avait assisté à la déchéance de son père, tue par la compagnie, jusqu'à l'ultime. Il était l'unique témoin. Mais personne ne sut son épouvantable secret. Ni Gladys, ni ses avocats, ni ses juges, ni ses codétenus. Ni Aurore. Personne ne devait savoir. Alors il s'inventa une famille idéale, victime de l'adversité – même aux procès. Il s'enferra dans le mensonge d'un simple accident de la route, se créa une mythologie, refermant sans cesse le piège dont il ne pouvait plus sortir. Il crut sincèrement que son amour pour Aurore apaiserait ses batailles. C'était sans compter avec les fantômes de ce roman familial. La rage enfouie commença à le déborder dès ma naissance. Avoir un enfant le propulsait dans une responsabilité au-dessus de ses forces. Et s'il versait dans une dépendance meurtrière, comme son père ? Il ne croyait pas si bien dire. Une addiction eut raison de lui : la rancœur. Il se mit à en vouloir à Aurore, sourdement, silencieusement, perfidement. Elle avait tellement insisté pour qu'ils soient parents. La férocité du ressentiment augmenta en proportion de son impuissance face à ses vérités. Captif de ses dissimulations, il ne pouvait pas revenir sur ses mensonges. Il ne pouvait pas être écouté et entendu puisqu'il ne disait rien, s'emprisonnait dans de longs silences, des monologues muets et interminables. La démence le rongeait. Il ne trouvait d'apaisement qu'en ayant frappé Aurore, disait regretter, pleurait, recommençait. Le cirque infernal et tragiquement ordinaire des violences conjugales. Il finit même par avoir envie de me tailler en pièces !

La première condamnation ouvrit un pan de sa conscience. Notre éloignement, les visites réglementées l'interrogèrent. Mais l'ouverture fut éphémère. La perte de son emploi, la fuite des proches, le divorce, la pension alimentaire qu'il peinait à régler, la solitude le grignotèrent. Il pensa, un temps, mettre fin à ses jours, alors qu'il aurait dû mettre fin à ses nuits. Il reprit son harcèlement, se vida progressivement de sa vitalité, se surprenant à parler tout seul dans son petit studio. Ses maigres économies fondirent, et il organisa l'irréparable. Assassiner Aurore avec une telle férocité ne lui apporta aucun soulagement, encore moins la paix. Elle avait été sa victime expiatoire, qui n'avait servi à rien. Quel gâchis ! Sa route s'arrêtait là. Au-delà d'être un danger pour lui-même, il était un danger pour les autres. En prison, il suivit une thérapie, purgea sa double peine : celle de la justice et celle de sa vie. Et Anthelme, dans ce fatras ? À en croire ses lettres, il pensait à lui chaque jour, embrassait chaque matin la petite photo de son fils, fixée au-dessus de son lit. Il se remémorait les heures surveillées, quand ils plaisantaient :

— Tu sais comment on appelle un animal qui a un rendez-vous par semaine ?

— Non, papa.

— Un « hebdromadaire ».

— Pourquoi ?

Serge suivait même dans la presse mes évolutions et s'était constitué un grand cahier rempli d'articles me concernant. Avec sa radio, il écoutait mes concerts retransmis. Il était heureux, disait aux surveillants, aux autres détenus combien il était fier de son garçon. Le gâchis n'était pas total.

Dans une dernière lettre orpheline, il raconte sa fatigue, sa lassitude d'attendre la mort. Ses regrets, ses remords, sa lucidité, son respect de mon absence volontaire, d'avoir coupé tous les ponts du cœur. Quelques jours plus tard, il s'affaissait en plein réfectoire. Il paraît, dit le courrier de la prison, qu'il pleurait.

Serge a souhaité être incinéré et que ses cendres soient dispersées dans l'océan. Dire qu'il me manque aussi serait exagéré. Disons que Serge n'est plus une légende, un spectre redouté. Il est une histoire éclairée qui, désormais, m'habite et m'appartient. Nous appartient. Parce qu'il restera mon père.

37

Les cartons savamment étiquetés ont retrouvé leur maison du grenier pour y sommeiller, parmi les Clairefontaine qui ne parlaient que de moi. L'*axoa* est onctueux à souhait. Aurore avait un don inimitable pour ajouter de la fantaisie aux classiques. En l'absence du goût, toujours mutin, le plaisir est évidemment écorné. Mais je m'en passe. Ce repas est une récompense de ces trois jours intenses, révélateurs, apaisants au bout du compte. Réduire tout à un Serge pervers, archétype de l'abomination, et à une Aurore divinisée, muse d'entre les muses, immolée, était un sens unique conduisant à une impasse. Non que ma mère ait mérité son sort. Certainement pas ! Chacun d'eux pensait naviguer vers le même pays alors qu'ils prenaient des chemins différents pour une destination différente. L'une comme l'autre auraient pu mettre rapidement un terme à la méprise. Pour des raisons enfouies en leurs fors intérieurs, ils ont alimenté l'erreur et gravi une à une les marches conduisant à l'horreur. Des existences factices bâties sur la tromperie finissent par se craqueler, s'effondrer, provoquant avec elles la ruine et la désolation. Mais mes parents ne sont pas là pour expliquer, témoigner. Ce n'est pas que les absents aient toujours tort ou qu'ils n'aient pas forcément raison. Ce sont les interprétations des autres qui les condamnent. Laissons-les donc en paix.

Devais-je porter le poids de ces errements et, qui sait, les reproduire ? Absolument non. Aussi loin que remontent mes souvenirs, j'ai eu des rapports assez normaux avec mon père, même lors de nos entrevues hebdomadaires. Des morceaux de joie partagée me sont revenus. Je lui dois forcément quelque chose aussi. Je le découvrirai. Rien ne presse. Tout viendra en son heure. Vous me permettrez cependant de le garder pour moi, au chaud. En dernier hommage à cette culture effrénée du secret dont j'étais devenu la mouche, la victime, et qui aurait pu m'emporter. Non pour l'emprisonner comme naguère encore. Pour le préserver, comme un trésor.

Alors oui, en finissant la dernière bouchée d'*axoa*, je me sens formidablement léger, presque aérien. Tout est mort et tout redevient vivant. J'ai rompu avec mon père pour ne pas sombrer. Aurore me paraît encore plus réelle, sous un jour nouveau. Dans le tréfonds d'une généalogie impossible, Serge a brisé la branche de l'arbre. Il a fait payer à Aurore la perdition de sa lignée, et l'a payé en retour.

De quoi suis-je né finalement ? D'une multitude, d'un bruit, d'un murmure de jouissance, d'un désir charnel, d'une intention. La fatigue en profite pour me surprendre. La vraie, celle qui vous laisse content et rassasié après l'effort. Je prends soudain conscience que je ne me suis jamais vraiment reposé. Toujours en tension, l'esprit en alerte constante. Et si j'apprenais le repos et en découvrais les ravissements ?

Je vais me reposer.

38

Le dernier des quatre récitals parisiens bourdonne encore dans mes oreilles. Lulu (Beethoven) peut être content. Virginie en avait prévu la subtilité, mais en ignorait l'ivresse. D'une souplesse renouvelée, l'archet a extirpé de mon violoncelle – un Pietro Guarneri de 1734 prêté par la Philharmonie de Paris – des sons inédits, des chants dignes d'un banquet d'anges. Ils se sont entendus à merveille, pendant que le piano, en symbiose, ajoutait un supplément d'âme et de grâce. Virginie en effleurait, appuyait, caressait les touches avec une telle sensibilité qu'elle semblait habiter la partition, en lévitation sur son siège. Nous étions littéralement portés. De mon côté, libéré de tant de poids depuis ces trois jours de la délivrance, je me suis déployé tel le papillon sorti de son cocon, repoussant encore les limites, de la réalité et du jeu. Bengotxea pouvait être content.

Entrer en scène est toujours un instant de sacre et de peur. Depuis notre premier concert, le rituel n'a pas varié d'un pouce. Dans la coulisse, Virginie me prend l'avant-bras droit à le broyer ; je serre le sien à le faire pâlir. Elle plonge ses yeux dans les souterrains de mon âme, je fixe les miens dans les antres de la sienne.

— On les aime, on les emmerde, dit-elle.

Cet hommage virginien, donc haut en couleur, est notre cri intérieur de ralliement, quand d'autres hurlaient : « À l'attaque », « En avant », « Hourra ! », « Dieu avec nous » pour les plus croyants. Dès lors, nous ne formons plus qu'un.

Nous arrivons toujours côté jardin, parce que le mot, plus joli que « cour », contribue à la concentration. Le plateau apparaît, immense ; le piano et le violoncelle font le pied de grue comme on attend de précieux amis au coin d'une rue ou dans la salle des pas perdus d'une gare. Ils nous aperçoivent, nous leur adressons un signe. Nos pas se retrouvent. Avancer, résolus. Chaque fois, je les « vois » : les silhouettes de tous les artistes qui se sont produits avant nous sont présentes, presque transparentes, amènes. Les applaudissements retentissent. Fixer le dernier rang du public pour embrasser le théâtre d'un seul regard. Éviter l'éclat vif des projecteurs. Saluer. Se placer, laisser habiter la mort microscopique qui précède l'assaut. Un ciel bleu et blanc s'ouvre. La musique nous appelle, passionnée, exigeante de générosité et d'ampleur. Alors plus rien ni personne n'existe. Nous plongeons dans l'ardeur, l'extase et le don, l'oubli de soi au profit d'un temps sans frontières. Puisque nous préférons jouer d'une traite, dans la continuité, sans entracte – une marque de fabrique –, l'infini nous tend les bras et nous laisse harassés, pantelants, ravis aussi du retour au présent, au monde.

Le concert terminé, il a fallu se prêter au ballet des compliments dans les loges, y trouver de la place pour les fleurs, répondre aux questions, grignoter des petits fours et des mignardises, boire du champagne, embrasser le buste de Lulu comme nous le faisons après chaque représentation, pour le remercier de nous avoir tant offert. Cette idée de buste, qui peut paraître saugrenue, vient de Virginie. Nous possédons une effigie de chacun de nos compositeurs, qui ornent la bibliothèque dans notre salle de répétition, chez moi, à Leihoa. J'y ai souscrit avec joie tant elle resserre notre proximité avec ces œuvres sorties d'un « putain d'autre monde », dit Virginie.

Après le dîner prévu dans un restaurant proche du théâtre des Champs-Élysées, un taxi nous conduit à l'hôtel. Dans la voiture, nous éclatons de rire. Enfin seuls ! Non que ces gens aient été désagréables, ennuyeux. Bien au contraire. Virginie l'a résumé un jour à une journaliste :

— C'est comme après un accouchement, t'as pas envie que tout le monde te voie, nue en plus. À nu, en fait. T'as besoin d'être seule avec ton enfant, et ton chéri s'il est pas trop pénible. Chouchou (Schubert), Momo (Mozart), Lulu, Jojo (Brahms) et les autres, c'est un peu nos enfants, tu vois – tu remarqueras qu'il n'y a que des mecs. Eh ben moi je comprends pourquoi Momo, Chouchou, Fred (Chopin), le club des 27 et d'autres sont morts plus ou moins jeunes. C'est parfois tellement chiant et crevant d'être célèbre, surtout après sa mort.

En regardant défiler les rues apaisées, délestées des frénésies de la journée, je constate que les quatre récitals de Paris ont tenu leurs promesses. Une pensée affectueuse s'envole vers mon grand-père Alexandre. Cette ville sous perfusion est en effet magnifique et tellement insupportable : des fourmis exaltées courant partout, des prix indécents, une pollution dantesque. Et du bruit, encore du bruit, du bruit. Aucun lieu extérieur où se poser vraiment au calme. Paris ? J'y arrive avec appréhension, y séjourne avec circonspection, en pars avec jubilation. Le contraste avec Baiona est rude, et ne parlons pas de Leihoa. À en croire Bengotxea, elle n'a pas toujours été impossible.

— Son âme a été grignotée, puis elle a disparu, a-t-il un jour résumé, en ajoutant : Ce n'est pas que je déteste les grands centres urbains. J'ai vu une bonne partie du monde, des capitales et des métropoles. Mais partout, ou presque, c'est ce besoin d'entasser. C'est la lèpre moderne.

Demain, je retrouverai ces espaces qui me fondent.

39

De retour à Leihoa, je suis heureux de retrouver toutes les connaissances, parfois bourrues, du voisinage, croisées à l'occasion de balades ou d'achats variés. Dès mon arrivée, je mets en pratique les résolutions mûrement réfléchies pendant notre séjour parisien. D'abord, le repos. Il ne s'agit pas de diminuer l'intensité et la fréquence des exercices physiques, de dormir davantage. Non, je vais apprendre à apaiser les séismes qui grondent jusque dans l'histoire de mes gènes, à délasser ce qui me sert d'esprit. À m'offrir ces moments de répit dont je me suis si longtemps privé. Depuis la mort d'Aurore, qui m'a plongé dans les nuits en plein jour, je n'ai pas cessé d'être en tension permanente. Excepté avec Elle. Je vais m'accorder ces plages dorées du temps qui coule, lorsque, assis dans l'herbe ou dans un fauteuil, vous écoutez la nature qui pousse ; quand plus rien n'existe que la fluidité de votre souffle et de la respiration de ce qui vous entoure. Simplement, dans le silence.

Je n'ai jamais appris à ne rien faire, à laisser faire, à remplir le trop-plein avec du rien, à recharger la légèreté et la simplicité. Cette perspective m'apeure autant qu'elle m'enchante. Et puis je viens de confier mon corps aux mains expertes et quasi magiques d'une ostéopathe. Je vois aussi un réflexologue plantaire qui, paraît-il, obtient de vos pieds ce que refusent la raison et l'obstination, pour extirper de votre enveloppe tout ce qui nuit, et en libérer les subliminales ressources. La perspective d'être ainsi manipulé va à l'encontre de ce que j'ai toujours évité : le contact physique trop appuyé, la chaleur des peaux étrangères, pour préférer la réserve des sensations et la pudeur. Sauf avec Elle. Mais là, je vais déployer de l'indulgence pour ce que je n'ai jamais éprouvé, et de la confiance pour ces deux magiciens du corps. Le goût aura peut-être l'idée de revenir.

40

Les minutes défilent toutes menues, comme les pages fines d'une bible. La table de la cuisine est dressée ; le dîner, prêt. Tout est basque : *ttoro*, une soupe de poisson ; *marmitako*, plat à base de thon ; *pettanmamia* avec ses caillés de brebis, ses pommes, la confiture de cerise noire d'Itxassou. Curieusement, alors que les retards, même minimes, m'insupportaient, l'horloge ne m'obsède plus. Les aiguilles avancent librement. La sonnette me sort de ce cocon de pensée.

— Ah, quand même ! dis-je en riant et en ouvrant la porte.

— Tu vas pas commencer, grogne Virginie en entrant. On a que onze minutes de retard.

— Tout va bien, Txiki, regarde-le, il a l'air radieux, ajoute Mat qui lui emboîte le pas.

Fidèle à son habitude, Virginie inspecte le salon du regard, en quête d'un quelconque changement. C'est sa manière de se soucier de moi en évitant d'être interrogative. Une absence lui arrache l'inévitable :

— Isabelle n'est pas là ?

— Non, elle ne viendra pas. D'ailleurs, elle ne viendra plus.

— Ah… Et Bengotxea, y vient pas non plus ?

— Il est à Prague, avec Florence. Un voyage prévu depuis des lustres, pour un concours.

— Bon, on ne va pas passer la soirée debout, intervient Mat.

— On va direct à table, dis-je. Je vous ai réservé un petit corton de folie. Ça vous va ?

— Super ! Allez, j'ai trop les crocs, annonce Virginie qui, c'est évident, a remisé les questions concernant Isabelle qui lui brûlaient les lèvres.

Et le goût ? La dysgueusie, ou hypogueusie, peu importe le nom, continue de me piéger dans ses filets. Mais, étrangement, nous sommes devenus presque des alliés ; je ne lui en veux pas puisque je suis en passe de ne (presque) plus m'en vouloir. Nous cohabitons, sans heurt et sans violence, car je sais qu'elle me libérera lorsqu'elle l'aura décidé.

Le dîner se passe à merveille, entre souvenirs, discussions âpres sur le sens des choses, franches rigolades et calembours. De l'amitié d'un bout à l'autre. Au dessert, Virginie ne peut évidemment pas s'empêcher de me demander :

— T'étais tout mystérieux au téléphone, l'autre jour. T'as dit que tu nous dirais des trucs importants au dessert. Et il est là. Alors ?

Des gouttes de silence forment une étrange rosée sur ma bouche prête à s'ouvrir. Le secret est un tyran dont on se libère difficilement. Les premiers mots seront les plus déterminants. Ils attendent simplement de sortir. Virginie et Mat attendent aussi, le visage immobile. L'instant semble suspendu à un fil si ténu. Depuis les trois jours de la délivrance, aucun d'eux ne m'a questionné ; Bengotxea s'est également abstenu. À la suite des premières bribes de confidences du dîner improvisé, je leur dois ces révélations, pour leur importance, leur amour, leur constance. Parce que ce sont eux. Parce que les secrets ont décidé de respirer au grand air. Alors je leur raconte. Et quand le flot a fini d'abreuver leur curiosité stupéfiée, une autre plage de calme nous surprend dans la nuit avancée.

— Il était temps ! s'écrie Virginie, pour détendre l'atmosphère. T'as ramé, mon Anthi. Qu'est-ce que t'as ramé ! Mais quand tu rames, ça veut dire que t'avances. La preuve. Et Bengotxea ? Il sait ?

— Oui, je lui ai tout dit au téléphone ce matin, avant qu'il parte.

— Il a dit quoi ?

— Je l'ai entendu pleurer doucement. Il a dit : « J'en savais une part. Je… Je suis fier de toi, mon grand. » C'est tout. Et il a raccroché.

— Oui…, bien sûr… Tu te sens comment après tout cela ? demande sobrement Mat.

— Délivré…, libéré…, soulagé…, libre. Comme la Terre en rotation, en mouvement constant. Difficile de la suivre, et facile en même temps.

— Nous aussi, on tourne avec toi. Bien, on va digérer. Hein, Virginie ? Pas besoin de commentaires. On en reparlera peut-être un jour. Si tu veux.

— Très bien, dis-je.

— D'ac. Et si on faisait une photo ? propose Virginie. Pour marquer le jour. C'est trop fort ton histoire !

Cette photo, je la porte encore sur mon cœur, avec celles de ceux qui ont tant compté. Mon magasin d'images, les instantanés d'une épopée aussi longue et agitée que les spasmes de la Terre qui tourne.

Rassasiés de mots et de troubles, nous finissons avachis sur le grand canapé Knoll.

— C'est tellement lumineux chez toi, commente Mat.

— À propos de lumière, vous avez des nouvelles de Momo ?

Momo, notre poutrelle, notre solive, notre patchwork d'humanité. *Momo*, comme « Mozart ». Momo est notre Mozart d'humanité. Virginie l'a surnommé notre « professeur de l'être ».

— Oui, je l'ai eu au téléphone il y a trois jours, dit Mat.

— Ah, moi aussi, il avait l'air crevé, dit Virginie.

— Anthi, ce serait bien que nous allions le voir dès que possible, me propose Mat.

— Bien sûr, dis-je, je ne lui ai pas parlé depuis des semaines. Avec toutes ces histoires…

L'évocation de Momo suspend le temps, sa présence est puissante ; on croirait entendre son rire et son verbe.

— Oui, c'est vraiment beau, cette lumière, dit Virginie en changeant volontairement de sujet.

Saisie d'une fringale, elle m'a demandé de préparer de vraies frites qu'elle savoure avec délectation.

— Je vais dormir, dit Mat en bâillant. Je suis épuisé.

— Vos chambres sont prêtes, dis-je, tout aussi fatigué.

Seule Virginie, qui picore dans son assiette, semble avoir un surcroît d'énergie. Avant de céder, me laissant seul.

Les frites ont un talent inégalé : simplicité, onctuosité et goût. Allez savoir ce que motive un geste. Surtout dans la nuit avancée. J'en saisis une et la croque. Le sel jaillit dans toute sa profusion, la chair moelleuse de la pomme de terre exprime sa douceur, rehaussée par le croustillant de la surface. Et la clarté tombe en cascade. La dysgueusie me susurre le réconfort, récompense ma patience. Le goût est revenu !

En effet, il est temps d'aller dormir. Et tandis que je monte l'escalier, surgit le visage d'Isabelle l'absente.

41

Aujourd'hui, la moitié de moi veut lui arracher les yeux, l'autre moitié les remettre. Comment j'en suis arrivée là ?

J'ai croisé la route d'Anthelme un jour de pluie, à Bayonne. C'était six mois avant ce dîner, dans un magasin de souvenirs où je m'étais abritée, le temps que la pluie s'arrête. Lui aussi s'était fait surprendre sans parapluie. Je l'ai trouvé vraiment mignon avec ses cheveux noirs en bataille et ses yeux bleus. Il m'a fait penser à un guerrier, je ne sais pas pourquoi. On a commencé à parler. Il avait l'air d'être là, et pas là. Ça m'a intriguée. Et il n'avait pas l'attitude des petits séducteurs des rues, pénibles au possible. Il était courtois, il écoutait, sans donner l'impression de draguer. Pour une femme comme moi, c'est une qualité.

On a parlé de choses et d'autres pendant la pluie. Pas du temps qu'il faisait, forcément. Non, de fleurs parce que le magasin était aussi un fleuriste, tout bêtement. Et comme il adore les fleurs, et que je suis botaniste, le terrain était tout trouvé. On a fini par échanger nos prénoms : lui, Anthelme ; moi, Isabelle. J'ai trouvé le sien original. Et quand la pluie s'est arrêtée, on aurait bien voulu qu'elle tombe encore, pour continuer. C'était évident.

Ensuite ? Boire un thé dans un café. Ce que font souvent une femme et un homme à peu près du même âge, célibataires ? On se regarde, on se jauge, on se demande pourquoi l'autre a cette étincelle dans les yeux, pourquoi il détaille votre bouche, vos longs cheveux noirs, votre minceur. Il était singulier, vraiment. Rien à voir avec les hommes que j'avais rencontrés, ou avec les histoires amoureuses que j'avais vécues. Il avait l'air de venir d'un autre monde. Il dansait avec les mots. Il m'enivrait. Et ses mains magnifiques. J'ai été charmée.

Je ne crois pas qu'il faisait exprès. Le charme est en lui. Il ne peut pas faire autrement. Là, je ne connaissais pas son métier, enfin sa passion. Je n'ai pas demandé. Lui tout seul me suffisait. Il aurait pu être moins beau et chômeur, je m'en fichais. Ce qu'il dégageait était déjà tellement séduisant.

Après le verre, on a décidé de se revoir pour continuer à parler des fleurs. Un prétexte évidemment. On a dévié sur d'autres sujets. Savoir que j'aime beaucoup lire lui a visiblement plu. Savoir qu'il aime la nature, les balades en forêt et le chant des oiseaux, ça m'a aussi beaucoup plu. On a donc trouvé des accords, et des terrains qu'on ne partageait pas. C'est le jeu des liaisons embryonnaires. Il m'a prévenue qu'il voyageait parce qu'il était musicien, qu'il pouvait partir plusieurs jours. Sans donner son instrument, même pas son nom. Là non plus, je n'ai pas demandé. Que je ne lui pose pas ce genre de question a eu l'air de lui plaire, je l'ai ressenti. Après le premier dîner, il ne s'est rien passé, sexuellement parlant. On a échangé un long baiser devant chez moi, où il m'avait gentiment accompagnée. Il faisait beau. C'était romantique. Il embrasse…

Comme il l'avait dit, il a disparu presque une semaine, sans donner de nouvelles. Je ne me suis pas inquiétée. Il est revenu. Il était à l'étranger. Et il m'a proposé de venir chez lui, à Leihoa. J'ai accepté en toute connaissance de cause.

Sa maison m'a donné le tournis tellement c'était beau, stylé, habité. J'ai vu son nom sur la boîte aux lettres : « Ducon-Loisillon ». Mais ça ne m'a pas fait rire, parce qu'il a fait « tic » dans ma mémoire. Je l'avais entendu. Mais où, quand ? Un nom pareil, ça ne s'oublie pas.

C'était en fin d'après-midi, il faisait également beau. Anthelme m'a montré ses cultures, ses fleurs, sa nature, et un magnifique chêne, vraiment majestueux. Je sentais qu'on était assez proches, c'était normal, le tout début. Il était prévenant, délicat, mais dès qu'on abordait des sujets trop personnels, puisqu'on discute beaucoup au départ d'une relation, je voyais qu'il se refermait. Il avait l'air tout raide. Je n'ai pas insisté.

Le dîner a été délicieux, Anthelme fait très bien la cuisine. On a écouté du jazz, qu'on aime tous les deux. On a parlé encore, et on a fini dans sa chambre. Ce qui devait arriver est arrivé. On a fait l'amour, donc. Mais ma féminité était... comment je pourrais dire... circonspecte. C'est ça, circonspecte. J'ai senti que, même s'il était tendre, qu'il me donnait beaucoup de plaisir, il n'avait pas vraiment de désir. Ça semblait un peu « mécanique ». J'ai mis ça sur le compte de la première fois.

Le matin, il m'a préparé un petit-déjeuner de reine. Après, il m'a fait vraiment visiter sa maison. Dans une grande pièce, il y avait un long piano noir, des instruments et des étagères sur le mur, avec des partitions, et des bustes de compositeurs ; chacun portait son nom et un surnom. Ça m'a fait rire. L'endroit était impressionnant, avec les tatamis en plus.

Le souvenir de son nom est revenu quand j'ai vu les violoncelles. J'avais déjà écouté certains de ses disques, parce que j'apprécie beaucoup la musique classique. Vous imaginez, moi une petite botaniste qui rencontre un violoncelliste connu dans le monde entier. J'ai rougi. Il l'a vu. On en a parlé. Il n'avait pas voulu dire qui il était. Pour que je l'apprécie, peut-être que je l'aime, pour ce qu'il est, pas pour ce qu'il représente. C'était touchant. Mais est-ce que ça comblait l'écart entre nous ? Parce qu'il y en avait un, depuis le premier jour, celui de la pluie. Il n'était pas forcément évident. Je le sentais. Quelque chose ne fonctionnait pas entre nous, un écart qui rendait la relation impossible dans le temps. C'est vrai, j'y croyais un peu, ça commençait à vibrer. Mon côté prudent a pris le dessus.

En repartant ce matin-là, je me suis dit qu'il valait mieux arrêter, que cette histoire n'irait pas plus loin. Mais Anthelme m'a rappelée. On s'est revus plusieurs fois, avec des distances entre ses absences.

Un soir, il m'a présenté deux grands amis, Virginie et Mathieu. Honnêtement, je me suis demandé ce que je faisais là. Il a dû s'en apercevoir parce qu'il m'a jeté des regards bizarres. Il avait l'air à la fois paniqué et en colère. Ce jour-là, j'ai compris que je n'avais pas de place dans cette relation, et dans sa vie. J'étais un plaisir, presque un objet de décoration, peut-être une occupation, même si Anthelme a toujours été agréable. Mais encore une fois, il était là sans être là. On était seuls en se voyant, seuls pendant ses silences de musicien.

Comme dit un proverbe russe : « Faites confiance mais surveillez. » Alors, j'ai fait confiance et j'ai surveillé. C'est devenu flagrant. Mon intuition m'a dit qu'il n'était pas avec moi, il était avec quelqu'un d'autre, un rêve, une femme. J'ai eu la confirmation une nuit, quand il a prononcé son prénom en rêvant. Je sais, on trouve ça au cinéma, dans les romans. Et aussi dans la vie. Mais c'est comme ça.

Depuis quelque temps, on ne se voyait pas, il avait l'air angoissé au téléphone, il ne disait rien de vraiment profond. Comme d'habitude, et avec un petit supplément. Un matin, j'ai crevé l'abcès. Il a raconté qu'il avait perdu le goût, qu'il était dans une errance, sans donner de détails ; il a été franc et il a parlé de cette femme en deux petits mots. C'était suffisant…

Après ce qu'il venait de me dire, ça n'aurait rimé à rien que je vienne au dîner, à écouter leurs souvenirs d'anciens combattants. Ses amis sont sympas, mais je n'avais pas envie, et de toute façon notre relation s'est arrêtée là.

Avec le recul, je pense qu'il ne voulait pas que la fin de notre histoire vienne de lui. Il a confirmé.

Je n'étais pas une femme pour lui. Il est d'un autre monde. Il n'était pas pour moi non plus. Ce qui lui a plu, ce qui l'a attiré chez moi ? C'est Elle, une ressemblance troublante. Il n'en a jamais parlé. C'était une tombe ouverte.

Si j'ai accepté de raconter, c'est parce que je ne lui en veux pas. D'ailleurs, je ne sais pas si on peut lui en vouloir. Il est tellement désarmant. Et puis c'est quelqu'un de bien. De vraiment bien. Je ne pense pas que l'on se reverra. Mais je lui souhaite de retrouver le goût de tout, et de rien.

42

Quel rêve étrange. J'essaie d'attraper le vent, bien sûr insaisissable, pour le convaincre de ramener Jacqueline du Pré qui, marchant le long de l'océan, s'éloigne vers le lointain. Tentative dérisoire : elle continue de s'enfoncer dans le paysage en portant son Stradivarius Davidov de 1712. Sa longue chevelure blonde ondule au rythme de ses pas. Soudain, le vent se met à me parler :

— Je ne prends pas de rides, moi. Je suis la pure liberté. Je voyage quand bon me semble. Je me repose si je le décide. Je souffle dès que j'en ai envie. Sans jamais vieillir puisque je renais sans cesse. Je reviens toujours aux matrices où je suis né. Anthelme, je suis aussi la simplicité que tu appelais de tes vœux en voulant réaliser l'oreiller de la belle Aurore. Il y a dix ans, presque jour pour jour. Laisse partir Jacqueline, elle est si bien dans son costume de nuit. Laisse-moi caresser ses longs cheveux blonds.

Je me réveille, les yeux écarquillés comme si j'avais découvert la huitième merveille du monde antique. Le vent changera-t-il d'avis et ramènera-t-il Jacqueline du Pré ? C'est évidemment impossible. En revanche… « Dix ans presque jour pour jour. » Cette date anniversaire, enfouie dans ma mémoire par précaution, par protection, est un appel. « Matrices » ? Ce mot explose à ma conscience. Oui, il existe des songes fondateurs ! Parce que le rêve est empli de gratuité et qu'il peut vous procurer un bénéfice inestimable. Je sais où se trouve cette plage.

— Salut les amis, dis-je en retrouvant Virginie et Mat attablés pour le petit-déjeuner.

— Mmmmm…, grommelle Mat, dont les réveils sont difficiles, pâteux.

— Salut Bichon, lance Virginie, toute guillerette. On s'est tous levés aux aurores, je vois. Alexis et les monstres m'attendent, les gars. Je vais pas tarder. Y a la famille qui vient déjeuner.

— Ah oui, c'est vrai, nous sommes dimanche…, dis-je en pensant au jour mort. J'avais oublié. Et arrête de m'appeler « Bichon », tu sais bien que j'ai horreur de ce sobriquet de toutou.

— Ah, ah, j'adore t'embêter et voir ta tête. Pas vrai qu'il est mignon quand il boude, mon Mat ?

— Mmmmm…

— Allez file, dis-je dans ce sourire qu'elle parvient toujours à m'extirper. Tu diras encore merci à Alexis de t'avoir libérée hier soir. Avant, j'ai une grande nouvelle à vous annoncer.

— Promis, juré, je le dirai à Alex. Tu vas te marier ?

— Pfff ! Vous n'avez pas une petite idée ? Mat ?

— Nooonnnn…

— Vous donnez votre langue au chat ?

— C'est gamin ça, dit Virginie. Accouche !

— Le goût est revenu !

— Ouah, c'est génial. Quelle super nouvelle !

— Aaahhhh…, fait Mat.

— J'y vais, je suis vraiment contente pour toi mon Anthi. On en reparle très vite.

À peine a-t-elle franchi le seuil de l'*etxe* que Virginie me manque déjà. Le calme qui suit est la campagne après l'ondée, fait de petits bruits infimes. Il reste à mener à bien cette idée qui, en me levant, a illuminé l'évidence :

— Mat, tu as prévu quoi, aujourd'hui ?

— Riennn..., répond mon ami, qui émerge de ses limbes. Je devais voir Philippe.

— Philippe ?

— Le joli médecin de Biarritz. Je t'en ai parlé.

— Oui, bien sûr. Dis donc, ça fait combien de temps ?

La machine mentale de Mat se met enfin en route :

— Il a dû aller voir ses parents.

— Et ?

— Nous verrons.

Qu'a donc Philippe pour susciter cette mine presque réjouie ? Je ne demande rien, bien sûr. Concernant son intimité, Mat est volontiers cachottier à ses heures. Il s'est enflammé tant de fois au point de s'éteindre aussi vite que son cœur s'était embrasé... Et puis, encore marqué par ce rêve fondateur, mon esprit est occupé par « l'idée ». Elle continue de faire son chemin :

— Ça te dirait d'aller faire un tour à la plage ?

— Où ça ?

— Tu sais bien.

— Tu veux parler de... de « la » plage ? s'exclame Mat qui, abandonnant sa position avachie, s'est redressé d'un bond sur sa chaise.

— C'est ça.

— Hein ? Mais tu refuses d'y aller depuis neuf ans. Qu'est-ce qui te prend ?

— Une révélation. Elle... m'appelle...

— Comment ça ?

À mesure que le récit du rêve déroule son fil, la curiosité de Mat s'éveille :

— Je ne peux pas te laisser tout seul. Hors de question. Je te suis. Tu es sûr ?

— Oui. Il faut que j'y aille. Tu comprends ?

— Bien sûr, je comprends, dit-il.

— Pour retrouver aussi le désir. Ou le trouver, je ne sais pas. Je l'ai ressenti à Paris pendant nos concerts. Virginie s'en est aperçue. C'était tellement magnifique. Notre jeu.

Mat est définitivement réveillé :

— Oui, le désir… Pourquoi « la » plage ?

— Pour remonter aux sources, aux matrices. Juste après l'oreiller de la belle Aurore. Parce que c'est là que se trouvent les clés.

43

Il paraît que l'on guérit d'une perte amoureuse et de la peine qui s'ensuit lorsque les lieux partagés avec l'être parti ne vous hantent plus. Que l'on en est dépossédé. Que l'on peut y passer sans éprouver cette oppression qui vous monte à la gorge jusqu'à libérer des puits de larmes.

À mesure que la voiture avance, le trajet apparaît si familier, de la campagne qui serpente jusqu'aux paysages de la côte. Hasparren, Ustaritz, Labordotte, Xutiketa, Bidart. Mat se tait, parce qu'il conduit et parce qu'il n'a rien à dire. Le rêve semble avoir libéré des forces insoupçonnées puisque se mettent à défiler les quinze ans et quelques de ma vie sentimentale. Les premières attentions vont à Isabelle, dont l'empreinte est encore fraîche. Isabelle ? Elle a si bien résumé notre relation que j'ai très peu à ajouter. Lorsque je l'ai aperçue chez le fleuriste vendeur de souvenirs, la ressemblance avec Elle m'a frappé. J'ai tenté, en mettant une distance respectueuse, de ne pas céder. Comment faire ? Elle était tellement charmante que j'ai cru, un instant, qu'elle pourrait… Mais ce n'était pas possible. Isabelle ne pouvait pas être un cautère sur cœur de bois. Sur un cœur amoureux asséché, où la sève étouffait sous les cicatrices encore vivantes. Des signes auraient dû m'alerter dès le premier jour : sa voix qui ne chantait pas à mes oreilles, qu'elle ne boive jamais de vin, que « le » chêne de mes espaces ne vibre pas en sa présence, et tant d'autres indices. Illusion ! Ce à quoi aspirait Isabelle ? Exister, être remplie, remplir à son tour. Être un plein et non une absence à combler. Je ne suis pas fier de cette relation vécue à côté de nos réalités. Pas fier du tout.

Mat, toujours silencieux, gare la voiture. La gargote en forme de pagode est ouverte. Elle n'a pas changé, au contraire du personnel. L'auvent tressaille sous l'effet d'un air rafraîchissant. Les immortelles des sables diffusent leur parfum vigoureux, si particulier, qui m'arrache un frisson. Il est encore tôt. Aucun autre client ne s'est encore attablé. Nous choisissons de nous désaltérer avant de gravir la dune toujours aussi majestueuse. L'heure n'est pas aux palabres. Depuis notre enfance, nous savons, avec Mat, s'il est opportun de parler lorsque nous ne sommes que tous les deux. Et nous avons développé une sorte de sixième sens, si reposant.

Pendant que nous sirotons nos jus de fruits frais, des souvenirs de ma vie amoureuse continuent de m'assaillir. Mat se tait toujours. Il sait. Nous monterons quand tout sera prêt. Quand il sera temps. Le temps.

Les verres sont vides. Des clients se garent près de la gargote. Le soleil monte. Mat me regarde comme si je sortais d'un long coma :

— Je suis désolé de t'enlever à tes réflexions, mais les gens commencent à arriver.

— Oui… oui… bien sûr…

À mesure que nous progressons vers le sommet de la dune, le contact du sable se fait plus lourd.

44

Les premiers véritables émois remontent à la piscine où je nageais, et à Sarah qui ne venait jamais le samedi à cause du shabbat. J'avais douze ans. Dès ses premières apparitions, elle m'a fait tellement d'effet que j'ai pensé pouvoir m'envoler. Dans ma chambre, je nous imaginais en Paul et Virginie, sillonnant les campagnes main dans la main, ou vivant sur une île déserte auprès de palmiers bercés par le vent, qui se reflétaient dans les eaux bleues et transparentes d'un océan imaginaire. Je remarquais bien que, parfois, elle me regardait avec des yeux à transpercer une armure de chevalier. Paralysé, je n'arrivais pas à l'approcher. Après plusieurs tentatives empotées, j'ai fini par lui adresser la parole à la sortie des vestiaires. Quelques semaines plus tard, nous avons échangé un vrai baiser, loin de ceux du cinéma. Le baiser « avec la langue » qui plongeait les collégiens dans une extase attendrissante lorsque, les yeux plissés, ils s'imaginaient embrasser leur actrice fétiche, fantasmée tant de fois. Mais trois mois plus tard, Sarah déménageait pour une autre planète : l'Argentine. Ce premier paysage amoureux s'est fissuré, me laissant démuni, sombre et perdu.

La musique et Mat, mis exceptionnellement dans la confidence, m'ont permis de remonter la pente abrupte. Aussi, pendant que mes congénères du même âge vivaient à plein leurs ébullitions hormonales, je me suis réfugié auprès de mon « habit en bois », et dans l'affection des très proches. Tout en émaillant cette vie de quelques flirts sans lendemain. Parce que, dans une touchante naïveté, je m'étais juré que je n'aimerais jamais plus. Cette recherche d'absolu trop littéraire et dilué dans les romans et le cinéma venait d'écorner ma vie.

À Paris, ou à Bayonne, j'ai donc découvert l'opportunité de séduire, d'être séduit. Sylvie, Constance, Maia, Quitterie m'ont particulièrement enchanté. Mais, comme Mat, je m'enflammais avant de m'éteindre rapidement. Comme Mat, je me lassais très vite, quitte à peiner ma partenaire. La porte s'était fermée, maintenue close par mon obstination à respecter la promesse que je m'étais faite depuis Sarah, « ne plus aimer ». Je n'arrivais pas à m'attacher, ni à me détacher de cet engagement. Il s'est pourtant fendillé.

Vingt-deux ans tout ronds. Après un concert à Madrid, Victoria, légèrement plus âgée, a surgi dans mon existence par la grande entrée, c'est-à-dire celle de ma loge. Son prénom, déjà, donne un aperçu de son tempérament de feu. Jeune journaliste, elle était venue pour un entretien qui a dépassé largement la demi-heure prévue. Tout son être était si troublant, magnétique, que je me suis transformé en ces paillettes de fer projetées sur un aimant dont elles ne parviennent pas à s'extraire. *Aimant* est le mot adapté. À en juger par ses joues roses, puis rouges, je ne la laissais pas indifférente. Deux attirances qui se percutent et d'où jaillissent des étincelles. Nous avons pris un autre rendez-vous. Victoria souhaitait approfondir notre conversation en vue d'un long article commandé par *El País*. Nous avons entamé une liaison torride, tropicale, passionnée, passionnante. La porte de mon petit cœur a fini par s'entrouvrir et par se débarrasser de ses poussières. Je pouvais donc aimer encore.

Nous faisions en sorte de nous voir une fois par semaine, en nous moquant des frontières. Un seul détail fragilisait cette idylle totalement clandestine : Victoria était mariée depuis deux ans et, selon ses aveux, elle ne parvenait pas à décider lequel de ses deux hommes remporterait ses suffrages. Après huit mois de ce rythme effréné, j'ai préféré partir, inondé de chagrin, pour ne pas couler encore, être déchiqueté par son indécision. La faille, le séisme, la fêlure m'ont laissé pantelant. Le petit cœur s'est refermé sur d'autres poussières.

Un autre rythme a pris sa place, ressemblant à celui d'avant, aux histoires sans avenir. Parce que, pour avoir un avenir, il faut un présent. Ces histoires s'enchaînaient sans présent. Avant Victoria, j'avais déjà commencé ma période antitout, qui l'amusait. Elle n'a fait que s'accentuer. Avec mes faiblesses, j'ai bâti un château de force fait de certitudes, résolument inexpugnable. Celui du petit con ayant toujours raison, prétentieux, vaniteux, arrogant. De cet ancien enfant refusant de grandir, qui avait presque eu raison de l'exigence patiente du grand Alain Bengotxea. Seule ma chère musique, qui m'avait toujours sauvé, trouvait grâce à mes yeux alors qu'elle se défilait aussi. Jusqu'à cette tentative ultime de l'oreiller de la belle Aurore. Jusqu'à « la » plage.

Alors, si l'on excepte l'amour de Victoria, rompu par l'instinct du sauvetage, j'ai toujours fait en sorte que les séparations ne soient pas de mon initiative. Je voulais les réussir avant qu'elles me happent et me laissent avec le manque terrible de l'autre. Isabelle, d'une grande finesse, l'a très bien compris :

— La plus longue relation que tu as eue, c'est avec toi, m'a-t-elle dit en partant. Tu as toujours tout fait pour que tes relations avortent.

Si l'on excepte Elle, voilà le sens de ma « vie amoureuse suicidaire ». Elle est faite d'embrasures et de conquêtes ; d'une succession d'aventures disparates, évacuées pour mieux passer à la suivante. Partant du principe que la séduction est au séducteur ce que l'élection est au politicien, je l'ai vue comme la quête d'un monde coloré, pâlissant dès que le succès et la satisfaction étaient au rendez-vous. Faire qu'une relation soit un phénomène et un début, jamais une fin. Pour ne pas m'attarder, me lier. Par peur. Peur de la performance des sentiments. Peur de m'unir et d'avoir des enfants qui vivraient une séparation et l'embarras des reconstructions.

Dans la puissance que je m'étais arrogée, attiré par l'impossibilité, j'ai donc vécu à côté de mon corps, comme l'a dit Virginie, et à côté des rêves. Voilà pourquoi j'avais le ventre et le cœur shakespeariens, faits de tumultes et de déchirements. Voilà pourquoi cet entêtement à ne jamais être victime, jamais. Je n'ai été qu'un essayiste de l'amour, adepte de l'obsolescence amoureuse comme il existe l'obsolescence programmée, préférant anticiper plutôt que de risquer, de prendre un râteau et d'apprendre à cultiver mon jardin amoureux.

Finalement ? La solitude a tissé sa toile. La solitude généalogique pour commencer. Et ma solitude de vie, progressive à force de nier. Avec l'âge, pour parer l'inutilité qui en découle, et qui renforce la solitude, je me suis rendu utile par la musique. À toute force. En définitive, j'ai pratiqué la solitude très tôt, comme un tremplin à mon devenir, pour me dissocier des autres et ne pas m'attarder, pour échapper à la responsabilité et donc au possible échec. Pour ne pas connaître la perte qui m'a pourtant rattrapé, il y a neuf ans.

45

Enfin, l'océan se détache du ciel d'un bleu profond. La musique des vagues vient chatouiller nos oreilles en alerte. Le parfum, à la fois élégant et décapant des embruns, volette jusqu'à nos sens. Plus que trois mètres. Je prends la main de Mat, qui la serre et ferme les yeux. Lorsque le sommet de la dune est atteint, je le sais. Je le sens. Soulever doucement les paupières, sentir le frôlement de la lumière, les petits grains de sable venant cingler les visages. Le rideau de la scène s'ouvre. Et alors elle apparaît. La plage se dévoile par étapes qui s'enchaînent sans contrainte. Faire durer le plaisir. Encore. Assis sur la dune, je contemple le théâtre qui a vu naître la splendeur et le ravissement. Dix ans. Je laisse la main de Mat, qui attend.

— C'est si calme, dis-je, si vrai.

— Ça te fait quoi ?

— Ça bouleverse, ça nettoie. C'est curieux, je pense à ceux qui chargeaient baïonnette au canon, et qui en sortaient vivants.

— Tu entends les vagues ?

— Oui. J'avais oublié comme cette plage est belle.

Un soulagement, une plénitude m'envahissent. Mes yeux se referment tout seuls et me revient ce jour d'été, raconté dans un de mes grands cahiers Clairefontaine.

Ce matin des matrices et des sources. Il y a dix ans.

46

En ce petit matin d'août, couronné d'une brume légère, la plage est déserte. Les pins exhalent leur parfum pénétrant. Le sable se colore d'une lumière si pleine que le soleil, qui perce les nuages abondants, semble lui répondre. Un étrange va-et-vient d'ombres s'imprime sur les dunes. Celles d'oiseaux passagers jouant à se poursuivre. La pente raide tend les muscles, réclame l'effort, jusqu'à la récompense.

Devant, calé sur l'horizontal infini, l'océan roule ses bras interminables, l'écume se réjouit, la musique des vagues étonne jusqu'aux algues aimablement échouées. Je le désire tant, pour savourer ces pages du temps, lire jusqu'à plus soif, rêvasser, plonger dans les eaux joyeuses à la moindre envie. Seul, être seul, en attendant d'autres êtres, d'autres vies encore assoupies. Il est si tôt. La chaleur estivale est curieusement légère.

Un livre à la main, j'écoute le flux raconter au reflux ses histoires, qui bercent ma tranquillité. Mais je n'ai pas le temps de commencer ma lecture. Levant la tête, comme attiré par un sourd appel, j'aperçois une étoile de mer posée sur le sable, que submerge un ruban de vaguelettes finissantes. Que fait-elle là ? Je me lève. La prendre délicatement entre les doigts, la déposer à la surface de sa maison océanique, la délivrer du danger, lui rendre sa précieuse liberté. Gracieuse, elle étire ses branches, se remplit d'eau, et semble adresser un remerciement muet.

La paix entière, indiscutable, règne sur ce moment indéfinissable. Planté au bord du murmure incessant, les pieds léchés avec force et délicatesse par l'eau éternelle, je déguste, me repais de ces secondes suspendues. Je « vis » l'élément, qui pénètre mes cellules.

De longues minutes s'écoulent. Comment s'ôter de cette merveille ? L'océan n'a ni maître ni dépendance. Il semble parler dans le roulis de ses mots sans consonnes, et dire qu'il est temps que chacun retrouve sa place. En attendant la prochaine rencontre. « Rencontre ». Le mot résonne dans mes oreilles émerveillées, un mot à la fois rude et empli de vœux, malicieux, qui me soutire un sourire. Non, ne pas se perdre, rester dans la matière, fermer les yeux, attendre un accord entre l'océan et moi. Je me retourne. Et je l'aperçois.

« Elle » s'est assise, à une vingtaine de mètres de mon campement d'illustre anonyme. Quel toupet ! Comment est-elle arrivée pour rompre ma délicieuse solitude ? Les mugissements de l'océan, cette énigmatique, magnétique entente m'ont tellement abstrait que j'en ai oublié la réalité. Pourtant, elle est là, lunettes sombres sur ses yeux, les jambes repliées en chien de fusil, qu'enlacent ses bras. De longs cheveux, noirs de jais, ou d'ébène, ondulent au gré d'un petit vent juste né. Elle se lève ! Le visage tourné vers l'horizon. Sa silhouette, longue et fine, est immobile. Qu'importe, je reprends ma position, à une vingtaine de mètres de l'intruse, dans une bouderie enfantine.

Que dire de la rencontre, de l'inattendu qui propulse l'âme, le cœur et le corps dans un monde que les yeux n'ont jamais imaginé. Qui parle d'évidences et d'habits dorés, qui rend la vie pleine, permanente. Quand l'autre reconnaît en l'autre celle ou celui qu'elle ou il n'est pas encore. Que dire de cette ombre matinale qui s'avance et qui, dans un ballet de couleurs scintillantes, vient se poser sur le sable. L'inconnue est là, devant moi, et m'adresse la parole ! Sa voix cristalline entonne les premiers mots et chante à mes oreilles :

— J'espère que je ne vous dérange pas. J'aime venir ici très tôt, pour profiter de l'océan.

La réponse est à la fois sincère, maladroite et contrariée. La curiosité l'emporte :

— Non, pas du tout…

Elle s'assied !

— Pardonnez mon sans-gêne, mais j'avais envie de parler à quelqu'un. Tout simplement.

Le « Oui, bien sûr… » bredouillé lui arrache un rire. Et la conversation s'engage. Je regarde ses mains dessiner des paroles dans l'air, sa bouche ourler des mots jamais entendus, ses bras tracer des perspectives inédites. Nous parlons de notre amour pour l'océan, qui ne déçoit jamais, qui nous renvoie sans cesse aux origines du monde, qui vous accueille en vous donnant l'impression de naître à chaque vague, à la fois caressante et aiguisée. Mais pourquoi cette femme m'a-t-elle choisi ?

— J'aime vos silences, ils sont pleins, dit-elle. Ce n'est pas moi qui vous ai choisi. C'est l'océan. Il faut lui faire confiance, entièrement. Je m'appelle « Claire ».

— An… thel… me.

Je suis stupéfait. Elle sourit aux syllabes hésitantes. Lirait-elle dans mes pensées les plus enfouies ? Soudain, les siennes m'apparaissent, la paralysie me quitte, le mouvement m'habite, une aisance m'envahit. Toutes les tensions récoltées jusqu'à ce qu'elle s'asseye près de moi s'estompent.

— L'océan a eu raison de m'appeler ce matin, dit-elle.

La journée entière à parler, à rire, à croire dans la matrice des tout premiers instants, si révélateurs, qui ne mentent pas. Nous oublions de manger tandis que la plage se remplit d'un monde bruyant que nous n'entendons pas. Et quand le soleil commence à se coucher, dans ses draps de nuage, nous décidons de nous baigner, de le rejoindre, de plonger en lui, l'océan. Ce premier bain est ancré à jamais dans nos mémoires.

En partant, nous savons ce qui nous attend : l'épanouissement dans l'apprivoisement. Guidés par la musique de l'océan, le petit vent qui fait toujours ondoyer ses longs cheveux, le parfum des immortelles qui explose sous la chaude lumière, dont les boutons sont des petits soleils. L'océan me parle. Et la main de Claire effleure la mienne. Pour la première fois.

47

« Elle » se dévoile désormais donc, à vos yeux…

La descente vers l'océan est parsemée de brindilles échappées de la végétation des dunes et des arbres qui se profilent à l'horizon proche. Nous marchons côte à côte, au rythme de nos respirations. Mat continue de se taire. Comme Virginie, et les Bengotxea, il sait l'importance de « la » plage et les raisons pour lesquelles je n'y suis pas revenu depuis neuf ans. Avec Claire, nous y sommes retournés régulièrement et nous l'avons baptisée « Là ». À mesure que nous avançons, l'endroit précis où Claire est apparue se dessine. Un jour, nous y avons enfoui des pépins de pomme, en espérant qu'un arbre émergerait du sable. Pourquoi ne pas croire au miracle ? Aucun pommier n'a poussé, évidemment.

Tout en marchant, je me laisse imprégner par les souvenirs. Librement. Une partie de la souffrance vient du fait qu'on ne laisse pas les souvenirs affleurer, s'exprimer. Là me rappelle le goût de ses lèvres ? J'embrasse Claire, comme si sa gracieuse silhouette apparaissait.

Mat s'arrête, me laissant continuer seul. Le sable se fait plus meuble. L'endroit est à l'abri des flots, mais assez près pour être humide. Planté dans le sable, comme le pommier qui ne poussera jamais, je sens les embruns caresser mon visage, mes mains qui caressent à leur tour l'air et l'absence, le chaud des vagues qui agite mes vêtements. Tout me porte et me transporte.

Claire, mon amour d'avant, du d'abord, m'a quitté ; je ne la reverrai pas, ne partagerai plus ces moments intenses qui peuplent mes Clairefontaine désormais remisés au grenier. Gardé dans mon esprit, prêt à bondir, le rêve étrange et fondateur de la nuit prend soudain un supplément de hauteur. Là me parle : « Claire t'a quitté, elle est partie. Laisse partir votre histoire, laisse s'estomper sur le sable l'empreinte de votre histoire. » Est-ce la raison ou le délire ? Après neuf années, l'océan de Là semble sillonner mon corps et débarrasser mon cœur des poussières si anciennes et des interdits. Il m'habite. Il y avait un « avant » Claire. Peut-il y avoir un « après » avec ses possibilités ? Une vague intérieure me submerge, montre d'autres mers où je pourrais naviguer. D'autres grandes découvertes. D'autres désirs. Et je rouvre les yeux.

Mat me regarde à quelques mètres. La beauté nous appelle à son tour. Il pleure, comme je pleure.

L'étreinte avec Mat est profonde, les larmes se mêlent. Dans ces moments de communion, aucun mot ne peut naître des lèvres. Combien de minutes dure cette embrassade ? Aucune idée.

Des baigneurs commencent à déambuler sur Là. Certains nous regardent, d'autres font semblant de ne rien remarquer. Nous nous serrons le temps que demande la circonstance. Quand nous nous séparons d'un élan commun, nous sourions timidement, comme si, condamnés à morts, nous venions de recevoir la grâce présidentielle. Les larmes cessent. Toujours sans un mot.

Dans la voiture où ne navigue aucun son que le ronronnement entêtant du moteur, je compte les fruits fertiles des moissons de Claire. En ce jour du Là, elle m'a sorti de mon marasme de petit con. Il est tellement facile de devenir un petit con. Pas la connerie ordinaire, l'autre, l'insupportable. Celle qui vous empêche tout désir. Ce désir que je vais retrouver. Sans forcer. J'en suis certain.

Mat s'arrête devant le portail.

— Tu peux me laisser, dis-je, rompant enfin notre mutisme. J'ai besoin d'être seul.

— Tu en es certain ?

— Absolument. Tu peux aller voir Philippe, dis-je d'un clin d'œil appuyé. Ah, il doit en avoir du talent !

— Arrête, tu es infernal ! répond Mat qui, comme moi, semble avoir retrouvé le vrai sourire après cette guerre des émotions. Ça va aller ?

— … Oui.

— Après-demain, mardi, je vais voir Momo. Ce serait vraiment bien que tu viennes avec moi.

— Tu me l'as déjà proposé. Oui, j'ai envie de le voir, bien sûr. Pourquoi tu veux absolument que je t'accompagne ?

— Tu verras…

— Ah, monsieur fait le cachottier. Eh bien… puisque tu insistes, je viendrai, dis-je en pensant que Mat doit avoir ses raisons. Tu peux y aller, tout ira bien.

La voiture s'éloigne, comme se dissolvent les dernières heures. Ma maison tant aimée, qui fut « notre » maison, m'apparait sous un jour presque nouveau. Heureux de la retrouver, j'ai l'impression qu'elle m'attend. Elle aussi. Non pour revivre ce qui ne sera plus. Non pour refaire. Mais pour faire.

Consumé par les cauchemars, j'étais la pénombre et les cris, faisant non ce qui était forcément juste, mais ce qui était nécessaire. Je deviens le jour et le chant, pour que la clarté puisse éclore et vivre. En entrant me saisissent la grandeur et le champ de ces perspectives. Venant du lointain de mes entrailles émerge alors ce qui chantait tant aux oreilles délicates de Claire, cette perle incarnée, porteuse d'une douleur lancinante, historique, éternelle : Leningrad. La cité de Pierre le Grand, le berceau de la révolution de 1917.

Tout me revient, comme un calque indélébile.

Les racines époustouflantes de Claire du Là, comme une particule de notre noblesse. Claire du Là. Anthelme du Là.

48

Le 8 septembre 1941, Leningrad étincelle sous les bombes. Condamnée par Hitler à être anéantie, la ville assiégée, isolée, n'en finira pas de flamber et de hurler pendant 872 jours. Chaque nuit, et le jour, les avions allemands déversent la « mort sifflante », disent les Léningradois. Des torrents de fer et de feu s'abattent sur les entrepôts, les usines, la centrale électrique. Les immeubles éventrés craquellent sous les flammes léchant le ciel noir et rouge. Des anonymes surgissent dans les plaies béantes des façades, assis sur les fauteuils de leur intérieur assassiné, à l'intimité soudain mise à nu. L'horreur est permanente.

Les transports s'arrêtent, les canalisations gèlent, l'électricité et le chauffage sont coupés, la nourriture se raréfie. Tout le monde se déplace à pied. Les femmes remplacent les hommes aux ateliers des usines, dans le bruit et la touffeur des fumées. Le froid et la faim fauchent les corps qui s'entassent dans les rues, dans les maisons, avant d'être évacués sur des luges ou des cercueils placés sur des charrettes. L'hiver est si rigoureux ; les températures descendent jusqu'à -30 °C.

Dehors, des silhouettes fantomatiques aux vêtements sombres déambulent. Épuisées, tenant à peine debout, taraudées par le chagrin, l'injustice et la dystrophie, elles tirent leur luge où repose une autre silhouette, rigide, enveloppée dans un drap blanc. Le corps rejoint ceux qui, ramassés la nuit, finissent dans la fosse commune du cimetière de Piskarevskoïe, ou ailleurs, quand le gel n'interdit pas de creuser le sol. L'insupportable est à son comble. Tout est un crève-cœur de famine et de résistance à l'adversité. La nourriture hante les esprits. Et cette faim, lancinante, qui n'en finit pas, installée jusque dans la moelle des os, qui force à des gestes terribles ; manger n'importe qui, n'importe quoi. Pour survivre.

Comment sortir de cet enfer blanc ? Par la « route de la vie », le lac Ladoga. Des convois de ravitaillement parviennent à emprunter ce chemin de glace où il fait jusqu'à -45 °C. Au printemps 1942, les rations sont légèrement augmentées, les habitants commencent à sortir de leur prostration, à retrouver un peu de leur humanité. L'aide internationale soulage ensuite quelque peu leur sort. En janvier 1944, l'Armée rouge lance l'offensive. La Wehrmacht se retire. Le 27 janvier, la guerre cesse dans cette partie de l'URSS. Le siège est terminé. Un million de personnes ont péri, essentiellement des civils.

Durant cette épreuve dépassant l'entendement, un acte inouï force l'admiration. Composée au début du siège et terminée le 27 décembre 1941, *Leningrad*, la 7e symphonie de Dmitri Chostakovitch, natif de Leningrad, est destinée à encourager la population et à s'insurger. Carl Eliasberg, chef de l'orchestre de la Radio de Leningrad, décide de la faire jouer dans des conditions impensables. Une quinzaine de musiciens a survécu, les autres se battent au sein de la milice ou sont morts de faim et de froid. Eliasberg leur rend visite, un à un. Or l'œuvre exige cent musiciens. Comment faire ? Il « recrute » des soldats et des civils jouant d'un instrument. Commencées en mars, les répétitions, interrompues par les bombardements, sont un calvaire. Sur un effectif d'une trentaine, l'épuisement est fatal à trois d'entre eux, d'autres s'effondrent. Comment souffler dans un cuivre ou tirer un archet lorsque les forces vous lâchent ? Quant aux militaires, ils vont combattre, puis retournent à leur pupitre. Le 6 août 1942 se déroule la seule répétition générale. Le 9, le concert se tient à la Philharmonie. Peu avant, Leonid Govorov, chargé de défendre Leningrad, a ordonné de pilonner les armées allemandes afin de les empêcher de bombarder le lieu du concert, rempli de spectateurs. Diffusée à la radio et par des haut-parleurs installés dans les rues, la représentation est un triomphe. Peu importe la qualité de l'interprétation. La symphonie, avec ses airs d'abord légers, avant de s'intensifier, d'exploser en feux d'artifice martiaux, finit en annonçant la victoire soviétique. La musique galvanise Leningrad, l'émotion est à son paroxysme, les applaudissements retentissent pendant une heure. Au-delà de ce succès, les Allemands sont touchés moralement, et psychologiquement. Comment vaincre un peuple capable d'une telle prouesse ! Aux États-Unis, Chostakovitch, surnommé « the Fireman Shostakovich », coiffé d'un casque de pompier sur fond de ville en flammes, a même fait la couverture du *Time*, le 20 juillet 1942.

Et le souvenir du siège ? Aux yeux de Staline, approvisionner et sauver les civils n'était pas prioritaire, au contraire des usines qui continuaient de produire des armes. Ce drame était plutôt considéré comme une conséquence de la guerre. Tout avis discordant était une marque de défaitisme, donc de traîtrise.

Après la victoire, la tragédie est très peu évoquée en Union soviétique. On peut parler de tout sauf des victimes. La propagande privilégie les victoires et tait l'hécatombe. Elle ne valorise que le courage et l'héroïsme de Leningrad. Pourtant, des Léningradois ont raconté leurs souffrances dans de nombreux journaux intimes, leurs interrogations, leurs doutes à propos des nouvelles officielles, alors que le NKVD (les services secrets) pouvait les arrêter à tout moment. Après la guerre, un grand musée du blocus retrace le siège. Il sera détruit, avec ses 37 000 objets. Le silence totalitaire et fou s'abat sur la vérité.

Après la mort de Staline, le 5 mars 1953, et malgré la déstalinisation qui a suscité des espoirs de liberté, la version communiste l'emporte, glorifiant la bravoure de Leningrad et de ses âmes. Chaque cadavre est un héros. Les habitants ont travaillé nuit et jour pour la patrie. Le symbole, bien qu'inique, se veut exemplaire. Les services secrets emprisonnent tout individu osant révéler la réalité enfouie. Le régime de Brejnev s'attaque, à partir de 1964 et de manière accrue, à toute position contraire. Les survivants ne commencent à parler qu'après la chute du mur de Berlin. En 1989, un musée plus petit est ouvert, rassemblant de nouveaux objets, documents, témoignages, journaux intimes, mémoires.

Mais dès les années 1970, et auparavant, des voix ont œuvré au rétablissement de la vérité et, plus largement, à la dénonciation de la dictature soviétique. Vera Krasnova est l'une d'entre elles.

« La beauté n'a pas de visage, elle a une âme, qui vêt les jours. » Depuis sa plus tendre enfance, elle se répète cette phrase. Elle en est persuadée, de même qu'elle a toujours cru à ce qu'elle appelle « la vie au dessert » qui récompense des coups, ces parcelles de lumière qui succèdent aux noirceurs. Une posture sans doute naïve mais chevillée, qui la rend prudente quant aux possibles choix de son existence. À vingt-sept ans, cette jeune femme au teint mat, aux yeux pénétrants, en amande, à la silhouette fine, porte sur les êtres et les choses un regard aigu, perçant. Un reflet de sa maturité précoce, devancière, qu'elle doit autant à son éducation et à elle-même qu'à la grandeur d'une épreuve : la disparition douloureuse de ses parents.

49

Pendant le siège de Leningrad, Tatiana et Dimitri, tout jeunes adultes, se rencontrent dans un entrepôt désert, et jurent de ne plus se séparer. Il y va de leur survie. Uniques rescapés de leurs familles, ils peuvent tenir quelques jours avec leurs très maigres provisions. Jusqu'à la générosité de la providence. Une nuit, ils se réfugient dans une cave abandonnée. En surface, une bombe fracasse l'immeuble voisin. Une brèche s'ouvre dans le mur mitoyen du sous-sol fragilisé par les secousses. Abasourdis, transis de faim, de froid et d'effroi, Tatiana et Dimitri attendent d'être ensevelis sous des gravats. En vain. Se dirigeant timidement vers le trou béant, à la lueur de leurs petites bougies, ils distinguent de grosses poutres maîtresses, sorte de mikado miraculeux qui a empêché tout effondrement. Une haute étagère vide s'est effondrée, laissant apparaître une large ouverture. Ils découvrent une quantité impressionnante de conserves ! Et cachent précieusement leur trésor.

Puis Dimitri, enrôlé, part avec la milice populaire servir l'Armée rouge en marche vers la victoire qui, clame la propagande, est imminente. Seule à profiter des provisions, Tatiana craint que ces combats lui enlèvent cet être providentiel. Mais il revient, marqué par de terribles tourments dont il ne parlera jamais. Le bonheur de la retrouver est immense. Ils échangent leur premier baiser. Le mariage s'impose naturellement. La paix, la reconstruction du pays, des emplois modestes mais suffisants leur offrent la possibilité d'un foyer, eux les miraculés. Ils pensent qu'ils pourraient témoigner du drame de leur ville. Ils se trompent et, assistant à la destruction du musée, se taisent, comme l'immense majorité des Soviétiques.

Le 19 août 1953, ils donnent naissance à leur seul enfant, prénommée « Vera ». Une beauté joufflue, gourmande et rieuse, aux cheveux d'un noir épais. Vingt ans plus tard, un matin, à la fin de l'hiver, ils décident de se promener sur le lac Ladoga, oubliant que le dégel a amorcé son lent processus… Ils sont avalés par la folie des eaux qui se referment. Vera, à son tour orpheline, voit dans ce drame un retour cruel du temps. Le « lac de l'espoir » a repris son dû.

Vera prend dès lors la décision de ne jamais céder. À rien. Boursière, indépendante, au caractère fervent, elle poursuit de brillantes études universitaires, au point que son nom circule dans les sphères moscovites. Nourrie de livres dès son plus jeune âge, elle s'est prise, dès dix ans, d'affection indéterminée pour la langue française, ses rondeurs et ses outrances, ses auteurs et son histoire. Pétrie de ces lectures, elle les explore à l'université, dont elle sort major, couronnée, encensée. Sa voie est toute tracée : elle sera professeure, et bien davantage. Tout en enseignant, elle se met en tête de traduire des écrivains russes en français.

Le travail de Vera, salué jusqu'à l'étranger, lui permet de quitter l'URSS pour se rendre à des conférences internationales. Mais le tourment passé de Leningrad, sa ville, son sang, sa chair, sa terre, ne cesse de la hanter. Par peur des services secrets, ses parents n'évoquaient le siège qu'entre eux, exigeant de leur fille une discrétion totale. Portant en elle l'empreinte des générations, la violence du temps, Vera a été ainsi éduquée dans l'oppression du silence.

Mais la mort de ses parents a accentué la douleur de la mémoire. Depuis leur disparition, des cauchemars hantent ses nuits. Elle voit des morts le jour, des morts la nuit. Que faire de cette violence qui l'obsède et la ronge ? Vera sent alors monter en elle le besoin de crier la vérité, et rejoint l'opposition politique, qui a commencé à s'exprimer ouvertement dans les années 1960. Ces opposants n'ont aucune intention de prendre le pouvoir. Leur volonté est avant tout morale. Ils souhaitent que le peuple retrouve sa lucidité, ses droits et sa dignité. Vera publie dans la clandestinité. Pour honorer sa ville et ses âmes mortes, exploitées au profit du mensonge et de la dictature, et au détriment de la mémoire collective escroquée.

Au début de décembre 1980, en pleine ère Brejnev, Vera franchit le pas. Personne ne la retient en URSS. L'opération est préparée avec l'accord implicite des autorités françaises. Vera est conviée à Bruxelles pour y débattre sur « Le sens de l'âme russe dans l'univers de Gogol ». Très surveillée, elle quitte son grand hôtel à minuit, déguisée, perruque blonde à l'appui. La surveillance du KGB a été déjouée. Deux rues plus loin, une voiture l'attend et l'emmène dans une maison de la banlieue bruxelloise. Une fois débarrassée de son déguisement, elle prend la valise contenant ses affaires, et, disposant de faux papiers au nom de « Mireille Pardaillan », est conduite à la frontière française où les douaniers avertis lui ouvrent le pays de Molière et de Montesquieu. Deux heures plus tard, Vera plonge dans un sommeil profond, sporadiquement troublé par les fantômes errants de la Volga.

Le jour même, elle gagne Strasbourg, la ville européenne par excellence, où elle attend que la France officialise son statut de réfugiée politique. Elle est un symbole, et l'affaire tellement sensible. Les jours passent, mornes et monotones, dans ce logement qu'elle ne quitte que rarement, pour une promenade nocturne autour de la cathédrale. Une visite précipite les événements :

— Il faut partir, la prévient un habitué nommé « Bernard ».

— Partir, et où ? Où voulez-vous que j'aille ? s'exclame Vera dans son excellent français, qui ne laisse presque rien percer de l'empreinte russe – excepté lorsqu'elle est en proie à une forte émotion.

— Mais ça y est, vous êtes acceptée. Vous êtes réfugiée en France ! Vous allez à Bordeaux. Et pour fêter ça, on s'ouvre une bonne bouteille. De bordeaux !

La nouvelle saisit Vera qui, en un éclair, voit ses parents, sa terre, son Leningrad. L'émotion est si forte qu'un ruisseau de pleurs se met à couler sur ses joues devenues livides. Pour la première fois de sa vie, Vera goûte un excellent vin, un margaux 1962, une grande année. « Je suis une réfugiée », se dit-elle pour se faire à l'idée. La France, ravie de récupérer un tel esprit, lui offre l'hospitalité et sa protection. Cette année-là, Vera est la seule Soviétique à bénéficier de l'accueil français.

Le 2 janvier 1981, Vera, escortée par deux agents français, est conduite en voiture à Paris. Une fois assise dans le train pour Bordeaux, elle respire enfin. Profondément, intensément... Le lendemain, le train arrive gare Saint-Jean. Après avoir admiré de loin les paysages de Garonne et ses carrelets sagement alignés, Vera remet un peu de rouge sur ses lèvres ourlées. À mesure qu'elle s'est approchée de la capitale d'Aquitaine, un sentiment étrange, irraisonné, l'a envahie. Comme un air familier, la sensation d'être chez elle. Les immeubles du XVIIIe siècle peut-être ? Est-ce un lien avec Saint-Pétersbourg et son architecture de cette époque ?

Un autre avenir lui tend les bras, depuis le petit appartement que lui ont réservé les Français, qui veilleront à sa protection. Installée aux Chartrons, le quartier historique des négociants, Vera choisit d'abord de découvrir la ville, de s'en imprégner, certaine de réussir sa vie neuve. Sa « vie au dessert ». « Tu es l'âme slave. Tu es l'âme russe, se dit-elle. Sois fière, grande. » L'âme de Leningrad.

Vera va vivre Bordeaux, la respirer à pleins poumons. Parce que découvrir une ville, c'est naître un peu, à soi et aux pierres. Parce qu'elle en a envie, qu'elle se sent inédite, inexplorée. Elle en est certaine : Bordeaux sera « sa » ville, sœur de Saint-Pétersbourg qui, elle l'espère, lui ouvrira de nouveau ses bras de lumière.

50

Plus de trois années ont passé. Vera se sent toujours parfaitement bien à Bordeaux. Tout en œuvrant au rétablissement, difficile, de la mémoire de Leningrad, elle enseigne la littérature russe à l'université, traduit, témoigne, publie, donne des conférences en France, en Europe. Les émigrés soviétiques et les Français lui ont offert un accueil particulier, dû à son importance, mais aussi à ce qu'elle est. Vera est imposante, par sa prestance, sa finesse. Pour autant, elle n'en a jamais usé, faisant même preuve d'une réserve naturelle.

Un samedi après-midi d'hiver, Vera se rend comme souvent chez Mollat, qui n'est pas encore le temple bordelais du livre. William est aussi un client familier. En dernière année de médecine à Santé Navale, il va intégrer la Marine qui comblera son goût pour les voyages et les découvertes. Depuis un an, il se passionne pour la littérature d'espionnage. Il se dirige vers les rayonnages en bois vénérable, passe en revue les linéaires et s'arrête net. Un parfum lui chatouille les narines. Tout près, à sa droite. Il se retourne et remarque une silhouette coiffée d'un élégant bonnet, à genoux, dont il ne distingue que le dos et la longue chevelure noire étalée sur un manteau épais. Elle farfouille dans le rayon voisin. Il est attiré par ces effluves si particuliers, personnels, où percent l'iris et le galbanum. Lorsqu'elle se redresse, il se retrouve presque nez à nez avec une jeune femme d'à peu près son âge, d'une beauté énigmatique, spectaculaire. Affichant un air interrogateur, elle penche la tête sur le côté et le regarde d'un œil étonné, sans doute parce qu'il affiche une mine béate.

— Je…, pardon…, c'est votre parfum, bredouille-t-il, tout rouge. Je…

— Oui ? dit-elle, visiblement amusée, intéressée même. C'est le *N° 19* de Chanel. Je suis née un 19 août, comme Chanel. D'où le nom du parfum.

— Ah…

— Elle est morte le 10 janvier 1971, quelques semaines avant le lancement.

— Ah…

« Mais pourquoi il a cet air à moitié demeuré ? Il est plutôt bel homme », se demande Vera qui poursuit, intriguée, attirée :

— Elle a dit : « Je suis le seul volcan d'Auvergne qui ne soit pas éteint. » Elle était gonflée, quand même.

— En effet, approuve William, qui reprend un peu ses esprits.

En proie à une confusion exquise, il se ressaisit. En ce jour froid de février, il savoure la voix chaude de cette apparition que le trouble ne semble pas épargner non plus. Il se sent électrisé par ce parfum et la personne qui le porte avec tant d'élégance, de subtilité, comme si sa peau avait trouvé dans le *N° 19* un alter ego parfait. Ils semblent ne faire qu'un. Une explosion de fragrances le rend muet, lui, le bavard. Pendant que Vera scrute son visage, sans rien dire. Ils restent ainsi, immobiles et silencieux, pendant une bonne minute. Puis les petites étoiles invisibles qui scintillent autour d'eux s'évanouissent, leur redonnant l'usage de la parole. William lui tend la main ; elle l'accepte et la serre avec légèreté.

— Enchanté, je m'appelle « William », dit-il, en savourant le contact de ses doigts fins et chauds.

— Enchantée, je m'appelle « Vera », répond-elle dans un éclat de rire qui met fin à cette période d'observation presque irréelle.

William fond. Il sait qu'il ne pourra pas résister. Que cette femme est un mystère. Il n'a pas envie de savoir lequel. Juste de découvrir ce qu'elle souhaitera lui faire découvrir. Il trouve facilement les deux livres qu'il désirait. Vera achète ce pour quoi elle est venue : Edgar Poe, dans la traduction de Baudelaire. Elle apprécie notamment une nouvelle qui a ouvert le champ de la littérature policière, *La Lettre volée* : ou quand l'évidence est à portée des yeux.

Au seuil de la librairie, le froid mordant les saisit. Que faire ? Se quitter d'un geste ? Vera et William se séparent en se donnant pour limite le provisoire. Ils entament une de ces relations irrésistibles qui, comme les génies, sont éphémères. Les premiers jours, il tente d'ôter l'image de Vera de son esprit. Elle revient sans cesse, obsédante, sidérante. Vera n'attend rien. Comme son amant, elle est convaincue de cette brièveté de leur équipée, sans en connaître ni les raisons ni le terme. Elle l'appelle d'ailleurs son « bref amour d'Occident », ne révèle rien de ce qu'elle a été, de ce qu'elle est. William s'apprête à finir ses études et repartira chez lui, à Strasbourg, avant de s'embarquer. C'est son choix. Elle le valide depuis le premier baiser. Que son amant s'apprête à sillonner le monde lui convient, l'arrange. Ils se voient une ou deux fois par semaine. Ils restent souvent chez elle. Ils ne font rien de spécial. Ils vivent, c'est tout. Joyeux. Ils se passent de la musique, Chet Baker, Scriabine, Art Pepper, Miles Davis, Bach, Charlie Parker, *The Rose* de Janis Joplin et d'autres « dévissés ». Ils font l'amour, parlent littérature, médecine. Elle adore manger « français » et le laisse faire la cuisine. Elle aime le vin aussi ? William lui fait découvrir des nectars.

À l'image des créateurs sacrifiés à leur passion dévorante, Vera et William ont besoin d'aller jusqu'à l'ultime, pour atteindre le sublime. Trois mois suffisent. Il va prendre le train. Le dernier soir, la nouvelle tombe : elle est enceinte. Ils sont heureux, chacun de leur côté. Pour fêter la grossesse, ils dégustent un pauillac d'anthologie. Elle lui enverra des photos, s'il lui donne sa future adresse. Il ne la donnera jamais. Elle ne le cherchera pas. Finalement, elle voulait un enfant sans mari, sans compagnon, sans père. Il désirait lui offrir cette opportunité, ce cadeau. L'accord était idéal. Leur contrat. Le lendemain, il part seul pour la gare.

51

Vera offre la vie à une fille aux cheveux d'un noir profond, qu'elle prénomme « Claire » tant sa venue au monde est lumineuse. Claire Krasnova naît ainsi d'une étoile filante et d'une comète de passage. Évoluant dans un milieu russe et français, la petite fille devient parfaitement bilingue tout en épousant les deux cultures. Une richesse formidable. Prédisposée aux langues étrangères, elle maîtrise assez tôt l'anglais, et le suédois qui la fascine puisqu'il évoque la civilisation nordique aux facettes propices à l'imaginaire. En revanche, elle dédaigne l'allemand. Car Vera ne lui cache rien de ce qu'a vécu Leningrad qu'elle lui fait visiter dès la chute de l'URSS, montrant l'immeuble de sa famille, le lac Ladoga, le mémorial, mais aussi les beautés de cette ville éblouissante. En résumé, Vera transmet à sa fille le virus de Leningrad, redevenue Saint-Pétersbourg, par transfusion générationnelle. Le soir, elle lui récite des poésies et des contes russes avant de s'endormir. Au fil des années, Vera initie sa fille à la littérature russe, toujours dans le texte original.

Un poids lourd à porter. D'autant que l'intimité familiale est confinée, réduite à deux personnes. Après William, Vera a connu d'autres aventures filantes, dans la clandestinité, que Claire ne découvrira qu'en lisant son journal personnel. Pour l'adolescente, le climat devient de plus en plus pesant ; les relations se tendent. Pourquoi Vera cache-t-elle l'identité de son père ? De quel droit ? À force de questions et d'insistance, Vera finit par consentir à une seule information : de passage à Bordeaux, « il » est parti. Claire insiste et obtient le prénom. Elle n'en saura pas davantage : Vera ne connaît pas son nom, n'a jamais voulu le connaître.

Comment peut-on amputer son enfant d'une partie de ses racines qui lui servent tant à grandir ? Parce que Vera a fini par enkyster sa douleur à force de la retourner dans tous les sens, sans trouver d'issue. Par vouloir transmettre ses propres tourments au fruit de ses entrailles. Pensant que son avenir serait radieux en France, elle s'est enfermée dans un monde sans amour, estimant que ses seules ressources intellectuelles suffiraient à faire briller sa vie. En toute logique, elle est allée de déceptions professionnelles en déceptions personnelles. Elle a fini par s'assécher, faisant reposer son ressentiment et ses espoirs sur sa seule enfant, jusqu'à presque l'étouffer.

C'était sans compter avec la détermination de Claire, qui, à l'approche du bac qu'elle décroche à seize ans à peine, se jure de ne jamais connaître la vie amoureuse et les angoisses de sa mère. Jamais ! Son père ? Elle le cherchera peut-être, le trouvera peut-être. Entre la mère et la fille, l'amour est réel et indubitable. Aimer ne suffit plus. Vera s'enfonce encore davantage dans les souterrains de son âme tourmentée, de son cœur aride à force d'avoir si peu servi.

À mesure que Claire rayonne, entourée d'amitiés, qu'elle brille également dans ses études de langues, qu'elle connaît ses premières amours, qu'elle se découvre un lien très fort avec l'océan qui motive ses absences répétées, Vera s'éteint progressivement. Leur appartement devient le siège de disputes de plus en plus fréquentes. Le sang slave, riche d'excès et d'envolées, éclabousse l'atmosphère.

À dix-huit ans, Claire, majeure, est prête à quitter cette mère devenue un fantôme pareil à ceux de Leningrad, une obsession mortifère dont elle ne cesse de lui rebattre les oreilles, comme si elle n'avait pas appris, compris. Une seule éclaircie apporte un peu de répit à cette atmosphère nuageuse : Claire décide de centrer ses efforts sur le russe et sur sa culture, qu'elle porte réellement en elle, comme une seconde hérédité, et envisage de devenir également traductrice, pourquoi pas interprète. Vera est heureuse. Un bref moment. Puis elle replonge. Son corps se met à la lâcher, elle qui a tant combattu. À cinquante-deux ans, atteinte d'une phlébite qu'elle néglige par orgueil, trop certaine de sa résistance, elle meurt d'une embolie pulmonaire.

Finalement, elle n'aura jamais eu sa « vie au dessert ». Ses cauchemars, peuplés des fantômes errants de la Volga et du lac Ladoga, ont gagné. La *Lettre volée* lui aura échappé toute sa vie. Pour la trouver, il lui aurait suffi de faire la paix avec la mort, avec Leningrad, et de laisser les martyrs tranquilles. Claire éprouve une peine immense, et mitigée. Sa mère doit être soulagée. Elle l'est aussi. Il aura fallu la mort pour qu'elles finissent par s'écouter et s'entendre.

Les obsèques, uniquement civiles, puis l'incinération attirent une petite foule qui étonne Claire. Vera était donc appréciée. Respectant son désir, Claire dispersera ses cendres sur le lac Ladoga, où son âme slave rejoindra celles de ses parents, des morts de Leningrad.

Ses études terminées, ses premiers contrats en poche, estimant que la boucle familiale est désormais bouclée, que la transmission s'est refermée sur son seul devenir, Claire quitte Bordeaux, trop chargée de souvenirs, pour tout commencer. Ailleurs. Marquée également par la solitude généalogique, elle choisit Bayonne, agréable compromis entre l'océan, qu'elle aime tant, et la ville.

C'est d'ici qu'elle va, un petit matin d'août, explorer le Là qu'elle ne connaît pas encore.

C'est ici qu'un autre matin elle a déjà fait la connaissance de Momo.

52

À peine arrivée à Bayonne, Claire a découvert Momo un dimanche matin d'hiver. Il était installé sur une chaise confortable, devant l'entrée principale de la cathédrale. Il chantait et jouait de sa balalaïka avec une maestria qui l'a subjuguée. Un petit attroupement s'était formé autour de cet homme étrange, impeccablement habillé de couleurs vives, agencées avec goût. Il ne s'agissait pas d'un musicien en détresse, réduit à la manche. À ses pieds, une petite pancarte était accrochée à un panier d'osier posé sur le sol : « Pour ceux qui en ont besoin. » Les passants avaient déposé à l'intérieur des pièces, des billets.

Il était donc là depuis un moment. Claire, qui avait tout son temps, se posta discrètement derrière le cercle de spectateurs. Il suffisait d'attendre qu'il ait terminé son petit récital. Outre son apparence, sa virtuosité, ses yeux d'un vert intense, ce qui la frappa fut son répertoire. En russe ! Elle reconnut les chansons qui la plongèrent dans une mélancolie incontrôlable. L'âme russe, l'âme slave… Sa mère en entonnait certaines lorsqu'elle était prise de nostalgie.

Une demi-heure plus tard, l'inconnu se leva, remercia les applaudissements et les oboles, rangea son instrument dans un étui de bois vernis, replia sa chaise et prit le panier. Bientôt, sur le parvis balayé par le froid, il n'y eut plus que Claire, immobile, saisie. La voyant ainsi, il s'approcha, intrigué :

— Bonjour, mademoiselle, vous vous sentez bien ? Vous êtes toute pâlichonne.

— Si…, si…, ça va, merci. Ces chansons étaient magnifiques, répondit Claire qui, dans un réflexe, utilisa le russe.

— Vous parlez le russe ? dit-il dans la langue, le visage soudain illuminé.

— Qu'allez-vous faire de cet argent ?

— Le donner à une association. Pour aider.

— Vous habitez à Bayonne ?

— Oui, à l'hôtel, juste à côté. Suis arrivé y a une semaine.

— Vous parlez le russe couramment.

— Ça m'arrive, dit-il en partant dans un de ses éclats de rire typiques. Allons boire un verre, ma p'tite dame.

Claire fit ainsi la connaissance de Modest Assimov. *Modest*, comme Moussorgski. Un sexagénaire fringant, au passé chargé, un brin philosophe. Claire se demanda quel auspice slave avait pu mettre cet être surprenant sur sa route. Elle cessa rapidement de se poser la question.

Une affection filiale se développa presque immédiatement, ancrée dans le partage, nourrie de leurs discussions en russe, de petits plats russes, de vodka russe, de musique russe. La balalaïka ? Elle lui était naturelle, consubstantielle.

— J'ai eu envie en voyant *Docteur Jivago* à sa sortie, révéla-t-il au café. La musique, *La Chanson de Lara*, quand il lui donne la balalaïka et qu'il la voit partir en traîneau dans la neige. Tout le film. Ça m'a rendu dingue de plaisir, et de tristesse aussi. J'étais avec mes parents. Ils pleuraient. J'avais quinze ans. Après, j'ai lu le roman de Pasternak. J'ai appris très vite la balalaïka. C'était si facile. Elle chantait en moi.

53

Comment parler de Momo… Arrière-petit-fils d'émigrés russes blancs, Momo garde la seconde peau d'une culture et d'une langue transmises par ses parents. Il s'exprime comme il respire, franchement, sans fioriture, avec ses formules tonitruantes. S'il est en permanence porté vers les autres, il peut être revêche. Momo a ses têtes, celles qui lui reviennent, et celles qui ne viendront jamais dans son univers. Quand il n'en a aucune envie, la sentence tombe : « J'me sens aussi prêt qu'un prépuce devant une paire de ciseaux. » Il est alors inutile d'insister.

Momo est un homme très particulier, au trajet singulier. Une figure connue et, bien qu'il ne soit pas basque, très appréciée de la ville. Le maire de Bayonne l'a même déclaré « de moralité, de salubrité et de gaieté publiques ». Depuis qu'il a mis ses pieds à Baiona, Momo est un peu l'ange de tout le monde. Il rend une foule de services sans être jamais intrusif, aide les vieux à porter leurs courses ou des familles démunies, prend des nouvelles des plus âgés, finance des associations, crée du lien. Sa présence est de poids sans être pesante. Sa joie est communicative sans être envahissante. Son quartier général : autour de la cathédrale Sainte-Marie.

Quel âge a-t-il ? Pour tous, il a celui de ceux qu'on ne veut pas voir mourir. Il est tellement inscrit dans le paysage, les murs, qu'il donne l'impression d'être là depuis la fondation de la cité. Et il est d'autant plus bayonnais qu'il n'a pas quitté Bayonne depuis son installation, sauf des allers-retours rapides à Paris. Avec sa barbe soigneusement taillée, ses longs cheveux blancs encore fournis et impeccables, sa minceur, il ressemble à un sâdhu, le saint homme de l'Inde qui a tout abandonné, qui a renoncé à tout, biens matériels, famille, pour se consacrer totalement au divin, s'oublier pour se fondre dans l'intemporel. De même, excepté sa balalaïka et sa guitare, Momo ne possède rien de visible, ou presque rien. Mais Momo est un athée convaincu, un païen revendiqué.

Momo est ainsi, entier. D'ailleurs, ce n'est pas un hasard si ses pas l'ont conduit à Bayonne, après tant d'années à Paris :

— J'aime bien les Basques, a-t-il expliqué un jour. Comme nous les Slaves, ils ont le chromosome de la résistance. Du courage.

Et du courage, il lui en a fallu. Le vrai. Pour affronter, pour renoncer. Il l'a puisé dans une profonde désolation. Jusqu'à l'abomination.

54

Après une enfance choyée au sein d'une fratrie raisonnable, et une scolarité sans histoire et plutôt prometteuse, Momo de la porte d'Auteuil mène à quinze ans l'existence d'un fils de petit-bourgeois. Entre une mère professeure de sciences naturelles et un père ingénieur dans l'automobile, l'ambiance familiale, certes agréable, est aux études – scientifiques, de préférence. Persuadé par son milieu qu'il poursuivra un cursus approprié, Momo s'est convaincu, dès le primaire, de devenir médecin, ou pharmacien, ou vétérinaire. Enfin, un métier tourné vers autrui. Déjà. En même temps, au fur et à mesure des années, il a senti sourdre en lui des affinités encore enfouies. De minuscules volcans dont il n'a pas discerné le bouillonnement mais dont il pressent l'éclosion. Indéfinissables, ils entrent en éruption à la faveur de deux découvertes. Deux révélations.

La première est la balalaïka, qui lui ouvre les portes de la musique, de toutes les musiques. Momo comprend alors qu'il ne sera pas médecin, ou pharmacien ou vétérinaire. « J'étais fait pour la musique, elle était faite pour moi », dit-il. Il laisse aller sa nature, son langage prend cet accent titi qui fait partie intégrante de sa personnalité. « Je m'suis titillé, ta langue doit être directe, ce que t'es. » Il approfondit la balalaïka, se lance dans la guitare électrique et le piano, qu'il maîtrise rapidement. Les Assimov assistent à ce changement du mieux possible ; chacun sent bien qu'il s'échappe. C'est imparable, et sidéral.

Puis survient la seconde découverte : les filles. Les hormones ont envahi son corps en métamorphose. L'époque est aux boums, aux flirts, aux slows langoureux.

— J'avais déjà embrassé, peloté, et tout, nous dit-il un jour. C'était génial à ce moment-là. On nageait dans le *summer of love* des Amerloques. Mais à dix-huit balais, j'avais pas encore couché. Dans le milieu de la zique, c'était presque une tare. En plus, on était en plein dans 68. Je faisais croire que oui. Et y avait la branlette. J'adorais. Si Dieu avait pas voulu qu'on se branle, on aurait eu les bras plus courts. Mais j'ai les bras longs. Et puis un soir, chez des potes, j'ai connu Véro, une blonde ravissante comme un cœur. Et mon cœur, elle l'a ravi. Elle était étudiante en archi. Rien qu'en la regardant, j'avais des érections et envie de « faire pleurer le serpent », comme on dit. Après la fête, Véro et moi, on s'est retrouvés sur un matelas, isolés des autres. Et là, j'ai connu ma première pipe et mon premier cunni. Le paradis, les petits. J'étais défloré. Véro, c'était une reine, elle savait l'anatomie. Je la remercie encore. Elle m'a ouvert au sexe avec une facilité dingue. Et le sexe, j'ai plus qu'adoré.

Leur relation joyeuse n'est pas faite pour durer. Momo vit de cachets de musicien. Indépendant, il rend visite à sa famille dès qu'il le peut. Il s'envole ! Il multiplie les aventures. Sa carrière s'intensifie, Momo joue de plus en plus, et Momo est sexuellement insatiable. À vingt-quatre ans, la musique le comble, et son appétit sexuel grandit encore. C'est alors que les circonstances lui ouvrent une porte « de barjots » : les films pour adultes.

— Le porno a toujours circulé sous les manteaux, nous a-t-il raconté. Et puis, en 72, c'est *Deep Throat* de Gerard Damiano, avec Linda Lovelace ! C'est de là que part l'âge d'or du porno, jusqu'au tout début des années 80. Attention, le porno, ça reste le porno. Mais l'âge d'or a rien à voir avec ce qu'il est devenu après. Et avec le porno actuel. C'était la quête de la chair… Y a eu d'autres films, avec une volonté artistique. Ils voulaient vraiment faire du cinéma indépendant, raconter des histoires; c'étaient des libertaires. Tous ces films, c'est des classiques, aujourd'hui. En France, en 74, Giscard a supprimé la censure. Plein de cinémas porno ont poussé un peu partout. *Le Sexe qui parle* de Frédéric Lansac, en 75, ça a été un tournant.

Cet univers l'attire. Il franchit le pas, obtient une « audition » et tourne son premier film. Sans complexe. Il trouve son pseudonyme, court, efficace : « Momo » est né. *Momo*, comme Mozart. Le Mozart du sexe. *Modest Assimov* reste le privilège du musicien. Il apparaît dans des longs-métrages aux titres explicites, dans l'esprit de ces années aventureuses : *Douze zobs en colère*, *Cris et suçotements*, *Allonge-toi dans le sable et fais-moi jaillir ton pétrole*, *Ovaire dose*… Momo s'en fout.

— Je faisais ce que je voulais de ma queue et de mon cul. Je m'en tapais des rumeurs, qu'on me reconnaisse. De toute façon, le public des concerts s'en tapait aussi. Les chanteuses et les chanteurs pour qui je jouais, aussi. Les gens des studios aussi. Et ceux qui me reconnaissaient, ils allaient pas crier sur les toits comment et où ils m'avaient vu. Non, moi, j'aimais vraiment ça. Je parlais russe dans l'oreille des actrices, ça les rendait folles. Dans des films, je jouais de la balalaïka. Mais il fallait garder la forme. Ça demandait de l'énergie, de la concentration. Ça arrivait qu'on puisse pas « gonfler la torpille dans la zone secrète », c'est-à-dire bander. Alors je touchais pas à la coke, à l'héro, aux acides, même plus à l'herbe. J'avais vu des copains partir dans des trips et jamais redescendre. Je buvais un peu, pas trop.

Momo mène ses deux trajets de front. Avec succès. Il gagne beaucoup d'argent, aide des amis, et se prémunit contre une éventuelle adversité en achetant, à Paris, des studios qu'il fait rénover. Soit une trentaine, avant que le marché n'explose. Un pactole dont il confie la gestion à une agence spécialisée. L'objectif de Momo n'est pas de posséder pour posséder. Vivre très confortablement est certes agréable. Mais que faire du surplus dont nous n'avons pas besoin ? Posséder encore davantage ? Momo s'y refuse et exige que ses petits appartements ne soient loués qu'à des jeunes, étudiants ou non, et à des prix plus que raisonnables.

— J'ai fait du porno pendant une dizaine d'années. Quand j'ai vu vers quoi il allait, l'industrie des cassettes et tout, j'ai arrêté. J'avais trente-cinq balais.

Reconnu dans son art musical, Momo aspire à d'autres horizons. Si sa libido demeure intense, elle s'est posée, pour devenir plus tendre. Il se découvre même une petite pointe de romantisme. C'est alors qu'il rencontre Catherine. Nouvelle à l'agence de gestion immobilière, elle se voit confier son portefeuille. Une brune pétillante, aux yeux pétillants, aux belles mains pétillantes qui n'en finissent pas. Tout en elle pétille : ses trente ans, son parfum, son corps ondulant lorsqu'elle se lève pour aller chercher un dossier, sa poitrine ferme qui pointe lorsqu'elle se penche vers lui pour expliquer telle ou telle décision. Momo est sous le charme. Et fait ce qu'il n'a jamais fait : la cour. Prévenant, courtois, galant, il se plaît à ces qualités qui animeront leur histoire d'amour. Car il s'agit d'une réelle et belle histoire d'amour. Mariés, ravis, Catherine, alias « Cathie », et Momo conçoivent deux fils, habitent un bel appartement près de la place d'Alésia, mènent une vie sociale et culturelle épanouissante. Leur sexualité est emplie de jeux et de fantaisies.

— Y avait des anicroches de temps en temps, admet Momo. Rien de sérieux. De l'ordinaire, comme quand t'as oublié de faire les courses. On était bien, très bien. J'ai ralenti les tournées, je faisais pas mal de studio, je donnais des cours. Pour qu'on soit le plus ensemble, et avec les garçons. Et puis y a eu cet été. En 97.

Cathie et Momo ont loué une villa sur la côte vendéenne. Cet été sera beau. Retenu par un enregistrement, Momo les rejoindra deux jours plus tard. Il les accompagne jusqu'à l'Espace Renault chargé de bagages. Les enfants sont excités. Comme d'habitude, Catherine embrasse longuement Momo, qui les regarde partir.

Juste après Challans, sur la D 753, un poids lourd se déporte sur la gauche et percute la voiture de plein fouet. Les trois vies s'envolent, celle du chauffard aussi. Momo apprend la nouvelle par téléphone, de la voix brisée d'un gendarme. Il se rend aussitôt sur place. Les détails n'ont ici aucun intérêt...

S'il avait été avec Cathie et les enfants, Momo serait peut-être mort aussi. Alors, à partir du drame, il choisit la mort lente plutôt que la mort rapide. Momo sombre. D'abord la perte de la joie, l'instabilité croissante, puis l'invisibilité sociale, le travail qui diminue, des relations qui se lassent et s'éloignent pour ne jamais revenir. Ensuite l'abandon, l'isolement, la fragilité, l'oubli et, pour finir, le gouffre de la désolation. Momo s'enfonce dans une nuit sans fin. Une nuit de peurs enfouies, de douleurs à vif, de rêves hallucinés quand, endormi, il tend les bras pour étreindre Cathie et vibrer au son de ses gémissements de plaisir. Dans ses yeux se lisent la colère, le délaissement, la douleur de ne plus être. C'est l'abomination. De rares fidèles tentent de l'épauler. Mais Momo a sa propre personne en horreur. Il ne fait que survivre dans un monde sans Cathie, sans les enfants. Soutenu par le mince fil de la musique, il attend la grande panne de la mort.

— Un jour, j'ai dit à un réparateur de frigos que le mien était tombé en panne sans prévenir, a-t-il expliqué. Et il m'a répondu : « Ben oui, c'est le principe de la panne. » La mort, c'est pareil. Elle prévient pas. C'est une grosse panne de la vie, qui se répare pas.

L'abomination pourrait le détruire, en le conduisant par exemple dans la drogue ou dans l'alcool, ou les deux. Mais Momo a décidément trop assisté aux tragédies de l'ivresse et de la dépendance, qui le révulsent. C'est peut-être ce qui le sauve. Car sept ans après l'accident, Momo prend conscience de la ruine totale qui menace ; il consulte enfin un psychologue, se livre, obtient des réponses aux questions qu'il ne s'est jamais posées, commence à remonter la pente escarpée du malheur et du deuil.

— J'ai failli devenir fou, a-t-il avoué. Et ton truc, à part une poignée de fondus qui t'aiment, et tu sais plus pourquoi, les gens s'en contrefoutent. Ils s'apitoient et ils passent à autre chose. À une autre misère. Ça les occupe. Alors t'es tout seul. Il faut le savoir.

Partant du principe que la vie est courte et la mort interminable, que le plus pénible n'est pas de mourir mais de ne plus vivre, il se débarrasse de tout ce qui rappelle le bien-être évanoui. Pour ne pas vivre mort entouré de reliques, Momo vend le grand appartement et achète un trois-pièces. Il se remet au sport, retrouve le goût de jouer, fait de nouvelles connaissances. Et puis, il y a environ dix ans, Momo se débarrasse des cartons d'archives en embrassant les documents un à un. Il cesse de travailler et décide de partir. De tout quitter, puisque tout l'a quitté. Non pour « refaire » sa vie, expression épouvantable, mais pour la poursuivre. Et « faire ». Il met son trois-pièces en location, vend tout, excepté sa balalaïka et sa guitare fétiche, dit au revoir à tout le monde, remplit ses valises de ses habits et de quelques livres de référence. Et prend la direction de Bayonne.

Depuis, Momo vit de son immobilier et d'une pension méritée, celle que l'on touche après avoir tant travaillé. Il va de temps en temps à Paris pour gérer ses affaires et ne dépense que ce dont il a besoin. Le fameux surplus ? Quand il a tout payé, jusqu'aux taxes, il l'offre « à ceux qui en ont besoin », directement ou par le biais d'associations.

— J'aurais aimé avoir tous les studios de Paris pour en faire profiter, dit-il. Mais je hais la spéculation. Toutes les spéculations.

55

Comme beaucoup, j'ai longtemps pensé que le vide était le néant, et que, pour cette raison, il fallait absolument « remplir », combler. Remplir l'espace en apparence inhabité, remplir le temps sans lui laisser l'aisance de s'écouler, remplir le silence parce qu'il est trop bavard. Dans quels buts ? Comme beaucoup, pour conjurer les minuscules angoisses nées de l'incertitude, et pour d'autres raisons qui dépendent de chacun. Voilà pourquoi j'ai longtemps refusé le repos. La décoration de parvenu obéissait également à ce principe. J'avais rempli par peur du vide. Je voulais que l'*etxe* soit le reflet de ce que j'étais ? C'était réussi. Parce que, après l'échec de l'oreiller, j'étais un vide à remplir, impropre à incarner le moindre lieu et à être habité à son tour.

Aussi, lorsque, trois jours après le Là, Claire vient à Leihoa pour la première fois, elle s'arrête sur le seuil. Elle me regarde, pose son index droit sur mes lèvres qu'elle embrasse si doucement que l'appréhension qui commençait à monter s'éteint comme une allumette en plein vent. Elle dit simplement :

— Ce n'est pas toi.

À aucun moment Claire ne fait de commentaires. Commenter est un début de jugement. Au contraire, nous avons d'emblée privilégié la liberté, pour l'autre, de se rendre compte par lui-même. En ne lui livrant qu'un ou des indices aussi légers que des plumes.

Par exemple, nous passons notre première nuit dans son petit appartement de la rue d'Espagne, à Bayonne, non loin de la cathédrale et au-dessus d'une pharmacie. Au matin, je découvre que Claire a pour habitude de se promener nue chez elle dès qu'elle le peut. Après que nous avons fait une nouvelle fois l'amour, elle se lève. Et je l'aperçois déambuler ainsi, préparer le petit-déjeuner ; je suis presque choqué. La nudité est une exploration tellement intime, pensé-je ; une découverte progressive, du premier déshabillage aux excursions de nos enveloppes. En s'offrant aussi vite dans ce plus simple appareil, elle a brûlé les étapes que j'estimais indispensables. Ce matin-là, j'admire ses formes passant de pièce en pièce, ses fesses fermes, sa peau scintillant de nos ébats, son sourire puisque, dans sa finesse, elle a décelé ma confusion :

— Tu es gêné que je me balade nue, Anthelme ?

— Un peu, réponds-je aussitôt.

— Si ce n'est qu'un peu, je continue alors, ajoute-t-elle, malicieuse.

Claire enfile aussitôt un peignoir léger :

— Nous pourrions aller tranquillement jusqu'à la nudité totale, dit-elle en dévoilant son sein droit. Nous serons les seuls naturistes de nos maisons.

— Possible. L'idée est tentante, dis-je pour conclure, en dévoilant son sein gauche.

La possibilité… Avoir le choix… Est-ce un mirage ? La question se pose dans les tout-premiers temps de notre histoire.

Comme en ce petit matin léger de septembre. Quand les pétales bâillent encore de la nuit rafraîchie, que les corolles remercient l'aube de déployer ses étendards irisés. Le ciel est superbe, coloré de mille tons de rouge et d'or. Claire sommeille, dans la respiration mélodieuse du calme. Son souffle à peine perceptible semble rejoindre une contrée lointaine. Posté à la fenêtre, je la contemple. On ne regarde jamais assez celles et ceux que l'on aime. Avec les yeux, avec les mains, jusqu'aux gènes de nos cellules. Je le sais depuis que je l'ai rencontrée.

Dehors, sur le seuil de la maison, l'air est impérial de fraîcheur. Notre amie vient à ma rencontre. En traînant, parce que notre amie est une tortue. Trois jours plus tôt, elle est apparue sur le bord du chemin. Elle progressait vers nous, se déplaçant dans la cadence propre à la rapide lenteur. Elle nous a suivis, à son rythme. Depuis, toute contente sous sa maison d'écailles, elle a fait de la nature proche son espace de vie, des prés alentour ses contrées d'exploration.

En ce petit matin léger de septembre, et dans cette subtilité dont elle a le secret, Claire me rejoint, frôle mon bras.

— Notre amie est belle, dit-elle tandis que nous décidons de sortir marcher. En fait, elle nous a adoptés. Elle a fait son choix. Choisir… Et si nous l'appelions « Noémie » ?

— Quel étrange prénom !

— Il est venu comme ça.

Après avoir certainement erré longtemps, Noémie a fini par trouver son pays, son repos, les siens, nous et les autres. Unique, elle a découvert les êtres uniques qui lui convenaient. L'exception. L'autre est forcément unique quand il est aimé.

Claire ? Je n'ai jamais connu pareille entente. Elle me transporte et m'affole à la fois. « Combien de temps durera-t-elle ? » me demandé-je, rongé par l'impossibilité qui a tant présidé. Car j'ai jusque-là « joui avec brutalité », comme l'a si bien écrit Brillat-Savarin. Et que penseront mes trois amis de cette nymphe unique, sortie tout droit d'un conte ? Trois semaines après le Là, l'occasion de le savoir se présente à la faveur du calendrier.

56

L'orchestre de chambre du Carrousel s'intitule ainsi en référence au charmant et ancien carrousel qui tourne en face de la mairie de Baiona, sur une pointe contemplant le mariage de la Nive et de l'Adour. Création purement bayonnaise, il doit son existence et ses trente ans à Mathilde et Robert Ipoustéguy. Ces notables, fortunés et philanthropes, en ont confié récemment la direction à une cheffe de tempérament, Mira Pavlovic, qui souhaite une programmation plus dynamique, ambitieuse. La particularité de cette formation, commune à une myriade d'orchestres de par le monde : elle n'est composée que de non-professionnels.

— Amatrice, amateur ? Ces mots me ravissent toujours puisqu'ils contiennent le mot *aimer*, explique souvent Mathilde.

Amateur, ce mot déjà si précieux pour Alain Bengotxea… Cette valeur cardinale est évidemment partagée avec Robert. Tout remonte à 1972. Adolescente, Mathilde regardait alors une émission[4] réunissant deux grands amis autour d'un déjeuner au Ritz, à Paris : Jeanne Moreau et Orson Welles. Welles commença, de sa voix grave, en français :

4. *Vive le Cinéma*, de Jacques Rozier, mars 1972.

— Je ne sais pas qu'est-ce que tu penses, mais je déteste le monde professionnel.

— Moi non plus, j'aime pas.

— Ah, tous les comédiens et les autres qui disent : « Moi, je suis professionnel. » Qu'est-ce que c'est, ça ? C'est… Est-ce qu'il y a un mot plus triste que ça ?

— Non.

— Parce que « amateur », c'est basé sur le mot « amour ». Il faut faire les choses pour *love*. Sinon nous sommes idiots.

— Complètement.

— Hein.

— C'est beau, ça, conclut Jeanne Moreau.

En effet, assister à un concert du Carrousel revient à assister à un ballet, tant les musiciens vivent leurs émotions. Ils s'agitent au moment d'un *allegro appassionato* ou *con moto* ; ils semblent cavaler derrière le *presto* ; ils ferment les yeux et se transportent dans l'*adagio*. Leurs corps suivent les rythmes, les phrases, le tempo. S'ils pouvaient se transformer en clés de *sol* ou de *fa*, ils le feraient.

Avec Virginie, nous aimons ces rendez-vous qui tranchent tellement avec les prestations professionnelles, où les silhouettes sont si souvent hiératiques, comme s'il était interdit de montrer le moindre saisissement, la moindre émotion. De même que tout orchestre de ce type, le Carrousel, composé exclusivement de cordes, présente un effectif fluctuant. Certains quittent Bayonne pour des raisons diverses, d'autres s'y installent. Mais les départs ne sont jamais des démissions. Ici règne un engouement total pour la musique ; les ego sont au garage. On ne vient pas pour briller, on vient pour faire briller. Tous les niveaux techniques sont représentés.

Les Ipoustéguy préservent cet état d'esprit, cet enthousiasme et cette unité, gages d'originalité et de continuité. Ils veillent à ce que tout impétrant corresponde à ces principes, et qu'il n'ait aucune appréhension lors de l'entretien : « On ne peut jouer qu'en étant à l'aise, apaisé, même si ça bouillonne », dit Mathilde. Un morceau de Bach figure invariablement au menu. Dans sa proverbiale fantaisie, Virginie a trouvé le nom de ce petit examen : un « Bach à lauréat ».

En ce début septembre, nous fêtons donc le premier concert de Mira, qui sera suivi d'un dîner. Au programme : Schubert, Schönberg, Strauss. « Les trois S », indique l'affiche. Le temps est merveilleux. Une chance puisque, à chaque rentrée, l'orchestre se produit en plein air, aux arènes de Baiona. Un défi à la nature qui, en trente ans, n'a fait défaut qu'une fois ; l'orage était démentiel, wagnérien.

Les gradins sont complets, l'enthousiasme communicatif. Lorsque nous entrons main dans la main, Txiki et Alexis, Mat, Florence et Alain Bengotxea sont déjà assis, côte à côte. En apercevant Claire, ils comprennent aussitôt. Ils semblent tétanisés. Parce que je n'ai jamais présenté une de mes relations. Jamais. Et comme d'habitude, ils ne font aucun commentaire, se contentent de saluer Claire avec une joie mesurée, et ce regard qui, d'un trait, évalue ce qu'est l'autre. Les visages réjouis de Virginie, Alexis et Mat sont prometteurs. Je constate alors que l'acceptation de Claire par mes amis est primordiale. Bengotxea, lui, m'adresse un signe bougon puisque, depuis notre grande fâcherie, il y a quelques semaines, nous sommes toujours en froid polaire. Florence lui donne un coup de coude discret. Il esquisse un mince sourire à l'attention de Claire.

Les musiciens sont tous habillés en vert et rouge. Le concert est fidèle au Carrousel : ample et généreux. Le public applaudit à tout rompre. Mira rougit de plaisir. Les musiciens tapent sur leurs pupitres. Et la foule, encore dans le plaisir, a du mal à se disperser.

Au dîner chez les Ipoustéguy, Claire est placée entre Mat et Bengotxea. En face, Virginie et Florence m'entourent. Alain reste poli à mon égard, par convention sociale, et m'adresse rarement la parole, ou pour me lancer des piques. Je ne relève pas. Il semble étonné. Florence le foudroie de regards incendiaires. En revanche, il parle avec Claire, qui parle aussi à tous. Je m'efface, ce qui est exceptionnel ; je l'observe évoluer avec aisance. Elle est enchantée, tout le monde est enchanté.

En nous séparant, Bengotxea daigne me serrer la main en lâchant : « Tu as de la chance, fais attention. » Florence, qui se moque que je sois ou non antitout, m'enlace comme toujours, en me glissant dans l'oreille :

— Ne t'en fais pas. Il a bien vu que Claire te fait du bien. Il restera distant, et il reviendra. Il suffit d'attendre. Il t'aime trop. Je m'en occupe. Je te dirai quand l'appeler.

Je rougis, incapable de dire combien je l'aime, je les aime.

— Ouahou, elle est supercanon de partout ta copine ! glisse aussi Virginie dans mon oreille, pendant que Claire salue les Bengotxea.

— Bravo, *old chap*, ajoute Mat en me serrant dans ses bras musclés.

Jamais je n'ai vu quelqu'un faire autant l'unanimité. Une unanimité qui n'est pas feinte. Tous apprivoiseront Claire, qui apprivoisera tout le monde. La petite bande promet de se revoir très bientôt.

La température est tellement douce, l'air enveloppant. Nous décidons de marcher jusqu'à l'appartement de Claire. Sur le chemin, elle a cette question :

— Tu as déjà dirigé un orchestre ? Enfin, tu aimerais diriger un orchestre ?

— Non. J'ai appris les fondamentaux de la direction, c'était un plaisir. Et puis je fréquente depuis longtemps des cheffes et des chefs. Pourquoi ?

— Comme ça. Je te verrais bien à la baguette, en train de dresser tous ces énergumènes, dit-elle en riant.

— Tu exagères, dis-je en l'embrassant. J'y ai pensé, figure-toi. Un jour peut-être. Qui sait ?

— Oui, qui sait ?

Tout se déroule sur un nuage. Avez-vous déjà essayé de naviguer sur un nuage en embrassant votre amour tous les cinquante mètres, en étant embrassé par votre amour tous les cinquante mètres ? C'est ma première fois. J'appartiens aux anges.

57

Quand nous choisissons de vivre sous le même toit, quelques jours après le concert du Carrousel, Leihoa s'impose plutôt que Bayonne. Car la campagne, le calme, tout ce qui a déjà été dit, satisfont notre envie de « fonder ». Baiona, au charme sidérant, ma ville, mon sang, ma trace, l'a accepté avec joie. Humaine, active autant que paisible, elle sait la valeur et la chaleur des êtres. Dans ses deux cœurs, le Grand Bayonne chic et le Petit Bayonne choc, la vie coule sans que l'on y prenne garde, et en basque. Nous aimons tant nous y promener, la nuit, le jour, lire sur la Patxa plaza, où je me pose encore, devant les portraits de quatre Basques disparus : Popo, Joxi, Joxean et Jon. Baiona sait que nous viendrons la voir souvent. Que Leihoa, à portée de voiture, est une petite sœur. Le havre où nos proches ne se priveront jamais de venir.

Nous décidons de fêter aussitôt l'installation de Claire et fixons la date du dîner. Mat et Virginie sont enchantés. Aucun des trois amis de Claire ne viendra. Ils habitent loin, trop loin. Elle s'en moque. Le décor ? Nous nous en moquons aussi. Nous verrons plus tard. Et Bengotxea ? Il ne dit pas, ne dira jamais combien il a été déçu et triste de ce que j'étais devenu. Du gâchis.

— Tu n'es plus un A+++, m'a-t-il crié le jour de la grande dispute. À peine un C--. Un petit Con moins, moins.

Ce à quoi j'ai répondu, raide de dédain :

— Oui, et grâce à vous !

Claire, sachant l'importance de Bengotxea dans mon existence, suggère que je l'appelle. Non. Il est préférable d'attendre le feu vert de Florence. Elle l'a promis, tient toujours ses promesses. Il arrive la veille du dîner. Le matin. Saisissant le téléphone, j'appuie sur la touche avec une certaine appréhension. Florence chuchote presque, son ton est enjoué, presque enfant : « Tu peux l'appeler. » Une émotion m'envahit. Claire voit, sait, ne dit rien. Une heure plus tard, je compose le numéro, comme si c'était la première fois. Comme si nous refondions notre empire de notes, de cordes et d'affection. Et au bout du fil retentit la voix de mon professeur de toujours, au caractère bouillant comme un seau de lave. Il prononce ces mots qui me bouleversent :

— Je suis content de t'entendre, Anthi.

Je remercie Florence au-delà du possible. C'est une magicienne. Le reste de la conversation se passe en banalités, celles que déversent deux êtres farouches et pudiques, unis par une affection aussi solide et fragile que le marbre de Carrare.

Nous ne reviendrons jamais sur l'antitout. Jamais. Le dîner ? Les Bengotxea y seront. Et ce sera un enchantement. Le premier d'une longue série.

Les jours suivant cette soirée, Claire se fond tranquillement dans le décor de la maison qu'elle arpente de son pas léger. En me laissant le choix. Ses regards, ses gestes et ses attitudes dénotent bien des impressions, mais elle n'en dit rien. Pourtant, et en toute logique, la question finit par s'imposer :

— Puisque nous habitons ensemble, il serait bien que la maison soit « notre » maison, propose-t-elle un matin. Que nous l'aménagions ensemble.

— C'est évident mon amour, dis-je. Pour qu'elle devienne notre corps.

— Oui, qu'elle nous ressemble.

Ma maison était morte, un embouteillage de laideur ? Elle vient au monde. Comment la rendre dépouillée et vivante ? Laisser faire. Chaque jour, j'arpente les pièces, conservant au fur et à mesure ce qui me paraît naturel et à sa place, éliminant ce qui ne l'est pas. Je vends, je donne. Tel objet, sauvé de la sélection le lundi, peut très bien disparaître le jeudi. La laideur se dépouille progressivement pendant que notre amour se construit pas à pas. Avec encore et toujours cette certitude d'avoir le choix. Le choix est une chance immense. Un espoir envoûtant, troublant ; un chemin de compagne, de compagnon. De si jolis termes. Choisir revient à soulever une montagne que l'on pensait inaccessible. Comment sait-on que ce choix est le bon ?

— Quand on ne peut pas faire autrement, suggère Claire. Le pourquoi ne s'explique peut-être pas après tout. Le comment, en revanche, se vit et se raconte. Savoir le comment nous soulage ou nous rassure ; chercher le pourquoi nous ronge et peut nous tuer.

Après tout, nous avons choisi, décidé tous les deux d'être ensemble. D'être là. Nous nous sommes donc offert « la » possibilité, qui crée… Un appui pour trois : elle et lui ; moi, toi, nous. Un grand gâteau de projets dont on partage les morceaux.

Lorsque l'*etxe* s'est allégée, il reste les couleurs, les matières. En octobre, nous faisons tout repeindre en blanc, sobre, excepté des touches de vert et de rouge, les couleurs basques. Les meubles criards laissent place à des modèles originaux d'une sobriété élégante. Des vides apparaissent. La maison respire, les volumes respirent, nous respirons. La cuisine, agrandie et revue de fond en comble, prend ses tons simples et devient notre quartier général. « Notre ». Le « nous » en lieu et place du

« je ». L'exception est en marche… Désormais, nous sommes souvent nus…

Claire m'apprend justement à explorer sa nudité avec le simple toucher, tandis qu'elle explore la mienne. Dans cette intimité profonde, j'admire ses formes, ses longues jambes, ses lèvres et la finesse de sa peau. Les yeux fermés, je la contemple à même la couette, sa tête posée sur l'oreiller. Puisqu'il est important d'admirer l'autre, il est tout aussi important de le connaître, d'épouser sa nature et son corps. La connaissance est une exploration tellement délicieuse. J'épouse son ventre, elle épouse mon cou. Je m'offre, elle s'offre. Enlacés. Nos sexes répondent aux baisers, à ce plaisir venu d'un autre temps. Les sens exacerbés, nous voyageons sur nos peaux aphrodisiaques. Nos langues parlent un érotisme inconnu de tous. Nos mains se mêlent et se séparent pour mieux revenir. Jusqu'à la jouissance qui nous laisse essoufflés, comblés, rieurs.

Alors nous dansons avec la vie. Nous dansons sur la vie.

58

Virginie, Mat, Florence et Alain, tous ont adopté Claire avec un naturel déconcertant. Ils ne m'ont jamais vu aussi épanoui. Même Paskoal, que je soupçonne d'être charmé, se met à rester plus longtemps après son café et s'émerveille des changements de l'*etxe*. La nature de Leihoa en a aussi fait une compagne. Mais l'accord d'un être magnifique était crucial, essentiel. Vital. Le chêne.

La première fois que nous l'avons embrassé, l'émotion a été envoûtante. Une onde capiteuse nous a envahis. Le merveilleux a supplanté la réalité, indescriptible et porteur d'une invitation. Celle de recommencer, de nous fondre encore dans l'intensité de cette expérience confinant à l'extraordinaire. Au point qu'elle est devenue incontournable. Et qu'elle nous accompagne dans le jour et la nuit, jusqu'au matin suivant. Tout cela est tellement inexplicable, insaisissable.

Chaque fois que nous embrassons le chêne, nous relâchons de concert l'étreinte. Les mains glissent jusqu'à lâcher prise. La fraîcheur humide, entêtante, en ajoute au tableau d'une nature en demi-sommeil, baignée dans une lumière presque hypnotique, qui procure un supplément de joie, de force. Et lorsque nous gravissons la pente herbeuse menant à la maison, prédomine une sensualité de l'instant. Une rencontre innocente avec la grâce, la légèreté. Nous nous fondons dans l'appétit de la minute et du silence puisque nous ne disons rien. Une sensation d'être habités, d'un envahissement détonnant, qui nous pousse à un discernement plus aigu. C'est cela, une impression d'immensité et d'harmonie, un épanouissement dont il suffit de récolter les fruits pour en profiter, qui demande le consentement et l'investissement de tout l'être.

Dès que nous sommes rentrés nous attend le désir. Parfois nous faisons l'amour, transportés, comme pour vivre encore cette élévation vers l'excellence. Les baisers, la chaleur de nos peaux, la douceur des courbes, la générosité de nos chairs sont l'assouvissement de nos pulsions, bien sûr, et davantage : un aboutissement bénéfique, un bonheur estomaquant au-delà de toute compréhension. La beauté, vivifiante, poursuit son accompagnement vers ces moments sans équivalents.

Les jours ont passé. Nous sommes un matin de novembre. Les brumes venues de l'aurore ont pris le pouvoir. La vallée étale ses corps multiples dans une simplicité resplendissante. Car la beauté resplendit, elle s'offre au regard de qui sait, a envie de voir. Elle n'a besoin de personne pour s'exprimer.

Je marche au lever du soleil, toujours saisi par ce resplendissement intact. Claire marche à mes côtés de son petit pas, ses longs cheveux noirs sous un bonnet de mohair. Jusqu'à ce qu'elle enserre notre arbre vénérable, expression de la beauté, époustouflant avec ses ramures semblant émerveillées de se tendre vers le monde céleste.

— On ne dirait pas qu'il a deux cent vingt-deux ans, dit-elle en maintenant son étreinte autour du tronc.

— Oui, dis-je en la rejoignant de l'autre côté, pour embrasser le chêne à mon tour, mes mains rejoignant les siennes.

C'est toujours notre choix, notre petit rite matinal fait d'éblouissement, de disponibilité à ce bois qui répond à l'embrassade de toutes ses fibres. La simplicité du moment en fait toute la beauté. Le chêne nous parle à son rythme, vibrant à l'unisson.

— Tu sens les vibrations ? demande Claire, l'oreille appliquée sur l'écorce.

— Oui. Il est tellement vivant. Charnel.

Comme un don sublime et sublimant du sang et de la vie, une émotion qui semble monter des privilèges de la terre et nous conduire sur la voie d'une volupté bouleversante. Cet instant est si transcendant.

De retour à l'*etxe*, Claire hésite lorsque la proposition tombe :

— Et si tu nous regardais répéter ? lui lance Virginie en arrivant. T'en penses quoi, Anthi ?

Claire lève la tête, interrogative :

— Tu veux parler de la *Sonate n° 3* de Beethoven ? Je…

— Oui, la troisième. Quelle alchimie ! Alors, Anthi ?

Virginie considère que tout ou presque est bâtisseur, porteur d'un horizon positif. Nous partageons le même appel, peut-être illusoire, de la pureté, de la justesse, de la liberté dans les arts. Et pour éviter d'être trop certains de nos interprétations, parce que la certitude peut être un piège, nous demandons parfois à des témoins, comme Bengotxea, Mat ou Alexis, d'assister à nos répétitions. Avec Virginie, nous avons besoin de cette stimulation de leurs avis, qui permet parfois une nouvelle respiration, une nouvelle connaissance des œuvres. C'est par l'écoute et l'acceptation de leurs repères, par leur résonance, que nous pouvons intensifier le beau, en éprouver le mouvement, le souffle et, qui sait, la permanence. Cette beauté que je cherchais tant, et qui semble profiler ses ailes…

Le regard de Claire vibre de satisfaction. Je chavire !

— Euh…, dis-je. C'est une excellente idée.

La salle de musique n'a pas encore trouvé son visage. Nous prenons place. Et tout ce qui nous entoure se recouvre d'un voile diaphane. Claire nous écoute. Plongé dans la splendeur sauvage de Lulu, je distingue à peine ses traits. Tandis qu'elle savoure, la béatitude se lit sur ses lèvres légèrement entrouvertes. Une délectation sans emphase, qui semble l'emmener au-delà du loin. Lorsque la sonate est terminée, elle commente, avec son sens de l'ouverture à tout ce qui peut être magique, et que je reçois, partage, pratique désormais. Elle qualifie l'interprétation de « choc esthétique » :

— Ce n'est pas qu'inspirant, qu'un bienfait. C'est fascinant, lumineux, inattendu, stimulant, enivrant. Si riche, si émouvant, si caressant.

Claire n'est pas tout à fait objective. Qu'importe. Avec Virginie, nous rougissons de reconnaissance. La limpidité de son discours nous touche.

Bientôt, la sonate renaîtra encore sur son parterre de succulences, comme une vision, une révérence au sublime.

59

Les livres ? Pour le moment, ceux de Claire, les miens reposent encore sur les rayonnages d'aluminium fixés aux panneaux cuivrés – en effet, j'ai osé. Il sera temps d'y remédier. En tout cas, il est impensable de se séparer de ces compagnons. Un domicile sans livre est un bateau sans voile et sans vent. Parce que lire nous fait naître… Et lire nous fait être… Comme si l'on revenait aux origines, que notre personnalité était invitée à un banquet. Comme si nous éclosions au monde, que nous répondions à des géographies de mots où se perdre délicieusement, dans une diversité dont chacun est le guide. Ce n'est pas coloniser, c'est habiter un appel et une action. Lorsque l'envie nous prend de lire, il arrive qu'un passage nous emmène en voyage vers un espace empli de surprises et de splendeurs conjuguées.

En décembre, nous décidons d'ailleurs de partir une semaine en Corse pour lire jusqu'à plus soif, dans le dépaysement, la nouveauté. Pour, les sens en alerte, poser le regard, savourer. Et échapper au big-bang du Nouvel An qui approche. Finalement, notre histoire, à l'image de beaucoup d'autres, est comme un livre, lorsqu'un auteur invite dans son monde des lecteurs qui se l'approprient, en font une vastitude de parcours, de mystères et de possibilités. Notre histoire est aussi la convergence de nos mondes. Nous nous invitons dans nos mondes respectifs : « Je voyage chez toi et en toi ; tu voyages chez moi et en moi, sans jamais envahir. » Nous inventons une écologie du sentiment, un environnement fait de croisées. Un panorama sur une nature où évoluer, pousser en plantes humaines.

À Hasparren, nous faisons le plein de livres à l'Hazparneko mediateka, la médiathèque Pierre-Espil. Sur place, en Corse, la beauté attendue nous saisit. La maison est une ancienne bergerie nichée dans un site isolé du sud de l'île. La terre offre son espace. Les couleurs sont presque irréelles. Tout est ressourcement : les rites et les traditions, le canot qui nous emmène sur la rivière apaisée, la solidarité et l'ouverture de nos frères corses étonnés de voir des étrangers en hiver, les étendues odorantes, les marches menant à la bergerie. Nous sommes ivres des moments. Comme si nous étions corses, l'espace d'une semaine. Avant de partir, nous promettons de revenir en été nous baigner dans l'écume et le flux, danser sous les ciels chargés d'étoiles, en autant de sourires adressés au cosmos. Pour tendre vers la lune et demander au soleil la lumière des demains.

Au retour, nous rangeons la vaste bibliothèque. Tout en haut, Claire, juchée sur l'échelle dorée bordée de rampes ajourées, s'arrête et prend un petit ouvrage dont le titre l'a attirée.

— Tu l'as lu ? demande-t-elle.

— Non, il vient de mes grands-parents, dis-je, étonné de le redécouvrir.

— Okakura Kakuzo, *Le Livre du thé*. Quel joli titre ! Ils t'en ont parlé ?

— Oui, plusieurs fois. Sans insister. Je n'ai jamais trouvé l'occasion.

— Et si nous la trouvions ? Allez, je te le lis, propose Claire en s'allongeant sur le grand canapé Knoll tout neuf.

— Voyons voir ce qu'il a dans le ventre, ce monsieur Okakura, dis-je en la rejoignant. De quand date le livre ? 1906.

— Oui, voyons ce que cache le thé.

Lire à haute voix est un immense plaisir que nous pratiquons sans retenue. Claire pose sa tête sur mes cuisses – notre position favorite – et commence :

— Il parle de l'art du thé au Japon.

Au Japon, l'art du thé ne consiste pas qu'à faire chauffer de l'eau et à y laisser infuser les feuilles. Il englobe celui de la maison, celui d'habiter un lieu, celui d'être, celui de s'abandonner à la contemplation. Claire poursuit. Sa voix cristalline entonne la mélodie que, sans doute, je voulais écouter depuis longtemps :

— « Ce n'est que dans le vide, prétendait-il [Lao-Tseu], que réside ce qui est vraiment essentiel. […] L'utilité d'une cruche à eau réside dans le vide où l'on peut mettre l'eau, non dans la forme de la cruche ou la matière dont elle est faite. Le vide est tout-puissant parce qu'il peut tout contenir. Dans le vide, seul le mouvement devient possible.[5] »

— Le vide est tout-puissant parce qu'il peut tout contenir, dis-je plusieurs fois à voix basse.

Beauté, vide, ornementation, fantaisie, simplicité, impulsion poétique, imperfection, la totalité d'une pièce qui ne doit jamais se perdre dans l'individualité… Tout nous parle, nous illumine. Tout peut être rapporté à tout : la littérature, les langues, la musique, le violoncelle, la vie. À Claire, qui est un tout et non une somme de parties.

De ce jour, le thé, que nous buvions déjà au quotidien, aura un rayonnement différent. Nous le réserverons aux moments de calme profond, lorsque vous vous abstrayez de tout, pour vous

5. Extrait d'Okakura Kakuzo, *Le Livre du thé*, traduit de l'anglais par Gabriel Mourey, Dervy-Livres, 1983.

dévouer au rien – vous comprenez pourquoi il est aujourd'hui inscrit dans mes rituels.

— Et si nous nous en inspirions pour la maison ? dis-je après un long silence.

— Oui ! Comment ?

60

Il paraît que notre couple est « vachement » esthétique, selon Virginie, que je me « clairise » et que Claire s'« anthelmise ». Et que j'ai changé, pour devenir plus rond. « Tu as moins de rugosités tranchantes », a dit Mat. Peut-être parce que nous éprouvons en permanence un sentiment de liberté totale faite de franchise dans le lien et les pensées, d'initiatives lorsque nous entrons à pas feutrés dans l'existence de l'autre, avec sa permission. Apprendre et comprendre d'elle, de moi, de nous. S'autoriser, se donner le droit, s'offrir une permission réciproque pour créer des accomplissements successifs.

Par exemple, nous adorons cuisiner ensemble. Ce moment de partage est un de ces accords qui fondent notre liberté personnelle et commune. Nous l'aimons, sans excès, comme nous aimons la multitude de petits instants qui peuplent nos libertés. En cuisine, espace évident de créativité, et donc de liberté, la présence de Claire est légère. Libre. Elle est d'une efficacité redoutable.

En ce jour de janvier, nous préparons le dîner. Au menu : des *pintxos* épicés de sardine et de poulet au fromage de brebis ; un risotto de chipirons sautés, agrémenté de légumes et de piment, accompagné de *taloas*, la galette de maïs traditionnelle ;

une mousse au chocolat (de Bayonne) et piment d'Espelette. En vins, un *txakoli*, vin blanc basque et perlant; ensuite un jeune *patrimonio* rouge de Corse; et pour terminer, un châteauneuf-du-pape.

Sur la nouvelle table belle de simplicité, nous dressons le couvert pour sept, comme si nous fêtions notre sacre: reine et roi de Leihoa. Dans « notre » cuisine métamorphosée. Dehors, le paysage se complaît dans son expression figée, comme engoncé par le froid, une élégance si différente des ondulations libres de l'été. Je voudrais tellement danser avec ces couleurs hivernales, embrasser délicatement le silence, la poésie chatoyante qui se pose sur la nature et sur les pierres.

« La passion est libératrice », me dis-je en allant vers le potager. La terre est en vacances, elle attend l'appétit libre des plantes, de l'animal de passage, comme la partition attend la portée et la note. Le sol est durci par le gel. Quel ressourcement de faire corps avec les éléments. De voir le vivant se transformer en art. La musique peut procurer cette sensation de mouvement, d'illumination, de réjouissance, de révélation, d'aspiration continue, puisqu'elle ne cesse pas son avancée, de son début à la dernière note. Et tant d'autres ferments de liberté.

Trois corbeaux se posent sur la légère clôture de bois frêle. On dirait un présage. Tandis que je bêche, ils m'observent. J'aime leur résonance quand ils volent et planent, leurs ailes dessinant des accents circonflexes dans le ciel. Le corbeau se demande-t-il s'il est libre, justement? Certainement non. Il n'est esclave que de sa survie et de sa reproduction. Lorsqu'il prend son envol, il domine les débats, ses débats, et n'a besoin d'aucun blanc-seing pour exercer sa liberté. L'émancipation lui est naturelle.

Un petit vent glacial avive la morsure de l'air. L'action m'inspire, me rend libre. Elle est un contrepoint au « penser ». Dans ces moments, j'aimerais franchir le pas et connaître la révolution éclatante. Avoir l'audace et le privilège de m'accrocher librement au temps, à sa sagesse et à sa souplesse. De maintenir cette étreinte jusqu'à être évaporé. De devenir à mon tour symbole ou vision, songe incarné. De tutoyer les étoiles, de répondre à l'attraction de l'univers, de toucher à l'extrême. D'être finalement, et résolument, dans la liberté de la perpétuité.

De retour dans la maison chaude, je sens combien la liberté retentit sur toutes les octaves, tous les solfèges. En Claire, en moi, ici, en nous. « Les yeux n'ont point de langue », écrit Okakura. Les nôtres parlent toutes les langues du beau, parce que nous avons découvert le vide souverain. Il est la liberté puisqu'il peut tout contenir. Il permet de circuler, de se déplacer, de penser, d'imaginer, de créer des lignes.

Mais si nous avons dégagé beaucoup de place, nous devons maintenant ranger. En fonction de ce que nous sommes chacun, et à deux. Pour être dégagés de ce besoin despotique de notre présence en tout ; pour que l'espace, dont nous sommes les hôtes, puisse s'exprimer. Pour que l'air, qui n'est pas du vide tant il contient de particules, puisse circuler librement. Nous créons un esprit qui nous correspond, qui nous ressemble. Nous acceptons, accueillons l'influence de Kakuzo et d'autres. Sans nous renier, sans renier nos cultures et nos racines.

La bibliothèque ? Comment ai-je pu croire que le papier pouvait s'unir au métal ? Sa matière est le bois. Pour remplacer cet échafaudage atroce, nous avons choisi les bibliothèques « Nuage » de Charlotte Perriand, créées en 1958. *Nuage* parce que suspendues. Une création d'une grande modernité à son époque. De même, les murs de la salle de répétition soutiennent d'autres Nuage, où reposent les effigies de chacun de nos compositeurs, et nos partitions. En la découvrant, Virginie s'est allongée sur les tatamis et a pleuré…

En février, l'*etxe* respire enfin. Le silence fondateur prend toute sa place et peut régner. Le vrai, celui que je voulais

« tellement embrasser ». *Silence.* Le mot est revenu tant de fois. Le silence, un autre vide qui peut tout contenir.

Dans la cuisine, nous avons affiché des citations de Maurice Maeterlinck[6] à l'attention de tous, décorées par des enfants de l'école primaire Jean-Verdun d'Hasparren. Des phrases en euskara et en français. « La parole est du temps ; le silence, de l'éternité » en est la figure de proue. Comme le premier silence du Là.

---

6. Maurice Maeterlinck, « Le Silence », dans *Le Trésor des humbles* (1896).

61

En décembre, pris d'une bouffée incontrôlable, j'ai posé « la » question.

— Quels sont les éléments qui font la réussite de notre histoire ? Elle est…

On ne peut décrire l'indicible, l'ineffable, l'implicite. Claire a mis son index sur mes lèvres prêtes à « dire » :

— Et si on se mariait ?

La proposition était tellement limpide. Un mariage ! L'accomplissement, l'espoir cher à Momo, la beauté…

En février, le jour est là. La cuisine embaume. Une dizaine d'invités vont nous rejoindre. Seul manque Momo, irréductible Bayonnais qui ne quitte pas son nid. Assis sur le bord de notre lit, le dos droit, je fixe l'horizon. J'ai demandé à rester seul. Claire est également seule, dans l'une des deux chambres d'ami.

Je prends alors conscience que Claire est comme une perle. Elle en possède la beauté, la délicatesse, la légèreté, le raffinement, la douceur, mais aussi la force, la fragilité. Planant dans la pièce, son parfum décuple son érotisme, aussi envoûtant que ses formes, ses courbes. Apparaissent ses mains, sa silhouette, ses fesses merveilleuses. Claire a les plus belles fesses du monde. Même le sang qu'offre son sexe chaque mois est une offrande avec laquelle je me marie sans retenue. Sa féminité m'enveloppe, je l'enveloppe, sans entrave. Avec elle, grâce à elle, l'espoir est un mot magnifique, un manège sans fin.

À mes pieds, Noémie la tortue gambade à son allure. Ses petits yeux préhistoriques me fixent, puis elle s'en va par le même chemin. J'ai le trac. J'ai hâte de dormir à ses côtés, en elle, elle en moi. Non, pas de hâte, juste l'écoute de sa respiration que je perçois dans la pièce voisine.

Il est temps. Oui, Claire est une perle.

J'ouvre la porte. Claire est là, devant, et tend ses bras d'infini…

62

Le temps s'accélère à mesure que nous sculptons le nôtre. Nous connaissons des escarmouches, de ces légères mésententes qui se règlent avant même l'explication. Mais en mars, la brouille est de taille. Le feu en est témoin. Il flambe dans la vaste cheminée, m'hypnotise. Claire se tient à distance, droite dans le fauteuil confortable en tissu épais. Comme un I : comme interdit de se parler, interdit de se regarder, interdit de se toucher. Le froid est glacial. Parce qu'il est entre nous, en nous. Une heure auparavant, le désaccord a fendu nos ailes. Il est venu d'un mot. Il a suffi à séparer en deux le pays où il faisait si bon vivre.

— Il faut un enfant, notre enfant, pour que…, ai-je dit au dîner.

« Il faut » ? m'a interrompu sèchement Claire. Tu veux dire que « tu » as décidé et que je n'ai plus qu'à suivre ?

— Pas du tout !

Les paroles sont devenues presque des cris. Claire en a appelé à sa liberté souveraine, j'en ai appelé à la mienne. Pour la première fois, nos libertés se sont confrontées au lieu de se rejoindre. Alors des fantômes sont revenus, ceux de nos ruptures passées. Les siennes, les miennes. La peur a resurgi. Je l'ai vue sur ma peau, dans les yeux de Claire. Rompre ? Nous avons souvent parlé de nos ruptures. Qui en sera l'artisan si elle devient inévitable ? Elle, moi, nous ? En sommes-nous à ce point ? À ce choc précédant et suivant le choix de rompre ou d'être rompu ? De quitter, d'être quitté, de l'abandon ?

Ce soir-là, je ne « sais » pas. Claire ne « sait » pas. J'entends les pas de la guerre, qui réveillent les sédiments de nos deux passés. Le feu nous escorte. Mon corps se délite. Je suis la proie de l'obscurité. Victime, victime, victime ! Non ! Refuser d'être victime, refuser la défaite et la désolation. Combattre la guerre avant qu'elle n'advienne. Laisser passer la guerre.

Nous savons en nous allongeant sur le lit, que nous irons vers un renouveau. Le laisser venir. Toujours en silence, côte à côte. Et parce que nous avons le choix, nous réussirons l'exploit de la réconciliation.

En avril, elle a produit son printemps. C'est un dimanche qui ne ressemble pas aux autres. Le gâteau trône sur la longue table de notre cuisine. Meringue, crème légère et citron le disputent à une décoration sobre. Son aspect titille les papilles et ce qu'il renferme attise la curiosité. Sur le dessus pointent les bougies. Car ce soir, Claire célèbre son anniversaire. À côté du gâteau trône un œuf au chocolat d'Équateur, cerclé de nougatine. Mais un œuf différent. Pâques tombant à la même époque, le pâtissier a préparé un œuf baroque puisqu'il est carré. Une fantaisie voulue par Claire, qui a toujours trouvé cocasse et peu pratique de ranger des œufs ovales.

— Anthelme, s'ils étaient carrés, ce serait tellement plus facile, a-t-elle dit hier. La nature n'est pas toujours arrangeante.

Tout en dressant le couvert, pendant que mon amour se prépare, le besoin de marcher me saisit. Je prends mon écharpe de laine. Devant la maison, le paysage livre sa beauté spectrale d'une fin d'après-midi. Sur la pente légère de la colline, le chêne m'appelle. Il m'attend. Le rejoindre, l'enlacer, sentir son énergie. Il renferme tant. Il est un livre, un roman de sève.

L'herbe fraîche m'accueille ensuite avec sa délicatesse coutumière. Allongé, je ferme les yeux. Finalement, nous avons réussi l'exploit de la réconciliation parce que les panthéons de nos passés se sont associés en un film dont nous sommes désormais les spectateurs consentants. Nous avons choisi de sertir les graines de l'espérance dans un joyau, d'émanciper notre engagement, de le protéger, le préserver, le rassurer. De croire subtilement.

Les lumières du salon viennent de briller. Se relever, s'emplir de l'odeur des bois, du ventre de la terre, marcher vers la porte. Ouvrir et respirer la présence pleine de Claire, affairée dans la cuisine, enfournant l'arlésienne d'un geste sûr. C'est cela, nous avons décidé d'être au centre de notre vie commune. D'être chaque jour.

Lorsque j'entre, les effluves de l'arlésienne me ravissent. La voix de Claire retentit, joyeuse. Le dîner tiendra toutes ses promesses.

63

Un soir de mai. La lune, pleine et gravide de sa nuit, vient de se poser au-dessus du toit, entourée d'un tapis d'étoiles naissantes. Assis sur le banc de pierre pourvu d'un dossier en bois, enroulés dans des plaids revigorants, nous disposons les larges coussins confortables afin de profiter au mieux du spectacle nocturne.

— Tu as vu la lune ? demande Claire après un de nos silences exquis, et en tendant la main droite vers le ciel, à qui elle semble adresser une caresse invisible.

— Pleine comme un œuf.

— Prête à accoucher.

On entend la cavalcade proche d'animaux sortis de leurs repaires. Claire en profite pour changer de sujet. Très habile dans ce domaine, elle se fait chatte, féline, prend sa petite voix d'enfant grandie :

— Quand nous faisons l'amour, il t'arrive de penser à quelqu'un d'autre ? Une autre femme.

Je bois une gorgée de tisane.

— Non, dis-je. Ça n'a pas toujours été le cas « avant ». Et toi ?

Claire boit à son tour :

— Non plus. Et ça n'a pas toujours été le cas « avant ». C'est de l'infidélité, alors ?

— En quelque sorte. Un mensonge en tout cas, une lâcheté finalement.

— Nous n'avons jamais parlé de la fidélité, enchaîne Claire. Tu as déjà été infidèle avec tes petites amies ?

— Oui.

— Et ton impression « après » ?

— De salir et de me salir. Et toi ?

— Oui. D'abîmer et de m'abîmer. Et quelqu'un a été infidèle avec toi ?

— Oui. Et toi ?

— Oui. À quoi tient l'infidélité ?

Après un long échange, nous sommes incapables de le déterminer, même sous le regard de la lune. Et nous en rions.

— Et si nous rentrions ? propose Claire. Prêt à prendre ta raclée ?

Il est temps de rentrer, en effet. Claire jubile à la perspective d'une de ces parties de Scrabble que nous affectionnons. Et moi à prendre une de ces raclées dont elle s'amuse. Je suis prêt, en riant.

Claire est tellement forte que je ne réussirai à gagner qu'une fois !

Un soir de juin. Après la partie, elle s'allonge sur l'un de nos sièges longs. Près d'elle se sont épanouis des coquelicots, une fleur qui semble posée sur une éternité, dont elle a toujours aimé la rougeur incomparable, la grâce et l'apparente fragilité.

Je m'approche, caresse les pétales déployés, les corolles offertes, sens fondre en mes sangs celui de ces merveilles au nom de « coq ». Ils paraissent chuchoter dans les vagues du vent, raconter leurs siècles sous terre, leurs naissances répétées, les légendes du temps qui passe et repasse, imperturbable. Comment font-ils pour contenir tant de minceur robuste ? Je me penche à presque les toucher, les dévisage avec toute la délicatesse possible. Un souffle, aussi léger qu'un voile de crinoline, rabat soudain les premiers, qui effleurent mes joues, en offrande aux dons de l'impalpable, avant de retrouver leurs postures altières. Ce contact bref m'arrache un sourire de contentement, presque d'extase.

Claire sourit aussi, tend son bras vers un invisible ciel, caresse mon visage :

— Ils sont rouges, dit-elle. Comme un premier baiser. Notre premier baiser. Le nôtre ne m'a jamais quittée. Je l'ai appelé « vérité », comme le coquelicot.

Claire a ce don de « nommer », avec une précision ravissante. Pendant que je caresse à mon tour son visage, elle s'endort, en rougissant…

Une autre fois, elle nommera aussi une qualité si précieuse, centrale. C'est en juillet, je dors dans l'herbe fraîche, près de mon amour. Un contact presque imperceptible me sort doucement du sommeil. La libellule s'est posée dans ma paume ouverte, câline, habillée de mille lumières, mutine, sur le point de s'envoler au moindre souffle. Elle paraît si fragile, quand son corps fuselé, ses ailes de princesse évadée du ciel sont en réalité d'une architecture proche du prodige. Je ne sais pas par quel phénomène elle est venue se poser sur mon épiderme, qu'elle chatouille en bougeant ses pattes fines comme des cheveux d'ange. Elle me regarde, semble prête à parler ! Je me penche, lentement, jusqu'à percevoir la musique de ses battements. A-t-elle un secret à révéler ? Fermer les yeux, ne penser à rien d'autre qu'à cette brise si légère que produit ma nouvelle amie. Un vent intempestif décide alors de mettre un terme à cet échange d'une rareté précieuse.

Claire s'éveille, étire ses bras accueillants, m'enlace ; je l'enlace, lui raconte, et son sourire, sa remarque illuminent le paysage :

— Tu devrais l'appeler « discrétion ».

C'est cela, offrir un nom à la libellule. « Discrétion »… Claire possède cette qualité si rare, royale, éminente. Elle lui confère une présence impressionnante. Quand nous entrons ensemble dans un lieu, les regards se tournent vers sa silhouette gracieuse. Sa voix douce, son calme, même sa ferveur, sont encore discrétion, et vie permanente. Je l'aime, comme au premier baiser, rouge d'exaltation et de promesses.

Depuis notre première rencontre au Là, jamais je ne l'ai vue épouser l'excès, quand d'autres braillent déjà en chuchotant. Oui, *discrétion*, dans toutes les parcelles habitées de ce mot souple et élégant. Claire discerne, sait ce qui est sage, décide sans jamais imposer, est écoutée. Elle n'a pas besoin d'attirer l'attention. L'attention vient à sa rencontre. Elle « est » l'attention aux autres, la mesure et la justesse. *Discrétion*… Je rêvasse pendant qu'elle croque une pomme à belles dents. Je contemple Claire, ses menus défauts s'estompent, et ne reste que la discrétion, qui lui va si bien…

Le ciel se couvre, il est temps de rentrer. Libellule, la jolie discrétion, me suivra jusqu'à mon dernier souffle.

64

Et puis la discrétion s'est évanouie. Claire est partie… Claire m'a quitté… Me laissant désemparé, anéanti…

Les circonstances ? Plus tard…

Claire, un prénom qui résonne. Il lui sied si bien, à son teint, à sa voix si musicale, à tout ce qui la constitue. Elle est apparue alors que, juste contrit par l'échec de l'oreiller de la belle Aurore, je m'enfonçais dans le marasme de l'antitout et de la solitude qui me rongeait. Avec Claire, j'ai évolué progressivement, imperceptiblement. Et les contrats ont commencé à revenir. Ma vie est revenue. Un an. Douze mois pendant lesquels, par sa discrétion, elle a resplendi à mes côtés sans jamais m'aveugler, me guidant dans la redécouverte de mon art, m'accompagnant sur des chemins d'humanité inexplorés. Elle m'a offert de construire une histoire pour mieux déconstruire la mienne et construire à nouveau. Claire est restée la seule à qui j'ai révélé (presque) tout ce que savais alors de ma vie. La mort d'Aurore, mon père, mes grands-parents… C'est elle qui m'a conseillé d'aller voir maître Lespinasse – ce que je ne ferai donc que dix ans et quelques plus tard.

Avec Claire, tout était soudain possible. Nous avons appris le vrai silence, celui qui vous fait grandir, seul et ensemble.

Nous avons compris qu'il ne s'agit pas tellement d'être victime, mais d'accepter la perspective de souffrir. Gourmande, elle m'a accompagné dans le chemin de la simplicité en cuisine. Dans la conscience que l'indulgence pour les autres, pour soi, est vitale. Et que la solitude au sens large se vit aussi dans le lien intime. Tant de choses encore…

Ce que je lui ai apporté ? Je n'en sais rien. Elle seule pourrait répondre. Nous ne parlions pas de nos apports mutuels. Nous les vivions. Dans une conviction permanente : nous n'étions pas la seule ou le seul dans la vie passée et présente de l'autre, mais nous étions donc chacune et chacun unique pour l'autre. L'autre est celui ou celle qui vous reconnaît comme unique. C'est pourquoi nous ne vivions pas la distance comme un éloignement, même lorsque nous étions l'une près de l'autre. Nous gérions la proximité dans la délicatesse. La délicatesse est tellement belle. Essentielle.

Depuis son départ, le vrai silence s'est tu. Tout s'est suspendu. Le vide attend. La maison est restée telle quelle, en catalepsie, figée dans son élan, son mouvement, en attente. Je suis resté tel quel, comme il y a neuf ans.

Mais la perte du goût, la mort de mon père ont déclenché une machine dont je commence à éprouver les bienfaits, et dont le concert de Paris n'est qu'un exemple. Virginie a raison. Avant Claire, je ne m'étais jamais rencontré. Avec Claire, j'ai connu la rencontre. Rencontre…, rencontre…, reprendre le flambeau des rencontres. Momo va indiquer le tracé de la voie. La voie qui m'appelle. Irrésistiblement.

65

Je n'ai jamais été confronté à la pauvreté et aux adversités, bien au chaud dans un confort qui ne m'a jamais fait défaut, même dans la rusticité. Le basculement est parfois si rapide. Je ne sais pas ce que signifie avoir faim, froid ou soif, l'isolement, « tout perdre », ou perdre assez pour sombrer. Ce qu'entraîne la véritable désolation : l'abandon radical des autres, du monde. Le sort de ceux qui, vidés, ravagés, perdus, inhabités deviennent un oubli. Avant de s'enfoncer, maudits et monstrueux, dans l'abomination : l'horreur de soi et de tout.

— Tiens, je vois une place, à droite, s'écrie Mat en me sortant de mes réflexions.

Nous allons voir Momo.

— Marcher nous fera du bien, ajoute-t-il.

— Dis donc, tu n'as pas répondu à ma question : pourquoi tu as proposé deux fois que je t'accompagne ?

— Tu verras…

Après que je l'eus rejoint à son cabinet, Mat n'a pas pu en placer une. Il a écouté patiemment et s'est visiblement fait à l'idée que je me livre. Puis il m'a demandé de me taire. Parler autant en conduisant ne le rassurait pas !

Ce dimanche à l'océan a été tellement libératoire que la plage m'a montré la voie : je suis dépossédé, détaché du Là que j'aime et qui m'aime, et qui m'a laissé partir. Lorsque la dune vient à mes yeux, je ne ressens plus de précipice, d'abandon, de ténèbres. À l'inverse, je suis gagné par une virginité nouvelle, une légèreté, une émancipation de la parole qui vient, plus fluide, plus dense, plus prolifique. Au point d'être dans la logorrhée ? Un peu, du moins au début. La parole aura besoin de trouver ses marques. Imaginez un zèbre qui, contenu dans un espace trop exigu pour qu'il puisse exprimer toute sa vitalité, recouvre l'immense savane. Que fait-il ? Il court, il saute, il hume avec frénésie, puis quand l'environnement est devenu plus familier, il adopte un rythme plus cohérent avec son milieu, avec sa nature. La parole est un drôle de zèbre. Le désir ? Ce soulagement général, le repos produisent leurs effets. Je me fais plus disponible, décontracté, vibrant. Des fourmillements sont venus saluer des intentions agréables.

Déambuler une dizaine de minutes dans Baiona nous procure ce sentiment d'appartenance que connaissent les natifs. Nous faisons partie de la ville, et la ville est en nous. Elle nous porte et nous transporte. Ses rues, en particulier la rue Port-Neuf, sont mes veines, la Nive et l'Adour mes artères, les pierres résonnent en mes chairs. Il suffit de m'en éloigner pour ressentir l'impression indescriptible de ne plus être né vraiment. À Paris, ce manque criait dans le for de mes intérieurs, et m'amenait à revenir chaque mois pour naître à nouveau avant de repartir vers l'infernale capitale où mes gènes se dispersaient dans la masse urbaine.

Et puis le goût est revenu, ajoutant à cette satisfaction de la marche et des temps qui s'ouvrent. Quel bonheur de pouvoir s'attabler à une terrasse, de faire corps avec des saveurs et des arômes ! Car en cette fin de matinée, nous rejoignons Momo à l'heure du déjeuner. Une habitude, presque un rituel. Dès que le permet notre emploi du temps, Mat, Virginie et moi déjeunons avec Momo. En duo, en trio ou en quartet.

Quel plaisir de le voir. Comme toujours. L'hôtel des Capucines se profile au bout de la rue, tout près de la cathédrale. Depuis son arrivée à Bayonne, Momo y occupe une petite suite au dernier étage. Il est tombé amoureux de cet établissement cossu, douillet, encore familial et y a ses habitudes, reçoit des visites, dont les nôtres.

Deux mois après le Là, Claire nous a présenté Momo. Nous étions tous les cinq attablés devant ce grand gaillard au regard incisif, comme si nous passions un examen d'entrée dans son cœur. Il a posé peu de questions, écouté beaucoup, et a conclu le repas par un « Vous me bottez, les petits ». Un cordon nous a reliés.

Sous ses dehors altruistes, sa jovialité, Momo reste un être fragile, friable, désarticulé par endroits. Il est un champ d'œufs à survoler avec délicatesse et précaution. Ce qui explique en partie le fait que nous le vouvoyons encore. Par respect en général, celui des générations en particulier. Il apprécie.

Après avoir salué Évelyne, la propriétaire, nous montons l'escalier aux marches de chêne, tapissées d'une moquette à damiers afin d'étouffer le bruit des pas. L'endroit exhale l'odeur capiteuse et doucereuse des auberges. Sur la porte de Momo, peinte en vert anis, aux moulures dorées à la feuille, le heurtoir de bronze représente une sirène aux longs cheveux, qui, chaque fois, semble nous regarder.

— C'est qu'elle me ferait devenir hétéro la vilaine, lance Mat, comme s'il voulait détendre l'atmosphère.

— N'importe quoi.

Un grincement presque musical nous rend muets. Dans l'embrasure apparaît le visage de Momo. Je comprends alors pourquoi Mat a insisté pour que je l'accompagne. Le teint blafard de Momo et sa peau chiffonnée, mâchée, sont symptomatiques des maux qui vous rongent.

— Je…, bonjour, Momo…, bredouillé-je.

— Salut, les petits, entrez. Fais pas cette tête Anthelme. T'as jamais vu un malade ?

L'entrée en matière est rude, dans le style du personnage, me contraignant à encaisser rapidement le coup. Pendant que Momo enfile son manteau et que nous descendons au rez-de-chaussée, il va droit au but :

— Pas la peine de tourner autour du pot Anthelme. Y a environ un mois, j'ai eu hypermal au ventre, un truc de dingue ! Je suis allé voir Mathieu. En urgence. Il a vu tout de suite, parce qu'il est balèze, ton pote. Je lui ai demandé de rien te dire. Pour que tu t'inquiètes pas. Il paraît que t'étais pas très en forme ces temps-ci. C'est tout ce que je sais ! Ils m'ont rien dit d'autre, juré. Bon, je voulais te l'annoncer moi-même. Après tout, c'est « ma » saloperie, pas celle des autres. Et vous dites rien à Virginie, parce qu'elle va devenir maboule. Je le ferai.

En sortant de l'hôtel, il se place entre nous et prend nos bras :

— C'est une grosse méchanceté au pancréas… Un mois, deux, six peut-être. Vous en faites pas, je vous léguerai ma collection de godes, promet-il en éclatant de son rire.

Momo… Momo… Sa plaisanterie nous enchante et nous épouvante. Que seront Bayonne, le monde, nous, sans un Momo vivant ? L'impensable tournoie dans ma tête, tout en moi. En franchissant le seuil de notre restaurant favori, Momo sait ce qui l'attend :

— Après la vie que j'ai eue, je peux y aller tranquille. De toute façon la saloperie gagnera. Autant s'en faire une copine. Ce que je veux, c'est pas souffrir.

Sa force et sa détermination nous sautent aux yeux, nous procurent celles d'accepter. Tout va si vite. Les commandes prises, et comme d'habitude au déjeuner, Momo commence par Claire. Les mêmes mots reviennent :

— Comment va ma Clairounette ? Je l'ai pas vue depuis si longtemps. Elle vit toujours en Australie ? Pourquoi elle donne pas de nouvelles ? Partir comme ça, du jour au lendemain, quand même. Et toi, Anthelme ?

— Ça va merci, dis-je. Vous savez bien qu'elle a décidé de rompre avec la France. Nous savons juste que tout se passe bien pour elle.

— Comment vous le savez ?

— Par des connaissances sur place. Nous respectons sa décision et son silence.

Comme d'habitude au déjeuner, Momo change aussitôt de sujet :

— Ouais, ce petit sauté de veau a l'air bon. Miam ! Avec un p'tit coup de rouge.

— Et votre p…, dis-je, interrompu par l'appel du pied que Mat m'adresse sous la table. Et votre balalaïka ?

— Arrête, Anthelme, je sais que tu voulais parler à mon pancréas. Il te dit bonjour. Je veux pas d'hosto. Je veux finir debout, même si je suis allongé. Je veux en profiter jusqu'au bout. Séduire la mort.

Comme d'habitude au déjeuner, nous parlons de musique, d'actualité, d'importances et de dérisoires. Et Momo s'explique sur son appétit des autres :

— Comment est venu le truc pour les autres ? Faire pour les autres ? Quand j'ai commencé la musique, et puis le porno. Je m'suis offert pour le plaisir, celui des autres, celui des partenaires, et le mien. On était tous dans le même bateau du plaisir. Alors quand Cathie et les petits sont… partis…, j'ai mis du temps à comprendre…, à comprendre que si j'étais détruit, je pouvais servir à des trucs bien. Histoire d'être utile aux autres. Quand t'as plus rien, et je parle pas du pognon, tu peux avoir que des désirs. C'est pour ça que j'aide les autres, comme je peux.

— Oui, mais quand vous étiez acteur, vous aviez du désir ? intervient Mat.

— Baiser, tu veux dire ? C'est pas le même. Pour baiser, il faut s'oublier mon petit. S'oublier. C'est animal. Dans tous les désirs, il faut s'oublier de toute façon. Si ton cerveau conduit, tu finis dans le décor. Je peux plus baiser. J'ai plus envie. Même me branler. Le sexe, c'est pas un devoir, une obligation. Un ordre. C'est un truc à toi. Moins on baise, moins on a envie. Mon sexe est mort sur la D 753. Remarquez, aujourd'hui, on pourrait imaginer des pornos comme *Ovaire booké* ou *Burnes out*. C'est d'actualité. Si j'avais continué, j'aurais sûrement aimé en être. Pour être dans l'air du temps.

Depuis que nous connaissons Momo, il nous arrive, avec Virginie, de jouer pour une des associations de démunis et de sans-abris qu'il soutient. N'ont-ils pas droit aussi à la beauté ? Au dessert, après que Momo a redit combien, affublé d'un prénom pareil, il en a bavé lui aussi à l'école, la discussion vire aux « trois A » qu'il nous ressasse, ces actrices lumineuses qui forcent encore l'admiration : Ava (Gardner), Lana (Turner), Rita (Hayworth).

Nous arrivons à l'hôtel. Momo a besoin de repos. Sur le pas de sa porte, il a ces derniers mots qui me stupéfient, comme s'il avait lu dans mes pensées de ces dernières semaines :

— Clairounette m'a raconté sa mère et Leningrad, la symphonie. J'ai pas vécu Leningrad. Forcément. C'était l'abomination. Y en a beaucoup dans l'Histoire. Mais ils ont lutté contre. Ouf! Ben l'art est un moyen de lutter contre l'abomination. La musique et la cuisine aussi. Ça c'est un moyen de lutter contre l'abomination de la désolation. Alors continuez les petits ; toi le cardiaque, c'est ton art ; et toi, le violoncelle machin. À bientôt.

La porte vert anis se referme. Nous le laissons, comme des parents laissent leur enfant juste endormi, après lui avoir lu l'histoire du soir et l'avoir tendrement embrassé.

66

Digérer. Après avoir laissé un Mat également attristé, le retour à Leihoa est peuplé de réflexions. Désormais, je sais combien il est important d'accepter les remous, d'en faire des alliés. Combien le repos œuvre. Qu'il soit assimilé à la paresse, au dilettantisme est une erreur assassine qui m'a aveuglé trop longtemps. Aidé par l'ostéopathe et la réflexologue plantaire qui a exploré mes pieds vides et mes pieds pleins, j'en ai découvert les merveilles ; je m'y tiendrai – je m'y tiens toujours. Aidé également par Brillat-Savarin, dont les phrases ont refait surface. Des phrases aujourd'hui tatouées sur la surface de mon existence : « L'HOMME n'est pas fait pour jouir d'une activité indéfinie. […] L'homme qui se repose éprouve un bien-être aussi général qu'indéfinissable ; il sent ses bras retomber par leur propre poids, ses fibres se distendre, son cerveau se rafraîchir ; ses sens sont calmes, ses sensations obtuses ; il ne désire rien, il ne réfléchit plus ; un voile de gaze s'étend sur ses yeux. Encore quelques instants, et il dormira. »

La voix de Momo l'intuitif résonne :

— Si t'as pas de désir, laisse-le tranquille, a-t-il dit au déjeuner. Il a peut-être besoin de se reposer. Si tu forces, c'est aussi excitant qu'un *Kamasutra* mormon. Il a besoin de sentiments, d'être alimenté. Sinon il pourrit.

Allongé sur le grand canapé Knoll, devenu l'épicentre du repos, je revois mes premiers émois, les sensations physiques du désir montant avant que la puberté ne vienne chahuter ma sexualité. Je revois ces premiers sentiments à l'égard des filles. Je revois ce matin de la première érection. Et Sarah, la sympathie éprouvée, à laquelle sont venues s'ajouter des sensations étranges, mes ventres chamboulés. Cette première fois, lorsque Sylvie m'a offert son sexe, ses seins, sa jouissance, la volupté de l'orgasme. L'ocytocine qui me gagnait.

Alors Momo a tellement raison. Pour avoir du désir, il faut être libre, délesté, aérien. Défait des lambeaux de la culpabilité de porter celle des autres. Déculpabilisé de son enfance, d'être orphelin, de la faiblesse d'Aurore, de la violence de mon père, du fait que Claire m'ait quitté. Après elle, et nos possibilités immenses, je n'ai cherché que l'impossibilité ? Mais elle m'a légué une partie de ce qui l'a fondée, l'a gravée en moi, indélébile. Quand je vais jouer à Saint-Pétersbourg, elle résonne dans les rues. Claire m'a apporté la confiance en mon corps, m'a montré la véritable place du désir. Claire que j'ai aimée, plus que tout… Plus que moi-même.

Après Claire, qui m'a laissé en apnée amoureuse, exsangue, la solitude a gagné, peuplée par son absence. Le petit cœur est devenu de bois, de sève emprisonnée, peuplé d'errances sentimentales. Pour me consoler, combler l'absence. Fuir l'inconnu est une autre et possible façon de mourir. Plus largement, j'avais oublié aussi ce qu'écrit Lucien Tendret : « La gourmandise est peut-être la seule passion ne laissant après elle ni remords, ni chagrin, ni souffrance. » Le désir est avant tout gourmandise. Gourmandise de tout.

Je serai gourmand. Je n'aurai plus peur de la solitude, des riens quotidiens, du vide. Je n'aurai plus ce souci permanent de tout maîtriser, ritualiser. Je laisserai sourdre ce qui m'impressionne, les empreintes perdues au fond de mon enfance. Je désirerai ce que j'ai et ce que je n'ai pas encore. Je m'adapterai au monde. En ne cherchant plus les raisons du « pourquoi ». En préférant, s'il le faut, souffrir ce que je suis. En étant indulgent parce que je n'en veux plus à quiconque. La rancœur corrompt le rêve et ronge l'espoir. Momo était dans le vrai au déjeuner :

— Le désir, c'est toi et l'autre. On est les ouvriers du désir. « Ouvrier » c'est un joli mot. Parce qu'il y a « ouvrage » et « œuvrer » dedans. Parce que c'est du boulot.

Le fait d'avoir revu Là, d'avoir revisité les mois d'amour de Claire, m'a soulagé. Je serai peut-être totalement délivré. Je retrouverai le désir fondateur, la richesse exaltante des possibles, comme en musique, comme en cuisine. Peu importe le temps. Je le prendrai, il me prendra. Mon grand-père Alexandre le répétait :

— La plage de temps est la seule plage sans sable, excepté dans le sablier.

La plage, encore... Je m'allongerai dans le sablier du temps. Je laisserai venir le désir, les sensations, les plaisirs. Le goût a montré la voie en revenant. Tout se conjugue. Toujours allongé sur le grand canapé Knoll, j'ai la révélation : avant et après Claire, j'ai occulté la rencontre. Je vais la trouver, la retrouver. La liberté qui m'habite permet le choix, qui permet à son tour la rencontre, avec sa part de risque. Tout était là, tout est là.

— Le désir vient des rencontres, mon petit, a dit Momo en mangeant son sauté de veau. C'est la magie des rencontres. Toutes les rencontres. Il naît comme ça. Tu le trouves dans la simplicité. Il faut être simple. Le désir, il te rencontre. Si tu l'as un peu perdu de vue, eh ben t'as plus qu'à retrouver le goût de la rencontre. Rappelle-toi Anthelme, le plus important, c'est la rencontre. Tout commence par là. On est tous des cuisiniers de nos rencontres, de nos corps, de nos vies. On est les cuistots de nos désirs. On est les gastronomes de ce qu'on est. Tiens, toi qui bosses avec des orchestres de chambre, ça pourrait être idéal pour les rencontres. Y a pas trop de monde. Les coucheries, la baise et tout ? C'est pas obligé. Mais on est les chefs d'orchestre de notre chambre.

Gastronomie du corps… Momo a conclu sur « le grand silence ». Celui qui nous guette tous et nous fait tant de bien. Cet enfant de tous les silences qui précèdent, et dont on ne sait pas toujours l'importance. Celui qu'il a rejoint dans son repos d'aujourd'hui.

67

Secrets… Une bouche de pierre entrouvre ses lèvres pour offrir le passage à quelques filets de lune. J'entre dans la grotte. Un vent léger balaie le seuil nappé de brume ouatée. Au creux des roches se nichent les « secrets », indique une pancarte. Chacun porte un nom et forme l'un des innombrables grains du « chapelet des ans » – c'est son nom – qui court le long des parois. Des secrets venus ou à venir. Des secrets de paix et de rages, d'aspirations et d'habitudes, de vaillances et d'abandons, de rires éclatants et d'alchimies inconnues. Dès que je tends la main pour les effleurer ou que je les regarde avec trop d'insistance, ils se dérobent. Libres, ils s'évanouissent pour reparaître plus loin en disant : « Un secret n'est pas une honte, il est un refuge. » Est-ce trop loin ? « Il suffit d'attendre », murmure la grotte. Alors j'attends, assis sur un banc de pierre baptisé « petit bout d'éternité ». Puis les secrets s'offrent un à un dès qu'ils l'ont décidé. Chaque grain s'ouvre et me transperce sans pour autant dévoiler sa teneur. La sensation est très agréable, envoûtante. Le secret m'habite, volette ensuite vers la lune et se dissout dans la demi-obscurité. Lorsque le dernier s'est évanoui, je pénètre plus avant dans la grotte. Au bord d'une source éclairée s'abreuvent des femmes. Pas n'importe quelles femmes. Ce sont toutes les femmes d'avant et d'après Claire. Elles me qualifient à l'unisson de :

— Saute-cœur ! Tu ne nous as regardées que du plus petit bout de ta vie. Tu as sauté au-dessus des cœurs féminins et de tous les cœurs comme on joue à saute-mouton.

Isabelle est là, Victoria est là. Seule Claire est absente. Sa silhouette apparaît enfin, diaphane et lointaine. Un souffle me pousse à l'extérieur. La grotte se referme. Le rêve se referme.

J'émerge alors d'un de ces sommeils qui dépassent votre volonté, qui s'emparent de vous. Sans que vous le sachiez, ils vous réparent, vous offrent des perspectives enfouies et pourtant espérées, dont les fruits viendront tôt ou tard enrichir vos heures.

Les volets sont grand ouverts, la lampe de chevet encore allumée. La lumière vive m'assaille. « Secret ». Le mot m'obsède comme le bourdon d'une église. Où suis-je allé chercher un délire pareil ? Il est encore tellement gravé. La ronde des images est imprimée. Ébouriffé, la tête lourde, j'ai l'impression que le rocher de Gibraltar est passé sur mon corps. Une scène surgit. Celle d'un éléphant rentrant dans une boîte d'allumettes. Quelle idée ! Mon cerveau ressemble à une méduse échouée. Avec l'énergie d'un ver de terre, je me tourne vers le réveil. Misère ! Le tintement léger m'a échappé ! Il est dix heures quarante. J'en ai dormi dix. Paskoal est déjà passé. Je n'ai pas entendu non plus la sonnette.

Je saute du lit, la bouche pâteuse. Après une douche aussi rapide qu'une averse, je dévale l'élégant escalier, traverse la maison vivante de son vide, avale un petit-déjeuner en un temps record. Onze heures retentissent à l'horloge comtoise. Mais au lieu de m'activer à la préparation du déjeuner, je reste à table, étrangement décontracté. J'en éprouve même une jouissance. La méticulosité dans laquelle je me suis enfermé depuis le départ de Claire se fissurerait-elle ? Il est trop tôt pour répondre.

Le téléphone vibre. Le numéro de Momo s'affiche. Prendre l'appel ou ne pas le prendre ?

— Salut, t'es où ? demande-t-il à peine ai-je décroché.

— Bonjour Momo, je suis chez moi.

— T'es libre à déjeuner ?

— Non, j'ai des invités. Ils partent à seize heures au maximum.

Il a raccroché. Momo… Je m'assieds dans le grand canapé Knoll. Le repos vient de me saisir. Des pensées tournoient. Une vague de bien-être circule entre mes sangs, mes os, mes fibres. Nouvelle autant qu'exquise. Et si je me laissais aller… Flâner, musarder, errer… Plus tard. Après. Une obligation m'attend.

68

Pourquoi avoir accepté ce repas ? Le menu sera simple, végétal, pris sur cette parcelle que je bêche et chouchoute avec tant de détermination.

— Attention à tes mains, Anthelme, me répète depuis toujours Bengotxea.

Mais j'ai besoin de ce contact viscéral avec la terre, qui nous voit éclore puis nous reprend. La terre… Le potager a changé au fil des années tout en restant un peu le même. Les mêmes plantations de saison, à peu de chose près. Les mêmes outils creusant ou caressant le sol qui, lui, ne cesse de se renouveler. La même clôture de bois frêle qui, malgré son apparence, résiste aux temps variés. Seuls les corbeaux ont laissé place aux générations suivantes. Ces volatiles, injustement qualifiés de « sinistres » et de « mauvais augure », comme leurs cousines corneilles, aiment se poser sur cette clôture. À chacune de nos confrontations, leurs coassements indiquent la joie simple d'être perchés. Encore une fois, ils sont tellement libres de leurs choix. Et si j'étais l'oiseau de mes propres choix. C'est cela. Choisir… Choisir de remplir tous les vides qui, depuis le départ de Claire, attendent patiemment.

À midi, je rendrai aux produits les noblesses de leur terre, pour en extraire la texture et le goût. Une piperade sera le socle de ce déjeuner prévu depuis trois mois. Prudencio, le directeur de la revue mensuelle *Corchea*, célèbre pour ses critiques de concerts, ses analyses poussées et ses potins, a proposé qu'il se déroule à Leihoa. J'ai donc accepté. Prudencio ? Ce petit homme, pur Madrilène, polyglotte, fait partie des cercles influents du microcosme musical international. Dès ma première prestation en Espagne, il s'est arrangé pour que nous nous croisions. Sa notoriété l'avait précédé. En le voyant, j'ai compris qu'il était préférable de le caresser dans le sens du poil, qu'il a très fourni, afin d'obtenir son aval et son appui. Réel mélomane, il est avide de ce pouvoir que possèdent les petits rois. J'ai donc évité avec soin d'entrer dans les polémiques et les manœuvres qu'il affectionne. Bien sûr, pendant la période antitout, il s'est éloigné, à l'instar du « milieu », avant de revenir quand mon sort s'est embelli. Quoi qu'il en soit, il reste un convive jovial et gourmet. Cuisiner pour cet esthète averti est une joie, à condition de n'aborder que des sujets « cons et sans sel » dit Virginie. Je m'arrange pour balayer toute allusion à quiconque, en usant de tout le tact possible. Ce cache-cache est même devenu un jeu non dénué de malice.

En ce vendredi, Prudencio sert de guide à deux personnalités russes. Nina est la directrice du Mariinsky de Saint-Pétersbourg, l'ancien Kirov, où je me suis produit à deux reprises. Bien sûr, cette ville me procure une émotion particulière. Les rues, les édifices, la Volga, tout me rappelle Tatiana, Dimitri, Vera, Claire, Leningrad. Mais lors de ma dernière visite, un an auparavant, les visions s'étaient déjà atténuées, me laissant arpenter plus tranquillement cette cité magnifique. De son côté, Anton est un chef d'orchestre renommé, au tempérament de feu, qui n'a pas son pareil pour électriser musiciens et spectateurs. Nous avons collaboré une fois : le *Concerto* de Dvořák reste l'un de mes souvenirs les plus puissants. Bref, le trio est d'abord passé par Madrid, Burgos et Bilbao, pour des raisons professionnelles.

Pour le plaisir, ils ont longé la côte basque, en attendant de rejoindre Biarritz et Bayonne, puis Bordeaux. Il était naturel de faire une halte à Leihoa.

Pendant que les légumes embaument la cuisine, que la piperade prend ses accents fins et généreux, l'évocation de Saint-Pétersbourg me plonge inévitablement dans les peaux anciennes qui, tout le montre, continuent de s'ôter une à une. Pour me rendre libre comme les corbeaux. En effet, plus de neuf ans se sont écoulés depuis ce matin de janvier, lorsque, dans un des cahiers Clairefontaine, j'ambitionnais de m'accrocher librement au temps, de tutoyer les étoiles, d'être dans la liberté de la perpétuité. Tout semblait ouvert. Ce n'étaient que des mots. Tout s'est refermé. Mais ce vendredi montre combien tout est désormais différent. C'est évident. En ce jour de changement, la décision est irrévocable : je raconterai tout, et j'y associerai ceux qui voudront bien y contribuer. Je note leurs noms sur une ardoise, à la craie. Ils seront tous présents, parfois au-delà de ce que j'envisageais. Ils iront jusqu'à m'encourager… Je les en remercie tellement…

Oui, le constat est sans appel. La lumière éclaire cette voie qui m'appelle. Je me suis privé d'un trésor : la sensation envoûtante et bénéfique de n'être rien. Rejoignant Brillat-Savarin, Auguste Escoffier l'a pourtant si bien énoncé à propos de la cuisine : « Pour atteindre la perfection, but final d'un cuisinier, les moyens sont la simplicité et l'honnêteté. » Pour poursuivre et atteindre la rencontre avec soi-même, avec les autres, pour accéder aux vides et les remplir, pour se débarrasser de ces peaux anciennes, la démarche est identique. Anthelme Ducon-Loisillon n'est finalement qu'un *vulgum pecus* aux aspirations banales, à la solde de ses errements. Au lieu de générer l'abattement, la constatation m'exalte. Tout, ou presque, est une opportunité.

« Et la rencontre ? » me dis-je tout en dressant le couvert. « Trouver sur son chemin », dit le dictionnaire. « Tout commence par la rencontre», a dit Momo. À part Claire, je n'ai jamais «rencontré». Pour éviter la désolation. En ennemi farouche de tout ce qui se rapproche de près ou de loin de la souffrance qui vous perd. Victoria n'était pas une rencontre; elle était une halte brûlante, dans l'immédiateté. Virginie, Mat, Bengotxea, Momo? Ils ont été placés sur mon chemin. Claire? C'est elle qui est venue à moi. À ma rencontre. En dehors de ces êtres exceptionnels, qui ai-je trouvé sur son chemin? Personne. Dès l'approche, j'ai toujours fermé le chemin. Las, je suis passé devant, puis à côté des gens. Pour ne pas être déçu? Or, pour rencontrer, il faut être cru tout en croyant en l'autre. En suis-je capable? Je le serai. J'irai sur le chemin des autres. Je croirai en la liberté de l'autre, et non plus seulement en la mienne. Je rencontrerai ma vie avant de rencontrer celle des autres. Je croirai en eux, j'apprendrai d'eux. Nous rencontrerons nos vies. Je rencontrerai l'insécurité et les pulsions, au lieu de la sécurité à tout prix et du contrôle qui m'ont tant enserré.

Le bruit sourd d'un moteur de grosse cylindrée m'arrache aux rêveries. Il est presque treize heures. Les invités sont en retard, et je m'en moque. Précédé de Nina, et suivi d'Anton, Prudencio fait son entrée et marque un temps d'arrêt:

— Bonjour Anthelme, dit-il dans son excellent français où se lit un très léger accent. La maison a changé. C'est phénoménal, tout est tellement équilibré. Quel goût, quelle élégance!

— Vous n'êtes pas venu depuis longtemps, dis-je en trouvant le compliment exagéré.

— En effet.

Nina s'approche et tend ses longs bras slaves. Anton nous rejoint pour l'accolade. Naguère encore, j'aurais vécu cette scène avec retenue, en espérant qu'elle cesse rapidement, masquant la réticence sous une affabilité de façade. Mais je me surprends à apprécier l'étreinte, qui se prolonge au-delà des trois secondes protocolaires. Le parfum suave de Nina, les épaules robustes d'Anton forment une union chaleureuse et, nos relations ayant toujours été cordiales, imprégnée d'une réelle sincérité. Prudencio, un temps à l'écart, se joint à nous. Il est de ceux qui n'aiment pas être en reste.

— *It's so nice to see you*, dit Nina dans un anglais sonore.

— *So nice*, renchérit Anton.

— *Me too*, dis-je.

— *Totally*, ajoute Prudencio.

Je ferai l'économie de l'apéritif, du déjeuner englouti par les trois végétariens internationaux, des discussions autour du Pays basque, des sujets de la profession, notamment le projet, approuvé par huit mains, de rejouer le Dvořák au Mariinsky, sous la baguette d'Anton. Ou de la tentative avortée de Prudencio de médire sur une violoniste dont les doigts féeriques ont enchanté tant de salles. Pendant ces minutes, qui me paraissent par moments interminables, je ne cesse d'être ici et ailleurs, de feindre ou de marquer l'intérêt, de sourire, d'acquiescer ou de signifier un désaccord. En résumé, de faire bonne et heureuse figure tout en pensant parfois à bien d'autres choses. Vous ne pouvez pas savoir combien c'est épuisant.

Pourtant, lorsqu'ils décident de partir, je ressens une très légère pointe de regret, et constate que ce déjeuner a été l'occasion d'échanges plus francs, plus riches qu'à l'accoutumée. Serais-je vraiment sur cette voie qui m'appelle ?...

Il est seize heures. Les au revoir sont affectueux. Je raccompagne mes invités à leur véhicule noir aux vitres teintées, et, comme souvent à la suite d'une entrevue agréable, nous nous promettons de nous revoir bientôt. Après l'étreinte du départ, semblable à celle de leur arrivée, ils s'engouffrent dans l'habitacle. Prudencio prend le volant. Pendant que la grosse cylindrée disparaît pour filer vers Biarritz, je remarque une voiture garée près du portail. Je la reconnaîtrais entre cent mille.

69

Que fait-il ici ? Six jours se sont écoulés depuis notre déjeuner avec Mat. Au passage de la grosse cylindrée, Momo salue le trio d'un geste ample. Sa Fiat 500, surnommée « Titine », est un bijou de 1962 en parfait état de marche. Il l'a ramenée de Paris et la sort de son garage « juste pour faire tourner la bielle de la belle », dit-il. Momo prend l'initiative :

— Salut petit. J'étais un peu en avance. Y a un mec qui t'a déposé ce truc.

Momo me tend un de ces pains complets d'un boulanger d'Hasparren, une merveille d'onctuosité et d'équilibre.

— Merci, dis-je en le saisissant, encore éberlué de trouver Momo devant chez moi, lui qui n'a pas quitté Bayonne depuis son installation. Mais qu'est-ce que vous faites là ? Vous avez trouvé facilement ?

— J'étais jamais venu, mais y a un machin qui s'appelle une carte. Tu me prends pour une bille ? Suis là pour te parler, dit-il en marchant vers l'*etxe*, sans autre forme de procès.

Immobile, je le suis du regard jusqu'à la porte d'entrée, muet de stupeur et de joie mêlées.

— Bon, tu viens Anthi, dit-il. J'ai pas que ça à faire, moi. J'ai à mourir bientôt.

— Euh… oui, j'arrive, dis-je en trottinant.

En découvrant l'intérieur de la maison, Momo s'écrie :

— Putain ! Claire et toi, vous en avez parlé. La voir en vrai, c'est pas pareil. Elle est choucarde ta baraque. Et la tortue avec.

— Merci, dis-je en déposant le pain dans la cuisine. Elle s'appelle « Noémie ». Je suis content de vous voir.

Momo marque un temps d'arrêt, comme les chats lorsqu'ils ont flairé une odeur agréable :

— C'est la première fois que tu me dis ça – il a raison, et j'en suis tout perturbé. Je prends. Dis donc, ça avait l'air sympa le repas. Débarrasse pas. On est entre nous. Bon, t'as pas un alcool à boire, du lourd ?

— Momo, vous croyez que…

— Je crois pas, j'en suis sûr. Je serai pas plus mort si je picole. Le pancréas s'en tamponne. Je vous ai dit qu'on est copains. Alors j'en profite.

— D'accord. Vous m'en direz des nouvelles, dis-je en saisissant un armagnac d'anthologie.

Momo inspire longuement les effluves capiteux, puis porte délicatement ses lèvres sur le rebord du verre. Le liquide d'or et d'ambre mêlés affleure. Momo ferme les yeux, déguste avec jubilation. Trois minutes passent, sans qu'elles soient encombrantes. Le silence… Momo regarde les citations de Maeterlinck : « Nous ne nous connaissons pas encore, m'écrivait quelqu'un que j'aimais entre tous, nous n'avons pas encore osé nous taire ensemble. » Il se lève, fait le tour des lieux, commente :

— C'est un massacre ton armagnac. Sympa les phrases sur le silence. T'aurais pu mettre aussi que le silence imposé, ça peut être le rendez-vous des chaos. Et que le silence, y peut être lourd derrière les rideaux de paroles. À propos de silence, j'ai passé un coup de fil à Virginie. Pour la mettre au courant du cancer. J'ai pas pu en placer une après. Elle est venue me voir. Elle a pas arrêté de pleurer.

— Je sais, elle m'a mis au courant.

— Ouais, mais tu sais pas qu'elle m'a téléphoné pour me dire qu'elle se faisait des tonnes de mouron pour toi. C'était avant notre déj, y a six jours. J'aime bien les six jours, ça rappelle le vélo, dit-il pour détourner mon attention.

— Comment ça ? demandé-je, sans perdre le fil de la discussion.

— Elle m'a tout raconté ce que t'as vécu, le goût, ta famille et tout le tintamarre. Surtout, tu l'engueules pas. Tu la connais. Elle était tellement angoissée. C'est sa nature. C'est de l'amour. Alors c'est quoi cette histoire de désir ? Tu bandes plus ? T'as les hormones à zéro ? C'est pour ça que je t'en ai parlé au restau. Et la rencontre avec.

Une bouffée de tendresse me prend. Comment pourrais-je en vouloir à Virginie d'avoir tout révélé… Momo avoue s'être « shooté » pour venir me voir. L'effort physique était trop intense. Je le regarde, une autre vague de tendresse me submerge. Il poursuit :

— Je t'ai toujours bien aimé Anthi, comme les deux autres zozos. Au déj, j'ai trouvé que t'avais changé. Juste un chouïa, te monte pas le bourrichon. T'es plus sympa. J'ai un peu retrouvé l'Anthelme qu'était avec Claire. Alors avant d'y passer, je me suis dit que je viendrais te voir. Et te parler. Après, t'en feras ce que tu veux.

Momo tourne l'armagnac dans sa bouche, avec délectation. Je me tais. Que faire, sinon écouter vraiment ? À cet instant, seul Momo peut me parler avec autant de franchise, et j'ose le mot qui se prélasse au fond de mes espoirs, d'amour.

— Comme dit l'autre : « Y a une limite à la tolérance. C'est l'intolérable. » Après Claire, t'as tout mis en suspens. T'étais chiant, vraiment chiant. Intolérable des fois. Si tu veux y arriver, faut que tu te sortes les doigts du cul. Reprends les rênes, reprends ta vie. C'est pour ça aussi que j'ai parlé de rencontre. Que tout commence par ça. Avec Claire, c'était une vraie rencontre, ta seule rencontre. Vous étiez partis pour aussi longtemps que possible, vous faisiez des projets. Vous aviez envie de surmonter les difficultés. Quelle idée de filer en Australie… T'as pas un truc à grignoter ? Du salé.

Momo a décidément l'art du coq à l'âne. Il se taille une large tranche de pain, qu'il tartine de pâté basque.

— Ça aussi, j'y ai pas droit, dit-il en riant.

— Vous avez envie d'autre chose ?

— Encore un peu d'armagnac. Sinon, j'ai envie que t'ailles bien Anthi. Que t'ailles bien.

— Que je sois heureux ? demandé-je naïvement en regrettant aussitôt la question.

— Tu vois mon petit, le bonheur, c'est un truc inventé par les malheureux pour faire croire qu'il existe. « Bien », c'est déjà beaucoup. Et pour toi, le moyen c'est la rencontre, parce que t'as jamais vraiment rencontré les gens, ça se voit. La rencontre, elle te donne le désir et le plaisir. « Elle ouvre et élargit le champ des possibles jusqu'à "la" possibilité », a écrit je sais plus qui.

La possibilité…, les possibilités…

— C'est les attentes qui paralysent, dit Momo en se resservant du pâté. Être bien, c'est quand tu te laisses aller. Que des chemins se croisent, se recroisent et se rejoignent. Ils sont en parallèle et tu les vois aller vers des inédits. Là, les inédits, ils laissent monter, s'exprimer en toi le meilleur, le bénéfique, le surprenant. Ça commence par là où t'habites. Si t'es pas en accord avec ta tôle, que vous vous ressemblez pas, t'as plus qu'à habiter au septième ciel. Celui qui existe pas. Ta tôle, y a la patte de Claire, c'est sûr. La tienne aussi. La vôtre. Tu pourrais aller plus loin.

Momo enlève sa veste. Il transpire, respire avec peine. Des borborygmes s'échappent de sa carcasse affaiblie. Je m'inquiète et esquisse un geste de secours. Il me rabroue du regard. Je m'arrête.

— Tu vois, Anthi, j'ai jamais été aussi clair. Lucide quoi. Y a encore du boulot. J'espère que je pourrai progresser encore. Là-bas.

— Vous m'écrirez ? dis-je pour détendre l'atmosphère.

L'émotion me conduit dans des contrées que je n'ai plus explorées depuis Claire, depuis Aurore, depuis mes grands-parents, depuis si longtemps. Celle de la perte, de perdre un être qui, mort ou évanoui dans la nature, comptait tellement. Je réalise combien Momo compte. Je l'écoute comme un élève suit son maître. Mais Momo n'est ni un maître, ni un père, ni un donneur de leçons. Il est autre chose et davantage : un messager indescriptible. À l'approche de sa fin, il est devenu une synthèse de sa vie, de ce qui le dépasse encore et l'a parfois noyé. Pour que nous ne nous perdions pas à notre tour. Je prends aussi conscience que Virginie, Mat, Bengotxea me sont tellement précieux. Si je les perdais aussi ? L'éventualité me glace le sang.

— Évidemment petit, évidemment, promet Momo. Les timbres sont gratis en plus. Où j'en étais déjà ?...

— La rencontre..., la maison... et le...

— Ah oui, m'interrompt-il, visiblement ragaillardi. Quand deux personnes se rencontrent, et je parle pas que de baise, d'amour, eh ben y a rien de rationnel. Juste l'instant. Deux voix qui se rejoignent, deux corps qui s'attirent. Le reste, c'est l'indicible, ce qui se voit pas, l'inexplicable ; « des yeux qui ne voient pas », comme disait une copine. L'essentiel est invisible... L'autre, il est plus le miroir de nos attentes mais « présence, existence, partage », comme a écrit une autre copine. Des fois, la rencontre elle nous conduit à un choix, à délaisser, à « dérencontrer ». Faut te dérencontrer de Claire mon grand. T'as commencé, vas plus loin. Sinon t'y arriveras pas. Pas oublier, dérencontrer. Même si elle vit en Australie. Ah, j'aimerais la voir.

Momo plante ses avant-bras sur la table et me fixe :

— La rencontre, c'est la jeunesse du cœur Anthi. Faut jamais cesser l'espoir. L'espoir rend fort, Anthi, il empêche de vieillir. Pour ça, il faut pas avoir peur. On se fabrique tous nos peurs. On vit dans un monde de flous, pas de fous ; là ce serait génial. Des gens préfèrent avoir plus peur de l'invraisemblable que du possible. Ils veulent le nom de la fleur avant d'avoir planté la graine. « Il arrive que nos intentions comptent plus que nos actes », a écrit un autre dont je me souviens pas non plus. Alors ces gens-là, ils y vont au doigt mouillé. Ils se fabriquent de l'invraisemblable. Quand ils deviennent amants et qu'ils couchent, ou qu'ils sont copains, amis, ils pensent que c'est pour l'éternité. Mais non, les couples, c'est une éternité provisoire. Sexe ou pas. Alors non, si on a le choix, il vaut mieux être mort qu'avoir peur. On récolte ce qu'on s'aime.

Momo rit à son jeu de mots. Je ris de bon cœur. Il me transfuse sa gaieté, sa lucidité, son désespoir constructif. Momo apprécie :

— On doit jamais perdre le rire. Toujours le retrouver. Il est là. On se rencontre beaucoup par le rire, c'est une forme de sensualité. Mais on est tout seul avec ses ressources. Les fidèles, y sont là pour accompagner et faire ce qu'ils peuvent. Les autres, c'est le décor. Alors Anthi, t'es seul avec toi, ta mémoire, ton rire, Claire et tout le reste. C'est pas parce qu'elle est partie que tu dois plus avoir de désir, de rire. Tu les as mis entre parenthèses, alors dégage-les, les parenthèses. Commence par ta mère, ton père l'assassin et tout. Parce que le meurtre est contaminant. Quand on y a été confronté, la solitude est aggravée. Penses-y, c'est un peu ce qui t'est arrivé.

Momo avale une longue gorgée d'eau fraîche. Parler lui a donné la pépie. Il se lève, avec difficulté :

— Le salon où y a qu'un siège ?

— Pardon ?

— Les chiottes ?

— Deuxième à gauche.

Il ne commente pas et se dirige tant bien que mal vers les toilettes. Pendant qu'il s'apaise, des phrases de Brillat-Savarin défilent devant mes yeux : « Les gourmands vivent plus longtemps que les autres. » « *On ne vit pas de ce qu'on mange*, dit un vieil adage, *mais de ce qu'on digère*. Il faut donc digérer pour vivre ; et cette nécessité est un niveau qui couche sous sa puissance le pauvre et le riche, le berger et le roi. » *Digérer* : le verbe est flagrant, rejoint les propos de Momo. La digestion des hiers est en cours. Il reste l'appétit des demains. Momo revient :

— Ouf ! T'aurais pas un fruit ou deux ?

— Bien sûr, dis-je en tendant une large corbeille.

— Est-ce que t'es fier de toi, petit ? Pas orgueilleux ou vaniteux, fier. Content de ce que t'as fait, de ce que t'es. Je crois pas. Ou pas assez. T'es pas assez fier de toi. C'est superimportant de dire qu'on aime le mot *fierté*, d'être fier de sa fierté. D'avoir dépassé des défis. Des défis des fois aussi grands que l'exploration de l'Arctique en smoking. On est des athlètes de la vie, Anthi. Faut aller au charbon, on est des bougnats de la vie. Va au charbon Anthelme. Risque. Rencontre. Et tu verras que la vie c'est comme les vagues, le flux de l'océan. Chaque histoire en engendre une autre.

— Pourquoi vous parliez de l'orchestre de chambre l'autre jour ?

— Une métaphore, mais tu peux la rendre réelle si tu veux, s'enflamme soudain Momo. Pourquoi pas ! Dans *orchestre de chambre*, il y a « chambre », la pièce où tout est possible. Ou rien. Ta vie, elle est comme celle des autres. C'est un orchestre de chambre. Tu fais ta zique, les autres font ta zique. Tu fais la popote de ta vie, et ils sont les ingrédients. Ils sont des notes, t'es des notes. Et l'orchestre, le vrai avec les instruments et tout, il pourrait te faire faire des rencontres. Ça ferait un bon point de départ, pour d'autres rencontres, ailleurs, plus tard. Pour t'initier. Pourquoi pas ? Si j'ai bien compris ce qui t'est arrivé les dernières semaines, la cheminée, le goût et tout le tralala, t'es prêt. Oui, t'es prêt, Anthi. Prêt…

Nous passons au vaste salon. Momo tient mon bras. Les ripailles l'ont fatigué. Il a besoin de s'allonger sur le grand canapé Knoll qui semble enchanté d'accueillir un hôte de marque. C'est du moins l'image qui me vient, celle d'un canapé souriant. Nous continuons à nous taire ensemble. Momo ferme les yeux et pendant qu'il s'assoupit, j'éprouve une sensation de calme inattendue, comme si tout ce que Momo a dit était les mots que j'attendais. Comme s'ils ouvraient enfin des portes fermées ou juste entrebâillées. Momo bouge, soulève lentement les paupières :

— Putain, j'ai pioncé !

— Un peu, dis-je en souriant.

— Tu rigoles, ça fait trois quarts d'heure que je roupille, rétorque-t-il en consultant sa vieille montre à remontoir, une Lip de l'époque glorieuse.

Il se redresse, s'assied, grommelle, reprend ses esprits. J'attends qu'il parle.

— Quel drôle de rêve… J'ai rêvé d'Étienne. C'était un mec du lycée. J'ai jamais vu un type aussi amoureux de lui. Quand on l'entendait, il avait déjà inventé des choses avant sa naissance. Narcisse avait un gros boulot. Personne le piffait, évidemment. Il s'en contrefoutait. Il répétait tout le temps : « Continuez à me jeter des pierres, je m'en servirai pour bâtir mon piédestal. » Il paraît que c'est Berlioz qui a dit ça. Moi, je le trouvais… tragique. C'est le mot. Ça me faisait de la peine. Forcément, il était tout seul. À part lui, il rencontrait personne. Il avait l'air de se suffire à lui-même. Bah, tu parles.

Momo marque une pause, boit de l'eau fraîche.

— Y crevait de solitude. Plus il s'aimait, plus il était seul. Ça se voyait. Il avait soi-disant un emploi du temps d'homme d'affaires, mais sans les affaires. C'est fou ce qu'il était occupé. Parce que sa principale occupation, c'était lui. Il en faisait le tour et les détours chaque jour. Il paraît que ses parents étaient désespérés. En fait, il était malade. T'as compris. Il allait dans les cimetières pour noter les épitaphes. Faut être frappé quand même. Il était un danger que pour lui. Y en a qui disaient qu'il régressait. Il pouvait pas être régressif puisqu'il était pas progressif, enfin il progressait plus. Il a fini par se flinguer… Je sais pas pourquoi j'te raconte tout ça.

— Parce que vous en aviez envie, dis-je.

— Bonne réponse, s'esclaffe Momo en pointant son index vers le ciel. Bon, va falloir que je rentre.

Il se lève péniblement, envoie un baiser à Noémie postée près du canapé, et reprend mon bras. Sur le trajet qui le sépare de Titine, il s'arrête et s'assied sur le banc de pierre :

— J'ai été content de te voir mon petit. T'as presque rien dit. J'ai pas arrêté de jacter. J'espère que j't'ai pas saoulé.

— Pas du tout. J'ai été content aussi. Je vous remercie.

— Anthi qui dit merci ! plaisante-t-il. Ben ça alors ! C'est moi qui étais bourré, d'ailleurs.

— Comment allez-vous faire pour rentrer ? dis-je en riant encore de bon cœur.

— T'inquiète. L'armagnac a eu du mal à passer. Ça va mieux. Je vais pas en Alaska. Titine connaît le chemin. Tiens, je t'ai écrit un machin, dit il en me tendant une feuille pliée.

Les derniers pas vers la voiture, mesurés et silencieux, laissent planer l'espoir de retrouvailles prochaines. En aurons-nous le temps ? Une longue, longue étreinte clôture cette rencontre inopinée, si dense. La première avec Momo. Comme celle que j'aurais aimé vivre avec mon père.

Quand Titine repasse devant l'*etxe*, je remarque que les joues de Momo sont luisantes. Momo pleure. Et je pleure.

70

Deux jours plus tard. L'avion vole en direction de New York, où Virginie me rejoindra pour une série de trois récitals. À chaque décollage, j'aime cette sensation d'être aspiré. Après un court sommeil, je sors le mot de Momo que je garde dans mon portefeuille, comme un trophée. Pour le relire une énième fois. L'écriture est ronde, vivante, envolée.

Anthi, je l'ai recopié pour toi. Je l'ai noté la première fois que j'ai vu le film. Ça m'a toujours servi. Je dis pas que j'ai tout réussi, mais j'ai tenté tout ce que je pouvais tenter. C'est pour ça que je partirai sans avoir de regrets.

Dans *Jules et Jim*, de François Truffaut, Jim raconte :

« Oh moi je suis un raté. Le peu que je sais, je le tiens de mon professeur Albert Sorel[7].

— Que voulez-vous devenir ? me demanda-t-il.

— Diplomate.

— Avez-vous une grosse fortune ?

— Non.

7. Historien de la diplomatie, et professeur.

— Pouvez-vous, avec quelque apparence de légitimité, ajouter à votre patronyme un nom célèbre ou illustre ?

— Non.

— Eh bien, renoncez à la diplomatie.

— Mais alors, que dois-je devenir ?

— Un curieux.

— Ce n'est pas un métier.

— Ce n'est pas encore un métier. Voyagez, écrivez, traduisez. Apprenez à vivre partout. Commencez tout de suite. L'avenir est aux curieux de profession. »

Pas de possibilité sans curiosité, Anthi. Pas l'indiscrétion, la curiosité. Pour rencontrer, il faut être curieux. Es-tu curieux, Anthelme ?

Je t'embrasse fraternellement.

Au cours du déjeuner russo-espagnol, même si je m'absentais parfois de la conversation, je me suis surpris à faire preuve de curiosité, interrogeant, posant des questions. Prudencio me regardait à la dérobée, interloqué sous son air impassible de potentat. Avec Momo, la curiosité était écoute, attention, investissement. Amour aussi… Serais-je également un amateur, au sens où l'entendaient Jeanne Moreau et Orson Welles ? Ce moteur qui a toujours enjoué Bengotxea et les Ipoustéguy ? Sans doute… Ou plutôt en passe de le devenir… Devenir amateur de ma vie, de celle des autres, pour croiser enfin les chemins. Je suis professionnel de ma vie depuis l'enfance. Tout paraît si logique désormais.

Bien qu'il soit très tôt, je commande une coupe de champagne que l'hôtesse sert avec élégance. Éméché, les yeux mi-clos, je me laisse aller dans un agréable pays de coton. Vient l'étrange impression d'avoir fait passer mon existence dans le chas d'une aiguille. La conviction est là, fait défiler pêle-mêle toutes les raisons d'aller de l'avant. Rencontrer est un œcuménisme affectif. C'est épouser l'ancien et le maintenant. C'est découvrir son humanité. C'est mettre un terme au conflit de loyauté entre ce que vous étiez et ce que vous serez. Être prêt, près, dans l'autrement. Rencontrer, être rencontré, c'est réunir des géographies, des topographies. C'est convoquer l'enfance qui cavale sans cesse en nous, convoquer la beauté, convoquer le rêve, convoquer la fougue et l'envie. C'est s'accorder, trouver ensemble un rythme plaisant, un équilibre. La liberté ? C'est la respiration des différences, la respiration des temps, des tant, de l'instant, des instants. La liberté dans le lien, la légèreté dans la profondeur, la respiration dans le souffle, la vie dans la vie. Et le « tu » dans le « tu ».

Sans prévenir revient le visage d'Auguste Escoffier. La cuisine lui doit tellement : l'invention du « palace » avec César Ritz, l'uniforme des cuisiniers, la toque du chef, la brigade, la pêche Melba en hommage à la célèbre cantatrice, même le bouillon KUB. Et tant de recettes, parfois dédiées à des clients fidèles. Elle lui doit la présence des chefs en salle. La rigueur et l'excellence, l'élégance et la présentation des plats parce qu'« on mange aussi avec les yeux », disait-il. Et que « la cuisine ne se fait pas sans aimer et être aimé. Ce sont le goût, le regard des autres qui nous font cuisiner ». La cuisine ne se fait pas sans le corps. Mais après tout, rien ne se fait sans le corps ! Toute rencontre est un corps-à-corps : « Je me rends-contre ton corps, tu te rends-contre mon corps, elle ou il se rend-contre. » « On est tous des cuisiniers de nos rencontres, de nos corps, de nos vies. On est les cuistots de nos désirs. On est les gastronomes de ce qu'on est, de nos corps », a dit Momo.

J'appellerai la gastronomie du corps et son cortège de sensations. Je convoquerai tous les sens. Regarder, sentir, toucher, écouter, goûter. Jusqu'au génésique ? Nous verrons…

Les lumières de l'aéroport international John-F.-Kennedy se profilent dans le hublot. La conviction est là. Elle n'est rien sans l'action. La décision est prise. Ferme.

71

Au retour de New York, où nous avons joué dans la droite ligne des merveilleux concerts de Paris, l'humeur est aux réjouissances, pareilles à celles qui suivent une libération. Attablés à Bayonne, à la terrasse de notre restaurant favori, nous peaufinons notre projet. L'air est doux, le repas succulent. Il suffit parfois d'une idée pour que tout bascule, ou presque. La mienne, devenue la nôtre par la magie de notre entente, rend Virginie enthousiaste :

— On gagnera moins d'argent, c'est sûr. Mais l'idée j'adore. J'en ai parlé avec Alexis, il est supercontent. J'te suis mon Anthi. On y va quand ?

— Ah, toujours à la pointe du combat, dis-je en riant. Il faut d'abord que je nous trouve un rendez-vous. Et ensuite que nous ayons l'accord.

— Tiens-moi au courant. J'ai hâte !

— Patience, patience. Le dénouement est proche.

— Pourvu que ça marche. Qu'on soit que trois à savoir, ça me rend nerveuse. Comme si j'avais besoin de ça. Quand tout le monde va être au courant, ça va être un drôle de binz. Eh ben…, ça promet !

Au fil des semaines, Virginie m'est apparue sous des aspects différents. Je la vois différemment. Sa générosité, sa drôlerie, ses maladresses, sa fantaisie, jusqu'à ses blessures à peine dissimulées lorsqu'elle explose sans retenue, tout son être confirme l'amour que je lui porte et que je n'ai pas assez témoigné, tandis que le sien s'est toujours déployé avec tant de facilité. Un amour qui, je le promets, sera rendu. Tout comme Mat, Bengotxea, celles et ceux qui, moins proches, peuplent le paysage humain dans lequel nous baignons. Momo ? Il ne répond ni à nos appels ni à nos messages. À l'hôtel des Capucines, il a donné la consigne de refuser toute visite. Inquiets, nous respectons sa volonté…

— Je peux te poser une question ? dis-je, au dessert.

— Si c'est pour me demander combien j'ai sur mon compte, c'est pas la peine, répond-elle.

— Bien sûr que non Txiki.

— Ouf ! Alors vas-y Anthi. Si j'ai pas envie de répondre, je répondrai pas.

— Comment tu as rencontré Alexis ?

Virginie reste bouche bée, la cuiller de mangue suspendue à ses lèvres.

— Tu peux répéter ?

— Comment tu as rencontré Alexis ?

— Tu t'en souviens pas depuis le temps qu'on se connaît ? Je t'ai raconté au moins mille fois.

— Non, dis-je, gêné. C'est que… En fait, tu l'as raconté sans que je te le demande, mais je ne te l'ai jamais « demandé ». Ça fait une différence.

Virginie avale sa bouchée, hésite entre la sidération et l'envie de comprendre cette différence. Son regard s'illumine.

— Tu veux dire que t'as décidé de « demander » maintenant ?

— C'est ça. Je sais…, ça peut paraître curieux.

— C'est pas curieux, c'est dingue.

— Oui, je me suis aperçu que je ne savais pas demander. Alors j'apprends.

— Non mais où on va. Anthelme Ducon-Loisillon a décidé de « demander ». Une super nouvelle Anthi ! T'as changé depuis la cheminée qui tue. Là, tu me scotches.

— Disons que ça participe de l'intérêt véritable que l'on porte à ceux qui comptent. Bengotxea, par exemple, je ne lui ai jamais demandé comment il a rencontré Florence. J'aimerais bien le savoir.

— Ah oui, fait Virginie. Puisque c'est comme ça, Alexis, je l'ai vu à une fête à Paris, dans le Marais, juste après le conservatoire. Il finissait ses études d'avion. Il m'a remarquée quand je suis entrée. Moi je pensais encore un peu à mon hautboïste breton. On s'était quittés six mois avant ; ah, c'était un super bon coup ! Alexis, je l'ai vu en arrivant, sans plus. Je me suis juste dit : « Pas mal celui-là. » On a échangé deux ou trois mots pendant la fête. Et puis un jour, il m'a appelée. Je sais toujours pas qui lui a filé mon numéro. J'ai fait la pimbêche, la revêche, la frigide de naissance. Va savoir comment, il a réussi à me faire rire. Et là, il a remporté un point. Je t'en ai même parlé le lendemain.

— Ah bon… ? C'est loin…

— Mouais… J'ai accepté un rencard. Je suis arrivée au bar avec une mine de sorcière, pas maquillée, les cheveux en bataille façon Waterloo. J'étais habillée comme un sac à patates germées. Un vrai boudin. Mais il s'en tapait Alexis. C'est la première fois qu'on me regardait avec des yeux pareils. Tu sais, un peu guimauve, avec des petites étoiles brillantes et des petits cratères en éruption. Conne comme je suis, j'ai cru qu'il en voulait juste à mon corps de Vénus. Pas la planète, la déesse. Ben non. La soirée a été très sympa, je me suis détendue, il m'a raccompagnée chez moi. Point. Et après, il m'a fait la cour. Pas la cour des dragueurs lambda, les sinistres. Non, la vraie cour, celle qui te fait fondre, avec les fleurs et tout. Je me suis coiffée, j'ai mis des jolies fringues, et puis un jour, c'est moi qui l'ai embrassé. Ce patin ! Le plus beau de toute ma vie. Et voilà. Il a trouvé du boulot ici, il m'a rejointe. Et il embrasse encore comme un dieu. Comme le mari de Vénus.

Une joie peut être si simple. En l'écoutant, j'ai ponctué son récit de rires. Virginie s'est retenue pour ne pas rire à son tour. Ce repas est vraiment fondateur de notre projet et de bien davantage. Comme si nous nous rencontrions une nouvelle fois.

En nous séparant, je lui promets de l'avertir du rendez-vous. Le lendemain, c'est chose faite.

72

Il est onze heures. Le temps est superbe. La bâtisse ancienne flanquée de deux tourelles est impressionnante. Le parc également, tant il est sobre. L'ensemble n'est ni prétentieux ni clinquant, encore moins superfétatoire. Il n'a aucune intention d'en « mettre plein la vue ». Mais la vue se régale. À l'énoncé de nos noms, les deux imposants vantaux du portail s'ouvrent sur l'allée impeccable couverte de gravillons, bordée de sculptures contemporaines.

Mathilde et Robert Ipoustéguy nous attendent sur le parvis de pierre. Leur accueil est habituel, c'est-à-dire chaleureux, dénué de toute emphase et de toute mondanité.

— Bienvenue, annonce Mathilde en embrassant Virginie, suivie de Robert.

— Venez, allons dans le jardin arrière, dit Robert en me serrant la main. Nous serons mieux pour parler.

Mathilde me gratifie d'un bisou retentissant et, sur le trajet, commente ses dernières plantations de fleurs. Le jardin en question, où nous avons déjà eu l'honneur d'être reçus, est un festival de parfums et de couleurs sur un tapis de verdure. Au centre, une table de fer, large et ronde, nous attend. Une collation est disposée sur le dessus ajouré. Nous prenons place.

— Alors, quel est ce projet dont vous parliez au téléphone ? demande sans attendre Robert.

— Nous sommes impatients, ajoute Mathilde.

Dans tout échange, le début et la fin sont sans doute le plus délicat. Il a été convenu que Virginie ouvrirait le bal.

— Bien, on se souvient tous de Mira Pavlovic, la cheffe de votre orchestre du Carrousel, commence-t-elle.

— « Notre » orchestre est beaucoup dire, fait remarquer Mathilde. Il existe par lui-même.

— Oui, c'est un peu maladroit, reconnaît Virginie, dont le sourire est communicatif. L'orchestre alors. Mira a été une vraie valeur ajoutée.

— Tout à fait.

— Mais elle a dû partir au bout de six ans pour aller diriger chez elle, en Serbie. C'était une opportunité dingue, elle a pas pu refuser, et ç'a été un déchirement pour tout le monde. On l'aimait bien, nous.

Virginie se sert un autre verre de limonade maison et poursuit sous l'œil attentif des Ipoustéguy, qui, intrigués, guettent la suite :

— Les deux chefs qui ont suivi, on peut pas dire qu'ils aient fait des étincelles. Ils étaient plus intéressés par leur petite gloire que par l'orchestre. Le dernier est parti y a six mois, je crois.

— Absolument, confirme Robert. Ces deux choix n'étaient pas judicieux. Les promesses ne sont pas toujours au rendez-vous.

— Et l'orchestre est parti en c..., euh..., il s'est défait. Disloqué quoi.

— C'est cela. Et ? demande Mathilde, l'air de rien.

— Le poste est vacant je crois, dis-je en intervenant au moment que nous avons également décidé. Je vous propose de le prendre, avec Virginie.

— Pardon ? s'exclame Robert.

— Enfin Anthelme, vous êtes tous les deux des vedettes internationales, objecte aussitôt Mathilde. Nous sommes honorés de votre parrainage. Mais qu'iriez-vous faire avec un petit orchestre d'amateurs, et de province ?

—Justement, Mathilde, c'est parce que ce sont des « amateurs ». Au sens du mot que vous appréciez tellement. Qu'Alain Bengotxea adore aussi. Et parce que nous ne sommes pas en province, mais en Euzkadi. Nous sommes tous fiers d'être basques, même Virginie qui ne l'est pas. Montrons-le !

Le silence qui suit est comme celui qui naît d'un miracle : assourdissant.

— Mais l'orchestre est incapable de vous rémunérer à la hauteur de vos talents, dit Robert.

— Ne vous inquiétez pas. Nous ne demandons rien. RIEN. Nous continuerons à donner des récitals. Simplement moins que d'habitude. Cette rareté nouvelle ajoutera une valeur à nos cachets.

L'argument touche.

— Côté temps, vous inquiétez pas non plus, intervient Virginie. On le prendra. On s'arrangera. Côté direction, on a appris au conservatoire, surtout Anthelme. On a déjà dirigé un peu. C'est comme les Carambar de Mathieu, ça s'en va pas, ça colle toujours aux dents.

— Nous vous proposons d'amener les musiciens à l'excellence que vous aimez, dis-je en riant à la comparaison de Virginie. Si nous arrivons ne serait-ce qu'à la cheville de Mira, nous serons contents. Nous voulons chercher les beautés de la simplicité.

— C'est..., votre proposition est incroyable, dit Mathilde, aussi bouleversée que son mari.

En cet instant, tandis que les Ipoustéguy se consultent du regard, je repense évidemment à l'allusion directe de Momo, à la remarque de Claire sur la direction d'orchestre. Ils m'ont guidé, ont déshabitué, déshabillé mes yeux. Après neuf ans de jachère, mon cœur s'ouvre comme une fleur nouvelle. Une vague de fraîcheur me parcourt, me défait des pesanteurs encore enfouies et me murmure : « Je te promets à l'écoute, à l'ouverture. Tu seras cette petite goutte d'eau qui naît d'un glacier, qui voyage autour du monde, se faufile entre les côtes, franchit les immensités océaniques, redevient glace avant de fondre et de se fondre avec ses sœurs pour revenir au lieu de sa naissance. » Revenir à la simplicité, au primordial, à l'essentiel. « Aux matrices et aux sources. »

Tout a commencé de changer aux concerts de Paris. Jusque-là, je n'avais accordé qu'une attention mesurée et distante aux musiciens, aux orchestres. Au public finalement, que je n'avais pas remercié, ou pas assez. Les chefs ? Les relations ont toujours été sympathiques, au service des concerts. Sans approfondir. Comme si le talent seul suffisait. En fait, je craignais l'intimité de moi. Maintenant, tout vacille avec contentement. L'obsession est chassée, je ne gis plus à la potence des souvenirs. Le temps n'est plus une hypothèse, mais le constat du réel. Il refuse de compter. Seul importe le prix qui viendra.

— « On vit de ce que l'on obtient, mais on construit sa vie sur ce que l'on donne. » Je crois que la phrase est de Churchill, dit Robert, qui me tire de mes pensées, en même temps que le pied de Virginie appliqué sur mon mollet droit. Je n'aurai qu'un mot : « Merci. »

— Ça suffira, dit Virginie en partant dans un de ses rires symphoniques.

L'atmosphère joyeuse est assortie de ce supplément qu'offrent les projets exaltants. La suite se déroule entre propos variés et mise au point de cette collaboration atypique. Au moment de nous séparer, en promettant de nous revoir afin de sacraliser notre entente, Mathilde a ces mots touchants :

— Vous savez, nous avons failli mettre fin à l'orchestre. Par lassitude peut-être. Par résignation. Mais il ne faut pas se résigner. Vous venez de le prouver. Parfois, le chemin est juste à côté de nous, et on ne le voit pas. Puis on le voit.

« Puis on le voit. » La petite voix… Laissons le vide se remplir. Pour être neuf, pouvoir être un don. Je ne suis que le vacataire de ce qui va naître. Que j'aurai à séduire et à convaincre sans cesse.

73

Rue de la Monnaie, dans le Grand Bayonne. Ponctuels, nous nous retrouvons au pied de l'immeuble. La sonnette semble attendre qu'un visiteur actionne son bouton et lui insuffle de la vitalité. Au premier étage, la porte d'entrée grince légèrement et dévoile un deux-pièces triste. L'humanité a déserté les lieux qui renvoient le goût d'une fin de monde. D'un monde. Les murs portent l'empreinte fantomatique de cadres. Une armoire métallique sans personnalité contient les archives pêle-mêle. Des chaises ordinaires sont empilées près d'un fauteuil. Un grand tapis recouvrant une bonne partie du parquet a disparu, laissant son empreinte sur le sol. De même que la table basse. Sur le bureau aux tiroirs vides sont posés des dossiers inertes. À la dislocation de l'orchestre, chacun des musiciens a enlevé ce qu'il avait amené : la lampe ou un guéridon, les affiches de concert mises sous verre par un encadreur. Quelle misère, quelle mesquinerie… Seule la ligne téléphonique encore opérationnelle indique que l'appartement n'est pas tout à fait mort.

Le jour baissant en ajoute une dose de lugubre. Je tiens les clés remises ce matin par Mathilde et Robert, lorsque nous avons réglé les tracasseries paperassières. Notre accord tient en deux mots : « Carte blanche », d'un blanc immaculé. En retour, et cela va de soi, ils seront informés des avancées de l'orchestre. Mat, qui nous accompagne, enchanté du projet et de cette visite, allume le plafonnier. Il était si naturel de l'associer à cette première étape de l'aventure. Une lumière plutôt agréable inonde la pièce principale, et vient s'unir aux reflets d'un soleil pressé de se coucher.

— La vache ! Ça sent le renfermé ! s'exclame Virginie en ouvrant les deux hautes fenêtres. Va falloir rénover Anthi.

— Et s'organiser, dis-je. On ne dirait pas que nous sommes au siège de l'orchestre du Carrousel.

— Comment allez-vous faire ? demande Mat. Entre les répétitions, l'administratif, les concerts.

— Pour l'administratif, les Ipoustéguy s'en occupent, annonce Virginie en farfouillant dans l'armoire. Il paraît qu'ils ont quelqu'un de très bien. On leur fait confiance. Après, dans l'orchestre, y a le bénévolat. C'est l'esprit du Carrousel. Y faut des impliqués, des motivés. Ça doit rester comme ça. On l'a promis à Mathilde et à Robert.

— Et les musiciens, les candidats ?

— Ils nous écriront, par courrier postal ou numérique, en expliquant leurs raisons en une seule page, ajouté-je en désempilant les chaises. Mais ce n'est pas une lettre de motivation pour faire un stage ou trouver un emploi. Ils ne signeront pas d'engagement, ce n'est pas non plus l'esprit. Ils seront libres de partir ou de rester. Une répétition aura lieu tous les lundis et jeudis, on sera joignables ici. Nous ferons un renvoi d'appel. En dehors des Ipoustéguy, la personne chargée de l'administratif sera la seule à avoir nos numéros.

— Et vous ? dit Mat en traçant de son index un sillon sur la poussière du bureau. Vos récitals ?

— On a tout étudié avec Anthi. On fera un tiers en moins de récitals et de concerts. On fera ceux prévus, et on reportera ceux qu'on a pas encore signés. Comme ça, on aura du temps. Et ça nous fera aussi un peu des vacances, parce qu'on a tellement bossé les dernières années. Souffler, recharger les batteries.

En l'observant du coin de l'œil, je constate combien Mat met d'élégance dans ses gestes. Il est ainsi depuis l'école primaire. Quand il se battait pour éviter que j'abîme mes mains, il avait une manière particulière de frapper. Au premier abord, on pouvait croire que son bras, projeté avec grâce, irait s'écraser mollement. Pas du tout. Concentré, Mat atteignait presque toujours sa cible, qui regrettait très vite de l'avoir défié. Il développait une puissance et une précision redoutables. Un de nos copains l'avait même surnommé « le Chirurgien de la baston ». La vocation de Mat vient peut-être en partie de ce talent ? En le regardant ainsi, j'ai la sensation de le découvrir sous d'autres facettes, comme Virginie. De prendre davantage la mesure de son humanité, de ce qu'il est.

Un courant d'air doux s'engouffre et soulève des feuilles éparses sur le bureau. Virginie les rattrape au vol et les empile sur une boîte d'archives :

— Allez, on donne un coup de balai. On reviendra avec des machins pour décorer.

Il nous faut deux bonnes heures pour nettoyer le siège, qui retrouve un visage plus agréable. Des heures entrecoupées de plaisanteries, de chamailleries, de facéties. Comme si nous revenions à une enfance qui n'est jamais tout à fait terminée, libérés du pesant statut d'adulte. Une vitalité accrue naît d'un projet. Le nôtre nous exalte et nous transporte.

— Maintenant, à la bouffe ! lance Virginie lorsque nous avons terminé.

En sortant, nous passons devant l'hôtel des Capucines. Imaginez trois énergumènes plantés sur la chaussée piétonnière, adressant aux lumières du dernier étage des brassées de baisers en scandant : « Momo, nous vous aimons. » Des passants se retournent et s'en amusent, sans se douter combien nous sommes chamboulés. Momo… Notre Momo qui partira bientôt…

Notre restaurant favori voit ainsi arriver un trio à la fois joyeux et peiné. Étrange mélange. Le choix des plats et des vins est rapide. Nous avons faim et soif. D'être ensemble, d'aimer Momo, de rire, d'être là, de cet orchestre, de tout. Un appétit général anime ce dîner qui ne ressemble à aucun autre. Que nous sacralisons avec un excellent pauillac, pour refléter la succulence de ce moment et de ses frères prochains. Nous trinquons :

— Nuit de tchin, nuit câline ! s'exclame Virginie.

— À nous, à Momo, à tous, ajoute Mat.

— À tout, dis-je.

Les clients attablés en terrasse feignent de ne pas nous voir, dévorés par la curiosité pour ceux qui s'amusent. Nous échafaudons notre futur.

— Combien allez-vous recruter de musiciens ? demande Mat.

— Douze, ce serait l'idéal, dis-je. Uniquement des cordes. Quatre premiers violons, trois seconds violons, deux altos, deux violoncelles et une contrebasse. Si besoin, Virginie sera au piano ou au clavecin.

— On veut revenir au début, quand y avait que des cordes, avec Mira, explique Virginie. Après, ça a grossi. Trop. Ils étaient plus d'une trentaine, c'était trop dur à gérer. L'humain et la musique. Parce qu'il fallait trouver des morceaux avec des cuivres, des vents et tout.

— Comment les sélectionnerez-vous ?

— Justement, ce serait bien que tu sois avec nous pour voir les candidats, dit Virginie. Trois avis, c'est mieux.

— Avec joie, dit Mat.

— Nous pointerons surtout l'état d'esprit, la motivation, la passion, dis-je. Ils auront bien sûr une maîtrise minimale de l'instrument. Mais ce n'est pas le plus déterminant. Si on se rend aussi disponibles, c'est pour les accompagner dans leur progression d'instrumentiste. Pour qu'ils sortent le meilleur d'eux-mêmes.

— Vous envisagez combien de concerts ?

— Un seul pour le moment. D'ici-là, il se passera beaucoup de choses.

— Et les candidats, vous passez des annonces ?

— Sûrement pas, intervient Virginie. La presse va donner la nouvelle, avec les coordonnées de l'orchestre pour qu'ils nous écrivent. Rien au téléphone. On leur demande donc juste une page, pas plus, sinon on tombe dans l'interminable. Quand on en veut, on n'a pas besoin de raconter sa vie, de broder, d'en ajouter des tonnes. On a déjà prévenu qui y fallait dans la presse. Tu penses bien que ça va faire un truc de fou. Les réseaux feront le reste. Les candidats viendront tout seuls.

Le pauillac est à se damner. La bouteille est vide. Nous commandons un pommard de même tenue. Nos cœurs s'emplissent de ces instants simples, inaugurent une énergie jusque-là inconnue. Nos cœurs ne désemplissent pas.

74

Fier d'être le premier à avoir eu connaissance de notre entreprise, Prudencio éprouve un plaisir non dissimulé à relayer l'information : « Virginie Kaczmarek et Anthelme Ducon-Loisillon prennent du recul. Un mystère plane. » L'article, annoncé en une de la revue *Corchea*, qui paraît quelques jours après notre conversation, fait grand bruit sans pour autant en livrer les détails. Circonspect, je n'ai révélé à Prudencio que ce que nous jugions utile. Le reste est broderie et suppositions, un art qu'il maîtrise. Quoi ? Comment ? Pourquoi ? Que se passe-t-il ? Pas eux, etc. La sourde envie qu'un événement désagréable nous soit arrivé, que cette annonce cache du croustillant, motive la plupart des réactions. Nous l'avions prévu et, afin de couper l'herbe sous le pied des amateurs de sensationnel, nous accordons des entretiens ciblés. Radio et télévision locales, presse régionale, nationale, numérique : les demandes affluent et nous amènent à choisir dix entretiens que nous préparons soigneusement. Les questions sont invariables. Nos réponses sont également invariables. « Des fois qu'ils pigeraient rien », dit Virginie, tout en reconnaissant, dans son rire caractéristique, qu'il est préférable que je prenne la parole.

— Tout le monde s'inquiète. Comment allez-vous ?

— Nous allons très bien. Nous faisons route ensemble depuis vingt ans, et le mariage est loin d'être terminé. Le fait que nous soyons unis dans ce projet rassurera tout le monde. Nous remercions toutes celles et tous ceux qui ont pu s'inquiéter.

— Pourquoi cette décision de ralentir autant vos carrières ?

— Nous poursuivrons nos parcours en duo et en solistes. Nous y mettrons la même exigence, la même volonté d'excellence, la même passion, avec le vœu de progresser encore. Rien ne change, excepté notre disponibilité. Nous avons simplement besoin de temps afin de nous consacrer pleinement au projet approuvé par Mathilde et Robert Ipoustéguy. Et ce projet fait également partie de nos carrières.

— Précisément, pourquoi prendre la direction d'un orchestre « amateur » ?

— Le mot « amateur » est magnifique. Nous vous renvoyons à Mathilde Ipoustéguy et à Alain Bengotxea. Non, le mot « amateur » n'est pas dépréciatif. Bien au contraire. Nous sommes tous des amateurs en puissance ou révélés, à condition de s'en donner les moyens et l'ambition. Un « professionnel », puisque vous semblez opposer les deux termes, est un amateur qui vit matériellement de sa passion, dont il a fait un métier. Nous lui souhaitons de l'entretenir jusqu'à son dernier souffle. La passion d'un amateur est identique. Prenez le sport. N'est-il pas arrivé que des équipes d'amateurs l'emportent sur des équipes de professionnels, parfois au sommet de la hiérarchie ? Avec la manière en plus. Vous trouverez d'autres exemples dans d'autres domaines. Ces prouesses continueront. Parce que les « amateurs » sont capables de déployer un surcroît de motivation qui abolit les frontières professionnelles, sociales, culturelles, et décuplent les performances. Mira Pavlovic avait le don de sublimer les musiciens et de créer l'unité. Si vous avez assisté un jour à l'un de ses concerts avec l'orchestre, vous savez sans doute de quoi il s'agit.

Excepté quatre interlocuteurs, ils n'ont jamais écouté le Carrousel.

— Vous évoquez une période faste, qui s'est achevée il y a quatre ans. Ensuite, l'agonie a été longue. Que pensez-vous des deux chefs qui se sont ensuite succédé ?

— Nous ne ferons aucun commentaire à ce sujet. Notre projet a une éthique et un esprit, celui de cette unité. Car la musique rassemble, fédère ; elle pacifie si besoin. Nous mettrons tout en œuvre pour y parvenir.

— Mais cet orchestre a sombré, et vous n'avez pas encore la composition, encore moins le répertoire. Pensez-vous réussir ?

— Nous venons de vous dire que nous mettrons tout en œuvre.

— Comment allez-vous recruter les musiciens ? Sur quels critères ?

— Nous serons attentifs à toutes celles et tous ceux qui écriront au siège du Carrousel. Nous répondrons à chacune et à chacun. Il n'y a aucun critère d'âge, de profession, de religion, etc. Les seules limites sont d'être majeur, d'avoir un peu de pratique de l'instrument et de résider à Bayonne. Bayonne compte un peu plus de 50 000 habitants. Le potentiel existe. Nous souhaitons rester un orchestre bayonnais, faire honneur à notre ville et à l'esprit basque. Nous ne pourrons donc pas accepter de débutants, à notre grand regret. Ils n'éprouveraient pas suffisamment de plaisir. Et le plaisir est l'un des fondements d'une formation musicale.

— Pourquoi la majorité ?

— Parce que, dans un premier temps, nous souhaitons offrir cette opportunité à des adultes qui n'ont peut-être pas eu, ou peu, l'opportunité de donner libre cours à leur passion. Plus tard, pourquoi ne pas étendre ce projet à des formations de musiciens mineurs. Elles existent déjà en France et ailleurs. Nous n'en sommes pas là.

— Reprendrez-vous des musiciens de l'ancien orchestre, s'ils se présentent et correspondent aux profils que vous souhaitez ?

— Il n'y a pas d'ancien ou de nouvel orchestre. Il n'y a que le Carrousel, encore une fois avec son éthique, son esprit, son unité et son parcours. Non, si bien soient-ils, ces musiciens ont participé pour la majorité d'entre eux à une épopée. Ils ont contribué à ses succès, mais aussi aux difficultés humaines et artistiques de ces quatre dernières années. Prenons un parallèle : croyez-vous que vous puissiez « re-aimer » quelqu'un que vous n'aimez plus et dont vous êtes séparé ? Nous sommes un peu dans ce cas de figure. Et nous leur souhaitons une excellente réussite à tout point de vue.

— Vous parlez à plusieurs reprises de « passion ».

— La passion est un moteur. Elle est indispensable. Nous ne voyons rien d'autre à ajouter.

— Quel message souhaitez-vous transmettre en prenant en charge cet orchestre ?

— Ce n'est pas une charge, c'est un immense plaisir. Et un défi. Nous avons le trac, vous pouvez en être sûr. Nous avons été gâtés par la musique, par la vie. Il nous a semblé naturel de rendre une partie de ces cadeaux. Gratuitement. La reconnaissance est gratuite. De la gratitude si vous préférez. Nous souhaitons accompagner les musiciens au mieux. Vous savez, il existe à Berlin une académie extraordinaire, qui ne forme pas seulement des musiciens. Les jeunes qu'elle intègre sont souvent meurtris par la guerre et les injustices, en particulier du Proche-Orient. À l'aide d'autres enseignements, comme l'Histoire, la littérature, la philosophie, les sciences humaines, elle forme des êtres capables d'écouter et, dans leurs pays respectifs, de contribuer à la concorde, à la compréhension, à la paix. C'est une leçon d'humanité et d'art, de l'art d'être humain, un musicien humain. Pour nous, cette académie est un magnifique exemple. Les fondateurs, Daniel Barenboim et Edward Saïd, sont également de magnifiques exemples.

Généralement, nos interlocuteurs, un peu sonnés par la référence à la Barenboim-Saïd Akademie, préfèrent passer à un sujet radicalement différent. Celui-ci revient souvent :

— Avez-vous l'intention de créer des comptes sur les réseaux sociaux ?

— À titre personnel, nous n'avons pas de comptes. C'est un choix. L'orchestre n'en possédait pas. Nous pensons que c'est indispensable aujourd'hui. Une personne s'en chargera. Vous savez, nous sommes dans le feu de l'actualité. Dans un mois, nous ne le serons certainement plus. Nous tiendrons donc au courant ceux qui nous suivent. Rendez-vous au concert.

75

Les arbres tendent leurs ramures dans la petite forêt du grand chêne majestueux. Ils nous parlent, et se parlent. Colportent-ils aussi des potins ? « Partout où un homme passe, il laisse un peu de lui-même », disent-ils. Autour de Leihoa, mes passages sont partout, des petits cailloux blancs qui appellent chacun une trace.

Le chêne, notre chêne. Le contact de l'écorce, les vibrations de la sève me gagnent. Nous discutons. Il me raconte la beauté des bois et des sentiers, l'absence de bruits importuns et d'odeurs humaines. La solidité des liens entre ses frères, les grandeurs de leurs échanges. Il me dit ses peines aussi, notamment du départ de Claire, de tous les départs. Il me dit l'énergie qu'il puise aux puits de la terre et qu'il offre sans calcul. Il me murmure la joie de nos étreintes et les bienfaits qu'il déploie. Immobile, je le salue, l'enserre, lui révèle les derniers événements, l'orchestre, notre appréhension. « Il vaut mieux avoir peur avant le risque que devant le risque », dit-il. Ses mots me touchent, la sérénité s'installe, j'ôte mes bras. Il sourit. Je lui dis à bientôt. Une marche m'attend.

Le goût de la marche m'est venu petit, lorsque nous faisions de longues balades à l'océan avec mes grands-parents Camille et Alexandre. Le plus agréable est de partir très tôt le matin. Depuis que Claire s'est envolée, j'ai appris à aimer davantage encore la solitude que procurent ces périples incertains, l'absence de genre humain, le privilège d'explorer une nature dont nous ne sommes que les invités. Pour me repaître des musiques, des odeurs, des lumières dansantes, des points de vue tellement changeants d'un mois sur l'autre, d'un jour sur l'autre. Par tous les temps, en toutes saisons. J'ai appris aussi à marcher le nez au vent et le nez au sol, goûtant une feuille, croquant une écorce, mordillant un fruit pour en extraire la pulpe et le goût sauvage. Écouter les oiseaux et croiser les insectes. J'ai appris à visiter les petits monuments qui parsèment la campagne, à m'émerveiller en me demandant si, en dehors de Claire et des proches, je pourrais faire de même avec d'autres êtres. À chacune de ces sorties, j'ai la sensation de célébrer la Création. Marcher, c'est s'absenter du monde et revenir à la Terre. C'est rencontrer son corps tant les efforts sont continus et intenses. C'est convier les sens. C'est se rencontrer pas à pas, mesurer combien nous sommes éphémères et si petits devant les éléments, les rochers, l'océan, les arbres qu'il est si bon de caresser, de respirer, d'embrasser. C'est laisser venir les pensées sans les appeler.

En ce petit matin de tranquillité, les miennes vagabondent et rebondissent, s'enchaînent et trouvent une à une leur issue sous la magie de la marche, des paysages. Elles sont pareilles à ma maison où j'ai recommencé à me délester de ce qui n'a pas ou plus sa place. Un grand magasin d'intentions et d'espaces. Elles vont à ces êtres précieux qui peuplent le vivant, et dont se dévoilent à mesure des pans auxquels je n'avais pas prêté attention. Par exemple, Alain Bengotxea, mon professeur de toujours, s'enchante de notre défi, l'encouragera sans commander, sans donner d'avis.

— Vous êtes grands maintenant, même Txiki, a-t-il dit avec malice. J'ai confiance, vous y arriverez. Je vous soutiens.

Une heure de marche a conduit à la fatigue qui vous transforme et vous bâtit, à cet état de perception accrue de ce qui vous entoure. Le banc de pierre accueille un baladeur fourbu et satisfait, presque repu.

Après avoir ramassé le courrier déposé par Paskoal, pris une douche revigorante et un autre petit-déjeuner, je rassemble avec Virginie les trente-sept demandes reçues au siège du Carrousel. Ce nombre nous satisfait, nous rassure. Nous souhaitons que l'orchestre soit la priorité et la face visible. Que nous puissions nous y oublier comme on s'oublie dans la marche.

Après la période d'unes, Virginie et moi repasserons en pages intérieures, puis en brèves avant de disparaître, ce qui nous donnera le temps de travailler sans être éblouis par les projecteurs. À notre grande satisfaction.

Pourquoi trente-sept seulement ? Nous retenons trois raisons : notre statut de « vedettes » qui a pu impressionner, l'ambition du projet qui a pu décourager, et la réputation récente du Carrousel qui a pu rebuter. De fait, quatre ans auparavant, après le départ de Mira qui assurait la fameuse unité, des dissensions sont apparues. Les ego sont sortis du garage. Deux clans ont fini par se former et se sont entre-tués pour arracher la présidence, sous les yeux atterrés et tristes de Mathilde et Robert, qui s'étaient toujours tenus soigneusement à l'écart de la direction. Ils manifestaient une telle confiance, justifiée, en Mira. Les deux chefs successifs, concentrés sur leurs devenirs personnels, ont laissé faire. La cohésion a volé en éclats, la qualité musicale est devenue un souvenir. Assemblées générales houleuses, coups bas, recrutement pléthorique de musiciens afin de grossir les rangs des deux camps, absence d'entretiens avec les candidats : à l'enthousiasme, à la verdeur et à l'originalité ont succédé la laideur, la grisaille et la médiocrité. On ne venait plus pour faire briller mais pour briller. Les démissions ont afflué, jusqu'au rien. Mathilde et Robert, excédés, ont fini par fermer le robinet des finances. Le Carrousel s'est administré un spectaculaire *seppuku* (hara-kiri).

— Y a vingt-cinq nanas et douze mecs, fait remarquer Virginie, en buvant son thé. Comme d'hab, les filles sont plus motivées. Et vlan !

— Il va falloir en choisir vingt, dis-je sans relever la perfidie. C'est difficile. J'ai horreur de ça.

— Faut bien. On va faire des déçus, forcément. Comme promis, on leur enverra une gentille réponse, pour leur dire qu'ils sont très bien…, que plus tard peut-être…, que la porte est pas fermée…, et tout. Mat en a écrit une chouette, je trouve.

— Je l'ai lue, elle est très bien. Mat est plus diplomate et délicat que toi et moi réunis. Il encourage sans flatter.

Nous éliminons d'office sept lettres de trois pages ou plus. À la rigueur deux, au lieu de l'unique pour faire preuve de souplesse, afin de voir si l'expéditeur est concis, engagé, déterminé. Ensuite, nous écartons ceux que Virginie surnomme les « fayots de la mort ». Toute flatterie telle que « vous êtes de si grands musiciens », « quel honneur d'être avec vous », « le maire vous salue », « j'ai une admiration sans borne pour votre travail », est éliminatoire. Résultat, cinq candidats ne passent pas non plus le premier tour. Deux autres, pourtant au langage séduisant, finissent par avouer ne pas résider à Bayonne, et proposent de figurer sur une liste en attendant de devenir bayonnais. Enfin, les trois derniers, dont un mineur, ne jouent d'aucun des quatre instruments de l'orchestre, et souhaitent également être mis « en réserve au cas où ». Parmi les vingt personnes retenues, nous apprécions les « je ne sais pas si j'y arriverai », « j'ai le trac », « je n'ai peut-être pas le niveau ».

Puisque l'on peut si bien se cacher derrière une plume, il nous a semblé évident de rétablir le « Bach à lauréat » dont nous respecterons le principe : « On ne peut jouer qu'en étant à l'aise, apaisé, même si ça bouillonne », a dit Mathilde. Et ces entrevues n'auront pas lieu rue de la Monnaie. Elles se dérouleront sur la pelouse du stade Jean-Dauger, le temple du rugby bayonnais. Les instances de l'Aviron, séduites par la proposition originale, ont aussitôt accepté. Nous étalerons les entretiens sur quatre jours espacés, notamment pour que Mat puisse se libérer, et bien entendu en dehors des matchs et par beau temps. La première réaction au moment de prendre date auprès des candidats, est la stupeur, suivie pour la plupart d'un sourire perceptible au téléphone. Avec Mat et Virginie, nous en profitons pour apprécier la voix si révélatrice, ses inflexions, sa tessiture, sa musicalité. Volume, ampleur, fluidité font aussi partie d'une liste d'items que nous cochons chacun avec soin.

76

Au jour dit, assis sur des chaises, au centre du terrain, nous formons un cercle amical venu discuter dans la bonne humeur. Sans donner l'impression de les observer, nous les voyons arriver de loin, marcher, se mouvoir. « La dégaine t'en dit plein sur le gus », dit Virginie. Cette désacralisation crée d'emblée un climat plus décontracté. L'aspect physique et l'origine ne sont évidemment pas des éléments du choix, ni la manière de se tenir, de s'asseoir. Notre liste prévoit nécessairement d'autres cases, que nous remplissons entre chaque rendez-vous. Quarante minutes d'échanges, dont le Bach à lauréat, quinze minutes de délibération et cinq minutes de pause nous semblent suffisants, et sans déborder, par respect pour les suivants. Je vous épargne là aussi l'exhaustivité de cette liste. L'essentiel se joue à quelques points. D'abord les sept premières secondes qui inaugurent toute rencontre, et où se forme si souvent le discernement. Nous prévenons que notre sélection n'est pas une affaire de valeur mais d'adéquation, que leurs questions sont les bienvenues. Chacun doit se sentir valorisé.

Nous regardons si l'instrument est bien entretenu. Ensuite, la technique peut s'améliorer puisque chacun est appelé à progresser, mais le « toucher » ne s'invente pas. Il est impitoyable.

Lui aussi est une rencontre. Un instrument est comme un arbre : il se vit. Si vous ne possédez pas le toucher, vous ne pourrez rien y faire, malgré tous vos efforts. Nous accordons des places particulières à la gourmandise : quels sont vos plats basques préférés ? Nous voyons tout de suite quel est leur appétit, révélateur d'un appétit plus grand. Le *ttoro* (donc la soupe de poisson basque), la piperade, le poulet basquaise, l'*axoa*, la morue biscayenne, les chipirons à l'encre remportent les palmes.

L'humour, une autre gourmandise, est également très apprécié : « C'est la première fois que je joue dans un grand stade », par exemple.

S'adonner à une autre passion que la musique est l'indicateur d'une personnalité ouverte, fervente, généreuse. D'un cœur large. Les réponses peuvent être surprenantes.

Pour clôturer la séance, nous racontons Leningrad, le siège, la symphonie de Chostakovitch, le terrible concert, et recueillons leurs impressions. Aux commisérations de circonstance, comme « les pauvres », « quelle horreur » ou le macabre « combien de morts en tout ? », nous préférons les « punaise », « la vache », « on n'a pas le droit de se plaindre quand on voit ça », « ils avaient des gaufres » ou « je ne savais pas, et que sont devenus tous ces musiciens ? » lancés spontanément. Avant de nous saluer, nous clamons ce pilier de la détermination du Carrousel : « Souvenez-vous de Leningrad. »

Un soir, chez Virginie, nous dressons le bilan de ces quatre jours. Quelles rencontres ! Je me suis investi comme jamais dans ces paysages humains, exprimant une curiosité qui n'avait qu'affleuré jusque-là, un intérêt et une envie de connaître réjouissants. Pour une meilleure perception de la forêt humaine : je marche parmi les vies. Oui, tout semble si évident désormais. Même Alexis m'apparaît sous un jour rénové. Sa gentillesse et sa disponibilité, sa discrétion que je prenais pour de l'effacement et une absence de caractère, son amour profond pour Virginie se dévoilent vraiment.

— Je vais vous préparer un cocktail rhum et orange, vous m'en direz des nouvelles, dit-il en s'éclipsant.

Il assurera le service toute la soirée. Le débat qui suit se prolonge à table, même si nous avons déjà délibéré sur place. Car l'unanimité est requise, quitte à ne retenir que cinq candidats. Nous finissons par choisir.

— Alors six dames et quatre messieurs, annonce Mat, au dessert. Tu es contente, Virginie ?

— Ravie, dit-elle en roucoulant.

Nous le sommes tous en venant de franchir cette étape.

— Ah, les pauvres, y doivent être impressionnés. Faut qu'ils donnent le meilleur. J'ai une idée, propose Virginie.

— Aïe ! se moque Mat.

— Ben voyons, y a pas que môsieur qui a des bonnes idées. Même toi Anthi t'as dit des trucs intelligents, ce soir. À mon tour.

— On t'écoute, Txiki, dis-je.

— On les invite au restau, chacun, comme ça on fera connaissance. Et puis en les connaissant mieux, on pourra mieux les suivre, les accompagner. Ils apprendront aussi à nous connaître.

La proposition est acceptée sans hésitation.

— C'est acté, dis-je. Mais choisir est une chose. Qu'ils s'entendent en est une autre.

Notre prochain défi.

— À vous de jouer maintenant, dans tous les sens du terme, dit Mat. Je serai là si vous en avez besoin.

— Ben voyons, y manquerait plus que ça, que tu sois pas dispo, dit Virginie en bâillant.

Il est tard, et temps de se séparer, très provisoirement.

En me glissant dans les draps frais, l'apaisement que j'attendais s'installe. Je traverse la nuit comme on épouse l'éternité. Émerveillé.

77

Le jour d'après.

« Je suis le fantôme qui hante les lieux. J'ai porté le deuil depuis si longtemps que ces lieux en sont rongés. Je refuse les préceptes de Dieu et des hommes. Je dois vivre selon mes sentiments. Terminée la culpabilité. Terminé le deuil. Je suis en vie. Aujourd'hui est un recommencement. Anthelme est là. »

Un vertige me prend. La feuille jaunie, retrouvée chiffonnée au fond d'un tiroir d'une commode dont je souhaite me défaire, porte l'écriture limpide de Claire. Quand a-t-elle noté ces phrases ? Je me souviens de ce jour, lorsque nous avons évoqué le deuil. Les étapes qui permettent de le surmonter. Était-ce ce jour-là ? Avant le « grand jour » du mariage, en février ? Après ? En écrivant, pensait-elle à sa mère, à ses grands-parents, à Leningrad ? Je ne saurai jamais. Ces mots lui appartiennent. Au lieu de me faire vaciller, le questionnement est sans violence. Le visage de Claire apparaît au fond de ma conscience. Comme si elle me faisait signe et signifiait que sa présence s'estompe. Je me souviens alors de ce « grand jour », inscrit dans un des Clairefontaine. Je file au grenier, saisis le cahier, relis avidement, sans précipitation, ces mots de février. Et Claire qui « tend ses bras d'infini… »

Je repose le cahier dans sa maison de carton, m'assieds en tailleur, ferme les yeux. Venues de la grotte des secrets, les images défilent et s'évanouissent une à une, comme des fumées d'apparat, de fêtes achevées dont les traces vous suivront sans jamais vous encombrer. C'est cela, elles existent désormais sans poids. Accompagnent.

Claire n'est plus une présence douloureuse. Elle est une absence généreuse, constructive, aimante. Ses phrases, qui semblent avoir été griffonnées à la hâte, pourraient venir de ma main. Quelle étrange conjonction : elles sont une offrande à mon présent, à mon devenir. Après les avoir apprises par cœur, je place la feuille sur les chenets de la cheminée que nous avons tant de fois admirée ; le spectacle si vivant du feu. Pas de fétiches, pas de vénération, pas de fabriques inutiles de peine. Pas de Dieu.

78

Imprégné de l'exaltant projet du Carrousel, je pense associer à ce récit les dix musiciens qui nous ont rejoints. Je renonce à l'idée. La décision est immédiate, définitive. Leurs témoignages ici n'ont aucun sens. Leur intimité, leurs topographies de vie, ce que nous allons partager, sont leur bien. Ils appartiennent à des milieux, des cercles, des origines différents. Les métiers, les corps, les âges, les préférences sexuelles, les couleurs de peau, les trajets sont également divers. Certains sont célibataires, d'autres en couple. Je m'arrête ici… Il suffit de savoir que chacune et chacun est une découverte et mérite d'être rencontré(e).

Je me contenterai d'une brève description se résumant à la passion qui les habite en dehors de la musique. Avec leur autorisation. La période que nous allons traverser va approfondir la connaissance réciproque appelée par Virginie.

Premier violon, Véronique est une passionnée de cerf-volant, de toutes les tailles, de toutes les couleurs. Dès que le temps le permet, elle profite des vents favorables pour faire voler ses créations le long des plages de l'océan. « Pour que je sois libre ; j'ai l'impression de voler », a-t-elle dit. Avec son accord, je signale qu'elle est en fauteuil roulant. À l'entretien, elle a craint que son handicap soit rédhibitoire.

— Vous connaissez Itzhak Perlman ? lui a demandé Mat.

— Oui, un immense violoniste. Il est… Ouf !

— Alors vous savez qu'une poliomyélite attrapée à l'âge de quatre ans l'oblige à se déplacer sur des béquilles ou en fauteuil, comme vous Véronique. Et à jouer assis. Comme vous Véronique. Alors ?

— C'est vrai, a-t-elle dit la larme à l'œil.

Premier violon, Emma est une inconditionnelle du cirque. Sans animaux. « Ils sont trop malheureux. » Tout la ravit. L'odeur de la sciure, les chapiteaux montés comme des maisons provisoires, le rire et la joie des enfants, des parents, le saisissement que procurent les prouesses. Elle pratique le funambulisme depuis longtemps, et se régale de pouvoir faire corps avec l'espace. Il lui arrive de partir en montagne et de franchir des hauteurs que le simple mortel n'envisagerait pas dans ses plus grands délires. Non par défi. Par plaisir.

Premier violon, Benoît est un passionné de Sherlock Holmes. À douze ans, en lisant *Une étude en rouge*, la première nouvelle de Conan Doyle, il est entré de plain-pied dans cet univers fascinant, qu'il n'a jamais quitté. Il participe à des « soirées SH », possède des déguisements, une foule d'objets en rapport avec SH, participe à des séminaires et réjouissances, s'est rendu de nombreuses fois à Londres. À ceux qui prétendent qu'Holmes n'a jamais dit : « Élémentaire », sous-entendu « mon cher Watson », il réplique : « Si, au début de *L'Aventure des joueurs en cire.* »

Deuxième violon, Nathalie ne conçoit pas la vie sans le vin. Elle ne boit pas, elle « sirote ». Elle est un puits de science et de raisin. Elle aime arpenter les vignobles, rencontrer les producteurs, comparer, déguster à l'aveugle. « On ne peut pas aimer si on ne va pas sur les terrains. » Le vin n'est pas sa raison de vivre. Il est sa raison d'aimer. Elle n'en boit pas tous les jours : « C'est comme les baisers, c'est mieux quand on attend un peu. »

Deuxième violon, Annabelle pratique l'équitation. « Vous avez déjà regardé un cheval dans les yeux ? Si vous avez la chance de le faire un jour, vous verrez toute la beauté de la liberté, la majesté, les espaces, la puissance, la grâce. » Son regard semblait transporté dans les steppes immenses et magnifiques de Mongolie. Elle ne participe plus aux concours, préférant les chevauchées avec Éclair, un pur-sang dont elle est tombée « raide amoureuse, et réciproquement ». Éclair habite à Anglet, près de Bayonne. Annabelle lui rend visite chaque jour pour de réelles joies. Il l'attend.

Altiste, Sarah est, à côté de son métier, secrétaire d'une association d'aide aux prisonniers après leur libération. « Même les pires vauriens naissent innocents. » « En aidant les autres, on s'aide aussi, il ne faut pas se mentir. » Une modestie qui l'honore, car Sarah s'implique, parfois au-delà du raisonnable, et met en pratique ce que d'autres théorisent. « Être privé de se promener quand on veut, c'est douloureux. Ils paient, forcément. Mais après, on fait quoi pour eux ? » Sa conclusion : « La vie est un cadeau, mais elle ne fait pas de cadeaux. »

Altiste, Théophile est un philatéliste averti. « Il faut être un peu timbré. Et affranchi. » Mat a trouvé un frère en calembours ! Pour Théophile, la philatélie n'est pas une passion solitaire. Déjà parce que l'on partage l'histoire d'un timbre oblitéré, passé de main en main. Qui a envoyé cette lettre, à qui, dans quelles circonstances ? Même les timbres intacts ont une histoire, à imaginer ou « à reconstituer si c'est possible ». Ensuite parce que les philatélistes se fréquentent, négocient, s'amusent. « Nous sommes tous des cartes postales avec nos voyages, nos souvenirs. »

Violoncelliste, Leïla joue. De son propre « habit en bois ». Et au théâtre. De la cour ou du jardin. Petite, on la trouvait « amusante ». « Ils ne comprenaient pas. J'avais envie de manger le monde, pas pour le dévorer, juste pour qu'on soit amis. » Dès qu'elle l'a pu, Leïla s'est inscrite dans une troupe bayonnaise, en « amateur ». Depuis, elle respire, s'exprime. Les spectacles la transcendent. Les répétitions ? « Je connais, c'est là où tout se fait. » Le choix des dramaturges ? Ils décident ensemble. Elle a beaucoup apprécié de jouer du Shakespeare, un rêve d'adolescente.

Violoncelliste, Didier rêve justement. Tout éveillé. Il est un gourmand de poésie. « Pas n'importe laquelle. Celle qui vous parle. Du moment que le texte vous touche. Un jour, j'ai écrit une imitation de la "Chanson d'automne" de Verlaine, vous savez dans les *Poèmes saturniens*. En pensant à la scène de la douche dans *Psychose* d'Hitchcock. Avec la musique d'Hermann. Ça donnait ça : "Les zing-zing sanglants des violons de la douche bercent ma peur d'une longueur qui m'étonne." Ça vous montre que je serai jamais Verlaine. Heureusement pour lui. » Didier n'écrit pas de poèmes, il vit de poésie.

Contrebassiste, Max est un joueur d'échecs. Conscient de son niveau, qui n'aspire pas à être plus qu'il n'est. Sa « moyenneté » lui convient. « Être obsédé par les échecs peut conduire à l'échec. Je sais depuis longtemps que je suis pas un expert. Dans les échecs, la passion, c'est se nourrir des maîtres, de ce qu'on ne sera peut-être pas. Ça ne veut pas dire que rien n'est possible. Se dire que rien n'est possible conduit à l'échec. Non, c'est..., je trouve pas mes mots..., c'est remercier pour ce qu'on sait pas faire. Enfin pas encore. » « Pourquoi le mot *échecs*, d'ailleurs ? C'est une réussite, les échecs. »

Les musiciens sont donc des amateurs. Chacun ouvre des pans d'humanité que je ne soupçonnais pas. Ou que, dans la préoccupation d'un confort sur-mesure, j'avais occultés.

Assis dans le grand canapé Knoll, je consulte la comtoise. L'heure a avancé. Misère ! Elle a tourné sans que je la voie. Je me prépare à la hâte. Mathilde et Robert Ipoustéguy m'attendent.

79

La route serpente dans une campagne aussi calme qu'un livre ouvert. Aucune âme qui vive. Décidément, ce dimanche distille sa petite mort insidieuse. Résolu, je franchis les deux imposants vantaux du portail. Le Carrousel est lancé, je ne peux plus reculer. Après m'être garé près d'un échantillonnage de voitures variées, de la sportive m'as-tu-vu à la minuscule citadine souffreteuse, je me dirige vers le jardin situé à l'arrière de la grande demeure. Celui des réceptions qui ont un sens. Au centre, tout est installé sur la table de fer, large, blanche et ronde. Mathilde vient à ma rencontre, rayonnante :

— Anthelme, vous êtes enfin là. Nous commencions à nous inquiéter, dit-elle en m'embrassant. Vous êtes tellement ponctuel d'habitudc.

— Je suis navré Mathilde, j'ai eu un léger contretemps, dis-je en consultant ma montre.

Comment expliquer que des pensées m'ont retenu ?…

— Vingt minutes. C'est bien la première fois que t'es en retard, dit Virginie en nous rejoignant et en appliquant son baiser sonore. Y sont tous là.

Les joues rosies par cet exceptionnel contretemps, je serre en un temps record un nombre de mains que j'estime incalculable.

Douze au total : les dix musiciens impressionnés, Robert Ipoustéguy, et Alain Bengotxea heureux d'assister aux réjouissances. Mat a droit à l'embrassade de notre antique et profonde affection.

La consigne a été claire : chaque convive viendrait sans conjointe ou conjoint. Excepté les maîtres de maison bien sûr. Les couples seront réunis lorsque le Carrousel aura affermi ses bases et que nous pourrons compter sur la réalité des engagements. Nous partons du principe que la confiance est d'abord un état. Elle ne doit pas rassurer un manque mais parler au demain. Chaque membre bénéficie d'un a priori favorable. Il restera à confirmer l'agréable ressenti. Cette disposition a été acceptée avec toute la bonne volonté possible, et le ton de la réunion champêtre est d'abord volontiers solennel.

Un ciel bleu d'après-midi nous accompagne. La lumière est incomparable, vive sans être aveuglante. Des verres, des bouteilles, des canapés et des mignardises sont disposés avec soin sur la table. En mon absence, Virginie a procédé à toutes les présentations de l'orchestre, de Véronique à Max. Mathilde prend la parole :

— Merci à toutes et à tous d'être là, surtout un dimanche. C'était le seul jour possible. Vous avez sans doute des familles, et nous ne vous retiendrons pas longtemps. Je ne serai donc pas longue. Nous vous remercions également infiniment d'avoir rejoint l'orchestre. Vous savez qu'il a traversé des remous, pour ne pas dire des tempêtes. Il fallait autre chose qu'un accord musical pour lui redonner vie. Et nous pensions mettre un terme au Carrousel, après tant d'années.

Une légère rumeur parcourt l'assistance.

— Il se trouve que nous apprécions Virginie Kaczmarek et Anthelme Ducon-Loisillon bien au-delà de leurs talents musicaux, poursuit Mathilde. Nous avons eu l'occasion, notamment grâce à Alain Bengotxea, de suivre et d'apprécier Anthelme bien avant qu'il ne soit connu. Et d'apprécier aussi Virginie dès son arrivée dans notre pays.

Virginie m'adresse un regard de cheval amateur de caresses, les yeux révulsés.

— Quand Virginie et Anthelme nous ont proposé de reprendre l'orchestre, nous avons failli défaillir, dit Mathilde en faisant mine de s'évanouir, provoquant l'hilarité. Plus sérieusement, le Carrousel a une chance inouïe. Nous avons une chance inouïe. Profitons-en, réalisons ensemble…, je ne dirai pas l'exceptionnel…, je dirai l'impensable. Ils sont heureux, nous sommes heureux de vous avoir comme partenaires. Oui, des partenaires, parce que sans vous, rien ne sera possible. À moins de diriger un orchestre de fantômes, ce qui ne s'est jamais vu. À ma connaissance, du moins.

Mathilde maîtrise l'art de la décontraction. Les musiciens se sont détendus.

— Maintenant, nous vous laissons continuer à faire connaissance, conclut Mathilde.

Les applaudissements sont spontanés et nourris. L'allocution, motivante, a fini d'évacuer les derniers embarras. Les musiciens se parlent, certains viennent me trouver, ou conversent avec Virginie et les Ipoustéguy. Bengotxea est enchanté. Mat papillonne avec sa souplesse habituelle, passe de petit groupe en petit groupe, y ramène les brebis isolées, crée les liens, anime ou lance des conversations. Il est parfait dans le rôle que nous lui avons demandé.

— Vous m'avez confié les ressources inhumaines, j'assurerai, a-t-il dit avec humour. Après, je vous laisserai faire.

L'osmose espérée semble prendre. Mais un doute me saisit : et si nous échouions ? Je ne me suis jamais vraiment posé la question de l'échec concernant la musique. Tout s'est déroulé avec tant de facilité. Même la période antitout a trouvé son issue. Que sont les échecs de ma petite existence comparés aux trajets de ces musiciens, à la désolation de Momo, pour ne prendre que ces exemples ? Celui de l'oreiller de la belle Aurore ? Il était tellement dérisoire. Non, l'échec, évoqué par Max, signifierait une ou des ruptures. Je déteste les ruptures. L'éventualité me replonge dans les guerres évitées.

Je m'écarte de la petite fête, pensant à ce jour de mars, lorsque Claire et moi avons réussi « l'exploit de la réconciliation ».

Le souvenir indique à nouveau le chemin. La silhouette de Claire s'estompe encore davantage. « Combattre la guerre avant qu'elle n'advienne. » Troublé, je m'éloigne un peu plus du brouhaha devenu joyeux, comme celui d'un baptême. La tête levée vers les arbres, mes compagnons, j'avance à pas mesurés lorsqu'une voix m'interpelle :

— Anthelme, où allez-vous comme ça ?

Mathilde se tient à trois mètres.

— Je pensais à ce qui nous attend, dis-je, un peu embarrassé.

— Ne vous en faites pas. Je suis certaine que tout ira bien. Je le sens. Et croyez-moi, concernant le Carrousel, j'ai assez d'expérience. Les musiciens que vous avez choisis sont étonnants, atypiques. Ce sont d'excellents choix. Nous sommes certains que la mayonnaise prendra. Vous les entendez ?

Autour de la table blanche, les voix sont animées, les invités circulent, une vie se crée. Mathilde a raison. Plongé dans mes pensées, je n'ai pas fait attention à l'œuvre en marche.

— Allez, venez, dit Mathilde en prenant mon bras avec douceur. Nous allons clôturer cette sympathique première rencontre.

En me voyant déambuler ainsi, Virginie, Mat et mon professeur de toujours n'ont pas réagi. Ils sont habitués. Les musiciens et Robert non plus, trop occupés aux échanges qui se sont intensifiés. Mathilde marche tout droit en direction d'un petit rassemblement et prend le bras de Robert :

— Je l'ai retrouvé, dit-elle, enjouée. Anthelme, nous vous présentons Constance en qui nous avons également toute confiance. Nous la connaissons depuis longtemps. Elle se chargera de l'administratif, ce qui n'est pas une mince affaire. Nous pouvons la remercier aussi. Vous serez forcément en contacts réguliers.

— Bien…, bien entendu, bredouillé-je, un peu désarçonné par ces présentations express.

— Elle vient d'arriver. Elle rentre juste d'un déplacement à Mont-de-Marsan, exprès pour nous, dit Mathilde en nous entraînant à l'écart. Je vous laisse faire connaissance.

Constance. J'ai toujours apprécié ce prénom, son côté noblesse désargentée. À peine ai-je eu le temps de serrer sa main que je me fige :

— Constance ?

— Oui, Constance, dit-elle.

Ces yeux vert de jade et ces longs cheveux d'un blond vénitien.

— C'est vous ? Euh… c'est…

— Oui, Anthelme, c'est moi, dit-elle, amusée. Tu peux me tutoyer.

— Ça fait si…

— Si longtemps. Quinze ans. Tu peux lâcher ma main, maintenant.

— Ah, pardon.

Une petite troupe d'anges passe. Constance est forcément beaucoup plus à l'aise. Sachant que je viendrais, elle a pu se faire à l'idée. Je décèle néanmoins un très léger trouble.

— Bien, je te donne donc mon numéro, dis-je.

— Merci, je t'enverrai le mien.

— Nous nous verrons après la première répétition, si vous…, enfin si tu es d'accord, dis-je, empoté.

— Parfait.

Mathilde interrompt notre court tête-à-tête et s'adresse à tous :

— Les amis, merci encore d'être venus. Il est temps de nous dire au revoir. Se revoir sera un grand plaisir.

Une acclamation salue le départ. La petite troupe se disloque, rejoint les voitures. Virginie et Mat m'accompagnent jusqu'à la mienne. Ils n'ont pas perdu une miette de mes mouvements. Ils n'en disent rien parce qu'il n'y a rien à dire. En gardes du cœur, ils se réjouissent simplement de mon bien-être. Mat a ces mots :

— Ils sont tous vraiment très sympathiques, et motivés. Constance m'a fait une très bonne impression.

— Moi aussi, ajoute Virginie. Ça va être super. En plus, elle est trop mignonne.

— Oui, elle a l'air très motivée aussi, dis-je, tout content.

— Si elle a un frère du même niveau, je veux bien le connaître, dit Mat.

— Et Philippe alors ? fais-je, taquin.

— Oui, Philippe, insiste Virginie. T'en fais quoi ?

— Vous êtes infernaux, les amis !

Nous n'insistons pas. Inutile et déplacé. Chacun prend le volant. Les pneus crissent sur les gravillons de la longue allée. Le dimanche tire vers sa fin. Sur la route, la circulation est moins sage. Le Carrousel ? Tout est en place. Nous pouvons commencer. La première répétition sera l'occasion d'apparaître au monde.

80

Le déplacement à Barcelone, prévu de longue date, vient de s'achever. Trois jours de pure merveille. Deux concerts inoubliables au Gran Teatre del Liceu, sur les Ramblas. Nous avons eu jusqu'à cinq minutes de rappel. Du jamais vu. Depuis la révélation de Paris et la confirmation de New York, nos prestations se font de plus en plus précises, envolées, généreuses. Nous semblons jouer en dehors de nous, possédés, dépossédés.

Le retour en train jusqu'à Bayonne se fait par conséquent sur un nuage terrestre. Virginie, d'ordinaire si prolixe en commentaires, ne dit presque rien durant le trajet. À peine parle-t-elle des bustes de Jojo (Brahms) et Lulu, calés dans nos valises. Habituellement, elle leur tient des discours colorés. Nous nous laissons imprégner de tranquillité, nous posons et reposons nos anatomies chamboulées par tant de grâce. Car le lendemain sonne l'appel et le verdict.

C'est un lundi soir. Mathilde et Robert ont mis à notre disposition une vaste pièce au troisième et dernier étage d'une de leurs entreprises, dans le quartier Saint-Esprit. La société n'occupe plus que les deux premiers niveaux. L'employé de la sécurité, prénommé « André », nous ouvre en affichant une mine réjouie :

— Bosser en écoutant cette musique, moi je viendrais le jour et la nuit.

— On vous en demande pas tant, plaisante Virginie.

— Merci André. Nous pouvons vous appeler « André » ? dis-je.

— Ah oui, c'est recommandé par la médecine, dit-il. Je vous laisse y aller.

En montant le large escalier, Virginie s'appuie sur la rampe et murmure :

— J'espère qu'y va pas nous coller, celui-là.

— Mais non. Il est gentil. Il est content. Il ne nous embêtera pas.

— Si tu deviens vraiment gentil aussi, j'y comprends plus rien. J'ai mes lunes, c'est peut-être pour ça que je vois un peu en gris. Elles sont arrivées en revenant de Barcelone. Fait ch…

Nous poussons la double porte matelassée. Dix pupitres sont disposés en demi-cercle, devant dix chaises. Au centre, un pupitre de direction. Et sur le côté : un piano à queue.

— Un Bösendorfer ! s'écrie Virginie en soulevant le couvercle du clavier et en tapotant les touches. Mais y sont fous ! Il est accordé en plus. Mais comment ils l'ont monté ?

— Grâce au père Noël, dis-je pour l'asticoter.

— Ah, c'est malin.

Une table est installée contre le mur du fond. Des boissons, de l'excellent thé, une cafetière et quelques éléments solides sont mis à notre disposition. Mathilde, Mathilde… Au-dessus, une pancarte, face aux musiciens, porte notre devise, un rappel incessant à notre détermination : « Souvenez-vous de Leningrad. »

En avance, nous attendons les musiciens. Seront-ils tous présents ? Au cours des dix « bouffes de connaissance », formule inventée évidemment par Virginie, nous avons eu l'occasion d'échanger plus ou moins selon les personnalités. Nous avons découvert des êtres aux sensibilités distinctes, mais qui, la réception chez les Ipoustéguy en a dessiné les contours, pointent toutes vers le même horizon : le dépassement, l'impensable. Nous leur avons demandé leur réaction lorsque Mat, chargé de la mission, leur a téléphoné pour leur apprendre la bonne nouvelle. Entre « J'ai fait le kangourou pendant cinq minutes », « Je me suis assise mais il n'y avait pas de siège, et patatras ! » ou « J'ai regardé ma carte d'identité pour vérifier que c'était bien moi, je vous jure », nous avons beaucoup ri. Mais fidèles à notre promesse, nous ne dévoilerons rien d'autre de ces « bouffes ».

La première répétition est le véritable tremplin. Nous passons à la réalité. Pour ce soir, nous avons prévu une œuvre qui, si elle est devenue classique, n'en reste pas moins d'une grande exigence : le *Quintette pour piano et cordes en la majeur* de Chouchou (Schubert), dit « *La Truite* ». Plus précisément, le deuxième mouvement, l'andante, techniquement plus abordable. Du moins dans un premier temps. Ils avaient pour « devoir » de travailler leur pupitre chez eux et, pourquoi pas, entre musiciens du même pupitre, ou de plusieurs pupitres. Nous leur avons conseillé de regarder le film[8] tourné autour de la version de du Pré, Barenboim, Mehta, Perlman et Zukerman – déjà évoquée par Bengotxea. Un sommet : leurs propres répétitions nagent dans une bonne humeur et une complicité communicatives, et leur interprétation lors du concert le 30 août 1969, est magistrale.

Les minutes défilent et les questions se bousculent. Ils possèdent tous le « toucher ». Avec des mains particulières. Mais ont-ils l'ouïe ? Sans l'ouïe, il ne peut exister d'unité. Sont-ils

8. Concert donné au Queen Elizabeth Hall, à Londres. *The Trout*, réalisation de Christopher Nupen, Allegro Film, Londres, 1970.

capables d'écouter les autres, le mouvement, le tempo, les silences, les pauses ? S'entendre serait merveilleux mais savent-ils ne serait-ce qu'entendre ce que nous aurons à leur dire ? Ont-ils un entendement ? Comment faire avec tant d'individualités aussi marquées ? Et si des dissensions surviennent, même minimes, saurons-nous « combattre la guerre avant qu'elle n'advienne » ? Les réponses viendront très vite puisque la porte s'ouvre. Nathalie, Leïla et Didier entrent. Les sept autres suivent. Les saluts sont cordiaux, presque affectueux.

— Y a un truc qui se passe, me souffle Virginie.

— Il semblerait, dis-je.

Chacun rejoint sa place. Comme des écoliers venus avec leur cartable, disposant leurs fournitures sur les pupitres. Un une gomme, l'autre un crayon. Les partitions sont droites comme des obélisques. C'est flagrant : elles ont servi !

— Bonjour tout le monde, dis-je. Merci d'être là. Je ferai comme Mathilde : court. La grande aventure commence ce soir. Concrètement. Vous avez tous plus ou moins d'expérience. Mais vous êtes tous déterminés, c'est certain. Nous mettrons nos différences et nos désaccords de côté, pour faire œuvre commune. La pancarte devant vous sera notre devise. Qu'avez-vous pensé du film ?

Les avis sont enthousiastes : « Quelle ambiance ! », « Quel concert ! », « Quelle beauté ! », « Et tout ça en riant ».

— En effet, en riant. Nous n'exigeons rien. Nous vous proposons de nous en inspirer. Pour l'état d'esprit. Déjà, tout le monde s'appellera par son prénom, y compris nous. Vous pouvez vous tutoyer évidemment. Je pense que c'est déjà fait. Pour se décontracter encore plus, nous allons faire des petits exercices de respiration, assis ou couchés. Des tatamis nous attendent sur le côté. Nous commencerons par ça. Apprendre à respirer ensemble, à s'entendre. Ensuite nous passerons à *La Truite*.

— Bon appétit ! ajoute Virginie.

Ils ne se doutaient certainement pas que la répétition débuterait par de tels exercices, sous la conduite de Virginie. En nous voyant y participer, ils entrent d'autant plus facilement dans le jeu. Les souffles s'harmonisent, les corps se décontractent, les yeux se ferment. Bientôt ne s'entend qu'une respiration. L'unité se fait jour. La promesse se confirme et s'annonce.

81

Le siège du Carrousel a retrouvé couleurs et gaieté. Repeuplé d'objets, de meubles apportés par les musiciens, il est à nouveau « habité ». Par le décor, par la lumière, par l'orchestre. Constance a également contribué à lui redonner son éclat. Elle a repeint l'armoire métallique en couleurs vives et harmonieuses, en accord avec le bureau. Trois splendides céramiques trônent dans la pièce ; les tiroirs du bureau sont remplis et les archives rangées. En entrant, Virginie, qui porte une lampe marocaine, exprime son admiration :

— Mazette, c'est superbeau ! On n'était pas venus depuis le coup de balai. Chapeau ma belle !

— C'est plus agréable, dit Constance, les joues légèrement empourprées.

« Ma belle… » Tandis que Virginie en est déjà aux familiarités, je dépose le kilim qui, venu de Leihoa, sera heureux dans ce paysage.

— Tu as rendu l'endroit vraiment agréable, c'est le mot. Merci, dis-je, ajoutant une pincée à la confusion de Constance.

— Ah tiens, vous vous tutoyez ? note Virginie.

— Oui, dis-je. Chez les Ipoustéguy, on s'est aperçu qu'on se connaissait.

— Enfin, on s'est connus, rectifie Constance, il y a quinze ans. C'est loin.

— Ah bon, fait Virginie en examinant l'armoire. C'est drôle.

— Ces céramiques sont magnifiques Constance, dis-je, séduit par le travail, l'originalité des formes, la densité de la matière, les subtilités des volumes. Qui est l'artiste ? Il a une maîtrise et un sens esthétique…, c'est assez bluffant.

— C'est moi, répond-elle, avec une simplicité déconcertante.

Virginie fait volte-face :

— Ouah !

Impressionné, je confirme l'engouement virginien d'un hochement de tête.

— Si on se mettait au travail, propose Constance. Nous sommes là pour ça, non ?

— Euh… oui, bien sûr, dis-je. Soit ici, soit on va manger quelque chose à notre restaurant favori. Comme vous voulez.

— Va pour le restaurant.

— Ça tombe à pic, je commence à avoir la dalle, dit Virginie qui a déjà atteint la porte.

Les boutiques ferment à peine pour le déjeuner et le Grand Bayonne se peuple d'amateurs de ripailles. Nous commençons par quelques tapas, pour que le repas ne soit pas protocolaire, qu'il ne perturbe pas notre passage en revue de l'association. Un rioja avive nos papilles.

En qualité de secrétaire, Constance a déjà tout organisé. Elle a modifié les statuts de manière à ce que nous apparaissions dans le bureau, en sa compagnie. Mathilde, c'est une première, a accepté la présidence. Robert est le trésorier. Je suis vice--président, et Virginie secrétaire adjointe. C'est-à-dire assez tranquilles. Nous n'avons plus qu'à signer. Virginie en profite pour expliquer le rôle des musiciens :

— On leur a demandé de s'investir dans l'asso, en leur disant que y aura des tâches ingrates. Benoît, par exemple, s'occupera de gérer les réseaux sociaux.

— C'est vrai, plus le concert approchera et plus il y aura des petites tâches à remplir, fait remarquer Constance. Coller des timbres, aller à la poste, mettre des affiches dans les magasins. Nous aurons besoin de petites mains. Et de grandes pour transporter du matériel.

— Dis-moi ma belle. Ça te dérange si je t'appelle « ma belle » ? Je trouve que ça te va super bien.

— Pas du tout, je prends ça pour un compliment.

— Je suis une grosse curieuse, tu vas t'en rendre compte. Mais je suis pas indiscrète. T'es pas obligée de le dire. C'est quoi tes liens avec les Ipoustéguy ?

Virginie n'arrête pas de m'étonner.

— Ça ne me gêne pas, répond Constance, avec son calme et sa délicatesse qui, je m'en aperçois, n'ont pas changé. Quand j'ai fait ma formation de céramiste, ils sont venus à une exposition de l'atelier. Ils ont aimé mon travail. J'étais très intimidée, parce que ce sont des personnalités bayonnaises, et parce que j'étais une gamine. Je venais de commencer.

— T'avais quel âge ?

— Dix-neuf ans. Je venais de perdre ma mère.

— Ah…

— Ils ont été d'une générosité incroyable. Ils m'ont aidée financièrement, en me prêtant un studio, pour que je finisse ma formation. Ils m'ont trouvé un petit travail de vendeuse dans une parfumerie. Ça m'a permis de vivre. Je ne vais pas faire pleurer les violons, mais ils sont très importants dans ma vie. Il ne se passe pas une semaine sans qu'on s'appelle ou qu'on se voie. J'ai l'impression qu'ils m'ont ajoutée à leurs enfants, que j'apprécie beaucoup d'ailleurs.

— En tout cas, ils t'adorent, ça se voit.

Constance rougit, passe dans ses longs cheveux ses mains fines que je pressens vigoureuses. Ne sachant que dire, je ne dis rien. Virginie parle pour trois :

— Bon, les amis, c'est pas tout ça, mais on est mercredi et y a mes loulous qui m'attendent. On règle et on y va ?

— Je vous invite, dis-je d'un air faussement magnanime.

— La classe !

— Merci, dit Constance, plus sobre.

Virginie nous applique son baiser sonore, et file comme un courant d'air. À peine a-t-elle disparu que Constance part d'un grand éclat de rire :

— Elle est phénoménale ! Elle me plaît. Vous avez l'air toujours aussi liés.

— Je t'en ai parlé, à l'époque ?

— Oui, Virginie était déjà importante.

La mémoire, qu'elle semble avoir excellente, me fait cruellement défaut. Je tente de me rattraper :

— À l'époque, justement, tu ne m'as pas dit que tu voulais être céramiste.

— Parce que tu ne l'as pas demandé.

— … Touché !

— … Tu parlais surtout de toi. Que de toi d'ailleurs, dit-elle en riant. Mais tu as changé on dirait. Tu poses des questions maintenant.

— Coulé.

— … Tu fais même preuve de curiosité.

— Pas autant que Virginie. Et si on marchait un peu ? dis-je, sensible à son aspect malicieux qui n'est pas perceptible au premier abord.

— D'accord, jusqu'à mon atelier si tu as le courage. C'est à sept minutes.

— On n'a pas marché ensemble, ça se voit, rétorqué-je, bravache.

Constance ne relève pas. Sa silhouette élancée file sur le chemin :

— Tu sais, je n'ai pas voulu te déranger à la réception. Je me suis dit que tu ne te souviendrais pas de moi. Mathilde a insisté pour nous présenter. Nous re-présenter en fait. De toute façon, on allait forcément se voir.

— Très juste. Mais je t'ai reconnue. Je suis désolé pour ta mère. Je ne savais pas qu'elle était morte. Ton père oui, tu me l'avais dit.

— Comment tu aurais pu le savoir ? Elle a eu un cancer. Rapide. Le crabe rapide. En six mois.

— …

— Mathilde et Robert n'ont jamais su pour notre liaison, dit Constance. Ce serait bien qu'on le garde pour nous.

— … Oui.

— …

— …

Les souvenirs… Elle avait dix-huit ans, j'en avais vingt, empêtré dans l'antitout naissant, la cavalcade des cœurs et le désert des sentiments.

— Constance, il s'est passé… Enfin, c'était lamentable.

— …

— …

— Je t'ai aimé comme une gamine. Ce jour-là, tu m'as menti Anthelme. Tu n'es jamais venu au rendez-vous.

— …

Je l'ai désirée comme un rêve, une illusion. Elle était alors une ombre parmi tant d'autres. J'ai joué avec son cœur comme on joue à la marelle. Pour m'étourdir de technique, pour parvenir à mes faux paradis et échapper à mes vrais enfers. La dernière entrevue. Je ne l'ai plus jamais croisée alors qu'elle habite à Bayonne. Nos mondes étaient-ils si distincts ?

— Ça n'a plus d'importance aujourd'hui. Je n'ai pas oublié, on n'oublie jamais. Mais c'est du passé. Nous sommes différents aujourd'hui. Tout est différent.

Dissimulant mon étonnement, je m'arrête, tentant de saisir ce qu'elle entend par « différent ». Sans y parvenir.

— Oui, je t'ai menti, j'ai tellement menti à cette époque, dis-je, surpris de mon propre aveu.

— Je sais, je ne suis pas la seule, dit Constance d'un air espiègle. Il paraît que chacun ment au moins deux fois par jour ; quatre-vingts fois pour certains. Tu avais de la marge ! Tu mens moins aujourd'hui ?

— Deux fois par jour seulement, dis-je en riant.

— Attention, je saurai si c'est davantage quand on se verra. Le menteur s'efforce de dissimuler son ressenti, parce qu'il est immédiat et authentique. La joie, la colère, la tristesse, le dégoût, le mépris, la peur, la surprise sont les sept émotions primaires qui s'expriment de façon identique chez tous les êtres humains. Vingt-six muscles du visage entrent en action pour produire des microexpressions. La menteuse ou le menteur reprend aussitôt le contrôle de ses traits. Je sais comment déceler le mensonge. Parce que le nez se modifierait d'un millimètre sous l'effet du mensonge. Pinocchio a dû mentir au moins mille fois par jour pour avoir un si grand nez. Tu as vu, je suis calée en mensonge. Gare à ton nez, Anthelme !

Nous rions. Nous sommes arrivés.

— Au revoir Anthelme. Merci pour le déjeuner et la balade. Et bravo pour le Carrousel. Je suis ravie de ce qui se passe.

La porte de l'atelier se referme. Nous venons de nous taire ensemble et le monde me paraît soudain un immense champ inhabité. Incommensurable.

82

La cohésion peut tenir à un détail. Quand les énergies se fédèrent. Des prémices commencent à apparaître, plus qu'encourageantes. Pris entre la direction, l'accompagnement individuel des musiciens – sur lequel je ne dirai évidemment rien –, les quelques démarches de l'association et, bien sûr, ma propre activité, je n'ai que peu de temps. Je le consacre à la marche, au potager, au principal.

L'orchestre avance au-delà de nos espérances, et confirme toute la beauté et l'intensité du mot « amateur ». Nous étions donc tous dans la bonne direction. La perspective d'un échec s'éloigne. Et pendant que notre projet dessine ses courbes, l'image de Claire m'apparaît plus floue encore. Elle n'est pas encombrante, elle désencombre, dégage d'autres espaces. Au lieu de m'en émouvoir, je me surprends à être presque soulagé. Sans violence, sans regret, sans Dieu.

Au fil des répétitions, l'unité prend corps. Personne n'a fait défaut. Nous savons que les musiciens se fréquentent, par petits groupes ou en totalité. Nous ne participons pas à ces réjouissances, parce qu'une certaine retenue est de mise. Pour leur laisser vivre l'entente, la grandir. Et puis, nous les avons avertis dès le premier soir :

— Nous vous vouvoierons. Non pour marquer une distance. Par respect.

En cas de désaccord menant à une séparation, il vaut mieux dire : « Je vous renvoie » que « Je te vire », répète Virginie. Mais aucun désaccord profond n'est apparu. Quelques chamailleries inhérentes à toute collectivité. Des futilités aussi vite disparues qu'elles sont apparues. La concorde l'emporte.

À l'issue des lundis et des jeudis, il nous arrive ainsi de rester à discuter, ce qui permet de relâcher la tension accumulée tant la progression est exigeante. Un de ces soirs, Annabelle, sans le savoir, déclenche un événement fondateur qui va souder le Carrousel. Couler le ciment de la communauté.

— Vous avez remarqué ? dit-elle en buvant un café. Aux USA, ils parlent du nez dans leurs films, dans les séries. Une sonorité. Ça peut être envoûtant, captivant.

— Avec les British, ils sont forts pour les romances, dit Benoît. Ça me fait fondre.

— Toi aussi ? Ah, *Love Actually* et tout, c'est trop bon.

Virginie me regarde, bouche bée. Car chacun y va de son film romantique, voire sirupeux.

— Allez, et si on faisait un genre de jeu, propose Annabelle. Chacun raconte une histoire sentimentale. Pas nos histoires à nous. Que des histoires qui commencent pas très bien et qui finissent bien. Personne n'aime celles qui finissent mal, ou pas bien.

Les « cool », « génial », « trop bien » fusent.

À tour de rôle, ils découpent avec tendresse des tranches de gâteau humain. Chacune et chacun rapporte le cas d'une ou d'un proche, d'une connaissance qui, plongée dans le marasme du célibat en apparence insoluble, a fini par trouver une issue heureuse, radieuse, merveilleuse. Des morceaux de réalités qui, assemblés, forment le grand bal des vies ordinaires et pourtant épiques. Tout le monde est captivé et sans doute un peu fatigué.

La joyeuse bande a terminé et se tourne vers nous d'un seul homme : « Et vous, Virginie ? Et vous, Anthelme ? » Impossible de se défiler. Je me cale sur ma chaise et prends la relève, citant le cas d'un altiste et de son ex-épouse, qui se sont remariés. Virginie enchaîne avec sa gouaille, évoquant une flûtiste : « Aujourd'hui, c'est une vedette. On se croise de temps en temps. Elle vit avec un mec bien. »

« Bien », « être bien ». Momo… Le Carrousel a fini de tourner pour ce soir et chacun, avant de nous séparer, sent qu'une étape vient d'être franchie. Ces histoires pourraient être les nôtres, pourraient être les vôtres. Des scandales en devenir, des perditions en sursis et des sauvés de l'esclandre, des rescapés d'un trou qui aurait pu être noir ; des fragments d'existences et des morceaux de société. « On est tous des échantillons », aurait dit Momo. Tous les secrets intimes finissent par éclore. Les secrets de nos états. Aucune souffrance ne peut nous être étrangère, aucune félicité.

Tandis que l'orchestre se dit au revoir, je jubile : le Carrousel a l'ouïe. Il existerait donc des miracles en chacun de nous, des fleurs de l'ombre qui naissent comme la chance. Par la volonté, ils progressent. Par l'amour, ils persistent. Le Carrousel vient d'enfanter son amour. Et je l'écoute qui murmure tant de justesses. Tant de beautés…

83

La porte s'ouvre et André apparaît. Il est dix-neuf heures trente, comme chaque lundi et chaque jeudi. Un instant invariable et différent à chaque ouverture. André n'est jamais le même, je ne suis jamais le même. Mais il pose toujours la même question en croisant les doigts :

— Le programme aujourd'hui ?

André croise les doigts à la moindre occasion. Il affirme ne pas être superstitieux. Il a deux chats, Perlin, un chartreux digne des gouttières, et Pinpin, un minou tout noir pourvu d'une tache blanche triangulaire sur le front. Il ne croit pas aux maléfices du nombre 13, ne dort pas avec un fer à cheval, ne porte pas de trèfle à quatre feuilles près de son cœur ou de patte de lapin dans une poche. Et il adore sortir le vendredi 13, se réveiller le matin, la tête lourde, en se levant du pied gauche. En revanche, il ne passe jamais sous une échelle ou un échafaudage, par précaution, depuis qu'il a vu *Cyrano de Bergerac*.

— À la fin, il se prend la grosse poutre sur la tête. Depuis, je fais attention.

En réalité, André croise les doigts pour d'autres raisons. Je le sais parce que, arrivant systématiquement trente minutes en avance, et vingt avant Virginie, ainsi qu'à d'autres occasions, j'ai découvert une personnalité étonnante. Loin des apparences si souvent trompeuses. Grand, fin, André est ainsi plus robuste qu'il ne semble au premier abord. Un soir, quand il a fallu déplacer un lourd buffet, il n'a pas attendu notre aide et l'a manœuvré avec une facilité déconcertante.

— Ah, la vache ! Tu les mets où tes muscles ? a dit Virginie.

Mais André est surprenant à bien d'autres égards.

Nous avons donc fait connaissance. Très progressivement. Car sous son air jovial, André, vingt-six ans, la voix timbrée, grave et sonore, est en fait assez sauvage et cet emploi d'agent de sécurité convient à sa nature. Du moins pour le moment, avant qu'il n'aille vers d'autres horizons. L'homme est éminemment sympathique. De sorte que Virginie a très vite mis ses réticences aux oubliettes. Scrupuleux dans son travail, il s'est montré très discret dès la première répétition. Nous l'avons tous adopté. Les musiciens l'appellent « Dédé » et le tutoient ; il les tutoie. Dédé par-ci, Dédé par-là. Le tutoiement est généralisé. Même Virginie a cédé à la tentation. Je suis le seul à conserver le vouvoiement réciproque.

Nous le convions parfois à suivre nos séances de travail quand le sien le permet. Il s'assied près de la table, face à l'orchestre, immobile, attentif, sans jamais émettre le moindre avis, formuler la moindre remarque. André est un acteur vif et reposant. Il arrive également qu'il nous rejoigne après les répétitions qui s'éternisent, puisqu'il termine son service à vingt-trois heures. Le relais est assuré par une alarme raccordée à un central proche et au commissariat de quartier. Il la branche dès que nous partons. Au début, nous étions un peu ennuyés qu'il fasse en quelque sorte des heures supplémentaires gratuites. Il a rétorqué :

— Ce ne sont pas des heures supplémentaires, ce sont des heures complémentaires.

En conclusion, André a rejoint notre formation sans le demander, sans que nous le demandions. Naturellement. Sa musique, comme sa partition, c'est lui. Il est notre treizième pupitre. Je le remercie également d'avoir autorisé sa présence ici.

« Recommandé par la médecine. » À peine cette plaisanterie sortie de sa bouche le premier soir, il a croisé les doigts et levé les yeux au ciel. Parce qu'André est tout sauf un fanfaron. S'il en « rajoute » parfois, cela signifie qu'il est ému, et qu'il dissimule son trouble.

Un soir, l'une de mes premières questions est d'une banalité sans faille :

— Dites-moi, André, pourquoi croisez-vous les doigts si souvent ?

— J'ai commencé à croiser les doigts à la fac de philo. On croisait les doigts pour n'importe quoi, pour que le restau U soit mangeable, pour que tout se passe bien. C'était un jeu. Ça m'est resté.

— La fac de philo ?

— Oui, j'ai un master et l'agrégation, dit-il avec une décontraction déconcertante, comme s'il venait d'obtenir son permis de conduire ou son brevet de 100 mètres nage libre.

André, André… Il n'a pas le temps de répondre. Les musiciens entrent.

Quelque temps plus tard, une autre question d'un classicisme affligeant arrive :

— Dites-moi, André, comment avez-vous atterri ici avec un bagage pareil ? dis-je en préparant les partitions dans son petit bureau de l'entrée.

— À la fac, j'ai vraiment découvert Simone Weil. Et je me suis dit que la théorie est fondamentale, mais que l'expérience est indispensable. Après mon master et l'agrégation, je me suis dit que disserter sur le sens des choses de la vie, le propre de la philo, n'était pas suffisant. Comme Weil, il fallait que je me confronte au monde des gens, au monde du travail, aux ouvriers, enfin ce qu'il en reste. Aux employés. Que je rencontre. J'ai travaillé dans une usine de lampes, dans les vignes, chez un fabricant de piscines, et comme mes parents connaissent les Ipoustéguy, qui cherchaient un agent de sécurité, j'ai atterri ici.

Je lâche les partitions, captivé :

— Simone Weil, la philosophe ?

— C'est ça. Vous connaissez son œuvre ?

— À peine, dis-je en souriant, avide de savoir.

— C'était une étudiante du philosophe Alain, qui l'a influencée. Agrégée à 22 ans. C'était une petite célébrité à la fac. Sa sensibilité, ses engagements, ses dons pour la philo, tout ça forçait le respect. Sauf que Simone Weil n'a pas fait que penser, que dire. Elle s'est « exposée » comme elle le préconisait, elle a agi. Elle s'est exposée au vrai pour y trouver la matière de sa réflexion philosophique tout en restant lucide. Elle est allée se battre avec les républicains pendant la guerre d'Espagne, elle a vécu avec les ouvriers, bossé en usine. Elle a rejoint la France libre à Londres. Tout ça sans se laisser manipuler. Pour être libre, critique, indépendante.

André est admiratif sans être béat, et me communique son admiration :

— Tout ça l'a épuisée, puisqu'elle est morte à 34 ans. En 43.

— Dites-moi, André, vous avez des projets ? demandé-je sans transition.

— Je vais finir le contrat ici, ça m'a permis de me poser et de réfléchir. Après je retournerai m'exposer. Une menuiserie par exemple. J'aime bien le bois. Il m'apaise. Peut-être ouvrir une librairie-menuiserie ?

Un autre soir encore, alors que les musiciens sont déjà partis, Virginie reste pour discuter d'ajustements. André, qui a assisté à la fin de la répétition, rejoint son repaire. Il est tard. Nous bâillons. En atteignant la porte d'entrée, Virginie remarque des disques vinyles dépassant d'un sac en tissu souple, posé à terre.

— Ah t'écoutes des vinyles ? Ils ont l'air vieux, dit-elle. C'est quoi ?

— Des chansons des années trente, répond André en fermant les locaux. J'ai une platine chez moi.

— Tu les a achetés ?

— Non, je les avais prêtés à Raïssa, ma copine. Je les ai récupérés et je les ramène.

— T'es pas trop jeune pour écouter des vieilleries pareilles ? plaisante Virginie.

— Il n'y a pas d'âge pour ça. Et c'est un truc de famille.

— Comment ça « de famille » ?

Et nous voilà plantés sur le trottoir à presque minuit, évoquant des temps lointains où se font entendre des mélodies et des paroles.

— Le père de mon arrière-grand-père était un copain de Suzy Solidor, explique André. Il était pianiste. Il a connu Trenet à ses tout débuts. On a le sens de la mémoire dans la famille. De génération en génération. Il y a plein d'anecdotes sur lui. Elles me fascinaient quand j'étais petit. C'est précieux, dans les gènes on dirait. Ils ont dû en mettre dans mes biberons, c'est sûr. D'ailleurs mes parents m'ont donné son prénom. C'est anachronique. Mais j'aime bien.

— Anachronique, tu m'étonnes ! commente Virginie avec son aplomb désopilant.

Je sens que Virginie a appuyé sur un bouton « patrimoine », et déclenché un processus dont nous ne sortirons pas dans les cinq minutes. En effet, André se précipite dans la brèche à peine ouverte et, en marathonien de l'hommage, commence à nous retracer l'histoire du music-hall, du jazz, au début du siècle, le vingtième. Puis des cabarets des années trente et des chanteuses qui roulaient les « r ». « Mon légionairrreuuu. » Mais la nuit s'avance.

— Merci André, on aimerait en savoir plus, dis-je en l'interrompant gentiment. Mais demain nous avons un récital à répéter. Du repos nous fera le plus grand bien.

André nous salue d'un geste auguste, enfile son casque aux couleurs basques et retrouve son deux-roues. Dans la voiture qui roule presque toute seule jusqu'à Leihoa, Txiki appelle Alexis à peine endormi, pour prendre des nouvelles. Dormir seule à l'*etxe* est chaque fois un petit déchirement. La conversation, ponctuée de mots d'amour fleuris, la laisse pensive. Puis elle dit enfin ce qu'elle retenait depuis trois bonnes minutes :

— T'as vu, il a une copine André. J'ai appris aussi par les musiciens qu'il est fils unique. Elle a de la chance la fille. Les musiciens m'ont dit aussi que quand Annabelle a proposé les histoires sentimentales, il était derrière la porte. Il faisait sa ronde. Il a pas pu s'empêcher d'écouter. Il a adoré. Surtout la mienne d'histoire, évidemment.

— C'est tout à son honneur Txiki. Une copine ? Et alors ? Quelle pipelette !

— J'te trouve de plus en plus indulgent Anthi, ça me soucie, dit Virginie, perfide. Et tu poses aussi de plus en plus de questions. Ben il a peut-être un prénom de vieux machin, moi il me plaît beaucoup André. C'est une belle découverte. Je m'attendais pas à ça. Tu t'souviens du premier jour ? J'ai cru qu'il allait nous jouer la glu.

— Si je m'en souviens ? C'est gravé dans mon cerveau pour l'éternité.

— T'es bête. On est arrivés Anthi.

Dans la cuisine, je profite d'un répit avant la tornade virginienne du lendemain. Ainsi, depuis le déjeuner avec Prudencio, je pose des questions. Constance l'a noté également. Par exemple, porter de l'intérêt aux projets d'André alors que je ne le reverrai sans doute jamais « après ». S'enquérir du moral et de la forme des musiciens. Alimenter les conversations. Ai-je aussi divulgué des informations me concernant ? Peut-être..., certainement..., évidemment. Quelle importance ? La découverte est une matrice équilibrée. Matrice..., source... Serais-je en train de « devenir », de m'adonner au plaisir des rencontres, d'en distribuer à mon tour ? De toucher à la profondeur des sentiments et de m'évader dans la joie sur nos chemins ? Serions-nous chacune et chacun une chanson et sa part de poignant ? Je souris et rejoins le lit douillet du devenir en fredonnant *Mon légionnaire*.

84

Jeudi. Virginie apparaît essoufflée puisqu'elle a dû accélérer son programme familial habituel afin de me rejoindre une heure avant la répétition. Les avancées de l'orchestre sont excellentes. Époustouflantes pour tout dire. Et la nouvelle est tombée : la date et le lieu du concert sont décidés. L'émotion monte d'un cran à chaque minute. L'après-midi, un traiteur bayonnais, réputé à juste titre, a disposé son matériel et l'ensemble des victuailles dans des caissons réfrigérés. La vaste salle est apprêtée aux habits d'une fête des grands jours. Des chaises sont disposées face à l'orchestre dissimulé par un rideau installé pour l'occasion.

À notre arrivée, André semble chiffonné :

— Ça a fait bizarre ces préparatifs. Le concert… Comment je ferai quand vous aurez fini ?

— Ce s'ra peut-être pas fini, dit Virginie, énigmatique. De toute façon, tu es avec nous ce soir. C'est la grande nouvelle.

Le lundi précédent, les musiciens ont été mis au courant. Une clameur de joie a retenti dans l'espace. Des pleurs ont coulé. Des bras se sont rejoints, des embrassades ont marqué l'événement. Tant de travail, d'implication récompensés. Tout le monde, sans exception, a participé à ces réjouissances. Bouleversé par tant de spontanéité et d'amour, je dois le reconnaître, j'ai pris la parole :

— Merci, merci. Bravo ! Félicitations ! Vous n'êtes pas des partenaires, vous êtes des sœurs et des frères de l'impensable. L'impensable ! Quel chemin ! La date et le lieu vous seront communiqués jeudi. D'ici le concert, nous pourrons encore peaufiner les détails. Virginie (qui écrase sa larme) et moi sommes profondément heureux de vous avoir rencontrés, de ce chemin ensemble. Leningrad peut être fière de vous. Vous vous souvenez de Jean Dauger ?

Des rires fusent.

— Baiona vous salue, vous embrasse. Certaines et certains d'entre vous connaîtront leur premier grand concert. Nous savons tous compter les uns sur les autres. Jeudi, vous pourrez, si vous le souhaitez, venir avec votre conjointe ou conjoint, vos enfants. Ils l'ont bien mérité aussi. Des réflexions par-ci, par-là m'ont laissé entendre qu'ils ont été également exceptionnels. Ils ont leur place dans la fratrie du Carrousel. Nous vous demandons de venir en tenue de concert, vert et rouge. Constance, qui l'a dessinée, pourra vous admirer. Virginie et moi respecterons évidemment ce code vestimentaire.

— Quel discours ! m'a chuchoté Virginie. Tu devrais t'enregistrer.

En montant l'escalier me reviennent ces minutes d'intensité. Si l'orchestre murmure et vit avec tant de justesse, il joue aussi avec justesse. Il se sent, se respire parmi les odeurs de colophane, de vernis, d'huile appliquée sur les bois ; les odeurs des cordes, des archets, des partitions, des crayons, des efforts. L'orchestre se voit, se regarde, se connaît, s'apprécie. Il ne perd personne de vue, les autres comme le chef.

— Si on peut pas sentir l'autre ou le voir en peinture, ça peut pas l'faire, a averti Virginie le premier jour.

L'orchestre a l'odorat et la vue. Il s'entend et s'écoute. Le toucher les habite. Le Carrousel a aussi le goût, le goût de l'impensable, des autres, de soi. Le goût du bon, de l'inattendu. Les cinq sens sont réunis. Nous sommes « ensemble » dans les sens.

Sensuels. Et lors de cette traversée, aucun doute n'a plané. Quelle que soit l'issue, nous aurons tous la satisfaction d'avoir partagé autant, intensément.

Les Ipoustéguy, souvent accompagnés de Constance, ont suivi des répétitions, à échéances régulières. Toujours avec discrétion. Nous avons procédé à des rencontres également régulières. Lorsque nous avons estimé que les conditions étaient réunies, ils ont désiré organiser cette fête et que le Carrousel joue une générale avant l'heure.

Les marches de l'escalier sont légères. Un mot me susurre l'avant, le maintenant et l'après. La fidélité. Fidélité à ce que l'on est, en l'autre. À ce que l'on n'est pas encore, à nos magasins intimes, invisibles. Fidélité à notre projet. Avancer. Mes yeux se troublent. Un souvenir obscurcit le présent. Cette nuit de mai, avec Claire, lorsque nous parlions de fidélité sous le tapis d'étoiles naissantes. L'une des dernières visions de Claire. La dernière peut-être. Je le sens. Tout l'indique. « Elle » l'indique.

Virginie est devant. Sa voix chahute l'espace :

— Mais qu'est-ce que tu fous à cinq mètres, me dit-elle une fois dans la salle. Viens.

— J'arrive, j'arrive, dis-je, ayant retrouvé ma lucidité.

— J'ai pas envie d'le perdre l'André. Il est trop sympa. Moi, je l'reverrai. Et toi ?

— …

— Punaise, ils ont fait fort Mathilde et Roro !

L'ensemble est à la fois simple et magnifique. Des tentures légères, des fleurs, des plantes, des tables recouvertes de nappes vert et rouge. Près du Bösendorfer, un socle supporte une céramique de Constance. Le style se reconnaît, audacieux et respectueux des équilibres. Il est toujours ardu de décrire une œuvre qui vous touche et vous transperce, vous visite et fait que vous ne serez plus tout à fait le même. Quel que soit le support, livre ou sculpture, musique ou meuble, elle vous accompagnera.

Comment dire… Constance n'est pas figurative, adepte du classique, des vases, des anges et autres animaux, si tendres soient-ils. Elle navigue dans l'abstrait qui, par son expressivité, son mouvement, sa dynamique rend chacune de ses représentations concrète, la résidence de ce que vous avez imaginé. La terre, la maîtrise technique, une esthétique viscérale lui permettent de réaliser « l'impensable ».

La céramique représente, en vert et en rouge, quinze formes, qui pourraient ressembler à des visages, et qui se rejoignent. Quand je vous disais que décrire une œuvre qui vous touche et vous transperce est ardu…

— Alors, tu le reverras André ? insiste Virginie, qui lâche rarement « son morceau ».

— Oui.

Txiki s'allonge sur un des tatamis. Sa silhouette se fond dans la matière. Je prends place à ses côtés. Respirer de concert, pour le concert. Les musiciens nous rejoignent, un à un. Le trac est palpable. Il les transcende. Nous sommes transcendés. Plus rien ne compte que l'offrande qui va venir. Chacun s'installe à son pupitre. Le public entre. Nous sommes en place. Personne n'ose parler. La minute est majestueuse. Tellement belle, resplendissante. On croirait une promenade avec les Heures, ces divinités qui figuraient les saisons. André tire le rideau.

Et l'Olympe ouvre ses volets.

85

Le public pourrait bien sûr être acquis d'avance. Mais…, mais. Il y a les yeux. Les yeux humides de Florence et Alain Bengotxea, les yeux joyeux des enfants, les yeux ébahis des compagnes et compagnons, les yeux indescriptibles de Mathilde et Robert Ipoustéguy. Alexis, la tête dans les mains, Constance tournée vers le mur, les épaules tressautant sous ce qui ressemble à des sanglots réprimés. Virginie, éplorée de bonheur, qui va retrouver son « avion » de mari. Les musiciens fourbus, qui se congratulent avant de se précipiter vers leurs proches, si proches. Je reste prostré une minute, incapable de prononcer un mot, livide de frissons, quand même les spectres gémissent de contentement et applaudissent. Et Mat, notre Mat, mon Mat… Il me regarde, les joues luisantes, m'adresse des nuées de baisers de la main droite, sa main gauche serrant celle de Philippe. Il est venu avec Philippe.

Hier, nous avons déjeuné en tête-à-tête. Sans que je ne lui envoie la moindre perche, il a dit :

— Je vais te raconter une histoire.

— Vas-y.

— Tu te souviens de Ludovic, avec qui je faisais médecine ?

Ludovic était brut de pomme, et d'une gentillesse à toute épreuve.

— Un samedi soir, il plonge dans le sommeil. Il se réveille une heure après, d'un coup, les yeux écarquillés. « Laure chérie », celle qu'il aime « sans pouvoir faire autrement » (ce sont ses mots), et qui l'aime, l'a physiquement visité par surprise dans un rêve, en lui susurrant : « Je suis là, tu es là, tout le temps, je viens bientôt, plus tôt, mardi peut-être. » Puis ils se sont enlacés, et ont joint leurs mains. Elle est partie trois jours avant, pour un voyage important, et, depuis, elle est en lui, incarnée. La sensation n'est pas une inquiétude, une certitude, un empressement, encore moins une peine, une attente, une illusion, ou quoi que ce soit d'autre. Il n'a pas envie de la refuser, de résister, parce qu'il ressent une impression de beauté pleine, joyeuse, de proximité singulière, alors que Laure, qui ne le quitte pas, qu'il ne quitte pas, est à des centaines de kilomètres. Peu importe quand elle reviendra. Il trouve ça « beau, tout simplement ». Et c'est beau. Ils sont toujours ensemble.

— Et ? ai-je dit, pressentant quelque chose, notre vieille complicité aidant.

— C'est ce que je ressens pour Philippe. Et lui pour moi.

— Tu viens demain ?

— Je ne raterai cet événement pour rien au monde. « Nous » viendrons.

Mat, Mat… Philippe n'ayant pas souhaité figurer ici, je respecte infiniment sa décision et n'en dirai rien. En ce soir de concert, je suis simplement enchanté de les voir réunis. Ils sont « bien », pensé-je en regrettant que Momo, le Bayonnais adopté, ne soit pas parmi nous. Alain Bengotxea interrompt mes pensées :

— Je suis tellement… Je suis ébahi. Toi, Txiki, tous. Le concert promet.

— Il va faire date dans l'histoire de Bayonne, s'esclaffe Florence en nous rejoignant et en m'enlaçant.

Les Ipoustéguy saluent les musiciens un à un, m'adressent des signes affectueux, s'extirpent de la petite foule :

— Vous avez atteint l'impensable, dit simplement Mathilde en me serrant dans ses bras.

— Et..., ajoute Robert qui ne parvient pas à terminer sa phrase.

André, accompagné de Raïssa, nous dit avec humour combien Édith Piaf aurait aimé assister à ce régal.

— Vous vous êtes tous « exposés », dit-il.

Des musiciens me retrouvent et me présentent leurs enfants, leur épouse, leur mari, ou personne. Ils repartent, reviennent. Virginie et Alexis, Théophile et Isabelle font une petite ronde autour de moi, m'arrachant des rougeurs de confusion. La fête commence, bat son plein, nous étourdit, nous couvre de chaleur et de liesse. Cotillons, serpentins, chapeaux et confettis. Mais il manque quelqu'un : Constance. La cherchant du regard, je constate qu'elle s'est éclipsée. Est-elle partie après que je l'ai aperçue, le concert à peine fini ? Il serait déplacé d'enquêter. Je pousse la double porte matelassée, sors de la salle, un verre de monbazillac dans une main, un de sainte-croix-du-mont dans l'autre.

Constance est assise sur la première marche de l'escalier. Un carnet sur les genoux, elle dessine. Sans se retourner, elle dit de sa voix sortie d'un sortilège :

— Tu as pris deux verres Anthelme ?

Que voulez-vous répondre si ce n'est :

— Oui, lequel tu choisis ?

— La main gauche.

— Sainte-croix-du-mont alors.

— Merci. Très bon choix.

— ...

— ... C'était... bouleversant.

— ...

— ...

— Tu dessines le bouleversant ?

— J'essaie.

— Tu es venue seule ? Je pensais que tu viendrais avec ton mari.

— Mon mari ? dit-elle en riant.

— Oui, tu portes une alliance et une émeraude qui ressemble à une bague de fiançailles, expliqué-je, un peu confus.

— Ce sont des décorations.

— …

— … Je crois que je vais rentrer chez moi, dit-elle en rangeant son carnet. Je suis intimidée, ici.

— Intimidée ? dis-je en évitant surtout de demander par quoi. Moi aussi.

— Et si tu m'escortais jusqu'à mon atelier ?

Lorsque l'imposante porte d'entrée de l'immeuble claque, deux verres reposent sur la première marche de l'escalier. Ils sont vides. Le son de nos pas résonne dans la nuit ouverte.

86

La peur possède différents visages. La peur panique, la peur de tout, la peur du gendarme, la peur bleue, la peur de rien, la peur au ventre… Celle qui s'est insinuée en moi n'est d'aucun registre. Constance ? Puisque vous êtes fin et avisé, vous avez saisi. Autant l'admettre. Faire « semblant de », « ah, tiens », ou « oh, ça alors ». Tourner autour du pot alors qu'il est si bon de s'y abreuver. Directement. Alors oui, j'ai été envahi en reconnaissant Constance. Oui, j'ai aspiré sa présence. Oui, je m'autorise, me permets. Claire ? Personne ne la remplacera. Il ne s'agit pas de remplacer mais de dépasser. D'être une de ces céramiques passées entre les doigts experts d'un maître du *kintsugi*.

Depuis ce mercredi où nous nous sommes tus ensemble, Constance est apparue régulièrement. Une à deux fois par semaine pour être précis. Toujours avec Virginie, parfois avec Mathilde ou aux répétitions. Jamais seule. Je ne l'aurais pas supporté. J'avais choisi de m'interdire. Il valait mieux ces rendez-vous neutres de l'association pour laquelle elle a tellement œuvré. Je me contentais de la regarder à la dérobée, quand personne ne faisait attention. Parfois, je sentais ses yeux posés sur ma nuque, mes épaules, mon corps entier. Chaque fois, je me rabrouais : « Qu'est-ce que tu vas t'imaginer mon vieux. »

L'alliance et la bague me paralysaient. Les embrassades de bonjour et d'au revoir ressemblaient à celles, protocolaires, que l'on est contraint d'appliquer à la cousine que l'on voit une fois par an. Je m'interdisais tout comportement qui aurait pu être mal interprété. J'ai fini par sceller au fer rouge l'attirance et l'espoir, par enfermer toute possibilité, par transformer l'irrésistible en banalité. Mais au fond, vous le savez, le magma finit toujours par se frayer un passage dans les entrailles de la Terre, et par exploser en surface. Ce soir, il a franchi les barrières de ma planète lorsque j'ai admiré les épaules de Constance et la splendeur de ses troubles. Il m'a conduit jusqu'à la première marche de l'escalier.

En partant du concert, j'ai peur. Je l'avoue. Dans cette situation, et bien que je ne sois pas croyant, je me demande : que ferait Dieu ? Nous pouvons avoir d'étranges recours lorsque nous sommes devant des circonstances cruciales. Je suis pris dans des conjectures contradictoires, une foule de « mais », l'adverbe qui peut empêcher. Je me promets que cette promenade sera « nulle » mais qu'elle ne ressemblera à aucune autre. Il y aura l'aventure et ses abondantes délices, mais je m'ennuierai vite. Nous parlerons, j'écouterai, captivé mais de sa bouche fuseront des on-dit, des cancans ; elle fera des gorges chaudes de quelques guerres froides. Nous rirons sans étonnement particulier mais je serai sinistre comme une quille qu'on abat. Elle sera lumineuse, mais je bâillerai de l'intérieur. Elle sera rayonnante mais je me sentirai las, comme ces arbres bordant la route, condamnés à regarder passer les voyageurs en quête d'une authenticité rurale. Je lui dirai les vertiges légers, les merveilles et les quêtes, mais elle dormira déjà, achevée par la vacuité, les tempes rassasiées.

Et puis, vous le savez aussi, rien ne se passe vraiment comme nous l'avions envisagé. La demi-obscurité nous surprend. Une vingtaine de mètres après notre sortie, Constance trébuche sur un relief de trottoir. Réflexe. Elle se retient à mon bras gauche.

Je sens la pression légère et ferme de sa main. Je saisis doucement son épaule gauche pour l'empêcher de vaciller. Constance se tourne. Face-à-face. Et c'est moi qui vacille. Je me liquéfie en plongeant dans son regard où se lisent tous les océans. Elle sourit. Nous vacillons. On se croirait dans une des romances d'Annabelle. La scène vous semblera peut-être d'une mièvrerie abyssale. Pourtant, elle est de ces éclairs qui vous rendent capables de voler et vous réinventent ; conscient que tout sera désormais d'une autre dimension. Incommensurable.

Nous reprenons notre marche. Constance laisse sa main sur mon bras. Le silence s'est installé sans contrainte, aérien, souverain. Tout se déroule en dehors des mots, des voix ; les mots peuvent tuer autant que l'épée. Ils sont aussi la paix. Nous choisissons la paix des mots qui ne se disent pas. Ou pas encore. Je suis le premier à délivrer les mots qui peuvent se dire :

— Pourquoi as-tu représenté quinze formes sur la céramique ? Je ne sais pas si *forme* est le bon terme.

— On s'en contentera, dit Constance en souriant, et en abandonnant mon bras pour dessiner dans l'espace. Ce sont les dix musiciens, Mathilde, Robert, Virginie, toi. Et moi.

— Où est ton visage ? Si ce sont des visages.

— Ce sont des visages. Je salue ta clairvoyance, dit-elle en reprenant mon bras. À toi de trouver.

Au cours des échanges qui suivent, à aucun moment Constance ne demandera ce que j'ai ressenti en découvrant son œuvre. À aucun moment je ne demanderai ce qu'elle a souhaité exprimer. À quoi bon les explications. Nous choisissons, comme sur la marche de l'escalier, comme ce mercredi du silence, la tiédeur dans laquelle on se sent si bien. Nous préférons raconter, offrir les récits qui partent en voyage et que l'autre s'approprie le temps de s'en imprégner. Nous racontons l'orchestre, les sensations éprouvées, ces rencontres riches, ces répétitions haletantes, ce concert de la délivrance et de l'impensable qui se profile.

Constance revient sur ce jour où les musiciens ont découvert leur tenue de concert.

— Qu'ils m'ont fait rire ! dit-elle. C'était tellement touchant. On aurait dit des enfants entrant pour la première fois à l'école. Avec leur petit sac, leur cartable, leur minois joyeux.

L'image m'amuse. Comme Virginie, je n'étais pas le dernier à laisser percer l'enfant qui vit en nous. La candeur retrouvée et salutaire.

— Je crois que nous sommes arrivés, dis-je.

— Tu retournes avec l'orchestre ?

— … Non. Je vais marcher un peu. Plus tard, peut-être. S'ils sont encore là.

— J'ai senti ton téléphone vibrer, dit Constance en imitant le son. Ils te cherchent j'ai l'impression.

— Je ne suis pas perdu.

— … Tu pourrais continuer à marcher à l'intérieur ?

Constance tourne la clé dans la serrure. La maison s'ouvre. Une lumière agréable dévoile une grande pièce donnant sur un jardin. L'ensemble est d'une harmonie qui me subjugue tant elle se rapproche de l'atmosphère de Leihoa. Épuré, imparfait, équilibré ; pas de superflu, de clinquant. Des céramiques d'une grande sobriété sont disposées sur une longue planche suspendue au plafond. Des dessins et des peintures sont fixés aux murs, sans enfreindre l'espace. Des livres occupent le pan d'une cloison. Constance disparaît derrière le panneau cachant la cuisine.

— Je te fais un thé ? demande-t-elle, tandis que je m'assieds sur un canapé de bambou. Sinon j'ai du vin.

— Du vin, avec plaisir. Le thé peut attendre.

— Blanc ou rouge ?

— Rouge. Tu préfères le blanc ?

— Pas particulièrement.

Constance revient portant un large plateau que je l'aide à poser sur la table basse. Je débouche un vin argentin prometteur.

— J'ai mis quelques petites choses à manger, dit-elle. Je n'ai rien avalé depuis le déjeuner.

— De même.

Quand tout commence ou que tout se termine : l'instant est au commencement et je n'ai plus peur. Nous évoquons les sujets qu'abordent généralement les amants en devenir, alors qu'ils n'aspirent qu'à une chose : se sauter dessus et s'embrasser. Constance dit les seize dernières années, sa formation de céramiste, son départ de Bayonne pour découvrir d'autres contrées, son séjour au Japon.

Le Japon…

Elle dit ses amis, son penchant pour les bonnes choses et la bonne chère. Son retour à Baiona deux ans auparavant.

— Tu comprends sûrement, c'est ma terre, mon sang, ma ville, ma chair, dit-elle.

— Parfaitement, dis-je, tandis que ces mots, que je connais si bien, m'étourdissent.

— Tu vois l'étagère suspendue ? demande Constance qui a remarqué mon trouble. Ce sont des *raku-yaki* anciens. Deux ont été cassés et réparés à l'aide du *kintsugi*.

— Si tu pouvais m'éclairer, dis-je en reprenant de l'assurance.

— *Raku* signifie « joie », explique Constance qui prend ma main et m'amène admirer ses pièces. *Raku-yaki* veut dire « cuisson dans la joie ». Les *raku-yaki* sont cuits à basse température et recouverts d'une glaçure translucide au plomb. Tu vois, ce sont des bols ronds aux parois épaisses ; les formes sont simples. L'aspect est brut. La surface est irrégulière, craquelée. Ils sont rougeâtres si la terre est ferrugineuse, noirs, parfois blancs. On s'en servait autrefois, et on s'en sert encore, pour la cérémonie du thé.

La cérémonie du thé, la maison de thé…, le vide… Je dois changer de sujet. Dévier la conversation. Constance sent ma confusion, resserre l'étreinte sur ma main qu'elle n'a pas lâchée, se contente de regarder les précieux bols.

— Et tu façonnes des *raku-yaki* ? dis-je.

— Non, c'est un art tellement japonais. Il faut être japonais pour vivre à la japonaise.

— Que faisais-tu au Japon ?

— J'accompagnais mon mari. J'en ai profité pour approfondir mes connaissances en céramique et en porcelaine japonaises.

— Et le kin… kan…

— Le *kintsugi* ? dit-elle en riant. Tu vois ces deux bols, parcourus de lignes d'or ? Ils ont été réparés grâce à la technique de l'*urushi*, la laque japonaise. Les morceaux sont replacés, et les fêlures recouvertes d'or ou d'argent, ou simplement de laque.

Le Japon, son mari…

— …

— L'esprit du *kintsugi* vient du bouddhisme zen, poursuit Constance en nous rasseyant. Comme il est inutile de rechercher toujours la perfection, il n'y a pas besoin de cacher les blessures. La pièce trouve une nouvelle beauté, un nouveau sens, elle renaît, elle apporte prospérité et santé. Ses cicatrices sont mises en valeur, elles font partie de sa vie. C'est un nouveau cycle qui commence. C'est très proche de la philosophie du *wabi-sabi*, apparue dans le cadre de la cérémonie du thé. Le *wabi-sabi* est très difficile à expliquer, tellement subtil, tellement japonais. Ça se vit.

— Et si tu essayais ? Juste quelques mots ? dis-je, revivifié et séduit autant par le sujet que par la grâce qui s'empare de Constance.

— Allez, j'essaie d'être japonaise une minute, dit-elle en riant. C'est quand tu considères la beauté, la contemplation même dans ce que la vie a d'imparfait, d'éphémère, d'impermanent. Nous sommes si peu face à la nature, imparfaits, incomplets, comme le monde. Voir un objet vieilli, ou un rocher usé, blessé, procure alors la sensation d'une plénitude. C'est de la poésie de tous les jours si tu préfères. De la modestie, de l'humilité. Une esthétique de la vie avec de la spiritualité.

Constance n'est plus intimidée. Je ne suis plus intimidé. L'heure n'est plus intimidée et défile. Nous parlons d'art, de musique. Je lui dis à mon tour les seize dernières années, les voyages, Leihoa, les amis, les arbres, la cuisine, mon habit en bois, la période antitout, et le surnom d'« Anthi » qu'elle comprend enfin.

— Et tu ne t'es pas marié ? finit-elle par demander, ouvrant enfin le bal de nos valses sentimentales. Tu n'as pas vécu avec quelqu'un ?

— … Si.

Je lui raconte Claire.

— …, répond-elle en ouvrant une autre bouteille.

Un long temps passe. Bercé par les musiques du jardin obscur.

— Ton alliance et ta bague sont des décorations alors ?

— Pour services rendus à ma nation, dit-elle en riant. Il s'appelle « Michel ». Il est resté au Japon. Un diplomate. Il mentait comme un diplomate, c'est pour ça que je suis calée en mensonge. J'ai appris. On ne s'entendait plus. Le ver était dans le fruit. On s'était élus pour un premier tour. Pas de second. Un amour en ballottage défavorable. Plus de sentiment, de désir. L'ennui. J'ai choisi de ne pas me mentir, de ne pas lui mentir. Je suis partie. Je l'ai quitté, « largué ». J'en avais assez, j'en avais marre. J'ai largué mes amarres. Le divorce a été rapide. Pas d'enfant. Je suis rentrée à Bayonne, j'ai trouvé cette maison, je l'ai retapée, et j'ai construit mon atelier au fond du jardin.

Un long temps passe. Toujours bercé par les musiques du jardin obscur.

— Et tu travailles comment ?

— J'utilise le four classique. Je compose soigneusement mes émaux. J'aime la terre, la tourner, la sentir, vivre avec elle. Je lui parle, je lui dis quelles formes elle pourra prendre, si elle est d'accord. J'aime surveiller sa cuisson, comme on surveille une gestation. Après la colorer, la faire briller, l'enduire de matières, l'émailler, l'embellir, dessiner, peindre sur sa peau.

La terre… Fatiguée, Constance s'allonge et pose sa tête sur mes cuisses. Le contact est foudroyant, électrique. J'approche ma main et caresse ses longs cheveux d'un blond vénitien. Dehors, l'aube se profile, la silhouette de l'atelier apparaît dans la pénombre. Constance caresse le bras qui la caresse. Lentement, savamment. Je ferme les yeux.

— Je te montrerai l'atelier en plein jour, quand la lumière est belle, dit-elle, comme si c'était aussi évident qu'une vague sur la mer.

— … Oui.

— Les célibataires autour de 35 ans, c'est un peu le marché de l'occasion, lance-t-elle sans prévenir.

— Nous sommes une génération antiadhésive, on ne s'attache pas facilement, dis-je en soulevant les paupières et en riant.

Les discussions du petit matin après une nuit blanche sont d'un désordonné !

— Étant donné l'heure, le vin blanc serait parfait, dis-je.

— Oui mais il faudrait se lever. Je n'ai pas envie de me lever. Tu aimes rester au lit, travailler sur ton lit, lire sur ton lit, déjeuner sur ton lit ?

— Tout dépend.

— Tu triches, tu ne réponds pas à la question, s'amuse Constance. C'est fou ce qu'on peut faire sur un lit. J'y passe beaucoup de temps.

— Je te montrerai Leihoa, dis-je, comme si c'était aussi limpide qu'une source.

— Anthelme, nous avons joué à cache-cache pendant tout ce temps, toutes ces semaines. C'était pourtant tellement…

Constance ne termine pas sa phrase. Le jour nous trouve assoupis sur le canapé de bambou. Quand plus rien ne compte que deux corps enlacés. Cette soirée, cette nuit sont fondatrices d'un autre impensable devenu réalité. Nous sommes des pièces réparées par le *kintsugi*. Les cicatrices dorées de Constance m'apparaissent, les miennes lui apparaissent lorsqu'elle se redresse et me regarde :

— Si nous allions dormir vraiment ? Essayer, en tout cas. Nous prendrions le thé au réveil.

— Dans un *raku-yaki* ?

— Dans un *raku-yaki*.

Constance se lève et m'entraîne au premier étage, où je découvre le royaume de son lit, fait autant de légèreté que d'intensité.

On aimerait parfois que des nuits et que les aubes qui suivent ne finissent pas. Nous plongeons dans l'insondable douceur du *wabi-sabi*, et le régal de nos imperfections.

87

Bruxelles, Copenhague, Berlin m'ont appelé de leurs gracieuses sirènes. Au programme des œuvres pour violoncelle seul : Jean-Sébastien Bach, Benjamin Britten, Zoltan Kodaly, Paul Tortelier en clin d'œil à mon professeur de toujours. Et une affection particulière pour Sergueï Prokofiev et sa sonate inachevée. Regrettant qu'elle ait été complétée quelque quarante ans après sa mort, j'ai choisi d'interpréter ce qu'avait écrit Prokofiev. En clôture des récitals. Le public a senti cette communion respectueuse. Ces notes qui se sauvent vers les steppes de l'inconnu et qui nous laissent orphelins.

J'ai toujours été fasciné par ces créations incomplètes, qui vous invitent à remplir l'incréé. Le *Requiem* de Mozart évidemment, les dernières portées de Bach dans l'*Art de la fugue*, où son fils Carl Philipp Emanuel a inscrit : « Sur cette fugue où le nom de BACH est utilisé en contre-sujet est mort l'auteur. » L'ultime fugue. Peu importe que cette mention soit contestée, si ce sont vraiment ses dernières notes. Elles me font encore rêver, voyager, inconscient, ensorcelé. Et Maupassant. Les ravages de la syphilis l'empêcheront d'achever son roman *L'Angélus*, qui se termine par cette phrase : « Et le mouton qui… »

Certes, il y a plus gai. Mais tandis que l'avion me ramène, je ne peux me soustraire à ces évocations. Des interrogations m'obsèdent depuis le départ de Berlin. Quel sera mon dernier mot, ma dernière syllabe, ma dernière note au moment de mourir ? Quels vivants parleront de moi ? Comment sera habillée la mort quand elle viendra me chercher ? Que serai-je à cette heure ? Que penserai-je à l'ultime seconde qui me plongera dans une énigme captivante puisque nous en parlons depuis la nuit des temps ? Serai-je en état de mort apparente, assistant en direct, le cercueil dressé devant l'assistance, aux hommages, aux lamentations, aux adieux avant que le couvercle ne s'abatte sur ma vie et que je ne finisse en cendres ? Verrai-je une dernière fois le soleil ? Il n'existe bien entendu aucune réponse. La dernière rencontre des morts est celle que les autres ne voient pas, qui laisse place à toutes les suppositions, supputations, projections. En revanche, nous savons ce qui advient lorsque les autres partent avant nous. La béance des cœurs, la peine et la privation. Ils sont morts et tout revit autrement.

Je ne peux me soustraire à ces évocations parce que, à Berlin, j'ai reçu un message de Mat : « Viens dès que tu le peux. Je t'embrasse. Momo est mort. »

88

Lors de sa visite impromptue, après Prudencio, j'ai demandé à Momo s'il serait d'accord pour figurer dans ce récit.

— À fond petit, je le lirai là-bas. Ça s'ra drôlement bien. J'te fais confiance.

Sa visite, son chant du cygne, son baroud d'honneur. Le lendemain, il s'est senti mal. Il a refusé toute visite, n'a plus répondu au téléphone. Nous avons donc respecté sa volonté, malgré notre envie de le regarder, de l'écouter, de l'enlacer. Notre « professeur de l'être ». On ne peut qu'avoir de la pudeur face à la lente agonie, surtout d'un homme aussi… Les mots me manquent. Ils manquent souvent dans ces circonstances.

Transporté d'urgence à l'hôpital, Momo a eu le temps de prendre sa balalaïka et a plongé dans le coma. Il s'est éteint quelques heures plus tard, les yeux ouverts, dans les bras de Virginie et Mat éplorés. Ne pas avoir pu être près de lui ? Je n'ai pas de regret. Je l'aime trop. Virginie et Mat étaient là pour moi. Momo a devancé la grande panne : il s'est effondré, son instrument sur le ventre. Il n'assistera pas au concert imminent, ne rencontrera pas Constance et Philippe, ne fera plus tant et tant… Il fera autrement et autre chose, ailleurs. De « là-bas ». Avant de partir, il n'a pas laissé de lettre. Il a préféré enregistrer sa voix, deux jours avant. Décrire et partager notre chagrin est impossible. Momo…

« Salut la grande et les grands,

Je vous appelle plus "les petits". J'ai décidé que vous aviez grandi. Et faites pas chier. Je veux pas de larmichettes, et que je geins, et que je suis tristouille. Ah non ! Moi je m'en vais tranquillou, avec tous mes trucs abîmés. J'enregistre parce que c'est mieux qu'une lettre. De toute façon j'ai jamais su bien écrire. Alors que jacter, je sais faire [il rit]. C'est plus vivant. [Petit silence ; on l'entend grattouiller sa balalaïka.]

Après que j'sois allé chez Anthi, j'ai dormi dans Titine, le long d'un sentier, en pleine nature, le temps que mes forces reviennent. Et j'ai souri. Véridique. Là j'ai compris que j'aurais plus la putain d'énergie, que j'étais sur la pente qu'on remonte pas. Que je voulais plus voir personne, entendre personne. C'était pas une défaite, c'était un partenariat avec l'ami pancréas. Qu'il me laisse y aller à mon rythme, peinard. Il a accepté. Vous m'avez manqué les grands. Mais c'était mieux comme ça. [Autre petit silence. Il marche.]

Je sais pas si les fantômes ça existe. Et puis si, tiens. J'pense que c'est bien d'avoir des spectres à promener. J'en ai une caisse. Il faut des fantômes. Moi je veux bien être un de vos fantômes, un pote de vos fantômes. [Il boit.] On m'a prêté le souffle, j'peux bien rendre le dernier. Il paraît que Dieu a vieilli. Possible. J'vous promets de vous raconter comment c'est là-bas. De prendre des photos de Cathie et des enfants, des potes. Voir si y a des nichons, de la zique, des bites et des chattes. Du porno en musique, vous imaginez ? [Il s'esclaffe, marque une pause.]

J'veux pas de cérémonie, de public, le maire et tout ; même pas vous. Qu'on me foute la paix, qu'on me crame et qu'on mette les cendres là-bas, après Challans, sur la D 753, là ou Cathie et les garçons… [Sa voix chevrote.] J'demande que ça.

J'leur dirai comment je suis fier d'eux mes trois amours. Donc pas d'épitaphe. J'aime bien les épitaphes pourtant. Y en a des costaudes. Comme celle de la mère de Sophie Cale, une artiste que j'aime bien : "Je m'ennuie déjà." [Il tousse, met sur pause.]

C'est drôle la façon qu'on a de mourir quand même. Y a pas une mort qui ressemble à une autre. J'aimerais mourir les yeux ouverts parce que j'ai peur du noir. Eh oui les zozos. Momo a peur du noir. Depuis qu'il est minot. Je voudrais une mort qui ressemble à aucune autre. [On sent qu'il fatigue.]

À part vous, j'ai prévenu personne, c'est pas mon genre. L'héritage ? J'ai tout donné aux pauvres, et la balalaïka et la gratte au conservatoire de Bayonne. Voilà. Y z'en feront c'qu'ils voudront. [On sent qu'il fait des efforts.] J'me souviens de ce type, je sais plus son nom, un p'tit vieux de notre immeuble à Paris. Avec cette tronche-là, il aurait fait pleurer des hyènes dans la savane. Il habitait un appart miteux, avec plein d'œuvres d'art canon, des ultra-chères. Il était seul, on allait le voir de temps en temps. Ça servait à quoi de vivre dans un endroit aussi pourri avec des trucs aussi dingues ? "Pour aimer", il a dit. Il m'a scié. Et puis le vieux est mort. J'sais pas pourquoi j'vous dis ça. [Longue interruption. Momo souffle. On perçoit sa respiration haletante.]

En fait, le vieux, il avait pas de doute. [Il marque un temps, se reprend.] Pour douter, y faut avoir un choix. On peut pas choisir ce qui va arriver mais on choisit qui on veut devenir. Le doute c'est le début de la défaite, dit l'autre. Faut aller au bout. Le jour d'après, c'est quand tout est possible. C'était mieux demain les grands. Toujours. [Momo remet sur pause.]

Je pense à ces jeunes qui écrivaient leur dernière lettre pendant l'Occupation. Par quoi terminer ? J'vais quand même pas dire : "Vive la France". Et pis j'ai résisté à quoi, moi ?

Ah si, je sais par quoi j'vais terminer. Vous savez que j'lis jamais les journaux, que j'regarde jamais la télé, parce que ça véhicule de l'angoisse. Merci, j'ai donné. [Il a mal.] C'est pas pour ça que j'suis pas au courant. Les gens sont tous des journalistes. Alors j'ai toujours su pour Claire. J'ai toujours fait semblant de pas savoir. Pour pas raviver la flamme du grand chagrin. Ça m'arrangeait de croire qu'elle est en Australie. Vous m'avez pris pour un zombie, un vieux schnock, un gâteux, une bille ? Réveillez-vous. [Il rit.] M'enfin, les grands, il suffisait de se renseigner. La vache, vous m'aurez menti jusqu'au bout. Pour moi ! Parce que vous m'aimez. Rien que pour ça, j'vous aime. [...] Qu'est-ce que vous croyez ? Que j'ai gobé vos mensonges de pioupious ? [Il pleure.]

Ouais, j'vous aime, j'vous emporte un peu avec moi. J'espère qu'ils sont sympas là-bas. Et pis j'vais voir Claire, ma Clairounette, mon bijou. Ça vous la coupe, hein les morveux. Bande de jaloux ! Bande de bijoux ! Y faut être vivant pour parler des morts. Soyez vivants les grands. Abonnez-vous au réel. Fichez-vous des pépins. C'est avec les pépins qu'on fait pousser les vies. [Il rit.] Je vous embrasse comme j'vous aime. Énormément. Tout le temps. »

Il a les mots que d'autres n'ont pas, n'auront jamais. Des mots ciselés. Momo clôt ainsi son art de la grande fugue, son « mouton qui », son requiem.

89

La plage déserte du Là, un samedi d'août. Au petit matin, nimbé d'une brume légère. Les pins exhalent leur parfum pénétrant. Les vagues défilent à l'abri des regards. Pique-nique, livres, un soleil qui promet d'être ardent et demande de nous protéger de ses rayons. La semaine a été dense, épuisante. Claire a terminé une traduction ardue, à la grande satisfaction des éditeurs russe et français. J'ai achevé deux concerts avec Virginie, à Johannesburg. Cette journée est notre récompense, toutes nos récompenses. Nous fêtons l'anniversaire de notre rencontre. Un an exactement. La plage, Claire, le goût de ses lèvres.

La journée est une étoile filante. Curieusement, la plage reste sage. Peu de monde, de nombreuses peaux blanches. Il faut dire que ce samedi est celui d'un chassé-croisé sur les routes surpeuplées. Nous nageons, marchons, parlons, rions, mangeons. Ce que font les amoureux solides, ancrés dans leur union qui ne cesse de progresser, avec ses monts chahutés et ses béatitudes pleines. Nous jouons aussi. Pas au Scrabble. Claire est décidément presque imbattable. Nous jouons avec les mots, encore. Avec les situations, allongés sur le sable.

— Imagine que notre première rencontre au Là ait été un fiasco, dit Claire. Un véritable bide.

— Je vois. Ou comment mettre un terme à une histoire naissante et prometteuse, dis-je.

— C'est ça. Un premier rendez-vous ou un premier repas raté. Le premier qui devient le dernier. Imaginons les raisons.

— Ah, je t'ai acheté des choses à manger que tu adores. Mais il faut que tu fasses la cuisine. Ça prend trois heures, je t'aiderai à éplucher et je porterai la poubelle.

— Se curer le nez. Payer le premier repas avec des tickets restaurant.

— J'arrive dans une voiture tunnée, avec la queue de tigre au rétroviseur.

— Tu m'offres un bouquet de fleurs en plastique.

— Parce que je t'ai donné rendez-vous dans un cimetière.

Un ballon multicolore vient s'échouer sur les pieds de Claire. L'enfant est confus. Nos sourires le rassurent. Nous lui renvoyons son jouet d'un même élan.

— Je commande des pizzas et la télé reste allumée, dit Claire.

— Je t'invite au restaurant dans une galerie marchande. Après, chez moi, je te montre ma collection de maquettes, en jogging.

— Chez moi, je te montre mon chien adoré, empaillé. Et les trophées de chasse de mon père.

— Je te parle tout le temps d'argent. Tu gagnes combien ?

— Admettons que le premier rendez-vous ait été un succès. Ensuite ?

— Je te parle tout le temps de ma mère. Elle est sympa, hein ?

— Tu m'appelles « bébé ».

— Tu m'appelles « poussin ».

— Envoyer des messages toutes les deux minutes : « Tu fais quoi ? »

— « À quoi tu penses ? »

— « Tu m'aimes ? »

— Garder ses chaussettes pendant l'amour.

Nous reprenons nos lectures.

— Ce n'est pas gentil de se moquer, dit-elle.

— C'est vrai. De quel droit ? On se moque aussi sûrement de nous.

L'amour rend indulgent et compréhensif, paraît-il. Il est bientôt temps de rentrer. La route serpente dans les paysages de la terre basque. Bidart, Xutiketa, Labordotte, Ustaritz, Hasparren. Leihoa nous enchante. Le temps de décharger la voiture, je savoure notre chance. Le dîner est somptueux, comme nos sourires. Nous faisons l'amour. Nos bouches se touchent, s'épousent, s'observent. L'étreinte naît, l'univers se renouvelle. Nous cédons aux caresses, au plaisir, assurés de croire et d'être crus, gagnant de croire, d'être crus, dans la crudité de l'abandon. Nous respirons, comblés d'immortalité et de légèreté. À pleines bouffées, dans la réciprocité de nos étoiles, dans nos étoiles réciproques. La respiration, le souffle, l'aisance désempêchent les peurs et en défont les bagages. Les orgasmes qui surgissent sont l'apothéose d'un opéra d'anniversaire. Un an. Des perles de jouissance couvrent nos corps juste éclairés par la lune pleine. Elle nous salue, sourit à son tour. Un baiser, le dernier avant de s'abandonner au sommeil. Claire m'embrasse. Nous sombrons. Repus de tout. Enlacés.

90

La fenêtre est grande ouverte. Un mince filet de lumière vient caresser la chambre et m'incite à ouvrir les yeux. Je ressens ce délicieux engourdissement, ce fourmillement du sang de l'immobilité que procure le rêve à peine terminé. Claire est à mes côtés, tournée vers moi, les paupières closes, les traits calmes, son bras gauche encore posé sur ma poitrine nue. Je la contemple, lui parle. Nous sommes la rencontre de deux beautés. La sienne vient entre autres de sa mère ; elle la porte dans son sang, dans sa chair, cette « vie au dessert ». La mienne vient entre autres de l'éclair et de la découverte achevée du possible. Nos « entre autres » s'embrasent et s'embrassent. Son corps est chaud…, encore chaud. Inerte. Tout vient d'arriver…

Claire est morte ce dimanche matin d'août, au premier anniversaire du Là. Le dimanche est maudit. Depuis, je n'aime pas le dimanche. Il m'arrive de le détester, jusqu'à le haïr. Je ne sais plus quoi en faire. Il est le jour le plus sinistre de la semaine. Le jour de la mort, le jour mort, de toutes les morts. Je n'aime pas l'après-midi qui s'enchaîne et m'enchaîne, le soir qui s'avance et s'enfonce dans la nuit, l'attente du sommeil. J'ai l'impression de mourir un peu à chaque fois, à doses infinitésimales, cruellement régulières, qui finiront par l'emporter.

Rupture d'anévrisme, accident vasculaire cérébral. Quel que soit le nom que vous lui donnez, on ne se remet pas d'un pareil séisme. Jamais. Il est en vous. Il vous apprivoise, vous l'apprivoisez. En une seconde, je suis le hurlement sans limite, le néant impénétrable, l'inracontable détresse des naufrages solitaires. La douleur paroxystique se mélange à l'incrédulité. Je ne rêve pas. Non ! Je ne suis pas fou. Je caresse Claire, la secoue, dégage son bras. Je nage dans une eau sans fond où mes pieds touchent une vase aspirante, immonde, qui m'entraîne et me perd. Mes os craquent, mes veines explosent, je ne suis plus rien. L'effroi me glace. Je sens trembler le sol et mugir le vent froid de la mort. Tout cède, se défait. Une pointe acérée et cruelle meurtrit ma poitrine, ma joue, mes membres. Je suis prisonnier de douleurs, de moi tout entier. Je gis. Je ne suis plus et je sombre. Anéanti…

Le dernier regard, la dernière minute du cœur saignant.

Le cercueil des rêves se ferme, se referme.

91

En ce dimanche, et les jours qui suivent, rien n'existe, ne peut exister. La violence du réel, le chagrin innommable, les démarches obligatoires, l'absence d'une cruauté sans nom, l'injustice, l'amour tué, les baisers inachevés… J'ai tant versé de larmes que la mort en est inondée… Je suis veuf… Comme une salissure de vie… Claire m'a quitté parce que mourir revient à quitter. La perte… Mat, Virginie et Alexis, les Bengotxea, Paskoal, tout le monde est effondré. La presse sera tenue dans l'ignorance et de toute façon serait très vite passée à autre chose. Cette indifférence nous arrange. Le secret, toujours… Chacun tiendra parole. Momo ? Lui seul n'est pas au courant. Nous lui cacherons la vérité, lui faisant donc croire que Claire vit en Australie. Pour ne pas l'accabler.

Claire ne retrouvera jamais son père William. Nous n'aurons pas l'enfant de nos ventres. Claire n'ayant plus de famille, je suis l'héritier de son royaume. Le prince endeuillé. Un jour, nous avons évoqué la possibilité que l'un de nous « parte » le premier. Dans des avenirs très lointains bien sûr et si nous étions encore ensemble. Nous sommes donc tombés d'accord : ne rien garder, pas de relique, pas de calvaire, pas de châsse et de culte. Pas de Dieu. Nous serons cendres.

Effets personnels, papiers, petits bijoux, tout ce qui lui appartenait est dispersé, offert, détruit ou conservé dans les cartons du grenier. Tout est repeint en blanc, le lit changé, la chambre condamnée. J'en investis une nouvelle. Mais je reste à Leihoa. Le décor en évolution était le nôtre. Je le garderai, non pour en faire un mémorial puisque nous avons écarté toute vénération. Pour continuer l'œuvre sans elle. Seul, autonome, décidé.

Les amis et connaissances, les relations professionnelles de Claire se sont dispersés dans la nature. Apprendront-ils la nouvelle ? Certains, qui se manifestent, dont les éditeurs et des auteurs, conserveront le secret de notre mariage, de notre amour, avant de s'évanouir à nouveau et de disparaître. Claire, mon amour, a donc souhaité devenir cendres, qui voyageront jusqu'à la Volga. Saint-Pétersbourg, tous les deux, une dernière fois. Entouré de tous les proches, jusqu'à Paskoal abattu, et tandis que le cercueil glisse sur ses rails vers le feu qu'elle admire tant, je lis ce qui, le matin même, a surgi de la douleur immense.

« Claire, mon amour, je vois les âges que tu n'auras pas. Et je t'imagine. Tu crois et tu croîs chaque jour différente, certaine d'avancer. Tu regardes tes peaux se flétrir et en aimes l'éclat. Tu contemples ton âme riche de tes amours et de tes savoirs. Tu cours et t'étourdis de merveilles, jusqu'à l'ébriété. À mesure des jours, tu pressens que tu es l'enfant des souvenirs. La durée est ta force vitale, la vie qui défile un don inestimable ; elle est cette part de vitalité qui t'investit et qui fait de ton existence une somme. Tu es l'aube de toi-même, en mouvement permanent, ce temps qui existe, réellement, depuis que tu es en vie, envies. La générosité de tes années est l'habit de tes convictions mouvantes, comme les galaxies qui t'habitent. Tu es la splendeur tournée vers tes ciels et le cosmos des autres, parce que tu es ainsi, dans l'univers fécond, en permanence. Tu multiplies les autres. Tu me multiplies. Tu avances dans la perpétuité de tes rides. Tu as tous les âges et un seul, qui s'épousent, se confondent, se fondent entre eux. Tu es la grâce mûre sortie des écumes, la puissance de tes étoiles divines qui brillent d'aubes en aubes, jusqu'à l'ultime qui te renverra à tes sources premières. Là où tu es née, et où tu renaîtras. Sans cesse.

Claire, mon amour, tu es entrée dans ma vie comme un filet de miel doré, précieux, lumineux. Je n'y croyais plus, j'espérais encore, je rêvais toujours. Tu es venue à pas félins, dessinant dans le matin à peine pubère du Là, les lueurs de la reconnaissance. Tu m'as reconnu, je t'ai reconnue. La lumière, depuis, danse au moindre frôlement, au plus petit effleurement de pensée, de regard. Les étincelles de tes jours m'éblouissent. Je te cite : "J'aimerais tant te raconter l'extraordinaire des saisons de ton cœur, la pulpe rafraîchissante du plus petit de tes gestes, les grammaires harmoniques de tes chairs, les portées de clés ouvrant tes bras de flanelle accueillante. Le ravissement n'a pas de mots, parce qu'il nous crée." Tu l'as écrit un matin de neige. En cette minute, je crois en toi, comme je crois en la majesté de tes mains. Je me souviens qu'à notre rencontre la simplicité a pris ses quartiers de quatre saisons. La flore a décidé d'être toujours verte et chamarrée. Nos existences, aux rideaux légers, ont ouvert leurs portes aux chalands du temps qui passe et qui ne se fige jamais.

Claire, mon amour, tu es sacrée. Tu es de l'intérieur, de l'intime, du convaincu. Tu es la femme qui resplendit dans l'homme. Tu es le resplendissement né du miracle. Tu es le miracle. Tu transformes en éclats les plus petites anicroches des aurores blêmes. En avance d'un rire, en équilibre constant sur la gravité, tu joues, repeins le temps et les nuits. J'entends tes plaisirs tinter. Et nous jouons, en accord, en nappant le sérieux d'une profondeur ludique, pour lui donner les atours d'une réalité réinventée, dynamique, mouvante, sans aucun semblant. Nous rions, extasiés, d'une coccinelle échouée, recréons l'animal et ses ailes. Nous co-naissons, nous naissons à chaque pas, vers le simple, le nu, la genèse, le cœur de l'être. Dans le sacré de la Création. »

De ce jour, Claire sera conjuguée au passé. Je ne pourrai plus dire son prénom. Je dirai « Elle ». De même que les juifs ne prononcent pas le nom de « Dieu », elle sera ma Déesse unique. Mon blasphème et le siège de ma gloire échouée. Longtemps me hantera la saveur de son dernier baiser. Longtemps me hanteront la libellule et le dernier souffle.

92

Je repose les écouteurs. La voix de Momo s'est évanouie, « là-bas ». Les fantômes de Momo… La lettre retrouvée dans la commode me prend au vol. « Je suis le fantôme qui hante les lieux. J'ai porté le deuil depuis si longtemps que ces lieux en sont rongés. Je refuse les préceptes de Dieu et des hommes. Je dois vivre selon mes sentiments. Terminée la culpabilité. Terminé le deuil. Je suis en vie. Aujourd'hui est un recommencement. Anthelme est là. » Terminé le deuil, terminée la culpabilité… Je suis en vie, la maison reprend et va poursuivre la vie. Longtemps j'ai été hanté par l'espoir que Claire reviendrait incarnée. Neuf ans.

Claire s'éloigne sur la plage, sur le Là, suivie de la libellule. Elle est au loin, s'efface. Discrète, si discrète. La discrétion. La vie de Claire, sa vie, est le *sukiya*, la maison de thé. La Maison du Vide. En ce jour, Claire est un fantôme, comblée de l'être. Libérée de moi, libérée d'elle. La laisser partir est une joie immense, partagée. Claire est un vide vivant, que je remplirai avec la vie. En buvant du thé dans un *raku-yaki* de Constance, marqué aux traits élégants du *kintsugi*.

Maintenant, je sais l'urgence agréable des jours qui viennent. Je connais la voie qui me conduira, en orphelin guéri du sort, vers le pays des cent mille lumières. Et le bleu de la mort est un héraut, celui de mon aventure à venir. Là où mon amour d'avant se trouvait… Près de mon amour qui éclôt.

93

C'est un rêve. Le dernier rêve. L'atelier de Constance brille des cent mille lumières. Momo apparaît sur des petits tapis usés, sa voix résonne dans un enregistrement où il parle d'enquête et de deux « jeunes ». Ses livres, précipités dans la fournaise d'une cheminée, ont été sauvés du feu. In extremis. De ce fatras littéraire épargné émergent en nombre des volumes d'Antoine Furetière. Je ne m'attarde pas. Je n'ai pas le temps. La scène se déplace au Quartier latin, à Paris. Le quartier est latin par nostalgie, romantique par instinct, joyeux et impitoyable par vocation. Il est la niche des chiens créateurs, des artistes, des grands, des obscurs, des désirs fous, des ambitions démesurées ou des perditions insondables. Tout se bouscule. Les désirs m'encerclent et viennent se poser sur la moindre parcelle de mes peaux, les marquant d'empreintes souveraines et indélébiles. Un poteau brille et me parle : « Va voir de l'autre côté de la Seine. Va voir au pied de la tour de l'ancienne église Saint-Jacques-de-la-Boucherie. Va voir là où s'est pendu Gérard de Nerval, rue de la Vieille-Lanterne qui n'existe plus. » La rue humide est déserte. Je franchis le pont qui mène au Châtelet. À l'heure où les oiseaux blessés changent de nuit. Quand les mystères sont grandis par la puissance du noir. La musique de l'eau joue avec celle des pavés de la place qui replonge en 1855.

Il fait beau et chaud. La neige se met soudain à tomber. Il gèlera bientôt à pierre fendre. Dans la rue empesée de la Vieille-Lanterne, les lumières sont poussives, éparses, blafardes, timorées, menaçantes dans leur impuissance. Tout est menaçant. Je ne vois pas Nerval. Où est-il ? Partant de l'église, les sons lointains des cloches des matines répercutent leurs échos sur les flocons paresseux de l'hiver. Les passants glissent sur le sol, unanimes dans l'effort, cherchant la chaleur d'un foyer, d'un bras offert, d'un manchon de zibeline ou d'acrylique anachronique. « Vivement ces draps frais de l'hiver, s'empresser de les chauffer en battant des pieds comme pour faire du feu », dit un enfant dépenaillé. Nerval surgit, rongé par ces petits bêtes qui parlent en vous et vous obsèdent jusqu'à vous tuer. Il se pend et pendant qu'il agonise, me dit : « Choisir sa mort. L'ai-je choisie ? Le choix de Momo… Être là, ne pas abandonner le présent. Resplendir même dans l'obscurité. Lire et conduire ses lignes jusqu'à l'absurde des autres, celui que choisissent les autres. Être… » Avant d'expirer, il me récite son poème *Pensée antique* :

Homme ! libre penseur, te crois-tu seul pensant
Dans ce monde où la vie éclate en toute chose ?
Des forces que tu tiens ta royauté dispose,
Mais de tous tes conseils l'univers est absent.

Respecte dans la bête un esprit agissant ;
Chaque plante est une âme à la nature éclose,
Un mystère d'amour dans le métal repose,
Tout est sensible !… et tout ton être est puissant.

Crains, dans le mur aveugle, un regard qui t'épie !
À la matière même un verbe est attaché…
Ne la fais point servir à quelque usage impie !

Souvent dans l'être obscur habite un Dieu caché:
Et, comme un œil naissant couvert par ses paupières,
Un pur esprit s'accroît sous l'écorce des pierres.

La scène change à nouveau, ultime. Elle est entièrement occupée par un immense livre dont je tourne la seule page. Lentement, inexorablement. J'assiste au ballet. En spectateur. Du Pré, qui porte son Stradivarius Davidov de 1712, parle avec Claire, qui parle avec Aurore, qui parle avec du Pré. Toutes trois marchent le long de l'océan, s'éloignent vers le lointain et s'enfoncent dans le paysage. « Laisse-les partir », dit le vent. Leurs longues chevelures ondulent au rythme de leurs pas et finissent par se fondre avec la nature des dunes. Il ne reste que la végétation et le sable, la chaleur agréable et le courant discret qui joue avec les vagues. Le livre se referme, comme dans ces films enfantins lorsqu'il clôt sur l'écran le conte et l'aventure pour y inscrire le mot « Fin ».

Je me réveille transpirant, haletant. Constance est là, dort près de mon épaule, son bras gauche posé sur ma cuisse. Chez elle. Dans la chambre aux reflets argentés rendus par les rideaux légers qui renvoient la clarté scintillante du dehors. Le rêve chahuteur, l'intensité des images encore imprimées, incrustées. La soif est intense aussi. Je me lève, nu et frissonnant, m'abreuve à l'eau de la bouteille posée sur la tablette de bambou, en offrande. Debout devant la fenêtre, je me repais de l'air qui passe et repasse. Le calme revient, les battements cardiaques ralentissent, comme après un effort de damné. Le tapis du rêve défile, pièce par pièce que je note sur une feuille du carnet à dessin de Constance, avant qu'elles ne se dispersent. Et j'écris à Constance ces mots, qu'elle accueillera un jour.

« Ta vie. La sens-tu qui s'écoule dans tes veines ? Tu ne sais pas d'où elle vient, elle te surprend, t'irrigue, picote l'intérieur de tes antres. Parce que nous n'avons pas d'âge. Je la contemple, l'aime dans sa verdeur. Elle est en toi, en moi, dans les parages et les ciels, les chairs réunies. Elle fait signe d'un seul trait, sur le bord des routes en mouvement, livre l'équilibre et la gloire de ses fleuves dynamiques. Elle raconte que les vies sœurs se sont multipliées pour n'en composer qu'une, irriguée, étoilée. Elle dit que tout, ou presque, est possible, dans le devenir de tes ailes déployées sur les horizons fertiles, dans sa matrice que portent les nuées sublimées de toi, qui danse la valse aux bras délicats de tes désirs. Que la conquête, permanente, décore le moindre mouvement, l'intention, l'attention. Je souris aux sources, à ta vie, à ma vie, aux vies célébrées. »

Et ce rêve ? Momo est là pour encourager notre union. Nous encourager.

Furetière ? Sa présence est une énigme. Trouver nos propres définitions ? Nos propres fables ? La poésie qui réside dans nos instants, dans l'émerveillement ? Personne n'est académique, n'a trop de fantaisie, de poésie ? J'y réfléchis toujours. Cet auteur du dix-septième a laissé des fables, des poèmes, un dictionnaire. Il s'est moqué de l'Académie française où il était élu. Les académiciens lui ont rendu son antipathie. Exclu, il n'a pas eu le soutien de La Fontaine, son ami. La brouille inévitable.

Nerval, sans cesse en sursis tant il était meurtri, envahi de noirceur, indique donc que tout est sensible. La sensibilité n'est pas notre apanage. Le sensible circule, croise d'autres sensibles. Je me rends compte réellement que les rencontres dégagent les sensibles pour former d'autres sensibles. On en ressort inévitablement changé. J'accepte les appréhensions du changement. Place au dégustateur et au croqueur du présent.

Jacqueline du Pré ? Aimée, chérie, adorée des musiciens d'orchestre, elle fascinait le public, s'offrait, offrait sa vérité, ses sensibles. « On aime encore plus une personne quand elle devient vulnérable[9] », a dit d'elle la duchesse de Kent à propos de sa maladie. L'injustice de la mort prématurée, encore. Instinctive, intuitive, inclassable, sa musique, la maîtrise incroyable de son instrument, sa personnalité, elle est au-delà des discours. Comme le chagrin, le deuil de tout. Les témoignages pleuvent. Jacqueline du Pré ne s'est jamais plainte. Jamais. Elle rendait l'autre meilleur, l'encourageait. Elle atteignait l'horizon qui vous semblait si lointain, avec gaieté. Elle utilisait la dérision, elle souriait, riait, mais, au fond, elle avait peur. Peur de l'inconnu.

Quel compagnonnage ! Je me suis contenté de l'admirer aux frontières de l'adulation, en m'attachant à ce qu'elle restituait, créait. Sans savoir, ou vouloir admettre que « tout est sensible », sans approcher son sensible. En cette nuit de troubles et de révélations, je comprends aussi qu'il est temps de lui dire au revoir, de la remercier tellement, de la laisser partir. De la libérer comme elle s'est libérée. De la laisser s'enfoncer jusqu'au bout du paysage. Laisser partir les morts. Laisser partir aussi Claire, nous libérer l'un de l'autre ; Claire a été la fontaine où m'abreuver comme j'ai abreuvé de lignes les grands Clairefontaine... Et Aurore, nous libérer l'un de l'autre. Toutes trois se connaissent et cohabitent depuis tellement de temps. Elles m'offrent leur mort. Elles s'entendent et rient en me caressant du regard. Le rire...

Constance ? La beauté nous suit sans nous poursuivre. Elle avance. Nous la crions en chacun, en nous, au monde, comme nous crions désormais notre amour sur tous les toits des continents. À tous les sensibles. Épris, libres de s'éprendre chaque jour, nous offrons à manger à nos rêves personnels et conjoints, à ces riens du quotidien qui font souvent de l'anodine, sereine et rieuse évidence, des moments rassasiés où les lumières ne

9. *Who was Jacqueline du Pré* (« Qui était Jacqueline du Pré »), Allegro Film, Londres, 2001. Et citations suivantes.

s'éteignent jamais. Nous n'avons pas de promesses. Que des possibilités lucides et porteuses qui se rejoignent et se conjuguent dans nos passions distinctes ou partagées, depuis nos corps jusqu'à nos affinités. Comme le disait Momo, nous sommes des puzzles en réparation constante. Finis le Satan de mes cauchemars d'antan et de naguère, les histoires sentimentales en convalescence. Avec Constance, nous vivons intensément le sixième sens de Brillat-Savarin, autre compagnon des explorations et des désirs : le génésique.

Tout se dégage, c'est le ciel gorgé de satisfactions. Je me recouche. Constance reprend sa position. Nous avons si bien trouvé nos corps. Le grand livre du rêve s'est refermé. Un autre s'ouvre, avec les promesses de ses pages.

94

Entre l'âpreté du rêve colonisateur et l'espace qu'il a ouvert, l'espace l'emporte. Respirer, respirer, s'étirer, profiter. À la fenêtre, le jour est plein, la lumière venue d'ailleurs, le soleil paresseux. Les fleurs du jardin se sont ouvertes au petit matin. Constance est déjà levée et s'affaire devant un parterre d'espèces variées et multicolores. Détendu, je prends une douche revigorante, m'habille avec délectation, descends vers la grande pièce avec joie. Sur la table, un petit-déjeuner est prêt, copieux et simple à la fois. Deux *raku-yaki* se font face. Je souris de contentement. À peine ai-je franchi le seuil que Constance, le dos tourné, lance :

— Enfin réveillé, paresseux ! Tu vois ces fleurs. C'est la palette des couleurs. Elle change tous les jours, et à chaque saison.

L'ensemble est si délicat. Je m'approche, passe mes bras autour de ses hanches, croise mes mains sur son ventre, l'embrasse à la naissance du cou. Constance frissonne, je frémis. Un long baiser salue notre jour nouveau.

— Viens, dit-elle, on prend le petit-déjeuner, et après je te montre l'atelier. Le jour est plein et la lumière est belle.

Depuis notre première nuit, ou plutôt notre premier matin, près d'une semaine s'est écoulée. Dans cette concordance si belle, celle des premiers temps bâtisseurs, des premiers émois déterminants, des alliances, que vous avez toutes et tous connus, ou dont vous goûtez l'inestimable cadeau. Il n'est donc pas utile de s'étendre.

Les répétitions de l'orchestre s'accélérant à l'approche du concert, Constance m'a ouvert sa maison.

— Ce sera plus pratique, a-t-elle dit dans un clin d'œil.

Constance fait de si charmants clins d'œil qui rehaussent le vert de ses yeux de jade, creusent une petite fossette dans ses joues et lui donnent un air enfantin qui me fait fondre. C'est cela, je fonds, elle fond, nous fondons. En fondant. Chaque parcelle de sa maison m'est familière et m'enchante, comme si j'y avais toujours habité. L'atelier ? À aucun moment je n'ai ressenti le besoin de lui rappeler sa proposition de l'ouvrir à la découverte. L'opportunité lui appartient, aussi évidente qu'une vague sur la mer. L'opportunité de son choix.

Ces débuts d'un amour qui éclôt ? Nous les vivons à plein, sans voir personne. En nous laissant bercer. Dans nos entourages prévenants, seules deux personnes sont au courant : Virginie et Mat. Virginie parce que nous travaillons tous les trois aux derniers détails et que, dans sa proverbiale lucidité, elle a décelé cette imperceptible et subtile différence dans les comportements. Malgré notre discrétion. Tout peut se deviner dans un minuscule détail, un éclat de sourire, une étincelle de regard, un geste amorcé et aussitôt retiré. Dès qu'elle a « su », et que nous avons été seuls, Virginie, saisie d'une émotion perceptible, m'a simplement posé cette question affectueuse :

— Hola, olé ! C'est trop bien Anthi. Trop beau. Je t'adore. C'est… Comment tu as su que c'était elle ?

— Tu le sais quand toutes les personnes qui t'ont séduite ou séduit, que tu as séduites, deviennent des visages dans la foule.

Venu nous rendre visite à l'improviste lors d'une de nos petites réunions au siège de la rue de la Monnaie, Mat a attendu aussi l'opportunité :

— Tu es rempli Anthelme. Vous êtes remplis… Je… C'est…

Ils restent et resteront décidément mes gardes du cœur. D'un cœur restauré, magnifié, qui chante des « elle » et des « lui », des « nous ».

Le petit-déjeuner terminé, Constance prend ma main ; elle sait si bien l'enserrer avec délicatesse. Les pas qui nous séparent de l'atelier produisent leur son mat sur l'herbe, et sonnent comme une consécration.

— Ferme les yeux Anthelme, murmure Constance.

La porte coulissante glisse sur ses rails.

— Tu peux les ouvrir.

Une grande baie vitrée illumine l'intérieur. Le four, la terre, les pigments alignés sur des étagères en bois, les outils, les ustensiles, les croquis, les toiles, les céramiques : une intensité me saute au visage. Celle de son art, de son entièreté. D'emblée s'exprime cet univers que vous trouvez dans tous les lieux de création, si petits soient-ils, et quel que soit le mode d'expression. Couture, bois, écriture, inventions, mécanique, peinture, rire des enfants, etc. Vous entrez dans le dévoilement d'une intimité. Constance enserre toujours ma main en silence, notre silence. Elle se dévoile, me laisse entrer dans son Quartier latin. Les œuvres, à différents stades d'élaboration, sont des êtres à part entière. Certaines sont très avancées, d'autres ébauchées ou en passe d'évoluer. L'énergie, le sensible et la beauté éclatent partout. Je suis estomaqué, rempli, peuplé. La vive proximité ressentie en découvrant sa pièce rue de la Monnaie, et surtout la composition du concert préparatoire, se confirme, augmente. Quel rayonnement ! Certes, l'amour peut rendre aveugle. Au contraire, je n'ai jamais aussi bien « vu ». Constance le sait, comme je sais qu'un portail s'est ouvert dans ce qu'elle est et ce qu'elle deviendra.

— Allons à Leihoa, dis-je, comme si c'était aussi limpide qu'une source.

À mesure que nous approchons de la maison, les regards de Constance se font transparents, émerveillés. Au fil du paysage, elle apparaît nue, neuve, réinventée. Je ne suis pas ému. Je suis nu, neuf, réinventé. Avant que j'ouvre la porte, elle ferme les yeux, pénètre dans l'entrée, les ouvre et se laisse imprégner. Le spectacle est grandiose. Constance marche, visite. Sans émettre la moindre parole, sans s'imposer, comme si elle avait toujours habité l'*etxe*. Chaque pièce lui parle et l'habite à son tour. La maison la dévoile lieu par lieu ; je laisse entrer Constance dans mon Quartier latin.

Dans la salle de musique, les bustes et les diminutifs des compositeurs la ravissent. Partout, elle imprime déjà ses pas, sa présence. La cuisine, dernière découverte, la plonge dans un état d'éblouissement. Et Noémie vient à sa rencontre…

— J'ai faim, dit-elle simplement, en m'adressant un de ses clins d'œil.

Nous préparons le repas ensemble. Constance trouve les instruments, les couverts et les verres sans avoir à demander. Le déjeuner est un délice. Puis nous renouvelons la sensualité et l'extase à même la terre du dehors, couverte de verdure où nous imprimons le poids si léger de nos silhouettes. L'envie d'une sieste nous prend. Tout nous prend. Le désir retrouvé. Tous les désirs…

— Et si on allait marcher, propose Constance au réveil. Pour que je découvre cette nature que tu aimes tant.

— Allons-y, dis-je.

Momo a raison. Il faut être athlète de sa vie pour qu'elle resplendisse. De la force intérieure, de la détermination, et de la force physique parce que la quête peut être épuisante.

— Tu as fait un cauchemar cette nuit ? demande Constance tandis que nous allons vers le potager, sous le regard scrutateur des corbeaux, comme s'ils nous attendaient et se disaient : « Ah, enfin ».

— Je ne sais pas si c'est un cauchemar. Je t'ai réveillée ?

— Je ne dormais pas encore. Juste assoupie. Je t'ai senti t'agiter. Tu t'es redressé d'un bond, les yeux tout fixes. Je ne me suis pas inquiétée. Tu t'es levé. Enfin, tu sais ce que tu as fait, dit-elle en riant.

Constance rit beaucoup, vous l'aurez remarqué. Je l'ai connue rieuse. Elle l'est restée. Le rire n'est pas une dérision, une facilité, une cachette. C'est sa nature.

— Je te raconte ? En plus, je l'ai écrit sur une page de ton carnet de croquis, pour le conserver le plus intact possible.

— Avec plaisir, dit-elle, son ton dénotant une pointe de curiosité amusée. J'ai vu que tu griffonnais. Je n'ai pas lu évidemment. Par discrétion.

Plaisir… Discrétion… Elle lit en moi le dos tourné, je lis en elle le dos tourné.

Nous visitons le potager, je lui raconte mon rêve, les corbeaux nous suivent, perchés sur leur support familier. Constance ne se lance dans aucune interprétation. Elle écoute.

— Tu y vois quoi ? demande-t-elle.

Je lui fais part des explications possibles, de l'énigme Furetière.

— Des images me viennent, des instantanés, des flashs, dit-elle. J'en ferai une céramique et je te l'offrirai. Elle pourra prendre du temps.

Du temps ? Quelle importance. À cet instant, si je pouvais m'extraire de la planète et me transformer en Voie lactée, je le ferais sur-le-champ. Ce que j'éprouve est indescriptible. J'imprime une légère pression sur sa main qui se love dans la mienne. Constance répond avec la même foi en l'instant. La puissance du « bien » selon Momo n'a pas besoin de grandes démonstrations.

Nous marchons le long de la petite vallée, dans l'accord de nos pas. La magie opère.

— Quel chêne magnifique ! s'exclame Constance. Tu ne m'en as pas parlé.

— Non.

Pas encore.

— Regarde, il a l'air de protéger tous les autres arbres. C'est le roi ?

— Je sais. Oh, ce n'est pas un roi. C'est un frère. Il ne protège pas que ses semblables.

— Tu le sais forcément, je suis une tête de linotte, rit-elle. Comment ça il ne protège pas que les autres arbres ?

— Viens, tu vas voir.

Une petite appréhension m'étreint, vite dissipée. « Fais confiance », me dis-je. Je marche, toujours saisi par ce resplendissement intact. Constance marche à mes côtés, ses longs cheveux d'un blond vénitien brillant sous le soleil. J'enserre le chêne, mon ami, mon compagnon ; je l'embrasse. Intimidée, Constance se place de l'autre côté, cède à l'élan qui l'appelle, enserre le chêne à son tour, l'embrasse. Nos mains se rejoignent. L'écorce répond de toutes ses fibres. Le chêne nous parle à son rythme, vibrant à l'unisson.

— Il est tellement vivant, dit Constance dont le cœur bat. Charnel.

— Il est content de te rencontrer.

— Je le sens ! Je l'aime.

Une onde capiteuse nous envahit. Une onde d'une beauté foudroyante…

95

Le lendemain. C'est le dimanche. Le dimanche ressuscité. Ce jour de la semaine ne m'apparaît plus comme le siège possible de tous les désastres, la danse macabre jouée sur le ton d'un carnaval d'animaux fantastiques et mortifères. Forcément. Il s'est également libéré de cette gangue maléfique dont la disparition de Claire l'a entouré. Il est joyeux, s'écoule dans la sérénité des repos mérités, laisse passer ses heures avec sympathie.

Un grand repas assis nous attend chez les Ipoustéguy, dans le jardin qui a du sens. Les familles des musiciens sont conviées. Nous avons proposé que chacun apporte son plat préféré ou celui qu'il souhaite pour célébrer cette autre festivité aux accents forts. La découverte et le partage des goûts sont donc au menu.

Les mêmes voitures sont garées devant la demeure. Je gare la mienne. À l'heure cette fois-ci. Cette manie de la ponctualité réjouit Constance. Quand nous arrivons ensemble dans le jardin, certains comprennent, d'autres pas. Personne ne nous en a voulu de notre absence à la fête suivant le concert de préparation et n'a soupçonné un seul instant que nous étions partis ensemble. À peine a-t-elle été remarquée au bout d'une demi-heure. « Ah tiens, Anthelme n'est pas là. » Virginie et Mat ont donc essayé de m'appeler, sans insister. Les Bengotxea ont franchi la porte assez tôt, Alain devant prendre le train aux aurores du lendemain. André et Raïssa s'étaient déjà éclipsés discrètement. Les Ipoustéguy ont pensé que ma disparition était bien dans mon caractère, et que Constance est si sensible qu'elle avait dû s'évaporer juste après les acclamations. Quant aux musiciens, ils étaient aux anges et l'allégresse ne rend pas nécessairement plus vigilant.

Des tables rondes recouvertes de nappes immaculées sont disposées dans le jardin. Le principe est simple : circuler, s'asseoir où l'on veut, changer de place si l'on veut, revenir, repartir si l'on veut. Il n'existe aucun décorum. En nous apercevant marcher du même pas, Mathilde esquisse un sourire discret ; Robert également. Ils nous embrassent comme s'ils venaient assister à notre mariage. Subtilement, pour ne pas attirer l'attention. Florence et Alain Bengotxea me serrent dans leurs bras un peu plus fortement que d'habitude, et saluent Constance avec une cordialité inaccoutumée. André et Raïssa ne remarquent rien : ils sont trop occupés à leur propre félicité. Les musiciens, venus en famille ou seuls, ne notent rien de particulier non plus. Ils sont trop pris par la gaieté de l'événement et par leurs échanges fournis.

Mat, venu sans Philippe retenu par une garde assommante, nous enlace avec sa tendresse coutumière et nous accueille d'un sobre :

— Bonjour les amis, vous avez vu cette jolie ambiance ? Anthi, c'est réglé. Je serai bien là cette semaine.

Quelle excellente nouvelle ! En effet, Mat a pris quelques jours de congé, non sans mal, afin d'assurer ses « relations inhumaines », d'être au plus près des musiciens s'ils en éprouvent le besoin. Virginie respecte également notre retenue et se contente d'un :

— Salut ma belle, salut Anthi. Y a un mafé de poulet à partir tout de suite en Afrique !

Les discussions sont animées, des groupes se forment, se défont, d'autres se font. Virginie, Constance, Mat et moi nous attachons à parler à chacune et chacun. Les enfants courent. On entend leurs cris et leurs jeux. Les parents les rappellent à l'ordre, gênés.

— Laissez-les faire, disent Mathilde et Robert. Il est tellement bon de les voir s'amuser.

Dès notre arrivée, Constance est allée de son côté pour ne pas éveiller les soupçons de ceux qui ne « savent » pas encore. C'est notre décision. Il arrive que nos regards se percutent, que nos bras se frôlent lorsque nous nous croisons ou que nous nous retrouvons dans un petit rassemblement d'invités. Nous nous amusons beaucoup à jouer l'indifférence, même si ceux qui savent ne sont pas dupes et s'en amusent aussi. Nous goûtons parfois les mêmes plats, Constance envoyant dans ma direction un clin d'œil que personne ne remarque. Certains de ces mets sont surprenants, d'autres éblouissants ou rudimentaires. Ils sont tous l'expression d'un attachement et d'une générosité formidables.

Avant le dessert, Mathilde se livre au petit discours attendu. Aussi bref que celui du premier jour dans ce jardin qui a du sens.

— Chères amies et chers amis, vous avez remarqué que nous n'avons pas servi de vin, d'alcool, pas même de bière. Nous sommes assez ivres comme ça, dit-elle, provoquant l'hilarité. La répétition générale était grandiose. Le concert sera inoubliable, « impensable ». Nous en sommes convaincus, nous le « sentons ». Tout est prêt. Il nous, il vous reste six jours. Merci à vous d'être là…, d'avoir toujours été là. D'avoir œuvré autant. Merci à Virginie, Constance, Anthelme et Mathieu. André aussi. Comme la première fois, nous vous laissons partir pour que vous puissiez profiter de votre dimanche… Je vous ai promis d'être brève…, de toute façon je suis incapable de continuer…

Robert prend tendrement son épaule. Une salve d'applaudissements salue son intervention. Quelques larmes coulent. Les couples s'embrassent, les accolades se généralisent. Chacun sent que la tension montera encore d'un cran chaque jour qui nous sépare du concert. On fait bonne figure, on fait un peu semblant, on s'étourdit, on en rajoute parfois, en faisant preuve d'une allégresse excessive. C'est oublier que les non-dits sont bavards, fins. Mais la joie et le plaisir d'être ensemble sont réels, humains, émouvants, touchants. Ils ont tenu. Ils sont tous là. Nous avons répondu présent au moindre doute, à la moindre difficulté, en essayant de trouver les mots justes, les intentions justes, quitte à rudoyer, à bousculer. Parfois, je raccrochais le téléphone, plus épuisé d'avoir écouté que d'avoir parlé.

La pièce montée est rapidement démontée. Les enfants se régalent, tout le monde se régale. Chacun finit par rejoindre son véhicule. Perchés sur le deux-roues, et casqués, Raïssa et André ressemblent à des enfants d'Hermès le Messager : ils jubilent et filent vers leurs aventures. Je regarde Virginie, Alexis, Théophile et Isabelle agitant leurs mains par les vitres ouvertes jusqu'à s'éclipser au grand portail. Mat, que Philippe a pu rejoindre, divine surprise, s'en va à son tour, suivi de son amoureux. Les Bengotxea me disent leur satisfaction de tout, en particulier de me voir « ainsi », avant de s'envoler.

Je retourne au jardin arrière. Comme prévu, Constance restera avec les Ipoustéguy. Les voir ensemble est un ravissement. Leur tendresse, leur proximité, leur complicité me bouleversent. Je m'assieds sur une chaise, épuisé, enchanté, un peu hébété, le sourire venu d'ailleurs.

— Eh bien, vous avez l'air rompu, fait remarquer Mathilde, en joie.

— Je crois qu'une bonne nuit de sommeil sera la bienvenue, dis-je. Je vais y aller. Merci infiniment.

— Vous pouvez rester Anthelme, nous avons plusieurs chambres d'amis, dit finement Mathilde. Nous serions comblés de vous garder avec nous. Ce qui vous éviterait en plus de prendre la route jusqu'à Leihoa.

— Constance dort toujours dans la chambre bleue, ajoute Robert. Je crois que vous ne l'avez jamais vue. Que vous n'êtes jamais monté aux étages, d'ailleurs.

— Oui… enfin…, bredouillé-je, rougissant comme une tomate en route vers la maturité.

Constance rit aux éclats. Des éclats d'une beauté sans limite…

96

C'est le samedi, dix-neuf heures trente. Les six jours sont passés aussi vite qu'une naissance. Les gradins des arènes de Baiona sont complets. Il ne reste plus aucune place. Il y a Paskoal et Naïa, son « cadeau du ciel » surgi récemment à La Poste, les Bengotxea si précieux, Mat le frère et Philippe, Alexis dont j'ai donc fini par découvrir la profondeur accompagné de Théophile et Isabelle. Raïssa et André le philosophe « exposé ». Les Ipoustéguy sont entourés de leurs enfants et petits-enfants, dont Constance. Même Mira Pavlovic est venue de Belgrade. Toujours aussi enthousiaste, généreuse. Quel joli cadeau !

— Que je suis heureuse ! a-t-elle dit de son accent rocailleux des Balkans, si séduisant.

Monique et Jean Kaczmarek ont fait le voyage de Lille, toute la famille est présente. Virginie essuie les larmes coulant sur ses joues rebondies et qui ne s'arrêtent pas. Maître Lespinasse est également assise, avec son mari et ses proches. Et les connaissances, les gens d'Hasparren, de Leihoa, d'ailleurs. Tout le monde est là !

Le temps nous honore, comme à la grande époque. Magnifique, généreux. Au milieu de la piste circulaire, les pupitres sont installés, le piano noir trône. Car Virginie va jouer. Les musiciens l'ont tellement demandé qu'elle a fini par accepter, touchée et reconnaissante.

Lorsque, au tout début de notre aventure, nous avons décidé d'un programme, nous avons écarté le *Canon de Pachelbel*, la *Petite Musique de nuit* de Mozart, l'*Adagio d'Albinoni*, pour nous consacrer à un répertoire en rapport avec ce que le Carrousel était capable de devenir. Nous avons essayé Vivaldi, Corelli, *L'Offrande musicale* et les concertos brandebourgeois de Bach, *La Nuit transfigurée* d'Arnold Schoenberg, le quatuor *Der Tod und das Mädchen* (« La jeune fille et la mort ») de Schubert. Mais quelle que soit la dimension incontournable de ces œuvres, celles que nous avons choisies collectivement, et à l'unanimité, correspondent à l'unité, à l'enthousiasme, à la qualité les plus indiscutables. Incontestablement, incomparablement. Chaque compositeur possède son nom de code, c'est-à-dire les deux syllabes décrétées évidemment par Virginie. Le répertoire de ce soir commencera par le *Quintette à cordes n° 5* de Luigi Boccherini (Bobo), dont le célèbre menuet, suivi de l'*Adagio pour cordes* de Samuel Barber (Baba). Fidèles à notre « marque de fabrique », nous jouerons tout d'une traite. Sans entracte. Nous enchaînerons donc aussitôt par Chouchou (Schubert), et l'intégralité du quintette *La Truite*. Nous terminerons par Bach (JS), la dernière fugue de l'*Art de la fugue* et ses notes qui s'évanouissent dans l'infini, avec Virginie en soutien. Avant de nous propulser tous, public et orchestre, vers l'éternité.

Chacun s'est préparé à cette prouesse physique et technique. Un concert d'environ une heure et vingt minutes nous attend, exigeant, percutant. Chaque musicien est arrivé concentré, sans dire un mot. Notre silence est l'une de nos forces. Dans la grande pièce qui nous sert de loges, ils s'asseyent à leur place désignée par une petite pancarte. Ils sortent, qui son violon ou son alto, qui son violoncelle ou sa contrebasse, chérissant leurs instruments comme s'il s'agissait de toutes les prunelles de tous les yeux de la Terre. Une fois rassemblés, nous respirons ensemble sur les tatamis. Avant de rejoindre les spectateurs et Philippe, Mat est le seul à parler, à trouver les termes qui conviennent. Il apaise, encourage, motive, concentre les énergies pour les vouer toutes à l'événement qui se prépare. Le trac circule partout, si bénéfique, producteur. Mais aucun doute, aucun atermoiement. « Allons-y, courons vers notre impensable », semblent se dire les musiciens plongés dans un mutisme impressionnant.

Si Virginie et moi avons l'habitude des grands rendez-vous, celui-ci a une saveur tellement particulière. Comme si toutes les vies si précieuses en dépendaient. Chacun est pris en flagrant délit de dépouillement. Le mot *subalterne* n'existe pas, n'existera jamais, même si le « jamais » est à prendre avec d'infinies précautions, comme le « toujours ». Nous ne sommes qu'un, et ceux que nous allons jouer. Je m'écarte un instant. Constance est là, dans l'embrasure d'une porte que je suis le seul à voir. Je m'approche sans dire un mot. Elle m'embrasse sans dire un mot, prend mes mains, m'insuffle la grâce et l'humilité de son *wabi-sabi*. Ce baiser, comme le premier, comme tous les premiers que nous échangerons. Sans dire un mot.

Mat s'en va. L'entrée approche. Nous entendons le brouhaha de la foule, les haut-parleurs qui annoncent le concert. « Souvenez-vous de Leningrad », reprend en chœur le public, qui a lu le programme imprimé. Nous nous levons. Nous marchons, en grognards de la beauté, de l'aboutissement. La lumière vive nous aveugle. Nous ne voyons que nos places, nous nous installons. Virginie règle son siège. Les partitions sont posées sur les pupitres. Je ne perçois aucun tremblement, aucune anxiété. Que des yeux fixant ma baguette, les portées inscrites sur le papier. Nous sommes portés. Un silence de cathédrale gothique s'installe. Seuls le vol et le cri d'un corbeau se font entendre. La victoire est dans le mouvement, la justesse et la musique de l'entente.

Finalement, nous nous sommes battus chaque jour pour ne pas disparaître, ne pas mourir vivants. En cet instant, nous ne nous appartenons plus, si tant est que nous nous soyons appartenus un jour. L'illimité est devant nous, devant tous. C'est le trou blanc, somptueux. La première note retentit. Nous n'existons plus…

97

Vous avez peut-être connu ce fragment d'immortalité qui précède la réaction d'un public. Des mains applaudissent, d'autres suivent et l'assistance s'embrase, réclamant un bis. Barber revient. Mais il faut bien se séparer. Provisoirement. Parce que nous reviendrons. « Ce s'ra peut-être pas fini », a prévenu Virginie. Ce n'est pas fini. Nous nous congratulons sur la piste circulaire, sans retenue, dérogeant aux codes prévalant dans le monde parfois trop rigide du « classique ». Dans les gradins, les spectateurs sont sensibles à cette rupture des barrières habituelles et à l'humanité qui s'en dégage. Ils franchissent les parapets et viennent nous saluer. Je vois le fantôme de Momo qui nous adresse un signe, parmi ses potes fantômes, les nôtres et les siens. Et son signe indique qu'il a bien retrouvé sa Clairounette.

À la petite réception qui suit, l'émoi ne retombe pas. Mira, bouleversée, parle d'« extase des archipels du son ». Comme tous les musiciens, comme Virginie, la construction du concert a augmenté notre compréhension, a offert un cadeau à nos oreilles ravivées. Tous nos sens en ressortent grandis. Tout a été si limpide, sensible… Il nous faut du temps pour absorber ce que nous venons de livrer, d'offrir. Des « amateurs »… En conservant ce qui a fait notre atypisme et notre succès, puisqu'il faut bien l'appeler ainsi, le public étant le seul à décider, il nous faudra aussi du temps pour nous projeter vers d'autres horizons. Parce que nous allons poursuivre. Nous le décidons avec Virginie, les Ipoustéguy, les Bengotxea, Mat; même André serait disposé à s'exposer avec l'orchestre puisque nous sommes des prolétaires de la musique, sans délaisser en rien sa trajectoire, sa volonté de connaître jusqu'aux plus humbles. Et bien évidemment Constance. Nos mains ne se quittent pas de la soirée, présentant à la face du monde notre amour et ses sublimes. Les regards de ceux qui ne savaient pas sont à peine étonnés. Comme si notre amour coulait de cette source qui nous abreuve. Que sa beauté rayonnait sur tous les continents et appelait toutes les beautés.

Beauté… Finalement, tout était si proche. La beauté n'est pas dans l'esthétique. Elle est dans le sensible, le rapport du sensible avec le monde. Il n'existe pas de beauté sans la beauté qui la précède et celle qui la suit.

Je réalise que ma vie est *La lettre volée* d'Edgar Poe. Nous sommes tous des lettres volées, quand tout est à portée de nos mains et que nous ne le voyons pas, ou ne voulons pas le voir. La beauté à laquelle j'aspirais avec l'oreiller de la belle Aurore était finalement si près que je ne la regardais pas. La beauté du monde n'était pas dans l'assiette de la belle Aurore. La beauté du monde était dans le monde. À portée des yeux, des bouches, des six sens. Je l'effleure du bout de mes mains, de mes doigts, des rêves que je partagerai avec Constance, avec le sensible, avec vous. Sans jamais l'atteindre pleinement.

Et aujourd'hui, quand je repense à ce long voyage, je comprends combien j'ai été le bourreau et l'exécuté. J'ai infligé tant de blessures jusqu'à naître des miennes. J'ai fendu des cœurs, fendu le mien. Exécutant, m'exécutant à tous les modes. J'ai découvert la clarté des épargnés, des amnistiés, franchi les tropiques de l'oubli, emprunté les navires du sens, dans la conviction d'être neuf enfin. Aujourd'hui, je peux bien rendre la pareille, accompagner. Mes amis ont été tellement extraordinaires, toutes ces rencontres aussi, tous ces sensibles. Je tâcherai de faire autant pour eux qu'ils en ont fait depuis toujours, et ici… J'entends la musique du cœur sacré… Mon patronyme ne fait plus rire… Le corps est le dieu de chacun, en chacun… On devrait écouter la simplicité… Je reconnaîtrai une rencontre au silence, au vide, à l'intérieur, à la substance… J'ai pardonné à ma mère, à mon père, à moi-même… Le désir, c'est donc aussi le projet… Je ne crois plus en la pérennité, je crois en la longévité. La pérennité dure, la longévité vit. Constance vit, mes chers vivent, le Carrousel vit… Claire vit, dans ce royaume sans voile que les ombres qui suivent les vivants. Une autre beauté d'un autre monde.

Il est temps de vous libérer. Je pleure. Je suis à la fois triste de vous laisser et reconnaissant de tout. Maintenant, nous pouvons nous taire ensemble.

J'entends bruire les sources, couler les sangs, croître les arbres. La beauté est là, si proche et si lointaine. La pure beauté.

Un grand merci à…

Ces amies et amis qui, en affectueuse escorte, ont suivi, lu ce roman et éclairé son chemin, dans une objectivité formidable : Nathalie Bal, Emmanuelle Damaye, Catherine Dumény, Benoît Dymala, Jean-Luc Gateau, Aveline Gaujard, Ségolène Jachiet, Virginie Romeu, Pascale Saudray.

Patricia Lhoste, pour sa vision de la décoration basque ; et Patricia Vigier, pour son amour de la marche.

Anna et Victor Chavot, qui se reconnaîtront.

Jean-Philippe de Tonnac, pour avoir aimé Anthelme dès les premières lignes, et pour l'avoir accueilli.

Florence Lécuyer, avec qui les anges sont présents depuis toujours, pour avoir aussi accompagné ces pages.

Claudia et Guy Trédaniel, pour avoir ouvert leur maison chaleureuse.

Et tout le monde.

Du même auteur

Jésus, l'histoire vraie, de Jean Potin (corédaction), Bayard, 1994.

La Mémoire efficace, Manitoba/Les Belles Lettres, 1998.

Les Incas, coauteur, Mila Éditions, coll. « Les Grandes Aventures », 1999.

La Bible rendue à l'Histoire, de Jean Potin (coauteur), Bayard, 2000.

ABCdaire de la Bible, Flammarion, 2000.

ABCdaire de Jésus, Flammarion, 2000.

ABCdaire du christianisme, Flammarion, 2000.

ABCdaire de Prévert, Flammarion, 2000.

Jésus, homme ou fils de Dieu, Hachette, coll. « Phare », 2000.

Artisans des monastères, Aubanel, 2001.

ABCdaire de la Première Guerre mondiale, Flammarion, 2001.

ABCdaire de la Seconde Guerre mondiale, Flammarion, 2001.

ABCdaire de Rimbaud, Flammarion, 2001.

ABCdaire du surréalisme, Flammarion, 2001.

Les carnets de Geneviève Lethu, *En famille* et *Au bord de l'eau*, Flammarion, 2001.

Les Petits Livres des saints (François, Vincent, Marie, Benoît, Anne, Claire), Flammarion, 2001.

Moïse, Gallimard Jeunesse, coll. « Sur les traces de… », 2001.

Art de vigne, de Florence Cathiard (corédaction), Aubanel, 2002.

Les Piments du désir : histoire et secrets des aphrodisiaques, Aubanel, 2002.

La Cuisine des fromages, Flammarion, 2002.

Les Églises de Paris, Arthaud, 2002.

Le Dictionnaire de Dieu, La Martinière, 2003.

ABCdaire des papes, Flammarion, 2005.

Le Guide de la vie monastique, Perrin, 2005.

Le Champignon des dieux : *l'amanite tue-mouches*, Dervy, 2005.

Le Kâma Sûtra, Plume/Martiens, 2006.

Les Héros mythologiques, *Les Rois de France*, *Ces Femmes qui ont fait la France*, Marabout, coll. « Mes p'tits Marabout », 2006.

Bordeaux, l'héritière, avec Jean-Pierre Xiradakis, Féret, 2006.

Les Religions, Hachette pratique, 2007.

Les Sirènes et le Peuple des eaux, Le Chasse-Marée/Glénat, 2008.

Authentiquement Sud-Ouest : les meilleures recettes de la Tupiña, avec Jean-Pierre Xiradakis, Milan, 2008.

Dictionnaire des dieux, des saints et des hommes, L'Archipel, 2008.

Résister, de Mauthausen à Mai 68, de Georges Séguy (corédaction), L'Archipel, 2008.

Les Monstres marins, Le Chasse-Marée/Glénat, 2009.

L'Herbier des dieux, Dervy, 2009.

L'École, le monde de l'enfance, France Loisirs, 2009.

Les Écoliers du monde, Glénat, 2009.

L'ABC des religions, Marabout/Hachette, 2009.

Les Phares de Méditerranée, Le Chasse-Marée/Glénat, 2009.

L'Aquitaine miraculeuse, Pimientos, 2010.

Mémoire et sagesses de nos campagnes, Glénat, 2011.

Les Mystères de Gironde, De Borée, 2011.

À la table des anges et des démons, La Martinière, 2011.

Le Monde des femmes, Gourcuff Gradenigo/Plume, 2012.

L'Homme moderne : guide de survie pour l'homme d'aujourd'hui, La Martinière, 2012.

Le Bestiaire des dieux, Dervy, 2013.

Voyages spirituels aux sommets du monde, L'Archipel, 2013.

Dubern : une maison bordelaise depuis 1894, Confluences, 2013.

Les Mystères des Landes, De Borée, 2014.

Le Dictionnaire de la foi, Éditions du Patrimoine/Frontispice, Casablanca, 2015.

Réussir avec ou sans le bac : petit traité de perspectives à l'usage des jeunes (et des moins jeunes), La Martinière, 2016.

On n'est pas seul sur la Terre, de Nicolas Lacambre (corédaction), Flammarion, 2019.

Maquette et mise en page : Soft Office

Achevé d'imprimer en septembre 2022
sur les presses de la Nouvelle Imprimerie Laballery
58500 Clamecy
Dépôt légal : septembre 2022
N° d'impression : 208533

Imprimé en France

La Nouvelle Imprimerie Laballery est titulaire de la marque Imprim'Vert®